D0660812

SUR UN
MAUVAIS ADIEU

Michael **CONNELLY**

SUR UN MAUVAIS ADIEU

Roman traduit de l'anglais par Robert Pépin

Titre original (États-Unis) :
THE WRONG SIDE OF GOODBYE

© Hieronymus, Inc., 2016
Publié avec l'accord de Little, Brown and Company, Inc., New York
Tous droits réservés

Pour la traduction française :
© Calmann-Lévy, 2018

Couverture
Rémi Pépin, 2018
Photographie : © Karina Vegas / Arcangel Images

ISBN 978-2-7021-5652-0
ISSN 2115-2640

Pour Vin Scully
avec tous mes remerciements

L'herbe à éléphant leur offrant une couverture, ils chargèrent vers la zone d'atterrissage. Cinq ils étaient, et se serraient contre les flancs de l'hélico, l'un hurlant « Go ! Go ! Go ! », comme si tous ils avaient besoin qu'on les aiguillonne et leur rappelle que c'étaient les secondes les plus dangereuses de leur existence qu'ils vivaient.

Le souffle du rotor repoussait l'herbe en arrière et envoyait le fumigène de balisage dans toutes les directions. Le bruit devenait assourdissant au fur et à mesure que la turbine montait en puissance avant le lent décollage. Les mitrailleurs de sabord hissèrent les soldats à l'intérieur par leurs courroies de paquetage et l'hélico fut vite à nouveau en l'air – on ne s'était pas posé plus longtemps que la libellule sur l'eau.

La ligne d'arbres apparut à la portière de bâbord lorsque l'appareil s'éleva, puis commença à virer. Alors les premiers éclairs montèrent des banians. Quelqu'un hurla : « Snipers ! » comme si le mitrailleur avait besoin qu'on lui dise ce qu'il y avait plus bas.

C'était l'embuscade. Trois éclairs bien distincts, trois snipers. Ils avaient attendu que l'appareil décolle et vole droit – à deux cents mètres à peine, la cible était facile.

Le mitrailleur attaqua au M60, déclenchant un barrage de feu et de plomb qui déchiqueta le haut des arbres. Mais les snipers continuèrent de tirer. L'hélico n'était pas blindé – décision prise à quelque quinze mille kilomètres de là : on avait préféré la vitesse et la manœuvrabilité de l'appareil à sa protection et à son poids.

Un des tirs frappa le capot de la turbine, claquement sec qui rappela à l'un des hommes maintenant sans défense le choc de la balle de baseball perdue qui retombe sur le toit d'une voiture dans le parking du stade. Puis ce fut le bruit du verre qui se brise lorsque le projectile suivant traversa le cockpit. Il y avait une chance sur un million de faire mouche, mais le pilote et le copilote furent touchés. Tué instantanément, le pilote s'effondra, le copilote portant instinctivement ses mains à son cou pour essayer, en vain, d'empêcher que le sang quitte son corps. L'hélico se mit à tournoyer dans le sens des aiguilles d'une montre et, bientôt hors de tout contrôle, s'éloigna des arbres pour filer vers les rizières. Les hommes assis à l'arrière commencèrent à hurler désespérément. Celui qui, l'instant d'avant seulement, avait eu une réminiscence de baseball, tenta de s'orienter. À l'extérieur, tout n'était plus que tournoiement, mais l'homme continuait de fixer le seul mot imprimé sur la paroi séparant le cockpit de la cabine : Advance. Avec en travers du A un trait en forme de flèche.

Pas une fois il ne lâcha ce mot des yeux même lorsque les cris s'intensifiant, il sentit que l'appareil perdait de l'altitude. Après sept mois passés en reconnaissance, la quille était là. Mais il ne rentrerait pas. Tout était fini.

La dernière chose qu'il entendit fut quelqu'un qui criait : « Préparez-vous! Préparez-vous! Préparez-vous! » – comme s'il était même seulement possible que quiconque réchappe à l'impact. Sans parler des tirs qui monteraient ensuite. Ni des Vietcongs qui arriveraient sans tarder avec leurs machettes.

Et là, alors que tous hurlaient de panique, il se murmura un nom à lui-même :

— Vibiana...

Jamais il ne la reverrait, il le savait.

— Vibiana...

L'hélicoptère s'écrasa contre une digue et explosa en mille morceaux de métal. Une seconde plus tard, le carburant renversé s'enflammait, brûlait tout dans l'épave, les flammes se répandant sur l'eau de la rizière tandis que de la fumée noire montait dans le ciel tel un fumigène de zone d'atterrissage.

Alors les snipers rechargèrent leurs armes et attendirent l'arrivée des hélicos de secours.

CHAPITRE 1

Attendre ne le gênait pas. La vue était spectaculaire. Plutôt que de se donner la peine de s'asseoir sur le canapé, il était resté debout et, le nez à vingt centimètres de la paroi de verre, il se gorgeait du panorama qui courait des toits du centre-ville jusqu'au Pacifique. Il se trouvait au cinquante-neuvième étage de l'US Bank Tower et Creighton le faisait attendre – c'était toujours comme ça avec lui, et cela depuis l'époque où il travaillait à Parker Center et où la salle d'attente ne permettait que de voir l'arrière de City Hall en contre-plongée. Le bonhomme n'avait déménagé qu'à cinq rues de là depuis qu'il travaillait au LAPD, mais s'était élevé au plus haut et évoluait maintenant dans les cieux réservés aux seuls dieux de la finance municipale.

Il n'empêche : vue ou pas vue, Bosch ne comprenait toujours pas qu'on puisse vouloir travailler dans cette tour. Bâtiment le plus haut de tous les États-Unis à l'ouest du Mississippi, elle avait déjà été la cible de deux attentats terroristes, heureusement déjoués, et Bosch se disait qu'en plus des pressions quotidiennes liées au travail tout individu franchissant chaque matin ses portes de verre devait éprouver comme un vague malaise. Le soulagement prendrait peut-être bientôt la forme d'un Wilshire Grand Center avec, à quelques rues de là, une

- 13 -

flèche de verre qui monterait jusqu'au ciel. Une fois terminé, le bâtiment aurait alors l'honneur d'être le plus élevé à l'ouest du Mississippi, et probablement aussi celui d'en constituer la plus belle cible.

Bosch adorait voir sa ville d'en haut et saisissait toutes les occasions d'en profiter. Jeune inspecteur déjà, il faisait des heures supplémentaires de repérage en hélico – rien que pour voler au-dessus de Los Angeles et qu'ainsi lui soit rappelée son étendue apparemment infinie.

Il regarda l'autoroute 110 plus bas et vit que tout était bloqué jusqu'à South Central. Il nota aussi le nombre d'hélistations sur les toits des immeubles au-dessous de lui. Il avait entendu dire que certains basketteurs à gros contrats des Lakers et des Clippers prenaient des hélicos pour aller travailler au stade de Staples Center.

Le verre était assez épais pour étouffer tous les bruits. Au-dessous de lui, la ville était silencieuse. « Trident Security, vous désirez ? » était la seule chose qu'il entendait la réceptionniste répéter encore et encore dans son dos en guise de salutation.

Il gardait l'œil rivé sur une voiture de patrouille qui fonçait plein sud vers le complexe de L.A. Live, dans Figueroa Street. Il découvrit le 01 peint en gros chiffres sur le toit et sut tout de suite que le véhicule sortait du commissariat de la division centrale. Bientôt il fut suivi dans les airs par un « oiseau » du LAPD qui volait plus bas que l'étage où il se tenait. Il en surveillait les mouvements lorsque, montant derrière lui, une voix l'arracha à sa tâche.

— Monsieur Bosch ?

Il se tourna et découvrit une femme debout au milieu de la salle d'attente. Ce n'était pas la réceptionniste.

— Je m'appelle Gloria. Nous nous sommes parlé au téléphone, reprit-elle.

— C'est ça, oui, dit-il. Vous êtes l'assistante de M. Creighton.

— Voilà. Heureuse de faire votre connaissance. Vous pouvez venir maintenant.

— Parfait. Une minute de plus et j'aurais sauté.

Ça ne la fit pas sourire. Elle franchit une porte et le conduisit dans un couloir aux murs couverts d'aquarelles encadrées disposées à intervalles parfaitement réguliers.

— Le verre est à l'épreuve des balles, enchaîna-t-elle. Il est capable de résister à un ouragan de force cinq.

— Voilà qui est bon à savoir, lui renvoya-t-il. Et je ne faisais que plaisanter. Votre patron est connu pour faire attendre les gens et ça ne date pas d'hier... Déjà quand il était chef de police adjoint...

— Non, vraiment ? Je n'ai rien remarqué de tel ici.

Cela n'avait aucun sens : elle était venue le chercher en salle d'attente un quart d'heure après l'heure du rendez-vous.

— Il a dû lire ça dans un manuel de management à l'époque où il montait dans la hiérarchie, insista Bosch. Vous savez bien : « Faites-les attendre, même s'ils sont à l'heure. » Ça vous donne l'avantage et fait comprendre combien on est occupé quand enfin on les laisse entrer.

— Je ne suis pas au courant de cette approche philosophique.

— Ça doit plus être en vigueur dans la police que dans le monde des affaires.

Ils entrèrent dans une salle où se trouvaient deux espaces de bureaux, le premier occupé par un jeune d'une vingtaine d'années en costume-cravate, et l'autre très probablement par Gloria. Ils passèrent entre les deux pour gagner une porte qu'elle ouvrit avant de s'écarter.

— Entrez donc, lui dit-elle. Je vous apporte une bouteille d'eau ?

— Non, merci. Ça ira.

Il entra dans une pièce encore plus grande équipée d'un bureau sur la gauche et agrémentée à droite d'un espace où bavarder de façon informelle dans deux canapés qui se faisaient face de part et d'autre d'une table basse à plateau en verre. Creighton était assis à sa table : avec Bosch, ça ne serait pas de l'informel.

Cela faisait plus de dix ans que Bosch avait vu Creighton en chair et en os. Il ne se rappelait plus à quelle occasion, mais se dit que ce devait être à une réunion de la brigade à laquelle Creighton était venu faire une annonce sur les dépassements de budget ou sur les procédures à suivre en cas de déplacement. À cette époque-là, il était, entre autres obligations managériales, le grand comptable en charge du budget de la police. Il était connu pour avoir instauré des mesures strictes en matière d'heures supplémentaires, mesures qui obligeaient tout un chacun à consigner sur des fiches vertes, et en détail, les raisons de ses dépassements d'horaires, raisons qui pouvaient ensuite faire l'objet d'un examen en haut lieu avant d'être acceptées. Étant donné qu'acceptées ou refusées ces décisions arrivaient en général après que les heures supplémentaires avaient été exécutées, ce nouveau système avait été vu par la piétaille comme un moyen de dissuader tout le monde d'en faire ou, pire encore, de pousser les gens à en faire et, après seulement, de les leur refuser ou de ne les leur compter qu'en heures de rattrapage. C'est à ce moment-là que Creighton avait été assez universellement traité de « Crétin » par ladite piétaille.

Bien qu'il ait quitté la police peu de temps après pour entrer dans le privé, les « petites vertes » étaient toujours en usage. L'empreinte qu'avait laissée Creighton dans le service n'avait rien à voir avec une opération de sauvetage des plus audacieuses, une fusillade ou la mise à mort d'un prédateur au mieux de sa forme. Non, lui, son empreinte s'était réduite aux petites fiches vertes des heures supplémentaires.

— Harry, entrez donc! lança-t-il à Bosch. Asseyez-vous.

Bosch rejoignit son bureau. Creighton avait quelques années de plus que lui, mais était en bonne forme. Il se leva et lui tendit la main. Il portait un costume gris taillé sur mesure pour sa solide carrure. Il respirait le fric. Bosch lui serra la main, puis s'assit devant lui. Avec son jean, sa chemise elle aussi en jean et sa veste en velours anthracite qu'il avait depuis au moins douze ans, Bosch, lui, ne s'était pas vraiment habillé pour l'occasion. Les tenues qu'il avait portées dans la police étaient maintenant sous plastique et il n'avait eu aucune envie d'en sortir une rien que pour aller rencontrer le Crétin.

— Comment allez-vous, chef? dit-il.

— Ah… « chef », c'est fini maintenant! répondit Creighton en riant. Cette époque est depuis longtemps révolue. Appelez-moi John.

— John ce sera.

— Désolé de vous avoir fait attendre là-bas dehors, mais j'avais un client au téléphone et bref… le client passe toujours avant tout le monde, n'est-ce pas?

— Bien sûr, pas de problème. J'ai beaucoup apprécié la vue.

Celle qu'on découvrait par la fenêtre derrière Creighton montrait l'autre direction et, couvrant tout le Civic Center, s'étendait au nord-est jusqu'aux montagnes couronnées de neige de San Bernardino. Mais Bosch se doutait bien que ce n'était pas pour elles que Creighton avait choisi ce bureau. C'était à cause du Civic Center. De son fauteuil, il surplombait la flèche de City Hall, le Police Administration Building et le bâtiment du *Los Angeles Times*. Creighton était bien au-dessus d'eux.

— C'est vraiment spectaculaire de voir le monde d'ici, déclara-t-il.

Bosch acquiesça d'un signe de tête et alla droit au but.

— Alors, lança-t-il. Que puis-je faire pour vous… John ?

— Eh bien pour commencer, j'apprécie beaucoup que vous soyez venu sans vraiment savoir pourquoi. Gloria me dit qu'elle a eu du mal à vous convaincre de passer.

— Oui, je suis désolé, mais comme je le lui ai dit, si c'est pour un boulot, ça ne m'intéresse pas. J'en ai déjà un.

— C'est ce que j'ai entendu dire. À San Fernando. Mais c'est forcément un mi-temps, non ?

Il avait dit ça sur un ton légèrement moqueur, Bosch se rappelant alors cette réplique de film : « Quand t'es pas flic, t'es qu'un petit. » Cela sous-entend aussi que quand on travaille dans un petit bled, un petit, on le reste.

— Ça m'occupe juste comme je veux, dit-il. Et j'ai aussi un truc dans le privé et là, je choisis des boulots de temps en temps.

— Tout sur références, c'est ça ?

Bosch le regarda un instant.

— Il faudrait que je sois impressionné d'avoir été passé au crible par vos soins ? reprit-il enfin. Travailler ici ne m'intéresse pas. Je me fiche de ce que ça pourrait payer, de ce que pourraient être ces boulots.

— Bon, mais permettez que je vous pose juste une question, Harry. Savez-vous seulement ce que nous faisons ici ?

Bosch regarda les montagnes derrière lui avant de répondre.

— Je sais que vous faites dans la sécurité de haut niveau pour ceux qui peuvent se le payer.

— Exactement, dit Creighton en levant trois doigts de la main droite pour en faire, pensa Bosch, un trident.

— Trident Security. Spécialités : la sécurité financière, technologique et personnelle. J'ai ouvert l'agence californienne il y a dix ans. Nous en avons ici, à New York, Boston, Chicago, Miami, Londres et Francfort. Et nous sommes sur le point d'en ouvrir une à Istanbul. Nous devenons grands avec des milliers de clients et avons encore plus de contacts dans nos domaines d'expertise.

— Un bon point pour vous, lui renvoya Bosch.

Il avait passé à peu près dix minutes à se renseigner sur la Trident Security avant de venir. Entreprise super classe, fondée à New York en 1996 par un magnat de l'armement maritime, un certain Dennis Laughton, qui avait un jour été enlevé et rançonné aux Philippines. Laughton avait commencé par embaucher un ancien Commissioner[1] de la police de New York pour lui servir de prête-nom, puis avait fait de même dans toutes les villes où il avait ouvert une succursale – partout il engageait un chef de police local ou un haut gradé du coin pour faire beaucoup de bruit dans les médias et s'assurer tout ce qu'il y avait de mieux en matière de coopération policière. On disait que, dix ans plus tôt, Laughton avait même essayé de prendre le chef de la police de Los Angeles à son service, mais avait été débouté et, faute de mieux, avait jeté son dévolu sur Creighton.

— J'ai dit à votre assistante que travailler à la Trident ne m'intéressait pas, insista Bosch. Et là, elle m'a dit qu'il ne s'agissait pas de ça. Bref, pourquoi ne me dites-vous pas de quoi il retourne afin que nous puissions l'un comme l'autre reprendre nos activités quotidiennes ?

— Je puis vous assurer que je n'ai aucune intention de vous offrir un travail ici, lui renvoya Creighton. Pour être honnête, nous devons avoir la coopération pleine et entière – et tout le respect – du LAPD pour faire ce que nous faisons et gérer les rapports délicats entre nos clients et la police.

1. Équivalent d'un préfet de police.

Vous embaucher ici en qualité d'associé pourrait poser problème.

— C'est à mon procès avec la police que vous faites allusion?

— Exactement.

L'essentiel de l'année précédente avait vu Bosch en plein milieu d'une action interminable contre le LAPD, où il avait travaillé plus de trente ans. Il l'avait assigné en justice parce qu'on l'avait illégalement forcé à prendre sa retraite, selon lui. L'affaire lui avait attiré la malveillance de la base. Peu importait, semblait-il, qu'il ait traîné plus de cent assassins devant les tribunaux pendant toutes ses années de service. L'action en justice avait été réglée, mais la malveillance, elle, n'avait pas cessé dans certains secteurs de la police, aux plus hauts échelons de la hiérarchie essentiellement.

— Vous me dites donc que si vous m'embauchiez, ça ne serait pas bon pour vos relations avec le LAPD, reprit Bosch. Je comprends. Mais vous me voulez quand même pour quelque chose, non? Alors de quoi s'agit-il?

Creighton hocha la tête. L'heure était venue d'y aller.

— Le nom de Whitney Vance vous dit-il quelque chose?

— Évidemment.

— Eh bien, c'est un de nos clients. Tout comme sa société, l'Advance Engineering.

— Il doit avoir dans les quatre-vingts ans, non?

— En fait, il en a quatre-vingt-cinq. Et...

Il ouvrit le tiroir du haut de son bureau, en sortit un document et le posa entre eux deux. Bosch vit qu'il s'agissait d'un chèque imprimé auquel était attaché un reçu. Mais comme il n'avait pas mis ses lunettes, il ne put en lire le montant, ni en saisir aucun détail.

— Il veut vous parler, enchaîna Creighton.

— De quoi?

— Je ne sais pas. Il m'a dit que c'était confidentiel et a demandé spécifiquement après vous. Ce n'était qu'avec vous qu'il était prêt à discuter de l'affaire et il avait ce chèque de banque de dix mille dollars avec lui. Que la rencontre débouche ou pas sur quelque chose, ce chèque est à vous si vous acceptez même seulement de le voir.

Bosch en resta sans voix. Pour l'instant, il avait de quoi voir venir suite au règlement de son procès, mais il avait placé l'essentiel de son argent dans des investissements à long terme pour ne pas être dans l'embarras quand il serait vieux, et laisser quand même un bel héritage à sa fille. Mais en attendant, elle avait trois ans d'études supérieures devant elle, sans même parler de ce qu'il lui faudrait payer pour une maîtrise, voire un doctorat. Elle avait certes obtenu des bourses importantes, mais le reste de ses frais universitaires était encore pour lui. Il ne faisait aucun doute dans son esprit que ces 10 000 dollars pourraient être bien utiles.

— Où et quand cette rencontre doit-elle se produire? demanda-t-il enfin.

— Demain matin à 9 heures, à sa résidence de Pasadena. L'adresse est indiquée sur le talon du chèque. Vous feriez peut-être bien de vous habiller un peu mieux pour ce rendez-vous.

Bosch ignora la pique vestimentaire. D'une poche intérieure de sa veste, il sortit ses lunettes, les chaussa, tendit la main et s'empara du chèque. Celui-ci était libellé à ses nom et prénom, *Hieronymus Bosch*.

Une ligne perforée courait au bas du document, juste au-dessus de l'adresse, de l'heure du rendez-vous et de l'avertissement suivant : *Venez sans armes*.

Bosch plia le chèque le long de la ligne perforée et le glissa dans sa veste en regardant Creighton.

— J'irai tout de suite à la banque en sortant d'ici, dit-il. J'y déposerai ce chèque et si tout se passe bien, je serai chez lui demain matin.

Creighton ricana.

— Ça ne devrait pas poser de problème, dit-il.

— Bon, eh bien, je pense que nous en avons fini, conclut Bosch en hochant la tête.

— Encore une chose, Bosch, lui lança Creighton.

Bosch remarqua qu'il était passé de son prénom à son nom de famille en moins de dix minutes.

— Oui, quoi ? demanda-t-il.

— Je n'ai aucune idée de ce que vous veut le vieil homme, mais je suis assez protecteur à son endroit. Pour moi, c'est plus qu'un client et je ne veux pas que vous alliez me le balader à cette étape de sa vie. Quelle que soit la tâche qu'il entend vous confier, je veux être dans la boucle.

— Le « balader », moi ? À moins que j'aie loupé quelque chose, c'est vous qui m'avez appelé, Creighton. Si quelqu'un doit jamais se faire balader, ce sera moi. Et ça, quelle que soit la somme qu'il me paiera.

— Je puis vous assurer que ce ne sera pas le cas. La seule balade sera celle que vous devrez faire pour aller à Pasadena et gagner les 10 000 dollars que vous venez de recevoir.

Bosch acquiesça d'un signe de tête.

— Bien, dit-il. Je vous le rappellerai si nécessaire. J'irai chez lui dès demain et je verrai de quoi il retourne. Mais s'il devient mon client, quelle que soit l'affaire qu'il me propose, tout se passera entre lui et moi, exclusivement. Il n'y aura pas de boucle où vous mettre à moins que Vance ne me dise le contraire. C'est comme ça que je travaille. Quel que soit le client.

Il se dirigea vers la porte et regarda Creighton une fois arrivé devant.

— Et… merci pour la vue, dit-il.

Il quitta la pièce et ferma la porte derrière lui.

Il fit valider son ticket de parking en passant à la réception. Il tenait absolument à ce que Creighton s'en avale les vingt dollars, en plus du lavage qu'on lui avait proposé lorsqu'il avait confié son véhicule au voiturier.

CHAPITRE 2

La propriété de Whitney Vance se trouvait dans San Rafael Avenue, près du Country Club d'Annandale. Le quartier respirait la fortune bien établie. Les demeures et les domaines y étaient de ceux qu'on se passe de génération en génération et tient bien à l'abri derrière des murs de pierre et des grilles en fer forgé. On était à cent lieues d'un Hollywood Hills où atterrit l'argent fraîchement gagné et où les riches laissent leurs poubelles sur le trottoir toute une semaine. Il n'y avait aucun panneau *À vendre* en vue. Pour y acquérir quoi que ce soit, il fallait connaître quelqu'un, voire être du même sang.

Bosch se gara le long du trottoir, à une centaine de mètres du portail au-dessus duquel se dressaient des piques très artistement déguisées en fleurs. L'espace d'un instant, il étudia la courbe que dessinait l'allée cochère en montant entre deux petites collines verdoyantes avant de disparaître à la vue. On ne voyait aucun bâtiment, pas même un garage. Tout cela était probablement très en retrait de la rue, protégé par beaucoup de terrain, de ferraille et de sécurité. Mais Bosch savait qu'avec ses quatre-vingt-cinq ans d'âge, Whitney Vance l'attendait quelque part au-delà de ces collines couvertes d'or et qu'il avait quelque chose en tête. Quelque chose qui l'obligeait à faire appel aux services d'un homme décidément de l'autre côté de ses grilles.

Bosch avait vingt minutes d'avance et décida de s'en servir pour relire plusieurs articles qu'il avait trouvés sur le Net et imprimés plus tôt dans la matinée.

Tout comme les trois quarts des Californiens probablement, il connaissait le profil général du bonhomme et de sa vie. Il n'empêche, il en avait trouvé les détails fascinants, voire tout simplement admirables : Vance comptait en effet au nombre des rares individus qui, héritiers d'une grosse fortune, en font quelque chose de plus important encore. Il était, à quatre générations d'écart, le rejeton d'une famille de mineurs venus à Pasadena à l'époque de la ruée vers l'or en Californie. Prospecter était bien ce qui avait attiré son arrière-grand-père au Far West, mais ce n'était pas dans ce domaine que la famille avait fait fortune. Frustré de chercher de l'or à n'en plus finir, l'homme avait lancé la première exploitation minière à ciel ouvert de l'État, le comté de San Bernardino lui offrant alors des tonnes et des tonnes de minerai de fer. Son fils avait perpétué la tradition en ouvrant un deuxième site d'exploitation à ciel ouvert dans l'Imperial County, succès que son propre fils avait, après négociation, encore augmenté en inaugurant une aciérie et une usine de production qui avaient beaucoup contribué à l'essor de l'aviation naissante. À l'époque, celle-ci était entre les mains d'un Howard Hughes qui avait alors embauché Nelson Vance en qualité d'entrepreneur, puis d'associé dans diverses tentatives liées à l'aéronautique. Hughes devait d'ailleurs devenir le parrain de son seul et unique fils.

Né en 1931, Whitney Vance, dans sa jeunesse, avait donné un moment l'impression de vouloir se tracer un chemin bien à lui. Il avait commencé par s'inscrire à l'université de Californie du Sud afin d'y étudier le cinéma, mais avait fini par laisser tomber et réintégrer le giron familial en passant au California Institute of Technology de Pasadena, l'école même qu'avait fréquentée « oncle Howard ». C'était Hughes en personne qui avait poussé le jeune Whitney à étudier l'ingénierie aéronautique à Caltech.

Comme tous ses ancêtres, quand était venu son tour, Vance avait alors orienté l'affaire familiale dans des voies nouvelles et de plus en plus profitables, mais toujours en gardant un lien avec le produit emblématique de la famille : l'acier. Il avait décroché de nombreux contrats fédéraux pour fabriquer des pièces d'avion et fondé une Advance Engineering qui en détenait de nombreux brevets. Pour faire en toute sécurité le plein de carburant des avions, des coupleurs hydrauliques avaient ainsi été perfectionnés dans l'aciérie familiale et étaient encore utilisés dans tous les aéroports du monde. La ferrite extraite du minerai produit par les mines de la famille avait encore servi à construire les premiers modèles d'avions furtifs. Très méticuleusement brevetés et protégés par Vance, tous ces procédés garantissaient à sa société, et sur des décennies, une coopération active dans les développements de cette technologie. Vance et son affaire avaient bientôt fait partie d'un complexe militaro-industriel dont la guerre du Vietnam avait décuplé la valeur. Pour entrer dans l'espace aérien de ce pays ou en sortir, il n'avait en effet pas été une seule mission aérienne de toute la guerre où l'on n'ait pas fait appel aux équipements de l'Advance Engineering. Bosch se rappelait parfaitement son logo – la flèche au milieu du *A* d'Advance –, imprimé sur les parois de tous les hélicos sur lesquels il avait volé au Vietnam.

Un petit coup sec frappé à sa vitre le fit sursauter. Il leva les yeux et découvrit un policier de la patrouille de Pasadena en tenue et, dans son rétro, la voiture pie rangée derrière lui. Il s'était tellement absorbé dans sa lecture qu'il ne l'avait même pas entendue arriver.

Il dut mettre le moteur de la Cherokee en route pour pouvoir abaisser sa vitre. Deviner de quoi il retournait n'avait rien de sorcier. Rester assis dans un véhicule qui, vieux de vingt ans, avait en plus grand besoin d'un coup de peinture et était garé devant la résidence d'une famille qui avait aidé à la construction de l'État de Californie ne pouvait que faire naître le soupçon. Peu importait que sa voiture soit passée au lavage depuis peu et qu'il porte, lui, un costume tout propre et une cravate retrouvée au fin fond d'une housse en plastique. Il avait fallu moins d'un quart d'heure à la police locale pour réagir à son intrusion dans le quartier.

— Je sais bien de quoi ça a l'air, lança-t-il à l'adresse du policier, mais j'ai rendez-vous avec quelqu'un là-bas de l'autre côté de la route dans environ cinq minutes, et je me...

— Voilà qui est merveilleux, lui renvoya l'officier, mais ça vous dérangerait quand même beaucoup de descendre de votre véhicule ?

Bosch le regarda un instant et vit son nom sur sa plaque de poitrine : *Cooper*.

— Vous plaisantez, n'est-ce pas ? lui dit-il.

— Non, monsieur, je ne plaisante pas, lui répondit Cooper. Descendez de voiture.

Bosch respira un grand coup, ouvrit sa portière et fit ce qu'on lui demandait. Il leva les bras en l'air à hauteur d'épaule et déclara :

— Je suis officier de police.

Aussitôt, Cooper se tendit, comme Bosch savait qu'il ne manquerait pas de le faire.

— Pièce d'identité, s'il vous plaît.

Bosch glissa précautionneusement la main dans la poche intérieure de sa veste et en sortit son porte-badge. Cooper l'examina, ainsi que la pièce d'identité à l'intérieur.

— Ce document dit que vous êtes officier de réserve.

— Ouaip. À mi-temps.

— On ne serait pas à plus de vingt kilomètres de sa réserve, dites-moi ? Que faites-vous ici, inspecteur Bosch ?

Et il rendit le porte-badge à Bosch, qui le remit dans sa poche.

— Eh bien, comme je vous le disais, j'ai rendez-vous… et vous allez me mettre en retard… rendez-vous avec M. Vance qui, je suis sûr que vous le savez, habite juste là.

Et de lui montrer le portail noir.

— Ce rendez-vous a-t-il à voir avec une affaire de police?

— En fait, ça ne vous regarde pas, lui rétorqua Bosch.

Ils se dévisagèrent d'un œil glacial, personne ne lâchant prise.

— C'est que… M. Vance m'attend, reprit enfin Bosch. Un monsieur comme lui… moi, je pense qu'il va me demander pourquoi je suis en retard et qu'il va très probablement vouloir régler le problème. Vous avez un prénom, officier Cooper?

Cooper cligna de l'œil.

— Oui, dit-il, c'est « Va te faire foutre, mec ». Et bonne journée!

Sur quoi, il fit demi-tour et regagna sa voiture de patrouille.

— Merci, officier! lui cria Bosch.

Et lui aussi regagna sa voiture et déboîta aussitôt du trottoir. Si sa vieille guimbarde avait encore eu assez de jus pour laisser de la gomme sur la chaussée, il n'aurait pas manqué de tenter le coup, mais tout ce qu'il put montrer à Cooper, resté garé le long du trottoir, fut un petit nuage de fumée bleue qui monta de son antique tuyau d'échappement.

Il entra dans le goulet d'étranglement conduisant au portail et avança jusqu'à la caméra de surveillance et l'Interphone. Dans l'instant, il fut accueilli par une voix.

— Oui?

Voix mâle, jeune et d'un arrogant fatigué. Bosch se pencha à sa fenêtre et parla fort alors qu'il savait que ce n'était probablement pas nécessaire.

— Harry Bosch pour M. Vance. J'ai rendez-vous.

Au bout d'un moment, le portail commença à glisser auto-matiquement sur son rail devant lui.

— Suivez l'allée jusqu'au parking près du poste de garde, reprit la voix. M. Sloan vous y retrouvera au portique de sécu-rité. Laissez toutes vos armes et appareils d'enregistrement dans la boîte à gants de votre véhicule.

— C'est fait.

— Allez-y, lui renvoya la voix.

Le portail étant maintenant complètement ouvert, Bosch le franchit. Il suivit ensuite une allée pavée qui s'enfonçait dans un jeu de collinettes d'un beau vert émeraude et aussi mou-tonnantes que parfaitement entretenues et arriva devant une deuxième barrière avec poste de garde. Ce système de pro-tection à double clôture était parfaitement identique à celui utilisé dans les trois quarts des prisons qu'il avait visitées – bien évidemment, dans le but de tenir les gens à l'écart au lieu de les retenir à l'intérieur.

Le deuxième portail s'étant ouvert, un garde en uniforme sortit de sa cahute pour lui faire signe de passer et d'aller se garer au parking. Bosch le salua d'un geste de la main et remarqua le logo de la Trident Security sur l'épaule de sa tenue bleu marine.

Une fois garé, il reçut l'ordre de déposer ses clés, son por-table, sa montre et sa ceinture dans un petit bac en plastique, puis de franchir un portique de sécurité du type aéroport sous le regard d'encore deux autres employés de la Trident. Ils lui rendirent tous ses biens à l'exception de son portable que, lui expliquèrent-ils, ils iraient ranger dans la boîte à gants de sa voiture.

— Je serais le seul à entrevoir le côté ironique de la situa-tion? leur lança Bosch en remettant sa ceinture. La famille entière fait fortune dans le métal et là, chacun doit passer sous un détecteur pour entrer?

Personne ne souffla mot.

— Bon d'accord, conclut-il, ça doit être moi.

Dès qu'il eut bouclé sa ceinture, il eut droit au palier suivant de la sécurité, à savoir un type en costume avec oreillette de rigueur, micro de poignet et regard de poisson mort typique de l'agent du service secret chargé de la sécurité du président. Il avait la boule juste assez à zéro pour avoir l'air d'un dur. Il ne lui dit pas son nom, mais Bosch songea qu'il devait s'agir du Sloan mentionné un peu avant à l'Interphone. Sloan donc, sans un mot, lui fit franchir l'entrée de service d'un manoir de pierre grise qui ne devait rien envier à tout ce que pouvait offrir un DuPont ou un Vanderbilt. À ce qu'affirmait Wikipedia, Bosch rendait visite à un monsieur qui pesait six milliards de dollars. Il n'eut alors aucun doute : il était au plus près de la royauté américaine qu'il le serait jamais.

Il fut conduit jusqu'à une salle lambrissée de bois sombre où, sur quatre rangées, des dizaines de photos encadrées de format 18 × 24 étaient accrochées sur tout un pan de mur. Deux canapés et un bar occupaient l'extrémité de la pièce. L'homme au costume lui montra l'un des deux canapés du doigt.

— Asseyez-vous, monsieur, dit-il. La secrétaire de M. Vance viendra vous chercher quand il sera prêt à vous recevoir.

Bosch s'assit sur le canapé en face du mur de photos.

— Voulez-vous de l'eau ? reprit l'homme au costume.

— Non, ça ira, répondit Bosch.

L'homme au costume se posta à côté de la porte qu'ils venaient de franchir et se mit en position, poignet serré dans son autre main, pour bien montrer qu'il était en alerte maximum et prêt à toute éventualité.

Bosch attendit en examinant les photos. Elles offraient un panorama de la vie de Whitney Vance et de tous les individus qu'il avait rencontrés. La première montrait Howard Hughes en compagnie d'un adolescent que Bosch supposa être Vance. Ils étaient adossés au fuselage métallique d'un avion pas encore peint. À partir de là, les clichés semblaient s'étaler de gauche à droite selon un ordre chronologique. Elles montraient Vance à côté d'innombrables grandes figures de l'industrie, de la politique et des médias. Bosch n'aurait su mettre un nom sur tous les individus avec qui il prenait la pose, mais pour la plupart, de Lyndon Johnson à Larry King, il les connaissait. Sur tous ces clichés, Vance arborait le même demi-sourire avec commissure gauche des lèvres légèrement relevée comme pour bien faire comprendre au photographe que ce n'était pas lui qui avait eu l'idée de poser. De cliché en cliché, le visage vieillissait et les paupières se faisaient plus lourdes, mais le sourire, lui, ne changeait pas.

Bosch remarqua plus particulièrement deux photos où on le voyait avec Larry King, le journaliste qui avait passé sa vie à interviewer toutes les célébrités et stars de l'actualité pour la chaîne CNN. Sur la première, les deux hommes étaient assis l'un en face de l'autre dans le studio même où King avait enregistré ses émissions pendant plus de deux décennies. Un livre avait été mis debout sur le comptoir entre eux. Dans la deuxième, on voyait Vance se servir d'un stylo en or pour dédicacer le volume à Larry King. Bosch mit ses lunettes et se pencha plus près pour voir le titre du livre dont Vance faisait la promotion :

FURTIF
Comment fut fabriqué l'avion qui disparaît
par Whitney Vance

Le titre lui évoquant quelque chose, Bosch se rappela soudain que Vance avait écrit une histoire de sa famille que la critique avait éreintée moins pour ce qu'il y avait dit que pour ce qu'il en avait omis. Son père, Nelson Vance, avait en effet été une brute en affaires et un personnage politique controversé en son temps. On disait, mais n'avait jamais pu le prouver, qu'il faisait partie d'une cabale de riches industriels partisans de l'eugénisme, soit la prétendue science permettant d'améliorer la race humaine au moyen d'une procréation contrôlée qui en élimine les caractéristiques indésirables. Les nazis s'étant fondés sur une doctrine similaire mais pervertie pour procéder au génocide de la Deuxième Guerre mondiale, l'idée était alors tombée en disgrâce et les Nelson Vance et autres s'étaient empressés de dissimuler leurs croyances et affiliations.

Le livre du fils ne dépassait guère l'ouvrage de vanité pure où l'on glorifie les héros et laisse de côté les points noirs. Whitney Vance était devenu un tel reclus à la fin de sa vie qu'on s'était servi de l'ouvrage pour le remettre sur le devant de la scène et lui poser des questions sur ce qu'il y avait passé sous silence.

— Monsieur Bosch ?

Bosch se détourna des photos et découvrit une femme debout à l'entrée d'un couloir à l'autre bout de la pièce. Elle avait l'air d'avoir dans les soixante-dix ans et s'était remonté les cheveux en un chignon sévère.

— Je m'appelle Ida et je suis la secrétaire de M. Vance, dit-elle. Il est prêt à vous recevoir.

Bosch se leva et la suivit dans le couloir. Ils parcoururent l'équivalent d'un bloc ou pas loin avant d'arriver à un petit escalier conduisant à un autre couloir qui, celui-là, traversait toute une aile du manoir construite plus haut sur la colline.

— Désolée de vous avoir fait attendre, reprit-elle.

— Pas de problème. J'ai pris plaisir à regarder les photos.

— Un sacré pan d'histoire, n'est-ce pas ?

— Ça !

— M. Vance a hâte de vous voir.

— Génial. Je n'ai encore jamais rencontré de milliardaires.

Sa grossièreté mit fin à la conversation. Tout se passait comme si parler d'argent était absolument vulgaire et déplacé dans un manoir entièrement dédié à sa gloire.

Enfin ils arrivèrent devant une double porte, Ida s'effaçant pour le faire entrer dans le bureau privé de Whitney Vance.

Assis à une table, l'homme que Bosch venait voir tournait le dos à une cheminée si vaste qu'on aurait pu s'y réfugier en cas de tornade. Vance lui fit signe d'avancer d'une main décharnée et si blanche qu'on aurait dit qu'il avait enfilé un gant en Latex.

Bosch s'étant approché de lui, Vance lui indiqua le seul et unique fauteuil en cuir posé devant. Et ne fit même pas mine de lui tendre la main. Bosch s'assit et remarqua que son hôte était installé dans un fauteuil roulant électrique avec boutons de commande sur l'accoudoir gauche. Il vit aussi que le bureau était vide, à l'exception d'une feuille de papier blanc, vierge ou dont la face écrite était tournée contre le plateau en bois poli.

— Monsieur Vance, lança-t-il. Comment vous sentez-vous ?

— Vieux… voilà comment je me sens. Je me suis battu comme un beau diable pour vaincre le temps, mais il y a des choses contre lesquelles on ne gagne jamais. Pour un homme dans ma position, c'est dur à admettre, mais je m'y suis résigné, monsieur Bosch.

Et, d'un deuxième geste de sa main blanche et osseuse, il balaya toute la pièce.

— Tout cela, reprit-il, n'aura bientôt plus aucun sens.

Bosch regarda autour de lui au cas où il y aurait eu quelque chose que Vance aurait voulu lui montrer. À sa droite s'étendait un salon équipé d'un grand canapé blanc et de fauteuils de la même couleur. Il y avait aussi un bar derrière lequel un invité aurait pu se glisser si nécessaire. Et aussi, sur deux murs, des tableaux qui se résumaient à des taches de couleur.

Bosch reporta les yeux sur Vance, le vieil homme le gratifiant du demi-sourire avec commissure de la seule lèvre gauche légèrement relevée qu'il avait remarqué sur les photos de la salle d'attente. Vance ne pouvait tout simplement pas sourire franchement. À en croire ces photos, il n'y était jamais arrivé.

Bosch ne savait trop comment réagir à ce que le vieil homme venait de lui dire sur la mort et la vacuité de tout. Au lieu d'essayer, il passa à autre chose et lui servit l'entrée en matière à laquelle il n'avait cessé de réfléchir depuis son entrevue avec Creighton.

— Monsieur Vance, reprit-il, on m'a dit que vous vouliez me voir et vous m'avez payé une belle somme d'argent pour ça. Ce n'est peut-être pas grand-chose pour vous, mais pour moi c'est beaucoup. Que puis-je faire pour vous, monsieur?

Vance laissa tomber le sourire et hocha la tête.

— Un homme qui va droit au but, dit-il. Ça me plaît.

Il porta la main aux commandes de son fauteuil roulant et se rapprocha du bureau.

— J'ai lu des choses sur vous dans les journaux, dit-il. L'année dernière, je crois. L'affaire avec le médecin et la fusillade[1]. Vous m'avez fait l'effet d'un homme qui reste ferme sur ses positions, monsieur Bosch. On vous a sacrément mis la pression, mais vous avez résisté. J'aime bien. Et c'est ce dont j'ai besoin. C'est assez rare de nos jours.

— Que voulez-vous que je fasse? répéta Bosch.

— Je veux que vous me retrouviez quelqu'un. Quelqu'un qui pourrait n'avoir jamais existé.

1. Cf. *Jusqu'à l'impensable*, publié dans cette même collection.

CHAPITRE 3

Après avoir beaucoup intrigué Bosch avec sa demande, de sa main qui tremblait, Vance retourna la feuille de papier posée sur son bureau et l'informa qu'il allait devoir la signer avant même qu'ils ne poursuivent la discussion.

— Il s'agit d'un accord de confidentialité, expliqua-t-il. D'après mon avocat, il serait à toute épreuve. En signant ce document, vous me garantissez ne jamais révéler le contenu de cet entretien et de l'enquête que vous mènerez ensuite, hormis à moi-même. Pas même à un de mes employés, pas même à quelqu'un qui dirait venir vous voir de ma part. Uniquement à moi, monsieur Bosch. Signez ce document, et vous ne répondrez plus qu'à moi. Ce que vous découvrirez, vous ne le rapporterez qu'à moi et à moi seul. Comprenez-vous bien ce que je vous dis ?

— Oui, je comprends. Signer cette pièce ne me pose aucun problème.

— Parfait. Tenez, voici un stylo.

Il lui glissa la feuille en travers du bureau, puis sortit un stylo à plume du porte-stylo décoratif en or posé dessus. Épais et fabriqué en ce qu'il devina être de l'or, Bosch en sentit tout le poids dans sa main. Il repensa à celui dont Vance s'était servi pour dédicacer son livre à Larry King.

Il parcourut rapidement le document, puis le signa. Reposa le stylo sur la feuille et refit passer le tout à Vance. Le vieil homme rangea le papier dans le tiroir de son bureau, et le ferma. Et tint le stylo en l'air à l'intention de Bosch.

— Ce stylo, dit-il, est fabriqué avec l'or que mon arrière-grand-père a extrait des mines de la Sierra Nevada en 1852, soit avant que la concurrence ne l'oblige à partir plus bas dans le sud. Avant qu'il ne comprenne qu'il y avait plus à gagner à extraire du fer que de l'or.

Il tourna le stylo dans sa main et ajouta :

— Ce stylo nous a été passé de génération en génération. Je l'ai en ma possession depuis le jour où j'ai quitté la maison pour aller en fac.

Il examina le stylo comme si c'était la première fois qu'il le voyait. Bosch garda le silence. Il se demanda si Vance souffrait d'une quelconque diminution de ses capacités mentales et si son désir de retrouver quelqu'un qui n'avait peut-être même jamais existé n'était pas le produit d'un cerveau qui sombre.

— Monsieur Vance ? lança-t-il.

Vance remit le stylo à sa place et regarda Bosch.

— Je n'ai personne à qui le donner, dit-il. Personne à qui donner quoi que ce soit de ce qui nous entoure.

C'était vrai. Les renseignements biographiques que Bosch avait recueillis montraient que Vance ne s'était effectivement jamais marié et n'avait pas d'enfants. Plusieurs compilations laissaient indirectement entendre qu'il aurait été homosexuel, mais il n'y en avait jamais eu la moindre confirmation. D'autres études suggéraient qu'il s'impliquait tout simplement bien trop dans son travail pour entretenir une quelconque relation suivie, sans même parler de fonder une famille. On lui prêtait deux ou trois aventures sentimentales, essentiellement avec des starlettes hollywoodiennes du moment… tous ces rendez-vous filmés pour mettre un terme à certaines rumeurs d'homosexualité.

Bosch n'avait rien trouvé de ce côté-là après avoir passé en revue les dernières quarante années.

— Avez-vous des enfants, monsieur Bosch ? demanda Vance.

— Une fille.

— Que fait-elle ?

— Elle est étudiante. À Chapman University, dans le comté d'Orange.

— C'est une bonne fac. Elle étudie le cinéma ?

— Non, la psychologie.

Vance se carra dans son fauteuil et se replongea dans son passé.

— J'ai voulu étudier le cinéma quand j'étais jeune, dit-il. Ah, ces rêves de jeunesse…

Il ne termina pas sa phrase, Bosch comprenant alors qu'il allait devoir lui rendre son argent. Tout cela n'était que le produit d'un esprit qui ne fonctionne plus et il n'y avait aucun boulot à la clé. Il n'était pas question qu'il prenne l'argent de cet homme, même si cela ne représentait qu'une goutte d'eau dans l'océan de sa fortune. Bosch ne prenait pas l'argent des gens abîmés, même milliardaires.

Vance quitta le gouffre de ses souvenirs et regarda Bosch. Hocha la tête, parut même savoir ce que pensait ce dernier, agrippa l'accoudoir de son fauteuil de la main gauche et se pencha vers lui.

— Il vaudrait peut-être mieux que je vous dise de quoi il s'agit, dit-il.

— Ça serait bien, oui, répondit Bosch en hochant la tête.

Vance lui rendit son hochement de tête et, l'espace d'un instant, le gratifia encore de son demi-sourire. Puis il baissa les yeux et soudain les releva pour fixer Bosch d'un regard qui brillait derrière ses lunettes à monture invisible.

— Il y a longtemps, dit-il, j'ai commis une erreur. Que je n'ai jamais réparée, et… je n'ai jamais regardé en arrière. Mais aujourd'hui, je veux savoir si j'ai un enfant. Un enfant à qui je pourrais donner mon stylo en or.

Bosch le dévisagea longuement dans l'espoir qu'il continue. Mais quand il reprit la parole, ce fut comme s'il s'était embarqué dans une autre série de souvenirs.

— Quand j'avais dix-huit ans, je ne voulais rien savoir de l'entreprise de mon père. Il m'intéressait nettement plus d'être le nouvel Orson Wells. Je voulais faire des films, pas fabriquer des pièces détachées d'avion. J'avais la grosse tête, comme bien des jeunes hommes à cet âge-là.

Bosch repensa à ce qu'il était à dix-huit ans. À son désir de se tracer un chemin bien à lui et qui l'avait conduit dans les tunnels du Vietnam.

— J'ai insisté pour faire une école de cinéma, enchaîna Vance. Je me suis inscrit à USC[1] en 1949.

Bosch acquiesça. D'après ce qu'il avait lu, Vance n'y était resté qu'un an avant de changer de voie, de passer à Caltech et d'élargir encore le domaine de la dynastie familiale. Mais il n'avait trouvé aucune explication à ce revirement sur le Net, et il sentait qu'il était à présent sur le point de la découvrir.

— J'ai rencontré une fille, dit Vance. Une Mexicaine. Et peu de temps après, elle est tombée enceinte. C'est la pire chose qui me soit jamais arrivée… Non, la pire, c'est d'en avoir informé mon père.

Il se tut et baissa les yeux sur le bureau devant lui. Il n'était pas difficile de remplir les blancs, mais Bosch avait besoin d'en apprendre le plus possible de sa bouche même.

— Que s'est-il passé? demanda-t-il.

1. Université de Californie du Sud.

— Il lui a envoyé des gens. Des gens pour la convaincre de ne pas garder l'enfant. Des gens qui pouvaient l'emmener au Mexique pour régler le problème.

— Elle y est allée?

— Si c'est le cas, ce n'est pas avec les gens de ma famille qu'elle l'a fait. Elle a disparu de ma vie et je ne l'ai plus jamais revue. Et j'étais bien trop lâche pour essayer de la retrouver. J'avais donné à mon père tout ce dont il avait besoin pour me contrôler : les embarras et disgrâce éventuels suite à l'affaire. J'ai fait ce qu'on m'a dit. Je suis passé à Caltech et on n'a plus parlé de rien.

Et de hocher la tête comme s'il se confirmait quelque chose.

— C'était une autre époque... et pour moi et pour elle, précisa-t-il.

Alors il releva les yeux et soutint longtemps le regard de Bosch avant de poursuivre.

— Mais maintenant je veux savoir. C'est quand on arrive à la fin qu'on veut revenir en arrière...

Quelques instants passèrent encore.

— Pouvez-vous m'aider, monsieur Bosch?

Bosch acquiesça : la douleur qu'il voyait dans les yeux du vieil homme lui semblait réelle.

— Ça remonte à loin, mais je peux essayer, dit-il. Cela vous gênerait-il que je vous pose quelques questions et prenne des notes?

— Prenez, prenez, dit Vance. Mais je vous avertis encore une fois : tout ce qui touche à cette affaire doit rester strictement confidentiel. Des vies pourraient être en danger. Avant de faire le moindre pas, vous devrez assurer vos arrières. Je ne doute pas un seul instant qu'on s'efforcera de savoir pourquoi je vous demande de venir et ce que vous allez faire pour moi. J'ai une histoire toute prête pour vous couvrir et nous pourrons y venir plus tard. Pour l'instant, posez-moi vos questions.

Des vies pourraient être en danger. Ces mots se bousculaient encore dans la tête de Bosch lorsqu'il prit un petit carnet dans la poche intérieure de sa veste et sortit son stylo. Son stylo qui n'était pas en or, mais en plastique – il l'avait acheté dans un drugstore.

— Vous dites que des vies pourraient être en danger, lança-t-il. Les vies de qui… et pourquoi ?

— Ne soyez pas naïf, monsieur Bosch. Je suis certain que vous avez effectué un minimum de recherches avant de venir me voir. Je n'ai pas d'héritiers… à tout le moins connus. À ma mort, le contrôle de l'Advance Engineering passera entre les mains d'un conseil d'administration dont les membres continueront à se remplir les poches en exécutant des contrats d'État. Un héritier dûment reconnu pourrait bouleverser tout ça et des milliards de dollars seraient en jeu. Vous ne croyez pas que certains individus, ou des entités diverses, pourraient tuer pour ça ?

— Mon expérience m'a appris qu'on peut tuer pour tout et n'importe quoi, voire rien, lui renvoya Bosch. Êtes-vous sûr et certain de vouloir faire de vos héritiers des cibles, si jamais je vous en trouvais ?

— Je leur laisserais le choix, répondit Vance. Je pense le leur devoir. Et je les protégerais du mieux possible.

— Comment s'appelait-elle ? La fille que vous avez mise enceinte, je veux dire.

— Vibiana Duarte.

Bosch l'écrivit dans son bloc-notes.

— Connaîtriez-vous, à tout hasard, sa date de naissance ?

— Je ne m'en souviens plus.

— Elle était inscrite à USC ?

— Non, j'ai fait sa rencontre à la CPT. C'est là quelle travaillait.

— La « CPT » ?

— C'est comme ça qu'on appelait la cafétéria des étudiants, la « cuisine pour tous ». « CPT », en abrégé.

Bosch comprit aussitôt que cela éliminait toute possibilité de retrouver Vibiana Duarte dans les archives universitaires qui étaient en général très utiles dans la mesure où les trois quarts de ces établissements restent en contact étroit avec leurs anciens élèves. Cela voulait dire que ses recherches seraient encore plus difficiles et tiendraient encore plus de l'entreprise hasardeuse.

— Vous dites qu'elle était mexicaine. Voulez-vous dire que c'était une Latina ? Avait-elle la citoyenneté américaine ?

— Je ne sais pas. Je ne pense pas. Mon père...

Il en resta là.

— Votre père quoi ? insista Bosch.

— Je ne sais pas si c'est vrai, mais mon père disait que c'était ce qu'elle avait en tête... se faire mettre enceinte pour que je sois obligé de l'épouser et qu'elle devienne américaine. Mais mon père me disait beaucoup de choses qui n'étaient pas vraies et croyait à beaucoup d'autres qui étaient... déplacées. Bref, je ne sais pas.

Bosch songea à ce qu'il avait lu sur Nelson Vance et l'eugénisme. Il poursuivit.

— Avez-vous par hasard une photo de Vibiana ? demanda-t-il.

— Non. Si vous saviez le nombre de fois que je l'ai regretté. Pouvoir juste la regarder encore une fois...

— Où habitait-elle ?

— À côté du campus. À quelques rues de là. Elle venait au travail à pied.

— Vous rappelez-vous son adresse ? Sa rue ?

— Non, je ne m'en souviens pas. Ça remonte à loin et j'ai passé trop d'années à tout refouler. La vérité n'en reste pas moins que je n'ai plus jamais aimé personne après.

C'était la première fois qu'il parlait d'amour ou indiquait à quel point la relation avait été profonde. Tout ce qu'avait vécu Bosch lui avait appris que lorsqu'on regarde son passé, c'est toujours magnifié, comme avec une loupe. Tout y est plus grand, amplifié. Dans le souvenir, une partie de jambes en l'air à l'université peut devenir l'amour de toute une vie. Après toutes les décennies qui s'étaient écoulées depuis ce qu'il décrivait, la douleur de Vance semblait réelle, et Bosch le croyait.

— Depuis combien de temps vous fréquentiez-vous avant que ça arrive? demanda-t-il.

— Il s'est passé huit mois entre la première et la dernière fois que je l'ai vue, répondit Vance. Huit mois.

— Vous rappelez-vous à quelle date elle vous a dit être enceinte? Enfin je veux dire... à quel mois ou moment de l'année?

— C'était au début de la session d'été. Je m'y étais inscrit rien que pour la voir. Je dirais donc vers la fin du mois de juin 1950. Peut-être au début juillet.

— Et vous dites avoir fait sa connaissance huit mois plus tôt?

— J'avais commencé mes études en septembre de l'année précédente. Et je l'avais tout de suite remarquée à la CPT. Mais je n'ai pas eu le courage de lui parler avant plusieurs mois.

Le vieil homme qu'il était baissa à nouveau les yeux sur son bureau.

— Vous rappelez-vous autre chose? le pressa Bosch. Avez-vous rencontré ses parents? Vous souvenez-vous d'un nom?

— Non, je n'ai jamais vu ses parents. Elle m'avait dit que son père était très strict et ils étaient catholiques et moi pas. Vous voyez, on était comme Roméo et Juliette. Elle n'a jamais rencontré ma famille et moi, je n'ai jamais rencontré la sienne.

Bosch revint sur la seule bribe de renseignement qui pouvait faire avancer ses recherches et que Vance venait de lâcher.

— Savez-vous quelle église elle fréquentait ?

Vance releva la tête, le regard soudain vif.

— Elle m'avait dit porter le nom de l'église où elle avait été baptisée. Sainte-Vibiana.

Bosch hocha la tête. La première église Sainte-Vibiana se trouvait en centre-ville, à une rue du quartier général du LAPD où il avait travaillé. Vieille de plus d'un siècle, elle avait été gravement endommagée lors du tremblement de terre de 1994. Une nouvelle église avait été construite non loin de là, ce qu'il restait de l'ancienne étant légué à la ville, qui l'avait préservée. Sans en être certain, Bosch pensait que la bâtisse servait maintenant de bibliothèque et de salle polyvalente. Cela dit, le lien avec Vibiana Duarte était bon. Les églises catholiques tenaient des registres de naissance et de baptême. Il sentit que ce petit renseignement contrebalançait le fait que, malheureusement, la jeune fille n'était pas inscrite comme étudiante à USC. Cela indiquait aussi, et fortement, qu'elle était sans doute américaine, que ses parents l'aient été ou pas. Et si elle l'était bien, il serait plus facile de la retrouver dans les registres publics.

— À supposer que sa grossesse n'ait pas été interrompue, quand l'enfant serait-il né ? demanda-t-il.

La question était délicate, mais il avait besoin de restreindre ses recherches en temps s'il devait se plonger dans les archives de la ville.

— Je pense qu'elle devait être enceinte d'au moins deux mois lorsqu'elle me l'a annoncé, répondit Vance. Je dirais donc que l'enfant serait né au mois de janvier suivant. Peut-être en février.

Bosch le nota.

— Quel âge avait-elle lorsque vous avez fait sa connaissance ?

— Elle avait seize ans quand nous nous sommes rencontrés. Et moi, j'en avais dix-huit.

Telle était l'autre raison qui expliquait la réaction du père de Vance : Vibiana était mineure. Mettre enceinte une fille de seize ans en 1950 aurait pu causer des ennuis judiciaires, certes légers, mais néanmoins bien réels à Whitney.

— Elle était encore au lycée ?

Il connaissait bien les environs d'USC, ce lycée aurait été celui de Manual Arts – et là encore cela pouvait conduire à des registres consultables.

— Vous a-t-elle dit comment son père gagnait sa vie ?

— Je ne m'en souviens pas.

— Bon, revenons à sa date de naissance. Vous ne vous rappelez pas la date, mais vous rappelez-vous avoir fêté son anniversaire pendant ces huit mois ?

Vance réfléchit un instant, puis hocha la tête.

— Non, je ne me rappelle pas qu'il y ait eu un anniversaire, répondit-il.

— Et si j'ai bien compris, vous vous êtes fréquentés de la fin octobre au mois de juin, voire de juillet suivant, ce qui fait que son anniversaire a dû avoir lieu quelque part entre juillet et la fin octobre. En gros.

Vance acquiesça. Réduire les recherches à quatre mois pourrait aider lorsque Bosch éplucherait les registres. Attacher une date de naissance au nom de Vibiana Duarte constituerait un bon point de départ. Bosch nota l'étalement des dates et 1933, l'année où Vibiana était vraisemblablement née. Puis il reporta son attention sur Vance.

— Pensez-vous que votre père l'ait payée, elle ou ses parents, pour disparaître ? Pour que tout le monde se taise et se contente de s'évanouir dans la nature ?

— Si c'est le cas, il ne me l'a jamais dit. En fait, c'est moi qui ai disparu. Et c'est un acte d'une veulerie que j'ai toujours regrettée.

— Avez-vous déjà tenté de rechercher Vibiana par le passé ? Avez-vous payé quelqu'un pour le faire ?

— Non, c'est triste à dire, mais non. Et je ne peux pas vous dire non plus si quelqu'un d'autre l'a fait.

— Ce qui signifie ?

— Qu'il est tout à fait possible que quelqu'un ait procédé à ces recherches en guise de mesure préemptive avant ma mort.

Bosch réfléchit longuement à cette idée. Puis il regarda les quelques notes qu'il avait prises et se dit qu'il en avait assez pour commencer.

— Vous avez dit avoir une histoire pour me couvrir.

— Oui, James Franklin Aldridge. Notez-le.

— Qui est-ce ?

— Mon premier colocataire à USC. Il a été viré dès le premier semestre.

— À cause de ses résultats ?

— Non, pour autre chose. Votre couverture sera que je vous ai demandé de le retrouver parce que je veux faire amende honorable pour quelque chose que nous avons fait tous les deux, mais dont il a été le seul à assumer le blâme. De cette façon-là, il deviendra plausible que vous effectuiez des recherches dans les archives de l'époque.

Bosch acquiesça.

— Ça pourrait marcher, en effet. Mais… l'histoire est vraie ?

— Elle l'est.

— Je devrais sans doute savoir ce que vous avez fait… tous les deux.

— Vous n'avez pas besoin de le savoir pour le retrouver.

Bosch attendit un moment, mais c'était tout ce que Vance avait à dire sur le sujet. Il se contenta donc de porter le nom d'Aldrige dans son carnet après avoir vérifié comment ça s'épelait avec Vance, puis il le ferma.

— Dernière question, lança-t-il enfin. Il y a de grandes chances que Vibiana Duarte soit morte mais… si elle a eu cet enfant et que je vous trouve des héritiers encore vivants, que voulez-vous que je fasse? J'établis le contact?

— Non, absolument pas. Vous n'entrez en contact avec personne sans m'en avertir. J'aurai besoin d'une sérieuse confirmation avant de procéder à la moindre approche.

— Par l'ADN?

Vance acquiesça et regarda longuement Bosch avant de rouvrir son tiroir. Il en sortit une enveloppe matelassée blanche sans aucune mention et la lui glissa en travers du bureau.

— Je vous fais confiance, monsieur Bosch, dit-il. Je vous ai donné tous les moyens de tromper un vieil homme si vous le voulez. J'espère que vous ne le ferez pas.

Bosch prit l'enveloppe. Elle n'était pas fermée. Il regarda à l'intérieur et vit une éprouvette et un tampon pour recueillir de la salive. L'ADN de Vance.

— C'est là que vous pouvez me piéger, monsieur Vance.

— Comment ça?

— Il aurait été préférable que je fasse ce prélèvement moi-même.

— Vous avez ma parole.

— Et vous avez la mienne.

Vance hocha la tête et il n'y eut apparemment plus rien à dire.

— Je pense avoir tout ce dont j'ai besoin pour commencer, conclut Bosch.

— Il me reste une dernière question à vous poser, monsieur Bosch.

— Allez-y.

— Ça aiguise ma curiosité parce que je n'en ai trouvé aucune mention dans les articles que j'ai lus sur vous, et vous semblez avoir l'âge qu'il faut. Quel était votre statut pendant la guerre du Vietnam ?

Bosch marqua une longue pause avant de répondre.

— Je l'ai faite, dit-il enfin. J'y suis allé deux fois. Il est probable que j'aie volé dans vos hélicoptères bien plus souvent que vous.

Vance hocha la tête.

— C'est probable en effet.

Bosch se leva.

— Comment puis-je vous joindre si j'ai d'autres questions à vous poser et si je veux vous rapporter ce que j'ai trouvé ?

— Oui, bien sûr, répondit Vance en rouvrant son tiroir pour en sortir une carte de visite et la lui tendre d'une main tremblante.

Seul un numéro de téléphone y figurait.

— Appelez ce numéro et vous pourrez me joindre. Si ce n'est pas moi qui réponds, c'est que quelque chose ne va pas. Ne faites confiance à personne d'autre.

Bosch passa de la carte à Vance toujours assis dans son fauteuil roulant, sa peau papier mâché et ses cheveux fins et clairsemés aussi frêles que des feuilles séchées. Il se demanda si les précautions du vieil homme ne frôlaient pas la paranoïa et s'il y avait vraiment du danger à se lancer dans ces recherches.

— Êtes-vous vous-même en danger, monsieur Vance ? lui demanda-t-il.

— Tout homme dans ma position est en danger.

Bosch fit courir son pouce sur le bord acéré de la carte de visite professionnelle.

— Je reviendrai vers vous bientôt, monsieur Vance.

— Nous n'avons pas parlé de ce que je vais vous payer pour vos services.

— Vous m'avez payé plus que suffisamment pour que je commence. Voyons d'abord comment ça démarre.

— Je ne vous ai payé que pour venir ici.

— Eh bien, ça a marché et c'est plus qu'il ne m'en faut. Ça vous dérangerait que je retrouve mon chemin tout seul ou bien cela va-t-il déclencher une alarme ?

— Dès que vous quitterez cette pièce, on le saura et on viendra vous chercher.

Vance remarqua l'air perdu de Bosch.

— C'est la seule pièce de cette maison qui n'est pas sous surveillance électronique, expliqua-t-il. Il y a des caméras qui me surveillent jusque dans ma chambre à coucher. Mais j'ai exigé que cette pièce n'en soit pas équipée. Dès que vous en sortirez, quelqu'un viendra vers vous.

Bosch acquiesça d'un signe de tête.

— Je comprends, dit-il. À bientôt au téléphone.

Il franchit la porte et descendit le couloir. Et fut vite rattrapé par l'inconnu en costume qui lui fit traverser toute la maison sans rien dire et le raccompagna jusqu'à sa voiture.

CHAPITRE 4

Travailler sur des affaires non résolues avait fait de Bosch un expert du voyage dans le temps. Il savait comment se plonger dans le passé et y retrouver des gens. Remonter à 1951 serait une première, et sans doute des plus difficiles, mais il s'en sentait capable et le défi l'excitait.

Point de départ : découvrir la date de naissance de Vibiana et ça, il pensait connaître le meilleur moyen d'y parvenir. Plutôt que de rentrer chez lui après sa rencontre avec Vance, il prit l'autoroute 210 pour traverser le nord de la Valley et se dirigea vers la ville de San Fernando.

Avec à peine plus de 600 hectares de superficie, elle n'est plus aujourd'hui qu'un îlot dans la mégalopole de Los Angeles. Il y a cent ans de cela, toutes les petites villes et cités de la San Fernando Valley avaient été annexées à L.A. pour une simple et bonne raison : le nouvel aqueduc de Los Angeles offrait d'abondantes quantités d'eau qui empêcheraient l'assèchement, puis la réduction en poussière de leurs riches terres agricoles. Une par une, ces agglomérations avaient été intégrées à une Los Angeles qui s'étendit d'autant vers le nord et finit par tout engloutir. Tout, sauf lesdits 600 hectares et quelques de la ville qui a donné son nom à la San Fernando Valley : elle n'avait pas besoin de l'eau de Los Angeles. Celle qu'elle renfermait dans son sous-sol était plus que suffisante. La mégalopole qui l'entourait n'avait pu l'avaler, et la ville resta indépendante.

Cent ans plus tard, elle l'était toujours. L'agriculture qui faisait l'honneur de la Valley avait sans doute laissé place au développement d'un urbanisme qui gâche tout, mais San Fernando avait su préserver le charme désuet des petites villes. Bien sûr, la criminalité et les problèmes urbains y étaient inévitables, mais rien que le minuscule service de police local n'aurait pu maîtriser.

Enfin... jusqu'au krach financier de 2008. Quand la crise bancaire éclata, que l'économie se resserra, puis dégringola partout dans le monde, il ne fallut que quelques années pour que le raz-de-marée du désastre financier atteigne la ville. Il fut encore et encore procédé à des coupes sombres dans les budgets. Le chef de police Anthony Valdez vit ses effectifs, lui inclus, passer de quarante officiers assermentés en 2010 à trente en 2016. Et ses inspecteurs de cinq à tout juste deux – un pour s'occuper des atteintes aux biens et l'autre des crimes contre les personnes. Les affaires non résolues commencèrent à s'empiler, certaines n'ayant même pas droit aux premières constatations menées dans les règles de l'art.

Valdez était né et avait grandi à San Fernando, mais avait tout appris de son métier de flic au LAPD. Il lui avait donné vingt ans de sa vie et s'était élevé au rang de capitaine avant de faire valoir ses droits à la retraite – et d'atterrir au poste suprême de commandant des forces de police de sa ville natale. Les liens qu'il avait gardés avec la police plus importante de la ville qui encerclait la sienne étaient profonds et la solution qu'il avait trouvée à la crise budgétaire avait consisté à élargir la réserve du SFPD[1] et d'y faire venir des officiers pour travailler à mi-temps, mais gratis.

1. San Fernando Police Department.

Et c'était cet élargissement qui l'avait amené à retrouver Harry Bosch. À peine entré au LAPD, Valdez avait en effet été affecté à une unité de répression des gangs de la division de Hollywood. Et là, il avait eu des ennuis avec un certain lieutenant Pounds qui avait déposé plainte contre lui en interne et tenté, mais en vain, de le rétrograder, voire de le faire virer.

Valdez avait évité ces deux malheurs et, quelques mois après seulement, avait entendu parler d'un inspecteur, un certain Harry Bosch, qui avait eu une altercation avec ce même Pounds – et fini par le faire passer à travers une vitre en verre dépoli du commissariat de Hollywood. Valdez n'avait jamais oublié son nom et, bien des années plus tard, après avoir lu des articles où l'on parlait d'un Harry Bosch à la retraite qui traînait le LAPD en justice pour l'avoir forcé à quitter l'unité des affaires non résolues, il avait décroché son téléphone.

Valdez ne pouvait pas lui offrir de salaire, mais il pouvait lui offrir quelque chose à quoi celui-ci accordait bien plus de valeur : un badge d'inspecteur et l'accès à la cellule de l'ancienne prison de la ville où étaient conservés les dossiers de toutes les affaires encore non résolues. Les policiers de réserve du SFPD n'avaient que trois obligations : se maintenir au niveau de professionnalisme exigé par l'État, réussir aux épreuves de tir mensuelles et donner au moins deux jours par mois au service.

Pour Bosch, cela allait de soi. Si le LAPD ne voulait plus ou n'avait plus besoin de lui, la petite ville du haut de la Valley, elle, le réclamait. Et il y avait du travail à y faire et des victimes qui attendaient qu'on leur rende justice. Il avait accepté le boulot dès qu'on le lui avait offert. Il savait qu'il lui permettrait de poursuivre la mission qu'il s'était fixée dans la vie et, pour cela, il n'avait pas besoin d'argent.

Il remplissait, et bien au-delà, tous les critères exigés pour devenir officier de réserve. Il était rare qu'il ne passe pas au moins deux fois par semaine, a fortiori par mois, au bureau des inspecteurs. Il y était même si souvent qu'on avait fini par lui assigner un des box abandonnés lorsque la brigade avait été dégraissée suite aux réductions budgétaires.

C'était là qu'il travaillait la plupart du temps, ou alors en face du commissariat de First Street, dans l'ancienne prison de la ville dont les cellules avaient été transformées en lieux d'entreposage. L'ancienne cellule de dégrisement abritait maintenant trois rangées d'étagères bourrées de dossiers d'affaires non résolues remontant à plusieurs décennies.

À cause des délais de prescription pour tous les crimes et délits, assassinat excepté, la grande majorité de ces affaires ne serait jamais résolue, voire seulement examinée par Bosch. La petite ville ne connaissait guère de meurtres, mais cela ne l'empêchait pas de les éplucher méticuleusement en essayant de trouver le moyen de soumettre leurs anciens éléments de preuve aux toutes dernières technologies. Il avait aussi entrepris de reprendre toutes les affaires d'agressions sexuelles, de coups et blessures graves et de fusillades n'ayant pas entraîné la mort et ne tombant donc pas sous le coup des délais de prescription.

Ce travail lui laissait beaucoup de liberté. Il pouvait décider de ses heures de travail et encore se réserver du temps s'il lui tombait une affaire privée. Le chef Valdez savait qu'il avait de la chance d'avoir un inspecteur aussi expérimenté que lui à son service et jamais il ne lui interdisait de prendre un boulot rémunéré à côté. Il se contentait de lui rappeler qu'il n'était pas question de mélanger les deux. Bosch n'avait en particulier pas le droit de se servir de son badge de flic de San Fernando pour faciliter une de ses enquêtes privées. Cela lui aurait valu la porte.

CHAPITRE 5

L'assassinat ne connaît ni bornes ni limites municipales. L'essentiel des dossiers qu'il étudiait et qui donnait lieu à poursuites l'entraînait sur les terres du LAPD. Il fallait s'y attendre. Deux des plus grosses divisions de police de la mégalopole partageaient des frontières avec la ville de San Fernando : à l'ouest celle de Mission et à l'est celle de Foothill. En quatre mois de travail, Bosch résolut ainsi deux meurtres de gang en faisant appel à la balistique et en les reliant à des assassinats commis à Los Angeles par des tueurs déjà en prison. Il en relia encore un troisième à deux suspects déjà recherchés pour meurtre par le LAPD.

Il avait en plus eu recours à la méthode du *modus operandi*, puis à l'ADN, pour relier quatre agressions sexuelles s'étant déroulées à San Fernando sur une période de quatre ans et s'efforçait de déterminer si le violeur n'avait pas déjà également frappé à Los Angeles.

Quitter Pasadena par la 210 lui permit de vérifier s'il était suivi. La circulation en ce milieu de journée était fluide et en roulant tantôt dix kilomètres au-dessous de la limite de vitesse, tantôt vingt au-dessus, il n'eut aucun mal à voir si on l'imitait. Il ne savait pas trop s'il devait prendre très au sérieux les inquiétudes de Whitney Vance sur le caractère secret de son enquête, mais ça ne faisait pas de mal de rester sur ses gardes. Personne ne le suivait. Bien sûr, il savait qu'on pouvait lui avoir collé un traqueur GPS sous sa voiture pendant qu'il était avec Vance, voire la veille lorsqu'il avait rendu visite à Creighton à l'US Bank Tower. Il n'ignorait pas qu'il devrait vérifier tout cela plus tard.

Il lui fallut à peine un quart d'heure pour traverser le haut de la Valley et rejoindre L.A. Il sortit à la bretelle de Maclay Street, redescendit vers San Fernando et tourna dans First Street. Le SFPD se trouvait dans un bâtiment tout en rez-de-chaussée avec murs en stuc blanc et toit de tuiles rondes de couleur rouge. Les habitants de cette ville minuscule étaient à quatre-vingt-dix pour cent latinos et tous les bâtiments municipaux s'inspiraient assez largement de la culture mexicaine.

Bosch se gara dans le parking des employés et se servit d'une clé électronique pour entrer dans le commissariat par la porte latérale. Il adressa un signe de tête à deux ou trois flics en tenue de l'autre côté de la salle du rapport, enfila le couloir de derrière et passa devant le bureau du chef pour rejoindre celui des inspecteurs.

— Harry ?

Il se retourna. Valdez était assis à sa table et lui faisait signe de venir.

Harry le rejoignit. La pièce n'était pas aussi grande que la suite du patron du LAPD, mais elle était confortable et comportait un espace où s'asseoir pour discuter de façon informelle. Un petit jouet en forme d'hélicoptère blanc barré de l'inscription SFPD sur le fuselage pendait au plafond. La première fois que Bosch s'était trouvé dans son bureau, Valdez lui avait expliqué que c'était l'hélico du service – cela pour lui rappeler en plaisantant que, de fait, le SFPD n'avait pas d'« oiseau » et devait demander l'aide du LAPD quand il avait besoin d'un soutien aérien.

— Comment va ? demanda-t-il à Bosch.

— Peux pas me plaindre.

— Ça, on apprécie ce que vous faites ici. Du nouveau dans le dossier du Screen Cutter[1] ? enchaîna-t-il en lui parlant d'une des affaires de tueur en série que Bosch venait de découvrir.

— Je m'apprêtais à regarder les réponses à nos e-mails. Après, je vais aller voir Bella pour parler de la suite à donner à tout ça.

— J'ai lu le rapport du profileur quand j'ai approuvé le paiement. Ça ne manque pas d'intérêt. Faut le coincer, ce type.

— On y travaille.

— OK, bon, je ne vous retiens pas.

— OK, chef.

Bosch jeta un dernier coup d'œil à l'hélicoptère, puis quitta la pièce. La salle des inspecteurs se trouvait à quelques pas de là, dans le couloir. Comparée à celle du LAPD, voire de tout autre service de police, elle était vraiment petite. Elle avait jadis compris deux espaces distincts, mais l'un d'eux avait été sous-loué aux services du coroner qui l'avait transformée en un bureau satellite abritant deux de ses enquêteurs. Il y avait maintenant trois box qui se serraient dans une seule pièce, avec le bureau du superviseur grand comme un placard juste à côté.

Le box de Bosch était équipé de trois cloisons d'un mètre soixante de haut qui lui conféraient une certaine tranquillité, mais le quatrième côté donnait sur la porte du bureau du superviseur. Le poste, qui aurait dû être occupé par un lieutenant à plein-temps, était vacant depuis les réductions budgétaires, le superviseur se réduisant maintenant au seul et unique capitaine du service. Il s'appelait Trevino et n'était guère convaincu qu'avoir Bosch dans les lieux pour s'occuper de certaines affaires soit un plus. Apparemment soupçonneux de le voir travailler pareillement, et pour rien, il le surveillait de près. La seule chose

1. Le découpeur de moustiquaires.

qui le calmait un peu dans cette attention inopportune qu'il portait à Bosch était qu'il avait plusieurs casquettes, comme c'est souvent le cas dans les petites agences du maintien de l'ordre. En plus de superviser le bureau des inspecteurs, il était responsable du fonctionnement du service, y compris du centre de dispatching, du stand de tir qui se trouvait dans les lieux et de la prison à seize places qu'on avait construite pour remplacer le bâtiment vieillissant de l'autre côté de la rue. Toutes ces tâches le tenaient souvent loin de la salle des inspecteurs, Bosch ne l'ayant alors plus sur le dos.

À peine entré, Bosch vérifia son casier et y trouva une note lui rappelant qu'il était en retard pour sa séance de qualification mensuelle au stand de tir. Il gagna son box et s'assit à son bureau.

En passant, il avait remarqué que la porte de Trevino était fermée et le vasistas au-dessus plongé dans le noir. Le capitaine était sans doute ailleurs dans le bâtiment à vaquer à une autre de ses tâches. Bosch pensait comprendre ses soupçons et le mauvais accueil qu'il lui réservait. La salle des inspecteurs étant quand même, tout compte fait, son domaine, et apprendre que Bosch avait un jour expédié son superviseur à travers la vitre dépolie de sa fenêtre ne pouvait pas vraiment le ravir.

Il n'empêche, Trevino ne pouvait rien faire pour s'opposer à ce que Bosch ait été placé dans ce bureau dans la mesure où cela comptait au nombre des efforts déployés par son chef de police pour contrebalancer la réduction des effectifs.

Bosch alluma son ordinateur et attendit qu'il s'initialise. Cela faisait quatre jours qu'il n'avait pas mis les pieds dans son box. On lui avait laissé une invitation à se joindre à une soirée bowling sur son bureau, il s'empressa de la déposer dans sa corbeille de recyclage en dessous. Il aimait bien ses nouveaux collègues, mais côté bowling, ce n'était pas tout à fait ça.

Il prit une clé, s'en servit pour ouvrir un tiroir de classeur, en sortit plusieurs dossiers d'affaires auxquelles il travaillait et les étala sur son bureau pour donner l'impression de bosser pour le SFPD. Et remarqua que celui du Screen Cutter n'était plus à sa place quand il tendit la main pour le prendre. Il le trouva au mauvais endroit dans le tiroir. Il avait été classé selon le nom de la victime et non le sobriquet donné au suspect. Cela l'inquiéta et agaça aussitôt – toute sa carrière durant, il avait pris grand soin de ses dossiers. Qu'il s'agisse d'un livre du meurtre ou d'une simple chemise, le cœur de l'affaire s'y trouvait et il fallait toujours que le dossier soit très méticuleusement mis en ordre et rangé en lieu sûr.

Il le posa sur son bureau et envisagea que quelqu'un en possession d'un double de la clé ait pu consulter ses dossiers dans son dos pour vérifier ce qu'il faisait. Et il savait exactement qui ça pouvait être. Il renversa la vapeur, remit tous les dossiers dans le tiroir et le ferma avec sa clé. Il avait déjà un plan pour s'occuper de l'intrus.

Il se redressa pour regarder par-dessus les cloisons et vit que les box des deux autres inspecteurs étaient vides. Bella Lourdes, l'enquêtrice des crimes contre les personnes, et Danny Sisto qui s'occupait des atteintes à la propriété privée, étaient sans doute partis travailler sur le terrain suite à un appel téléphonique. Ils étaient souvent en vadrouille et s'acquittaient d'une grande partie de leur travail de terrain ensemble.

Une fois dans le réseau du service, Bosch ouvrit les bases de données des agences du maintien de l'ordre. Il sortit son carnet de notes et lança sa recherche sur Vibiana Duarte en sachant très bien qu'il contrevenait à la seule obligation que le chef de police lui avait imposée – celle de ne jamais se servir de son statut de policier du SFPD pour résoudre une affaire privée. Non seulement il s'agissait là d'une violation du règlement interne qui lui vaudrait la porte, mais, plus grave, aux yeux de la justice de Californie, consulter une base de données des forces de l'ordre pour y trouver des renseignements n'ayant pas trait à une enquête de police constituait un crime. Si jamais Trevino se mettait en tête de vérifier l'usage qu'il faisait de l'ordinateur du réseau, il allait avoir des problèmes. Cela étant, Bosch pensait que cela n'arriverait pas. Trevino devait bien savoir qu'à tenter quoi que ce soit contre lui, il s'opposerait au chef de police, ce qui équivaudrait vraisemblablement à un suicide côté carrière.

Sa recherche fut courte. Rien n'indiquait que Vibiana Duarte ait eu un permis de conduire de l'État de Californie, ni qu'elle ait commis un crime, voire seulement eu droit à une contravention pour stationnement interdit. Les bases de données étaient naturellement de moins en moins exhaustives au fur et à mesure qu'on remontait dans le passé, mais il savait d'expérience qu'il était rare de ne jamais trouver quoi que ce soit une fois qu'on y entrait un nom. Cela le conforta dans l'idée que Duarte était une immigrée clandestine et qu'elle avait peut-être été renvoyée au Mexique après être tombée enceinte en 1950. À l'époque, avorter en Californie était un crime. Elle pouvait donc avoir retraversé la frontière pour avoir son bébé ou avoir fait ce qu'il fallait pour mettre fin à sa grossesse dans une clinique clandestine de Tijuana.

Bosch connaissait bien ce que disait la loi sur l'avortement en 1950 parce que c'était l'année même où une femme qui n'était pas mariée l'avait mis au monde. Peu après être devenu flic, il s'était renseigné sur la législation dans ce domaine de façon à mieux comprendre les choix qui s'étaient offerts à sa mère et ce qu'elle avait fini par décider.

Ce dont il ignorait tout, c'était ce que disait le code pénal de Californie cette année-là. Il y accéda et consulta les articles concernant les agressions sexuelles. Il découvrit rapidement que, en 1950, l'article 261 voyait en toute relation sexuelle avec une femme n'ayant pas encore dix-huit ans un viol passible de sanction. Que ces relations aient été consensuelles n'était pas mentionné dans l'article et n'interdisait aucunement les poursuites. La seule exception possible était que la femme soit aussi l'épouse de l'agresseur.

Bosch repensa à l'idée du père de Vance se disant que cette grossesse était un piège tendu par Vibiana pour obtenir le mariage et, du même coup, la citoyenneté américaine et beaucoup d'argent. Sauf que cette absence totale de Duarte dans les bases de données de l'État de Californie semblait faire beaucoup mentir cette hypothèse. Plutôt que de se servir de ce levier, Vibiana avait disparu, peut-être même était-elle retournée au Mexique.

Bosch retourna l'écran, passa au DMV[1] et y entra « James Franklin Aldridge », à savoir le nom que lui avait donné Vance pour le couvrir.

Il attendait encore le résultat lorsqu'il vit le capitaine Trevino entrer dans la salle des inspecteurs, une tasse de café à la main. Bosch savait qu'il y avait un Starbucks à quelques rues de là, dans Truman Street. Il s'y rendait souvent lui-même lorsqu'il voulait faire une pause dans ses recherches à l'ordinateur. Il n'y allait pas seulement pour se reposer les yeux, mais aussi pour s'adonner à la dépendance au *latte* glacé qu'il avait développée depuis qu'il retrouvait régulièrement sa fille dans divers cafés proches de son campus.

— Harry, qu'est-ce qui vous amène ici aujourd'hui ? lui lança Trevino.

Le capitaine le saluait toujours avec cordialité, et toujours aussi en l'appelant par son prénom.

— Je passais dans le quartier et je me suis dit que ça serait bien de relever mon courrier et de lancer encore quelques mises en garde contre le Screen Cutter.

---

1. Service des permis de conduire et des immatriculations de voiture.

Et, tout en parlant, il éteignit l'écran du DMV et fit monter les e-mails de son compte professionnel. Et ne se retourna pas tandis que Trevino gagnait la porte de son bureau et la déverrouillait.

Bosch l'entendit s'ouvrir et sentit aussitôt la présence de Trevino dans son dos.

— Vous étiez dans le quartier ? reprit Trevino. Si loin de chez vous ? Et en costume ?

— Bon, en fait, j'étais allé voir quelqu'un à Pasadena et j'avais juste à traverser les Foothills. Je pensais envoyer quelques e-mails avant de filer.

— Votre nom ne figure pas au tableau de présence, Harry. Vous devez l'y mettre pour qu'on vous compte vos heures.

— Désolé, je ne pensais rester que quelques minutes. Et je n'ai pas à me soucier des heures que je fais. J'en ai fait vingt-quatre rien que la semaine dernière.

Il y avait un tableau de présence à l'entrée de la salle des inspecteurs et Bosch avait reçu la consigne d'y porter ses entrées et sorties de façon à ce que Trevino puisse faire le total de ses heures et être ainsi sûr qu'il remplissait bien son quota d'officier de réserve.

— Je veux quand même que vous y portiez vos heures d'entrée et de sortie.

— C'est entendu, capitaine.

— Bien.

— À propos… (Bosch tendit la main et tapota sur le meuble classeur.) J'ai oublié ma clé. Vous n'en auriez pas une avec laquelle je pourrais ouvrir ce truc ? J'ai besoin de mes dossiers.

— Non, il n'y a pas de clé. Garcia a rendu la seule qu'il avait. Il a dit que c'était tout ce que lui avait donné Dockweiler.

Bosch savait que Garcia était le dernier inspecteur à avoir occupé le bureau et qu'il l'avait hérité de Dockweiler. L'un et l'autre avaient été victimes des réductions de budget. À s'en tenir aux ragots qui circulaient dans le commissariat, ils avaient tous les deux laissé tomber la police après avoir été licenciés. Garcia était devenu enseignant, Dockweiler sauvant ses salaire et pension de la ville en se faisant transférer au service des bâtiments où il y avait un poste d'inspecteur des normes de construction à pourvoir.

— Il y aurait quelqu'un d'autre qui aurait une clé ici ? insista Bosch.

— Pas que je sache, répondit Trevino. Pourquoi vous ne l'ouvrez pas avec vos rossignols, Harry ? J'ai entendu dire que vous étiez bon de ce côté-là.

Tout cela dit d'un ton qui laissait entendre que, Dieu sait comment, Bosch était doué en magie noire parce qu'il savait comment crocheter une serrure.

— Mais oui, bonne idée. Merci du conseil, capitaine.

Trevino entra dans son bureau et Bosch entendit la porte se fermer. Il se rappela de vérifier l'histoire de la clé qui manquait avec Dockweiler. Il voulait être sûr que l'ancien inspecteur ne l'avait pas avant de prendre les mesures qu'il fallait pour prouver que Trevino était bien celui qui consultait ses dossiers en secret.

Il rouvrit l'écran du DMV pour passer le nom d'Aldridge à l'ordinateur central. Il eut vite droit à des entrées montrant qu'il avait eu un permis de conduire californien de 1948 à 2002, date à laquelle il avait déménagé en Floride. Il entra la date de naissance et le nom d'Aldridge pour vérifier dans la base de données du DMV de Floride. Il apprit alors que celui-ci avait rendu son permis de conduire à l'État de Floride à l'âge de quatre-vingts ans, sa dernière adresse répertoriée étant un lieu appelé « The Villages ».

Bosch porta ces renseignements dans son carnet et découvrit un site Web où il apprit que lesdits Villages étaient une énorme maison de retraite sise dans le comté de Sumter. Après d'autres recherches en ligne, il eut enfin une adresse précise pour Aldridge, aucune indication ne laissant penser qu'il y aurait eu un acte ou avis de décès. Il était donc probable qu'il n'ait rendu son permis à l'État que parce qu'il ne pouvait plus ou n'avait plus besoin de conduire et il semblait bien qu'il soit toujours de ce monde.

Curieux de savoir ce qui s'était passé qui puisse a priori exclure Aldridge d'USC, Bosch entra ensuite son nom dans la base de données des crimes et délits – doublant ainsi pour cette seule journée la mise qui risquait de le faire virer. Aldridge avait eu une contravention pour conduite en état d'ivresse en 1986 et rien d'autre. Ce qui s'était produit alors qu'il était en deuxième année de fac resta un mystère.

Estimant qu'il avait assez enquêté sur le bonhomme et n'avait pas besoin de plus pour sa couverture, Bosch décida de passer en revue tout le courrier qu'il avait reçu sur les meurtres du Screen Cutter. C'était l'enquête qui lui avait demandé le plus de temps depuis qu'il était entré au service du San Fernando Police Department. Pour avoir travaillé sur des affaires de criminels en série alors qu'il était au LAPD, il savait que toutes, du moins la plupart, comportaient un élément sexuel. Il n'évoluait donc pas en territoire inconnu, même si celle-là était l'une des plus confondantes qu'il ait jamais rencontrées.

CHAPITRE 6

Le surnom de « Screen Cutter » était celui donné à un violeur en série qu'il avait identifié dans le fichier des affaires d'agressions sexuelles toujours non résolues. En passant au peigne fin les archives de l'ancienne prison de la ville, il avait ainsi découvert quatre agressions depuis 2012, toutes ayant apparemment le même mode opératoire, mais qu'on n'avait pas pour autant reliées.

Ces affaires avaient en commun cinq types de conduite suspecte qui séparément n'auraient rien eu d'inhabituel, mais pris ensemble indiquaient fortement qu'un seul et même individu était sans doute à l'œuvre. Dans chaque cas, l'homme était entré chez sa victime par une fenêtre ou une porte à l'arrière après en avoir découpé la moustiquaire plutôt que de l'ôter. Quatre de ces agressions s'étaient produites pendant la journée, cinquante minutes avant ou après midi. Le violeur se servait aussi de son couteau pour couper les vêtements de sa victime au lieu de lui ordonner de se déshabiller. Et, chaque fois encore, il portait un masque – de ski dans deux de ses agressions, de Halloween, à l'effigie de Freddy Krueger[1], dans une troisième et de catcheur

---

1. Personnage de Wes Craven joué par Robert Englund dans *Les Griffes de la nuit.*

mexicain de *lucha libre* dans la quatrième. Et pour clore le tout, il ne mettait pas de capote et n'avait recours à aucune autre méthode pour éviter de laisser son ADN derrière lui.

Ces caractéristiques communes en tête, Bosch avait centré son enquête sur ces quatre affaires, et vite découvert que si le sperme du suspect avait effectivement été recueilli dans trois d'entre elles, une seule avait permis de l'analyser au laboratoire criminel des services du shérif du comté de Los Angeles, puis de le comparer à tous les échantillons répertoriés dans les banques de données de Californie et du reste des États-Unis, aucune correspondance n'étant alors trouvée. Dans les deux affaires les plus récentes, cette analyse avait été repoussée à cause d'un retard dans l'examen des kits de viols soumis au laboratoire du comté. Dans la quatrième – en fait la première signalée –, du sperme avait bien été collecté sur un tampon, mais aucun ADN du violeur n'y avait été découvert parce que la victime s'était lavée et avait procédé à une douche vaginale avant d'appeler la police pour lui rapporter son agression.

Les labos du comté et du LAPD partageant le même bâtiment à l'université de Cal State, campus de L.A., Bosch s'était servi des relations qu'il s'était faites à l'époque où il travaillait aux affaires non résolues du LAPD pour accélérer le processus dans les deux affaires les plus récentes. En attendant les résultats qui, à son avis, relieraient fermement les deux affaires, il avait commencé à demander qu'on interroge les victimes pour suivi d'enquête. Toutes – trois avaient dans les vingt ans, la dernière n'en ayant que dix-huit – avaient accepté de parler aux inspecteurs. Deux de ces interrogatoires avaient dû être confiés à Bella Lourdes, les victimes préférant s'exprimer en espagnol. Cela soulignait le seul et unique problème qu'avait Bosch à travailler dans une ville dont les habitants étaient neuf fois sur dix latinos et diversement capables de s'exprimer en anglais. S'il se débrouillait correctement en espagnol, Bosch ne se sentait pas de mener un interrogatoire dans cette langue. Les subtilités et nuances du langage pouvant avoir de l'importance dans le rendu des faits, il avait donc eu besoin d'une Lourdes qui, elle, les comprenait toutes puisque c'était sa langue maternelle.

À chacune de ces rencontres, il avait apporté un exemplaire du questionnaire utilisé par les enquêteurs de LAPD en charge des crimes violents. Long de neuf pages, celui-ci contenait toutes sortes de questions aidant à identifier certaines habitudes de la victime susceptibles d'avoir attiré l'attention de son agresseur. Utile dans les enquêtes sur les agressions en série, il permettait en particulier d'établir un profil du criminel, et Bosch avait réussi à en avoir une copie en cajolant un de ses amis enquêteurs à la division de Hollywood.

Se servir de ce questionnaire étant devenu le but affiché de ce nouveau round d'interrogatoires, les histoires qui en étaient sorties étaient aussi tristes que terrifiantes. Manifestement l'œuvre d'un agresseur qu'elles ne connaissaient pas, ces viols avaient laissé chaque victime dans un tel état que, physiquement et moralement, certaines avaient mis jusqu'à quatre ans pour s'en remettre. Toutes vivaient dans la crainte de voir revenir leur agresseur et aucune n'avait jamais retrouvé confiance en elle. Mariée, l'une d'elles essayait d'avoir un enfant avec son mari. L'agression ayant tout changé dans son couple, elle avait entamé une procédure de divorce au moment de l'interrogatoire.

Après chacune de ces séances, Bosch se sentait déprimé et ne pouvait s'empêcher de penser à sa propre fille et à l'impact qu'une pareille agression pourrait avoir sur elle. Chaque fois incapable de lui avouer la vraie raison de son appel, il lui téléphonait pour vérifier qu'elle allait bien et n'était pas en danger.

Cela dit, ces interrogatoires de suivi avaient fait plus que rouvrir les blessures des victimes. Ils avaient aussi permis de recentrer l'enquête et de souligner l'urgence qu'il y avait à identifier et arrêter le Screen Cutter.

Avec toutes les victimes, Bosch et Lourdes parlaient sur le ton de la conversation et commençaient par les assurer que l'enquête était toujours en cours et prioritaire dans le service.

Les interrogatoires suivant l'ordre chronologique des agressions, la première victime à l'avoir subi avait été celle pour laquelle il n'avait été retrouvé aucune trace d'ADN. D'après le premier rapport d'enquête, elle avait pris une douche et s'était nettoyée aussitôt après le viol par peur de tomber enceinte. À l'époque, elle et son mari essayaient d'avoir un enfant et elle savait que le jour de son agression était aussi celui de son cycle où elle était la plus fertile.

Presque quatre années séparaient la deuxième victime de son agression et si le traumatisme psychologique était toujours présent, elle avait trouvé des moyens de le gérer qui lui permettaient de parler plus ouvertement de ce qui avait été le pire moment de son existence.

Elle avait décrit le viol en détail et révélé qu'elle avait essayé d'en dissuader le suspect en lui racontant qu'elle avait ses règles. Et celui-ci lui avait renvoyé : « Non, ce n'est pas vrai. Ton mari va rentrer tôt pour te baiser et te faire un bébé. »

Le renseignement était nouveau et avait fait réfléchir les deux inspecteurs. La victime leur avait ensuite confirmé que son mari devait effectivement rentrer tôt de la banque où il travaillait de façon à ce qu'ils puissent passer une soirée en amoureux et, ils l'espéraient, que cela débouche sur une grossesse. La question était donc : comment le Screen Cutter le savait-il ?

Lourdes continuant de l'interroger, la jeune femme lui avait alors appris qu'elle avait sur son portable une application qui suivait son cycle menstruel et lui disait le jour du mois où elle était le plus susceptible de concevoir. Il était alors dans ses habitudes d'afficher cette information sur la porte du frigo dans la cuisine. Tous les mois, elle y indiquait ce jour avec des petits cœurs rouges et des formules du genre « Le bébé, c'est l'heure! » de façon que son mari n'oublie pas ce que cela voulait dire.

Le jour de l'agression, elle était allée promener le chien dans le quartier et n'avait pas quitté son domicile plus d'un quart d'heure. Elle avait son portable sur elle. Le Screen Cutter était entré dans la maison et l'attendait lorsqu'elle était revenue. Sous la menace d'un couteau, il l'avait alors obligée à enfermer le chien dans sa salle de bains et l'avait emmenée dans la chambre où le viol avait eu lieu.

Bosch s'était demandé si ces quelques minutes lui avaient suffi à entrer dans la maison, découvrir le calendrier sur la porte du frigo et comprendre assez bien le sens de ce qui y était porté pour dire à sa victime qu'il savait parfaitement ce qu'elle et son mari avaient projeté de faire ce jour-là.

Bosch et Lourdes en avaient discuté, tous deux arrivant à la conclusion qu'il était plus probable que le violeur se soit déjà trouvé dans la maison, soit après avoir suivi sa victime, soit parce que c'était un ami de la famille, un dépanneur ou quelqu'un qui y était passé pour une raison professionnelle.

Cette hypothèse s'était trouvée renforcée lorsque les autres victimes étant interrogées, un nouvel aspect passablement sinistre du mode opératoire du violeur avait été mis au jour. Dans toutes ces affaires, il y avait quelque chose qui, dans la maison même de la victime, indiquait où elle en était dans son cycle. Et dans toutes ces affaires, l'agression avait été commise au moment où chacune de ces femmes avait ses règles.

Les deuxième et troisième victimes révélèrent ainsi lors de la deuxième série d'interrogatoires qu'elles prenaient la pilule, celle-ci étant rangée dans des plaquettes mensuelles à opercule. La première de ces femmes conservait sa plaquette dans une armoire à pharmacie et la deuxième dans sa table de chevet. Si ces pilules enrayaient bien le cycle ovulatoire, les plaquettes et la couleur des pilules permettaient de déduire à quel moment la phase ovulatoire de cinq à sept jours aurait lieu.

La dernière victime avait été violée le mois de février précédent. Âgée de seize ans et n'ayant pas école ce jour-là, elle était seule chez elle. Elle précisa alors qu'à quatorze ans les médecins lui avaient découvert un diabète juvénile, ses besoins en insuline perturbant fortement son cycle menstruel. Elle le suivait à l'aide d'un calendrier apposé sur la porte de sa chambre afin qu'elle et sa mère puissent mettre au point le traitement insulinique qui convenait.

La similitude dans le timing de ces agressions était claire. Toutes les victimes étaient violées dans ce qui devait être leur période d'ovulation – celle où la femme est la plus fertile. Aux yeux de Lourdes et de Bosch, que ce schéma se soit répété dans chacune des agressions ne pouvait pas être une simple coïncidence. Un profil de violeur commença à émerger. Il était clair qu'il choisissait soigneusement le jour de ses agressions. Que tout ce qu'il lui fallait savoir sur le cycle de ses victimes soit repérable chez elles n'empêchait pas qu'il doive le découvrir avant d'agir. Cela signifiait donc qu'il les suivait et entrait très vraisemblablement chez elles avant de choisir quand agir.

À son signalement, il était en outre très clair que ce n'était pas un Hispanique. Les deux victimes qui ne parlaient pas anglais avaient déclaré qu'il leur avait certes donné des ordres en espagnol, mais que ce n'était manifestement pas sa langue maternelle.

Les liens entre ces affaires semblaient stupéfiants et soulevaient la question de savoir pourquoi elles n'avaient pas été reliées avant que Bosch n'arrive au SFPD en qualité d'enquêteur volontaire. La réponse était à trouver dans la crise budgétaire qui avait affecté le service. Ces agressions avaient eu lieu au moment même où les effectifs se réduisant, les policiers restants avaient eu plus d'affaires à travailler et moins de temps pour le faire. Au début, c'étaient des inspecteurs différents qui avaient enquêté sur chacun de ces quatre viols. Les deux premiers n'étaient déjà plus là lorsque les deux agressions suivantes s'étaient produites. Résultat, on n'était arrivé à aucune compréhension sérieuse de ce qui était en train de se passer. Et la brigade n'était pas davantage sous une supervision de tous les instants. Le poste de lieutenant était gelé, ses obligations étant confiées à un capitaine Trevino déjà responsable d'autres secteurs du service.

Les liens que Bosch avait repérés entre ces affaires furent confirmés lorsque les résultats de l'analyse ADN arrivèrent enfin et qu'il fut établi que le sperme de l'agresseur était bien ce qui les reliait. Il n'y eut alors plus aucun doute sur le fait qu'un violeur en série avait frappé au moins quatre fois dans la toute petite ville de San Fernando.

Bosch était sûr qu'il y avait d'autres victimes. Rien qu'à San Fernando, on estimait que les immigrés clandestins étaient au moins cinq mille, dont la moitié de femmes qui, pour la plupart, n'auraient donc jamais appelé la police pour lui signaler le crime dont elles pouvaient avoir été victimes. Il ne semblait pas davantage vraisemblable qu'un pareil prédateur n'opère que dans les limites de la ville. Ses quatre victimes étaient des Latinas qui avaient toutes des caractéristiques similaires, à savoir de longs cheveux noirs, des yeux eux aussi noirs et un petit gabarit : aucune ne pesait plus de cinquante kilos. Les deux secteurs géographiques contigus à la ville et couverts par le LAPD étant en majorité peuplés de Latinos, Bosch ne pouvait pas ne pas se dire qu'il s'y trouvait forcément d'autres victimes.

Depuis qu'il avait découvert les liens qui unissaient ces affaires, il consacrait l'essentiel des heures qu'il devait au SFPD à contacter les enquêteurs des brigades du LAPD spécialisées dans les cambriolages et les agressions sexuelles perpétrés dans toute la Valley ainsi que les inspecteurs des services de police voisins de Burbank, Glendale et Pasadena. L'intéressaient surtout les enquêtes toujours en cours sur des affaires où le criminel découpait des moustiquaires et portait un masque. Pour l'instant rien de tel ne lui était revenu, mais il savait qu'il fallait arriver à ce que des inspecteurs s'y intéressent et commencent à chercher, peut-être même à faire parvenir le message au bon inspecteur qui, lui, se souviendrait de quelque chose.

Le chef de police lui donnant son accord, Bosch avait aussi contacté Megan Hill, une vieille amie qui avait jadis été profileuse en chef à l'unité des sciences du comportement du FBI. Il avait travaillé avec elle à plusieurs reprises alors qu'il était au LAPD et elle au Bureau. Elle avait maintenant pris sa retraite du FBI et enseignait la psychologie médico-légale au John Jay College of Criminal Justice de New York. Elle travaillait aussi comme consultante dans des affaires privées. Elle avait accepté de jeter un coup d'œil à son dossier à un tarif réduit et Bosch le lui avait envoyé. Comprendre ce qui pouvait avoir motivé ces agressions l'intéressait tout particulièrement. Pourquoi donc le Screen Cutter suivait-il ses victimes pour savoir à quel moment elles étaient fertiles ? Et s'il essayait effectivement de les mettre enceintes, pourquoi donc en avait-il choisi deux qui prenaient la pilule ? Quelque chose ne collait pas dans ses hypothèses et il espérait qu'elle le voie.

Hill avait mis quinze jours à revenir vers lui, ses conclusions étant que le violeur ne choisissait pas les dates de ses agressions parce qu'il voulait les mettre enceintes. Tout au contraire. La manière dont il les suivait et les violait ensuite montrait qu'il avait une haine et un dégoût profonds des femmes et de leurs saignements menstruels. S'il choisissait tel jour plutôt que tel autre pour les violer, c'était parce qu'à son idée, elles étaient alors au plus propre de leur cycle. Dans son esprit, c'était le moment le plus sûr où les agresser. Hill avait encore ajouté à ce profil que, prédateur très narcissique, le Screen Cutter était d'une intelligence au-dessus de la moyenne et exerçait vraisemblablement un métier qui, parce qu'il ne le stimulait guère intellectuellement, lui permettait de ne pas être remarqué lorsque ses employeurs ou collègues de travail jaugeaient ses aptitudes.

Il était aussi plus que confiant dans son habileté à ne pas se faire repérer et capturer. Ses crimes nécessitaient certes qu'il les planifie avec soin et doive attendre longtemps, mais ils n'en semblaient pas moins toujours se caractériser par l'erreur critique qu'il commettait en laissant son sperme dans ses victimes. À ne pas considérer qu'il s'agissait là d'une intention délibérée de mettre ces femmes enceintes, il fallait ajouter celle de se moquer de tout le monde. Le Screen Cutter donnait à Bosch tous les éléments de preuve dont il avait besoin pour le faire tomber, seule lui restant alors la tâche de le trouver.

Hill s'était aussi intéressée à l'apparente incongruité qu'il y aurait eu à ce que d'un côté il laisse derrière lui de quoi l'identifier – à savoir son sperme –, mais que de l'autre il commette ses crimes en masquant son identité. Elle en avait conclu que c'était peut-être quelqu'un que ses victimes avaient déjà rencontré ou vu, ou alors qu'il avait l'intention d'entrer d'une manière ou d'une autre en contact avec elles après les avoir agressées – peut-être pour avoir la satisfaction de s'approcher d'elles à nouveau.

Et son travail se terminait sur cet avertissement inquiétant :

À éliminer l'idée que son mobile est de donner la vie (par la fécondation) et bien comprendre que ses agressions sont de pure haine, il apparaît clairement que cet individu n'est pas au maximum de son évolution de prédateur. Ce n'est qu'une question de temps avant que ces viols ne se transforment en assassinats.

Cet avertissement avait eu pour résultat d'intensifier les efforts de Bosch et de Lourdes. Ils avaient commencé par envoyer une nouvelle fournée d'e-mails aux agences locales et nationales du maintien de l'ordre en y agrafant les conclusions de Megan Hill. Au niveau local, ils y ajoutèrent des appels téléphoniques pour essayer de vaincre l'inertie qui, typique de l'administration, s'abat sur les enquêteurs lorsqu'ils ont trop de dossiers à traiter et trop peu de temps pour le faire.

Réaction : néant ou presque. Un spécialiste des cambriolages de la division de Hollywood Nord du LAPD fit savoir qu'il avait bien une affaire où le cambrioleur avait effectivement découpé une moustiquaire, mais il n'y avait pas eu viol. Il ajoutait que la victime était un Hispanique âgé de vingt-six ans. Bosch le pressa de reprendre l'affaire et de le convoquer pour voir s'il n'avait pas une épouse ou une petite amie qui aurait pu être agressée mais aurait eu peur ou honte de le signaler à la police. Une semaine plus tard, l'inspecteur le rappela pour l'informer qu'il n'y avait pas de femme dans l'appartement. L'affaire n'avait aucun lien avec ce que cherchait Bosch.

Commença alors une longue attente. L'ADN du violeur n'était pas répertorié dans les banques de données. L'homme n'avait subi aucun prélèvement et n'avait pas davantage laissé d'empreintes digitales ou autres éléments de preuve derrière lui, en dehors de son sperme, et Bosch n'avait trouvé aucune autre affaire pouvant être reliée à lui à San Fernando ou ailleurs. Décider s'il fallait rendre l'affaire publique et demander l'aide des citoyens demeurait en suspens dans le bureau de Valdez. Cette question trouble les forces de l'ordre depuis toujours : faut-il rendre une affaire publique et ainsi peut-être découvrir une piste susceptible de conduire à la solution et à l'arrestation d'un suspect, ou serait-ce risquer d'alerter le prédateur qui alors modifiera ses routines, voire passera aussitôt à l'acte pour terroriser une autre communauté qui ne s'y attendait pas ?

Dans l'affaire du Screen Cutter, Bosch et Lourdes pensaient différemment. Lourdes voulait la rendre publique ne serait-ce que pour chasser le violeur de San Fernando si la manœuvre ne donnait rien. Bosch, lui, voulait prendre plus de temps pour pouvoir le traquer discrètement. Il était d'avis que rendre l'affaire publique le chasserait effectivement de la ville, mais que cela ne l'empêcherait pas de continuer. Le prédateur ne s'arrête en effet que lorsqu'il est capturé. Il s'adapte à la situation nouvelle comme le requin s'approche de sa prochaine victime. Bosch ne voulait pas que la menace frappe une autre communauté. Il se sentait moralement obligé de traquer le suspect à l'endroit même où il agissait encore.

Mais il n'y avait aucune réponse infaillible, bien sûr, et le chef semblait attendre en espérant que Bosch réussisse à résoudre l'affaire avant qu'une autre victime ne soit frappée. En fin de compte, Bosch se trouva soulagé de ne pas avoir à prendre la décision. Il se dit que c'était pour ça que le chef se faisait beaucoup de gros dollars et que lui ne s'en faisait aucun.

Il consulta ses e-mails et s'aperçut qu'il n'y avait rien sous l'intitulé Screen Cutter. Déçu, il éteignit l'ordinateur, glissa son carnet dans sa poche et se demanda si Trevino l'avait consulté en traînant dans le box. Il était ouvert à la page où il avait inscrit le nom de James Franklin Aldridge.

Bosch quitta la salle des inspecteurs sans se donner la peine de le saluer, ou de porter son heure de sortie sur le tableau à l'entrée.

CHAPITRE 7

Après avoir quitté le commissariat, Bosch prit le Harbor Freeway et repensa à l'affaire Whitney Vance. Qu'il n'ait trouvé aucune date de naissance ou autre renseignement sur Vibiana Duarte dans la base de données du DMV était décevant, mais pas plus qu'un petit revers temporaire. Il se dirigeait vers le sud et Norwalk où se trouvait la mine d'or de son voyage dans le temps : le service de santé publique du comté de Los Angeles où, inspecteur des affaires non résolues, il avait passé tellement d'heures aux archives qu'il savait exactement comment les employés aimaient leur café. Il avait confiance : c'était là qu'il pourrait répondre à certaines questions sur Vibiana Duarte.

Il glissa un CD dans le lecteur et se mit à écouter un jeune trompettiste du nom de Christian Scott. Le premier morceau – *Litany Against Fear*[1] – était implacable autant que plein d'allant et c'était exactement ce dont il avait besoin. Il lui fallut une heure pour arriver à Norwalk après s'être traîné à la limite est de la ville. Il se gara dans le parking du bâtiment haut de sept étages et coupa le moteur alors que Scott n'en était encore qu'au milieu d'un *Naima* qui, à son avis, était meilleur que

1. Litanie contre la peur.

la version classique qu'en avait donné John Handy cinquante ans plus tôt.

Son portable gazouillant pile à l'instant où il descendait de voiture, il jeta un coup d'œil à l'écran. Il y lut « Correspondant inconnu », mais prit quand même l'appel. C'était John Creighton, ce qui ne le surprit pas vraiment.

— Alors, vous avez vu M. Vance ? lui demanda celui-ci.

— Oui, je l'ai vu.

— Et... comment ça s'est passé ?

— Bien.

Creighton allait devoir mériter ses réponses avec Bosch. C'était peut-être passif-agressif de sa part, mais il n'oubliait pas ce que voulait son client.

— Quelque chose en quoi nous pourrions vous aider ? reprit Creighton.

— Euh... non. Je pense pouvoir gérer. M. Vance veut que ça reste confidentiel et je n'en dirai pas plus.

S'ensuivit un long silence avant que Creighton ne reprenne la parole.

— Harry, dit-il, vous et moi, ça remonte à loin dans la police et bien sûr, M. Vance et moi nous connaissons depuis longtemps aussi. Comme je vous l'ai dit hier avant de vous embaucher, M. Vance est un gros client et s'il y a le moindre problème concernant son confort et sa sécurité, j'ai besoin de le savoir. J'espérais donc qu'en tant qu'ancien collègue sous l'uniforme, vous me mettriez au courant de ce qui se passe. M. Vance est un vieil homme et je ne veux pas qu'on profite de lui.

— « On », c'est-à-dire moi ?

— Bien sûr que non, Harry. Je me suis mal exprimé. Ce que je veux dire, c'est que si le vieil homme se faisait extorquer ou devait en quelque manière que ce soit affronter de tels ennuis qu'il ait besoin des services d'un détective privé, eh bien nous sommes là et nous avons d'énormes ressources à notre disposition. Nous devons donc être mis dans la boucle.

Bosch hocha la tête. Depuis que Vance l'avait alerté, il s'attendait à ce genre de manœuvre de la part de Creighton.

— Eh bien, lança-t-il, tout ce que je peux vous dire, c'est que un, vous ne m'avez nullement « embauché ». Vous n'avez été que le porteur de valise qui m'a donné l'argent. C'est M. Vance qui m'a embauché et c'est pour lui que je travaille. Il a été très précis sur ce point et m'a même fait signer un document où j'accepte de suivre ses instructions. Il m'a en particulier bien dit de ne jamais informer qui que ce soit de ce que je fais, ni non plus pourquoi je le fais. Et vous ne faites pas exception à la règle. Si vous voulez que je rompe cet engagement, il faudra que je l'appelle et lui demande sa permi...

— Ça ne sera pas nécessaire, s'empressa de lui répondre Creighton. Si c'est comme ça que M. Vance veut jouer le coup, pas de problème. Sachez seulement qu'on sera toujours là pour donner un coup de main si c'est nécessaire.

— Absolument, lui renvoya Bosch d'un ton enthousiaste, mais totalement hypocrite. Je ne manquerai pas de vous appeler si c'est nécessaire, John. Et merci d'avoir demandé de mes nouvelles.

Il coupa la communication avant que Creighton puisse réagir. Puis il traversa le parking et gagna l'énorme bâtiment rectangulaire où se trouvaient les archives contenant tous les actes de naissance et certificats de décès officiels du comté de Los Angeles. Tous les certificats de mariage et de divorce s'y trouvant également, Bosch voyait toujours dans cet édifice une sorte d'énorme malle au trésor. Tous les renseignements étaient là à condition de savoir où chercher – ou de connaître quelqu'un qui, lui, savait où regarder. Pour ceux qui ne savaient pas, les marches du parvis étaient un endroit où des colporteurs étaient toujours prêts à conseiller les non-initiés dans l'art et la manière de remplir des demandes de renseignements – moyennant quelques dollars –, certains ayant même ces formulaires dans leurs mallettes. Cette sorte d'industrie artisanale avait pour fondement la naïveté et la peur de ceux qui se retrouvent à devoir s'aventurer dans la gueule même de la bureaucratie d'État.

Bosch monta les marches en petite foulée, ignorant tous ceux qui se précipitaient sur lui pour lui demander s'il venait chercher un formulaire de mariage ou voulait obtenir un nom commercial fictif. Il entra, passa devant le bureau des renseignements et se dirigea vers l'escalier. Il savait d'expérience qu'attendre un ascenseur dans ce bâtiment pouvait vous ôter toute envie de vivre et descendit à pied au sous-sol où se trouvait la section N-M-D de l'état civil.

Il en poussait la porte d'entrée en verre lorsqu'un grand cri monta d'un des bureaux qui s'alignaient de l'autre côté des comptoirs où l'on pouvait demander des certificats de naissance, de mariage et de décès. Une femme se leva et lui adressa un grand sourire. De type asiatique, elle s'appelait Flora et l'avait toujours aidé lorsqu'il portait le badge.

— Harry Bosch!

— Flora!

Le long du comptoir se trouvait un guichet réservé aux demandes des forces de l'ordre auxquelles on donnait toujours la priorité, et deux autres pour les citoyens ordinaires. Un homme se trouvant à l'un d'eux, Bosch se présenta à l'autre tandis que Flora gagnait déjà celui réservé aux forces de l'ordre.

— Non, non, venez ici, lui dit-elle.

Il s'exécuta et se pencha au-dessus du comptoir pour la serrer gauchement dans ses bras.

— Je savais bien que vous reviendrez! reprit-elle.

— Tôt ou tard, c'est ça? Mais vous savez, je ne suis ici qu'en qualité de simple citoyen et je ne veux pas vous causer d'ennuis.

Il savait qu'il pouvait lui sortir son badge du SFPD, mais il n'avait aucune envie que pareil geste puisse remonter jusqu'à Valdez ou Trevino. Cela ne manquerait pas de créer des problèmes dont il n'avait pas besoin. Il allait donc repartir vers le guichet des citoyens ordinaires pour ne pas mélanger travail privé et mission pour la police lorsqu'elle lui cria :

— Pas problème ! Pas pour vous.

Il mit fin à la petite comédie et resta au guichet des forces de l'ordre.

— C'est que mon affaire pourrait prendre du temps, dit-il enfin. Je n'ai pas tous les renseignements et ça remonte à très très loin dans le temps.

— J'essaie. Vous voulez quoi ?

Bosch devait toujours prendre garde à ne pas hacher ses mots comme elle le faisait, mais il avait assez naturellement tendance à ne pas finir ses phrases quand il lui parlait. Il s'était surpris à le faire par le passé, cette fois il tenta d'éviter.

Il sortit son carnet de notes et regarda certaines dates qu'il y avait portées ce matin-là dans le bureau de Vance.

— Je cherche un acte de naissance, dit-il en les lisant. On parle de 1933, 1934. Qu'est-ce que vous avez qui remonte aussi loin ?

— Rien dans banque de données, répondit-elle. Seulement fiches ici. Fini, papier. C'est quoi, le nom ?

Il savait qu'elle parlait des documents d'archives mis en microfiches dans les années 70 et jamais transférés dans la base de données. Il tourna son carnet pour qu'elle puisse voir le nom de Vibiana Duarte et comment ça s'épelait. Il espérait que la rareté de ce nom lui donnerait une chance – au moins n'avait-elle pas un nom latino aussi répandu que Garcia ou Fernandez. Et des Vibiana, il ne devait pas y en avoir beaucoup non plus.

— Elle vieille, reprit Flora. Vous voulez décès aussi ?

— Oui. Mais je ne sais ni à quelle date remonte son décès, ni même si elle est morte. C'est en juin 1950 que je l'ai vivante pour la dernière fois.

Elle fit la grimace.

— Oooh, je vois, Harry, dit-elle.

— Merci, Flora. Où est Paula ? Toujours ici ?

Paula était l'autre employée dont il se souvenait pour s'être si souvent lancé dans des raids dans les sous-sols du bâtiment lorsqu'il était inspecteur au LAPD. Localiser des témoins et des proches des victimes constitue un des éléments clés de toute enquête portant sur des affaires non résolues – c'est même, en général, ce qui la fonde. La première chose que l'on fait est en effet d'alerter la famille que l'enquête est à nouveau active. Cela dit, dans les affaires anciennes, le livre du meurtre ne contient que rarement des mises à jour concernant les mariages, décès et déménagements des individus. C'était donc dans les bibliothèques et à l'état civil que Bosch avançait le mieux dans son travail d'enquête.

— Aujourd'hui, elle est pas là. Y a que moi. Je note et vous prenez café. Ça demande temps, répondit Flora en écrivant ce dont elle avait besoin.

— Vous voulez un café, vous aussi ? lui demanda Bosch.

— Non, vous. Pour attendre.

— Bon, je crois que je vais rester dans le coin. J'ai fait le plein ce matin et j'ai des trucs à faire.

Il sortit son portable et le lui montra en guise d'explication. Flora partit à la chasse aux microfilms. Il s'assit sur un des sièges en plastique installé dans un box vide.

Il réfléchit à la suite. Selon ce qu'il découvrirait, ou bien il se rendrait à l'église Sainte-Vibiana pour voir s'il n'y avait pas moyen de jeter un coup d'œil aux registres de baptêmes, ou bien il gagnerait la grande bibliothèque du centre-ville où étaient conservés des annuaires de téléphone inversés remontant à plusieurs décennies.

Il ouvrit son application de recherche de numéros dans son portable et y entra « USC CPT » pour voir ce que ça donnerait. Il eut tout de suite une réponse. Le CPT fonctionnait toujours et se trouvait au Harris Residential Hall, dans la 34e Rue. Il entra l'adresse dans son application GPS et découvrit rapidement l'énorme campus au sud du centre-ville. Vance lui avait dit que Vibiana n'habitait qu'à quelques rues du CPT et qu'elle venait au travail à pied. Le campus longeant d'un côté Figueroa Street et de l'autre le Harbor Freeway, cela limitait le nombre de voies résidentielles donnant directement accès au CPT. Bosch commença à en noter les noms ainsi que le nombre de bâtiments afin de retrouver la maison des Duarte dans les annuaires de la bibliothèque.

Il lui vint vite à l'esprit que la carte qu'il avait sous les yeux datait de 2016 et qu'il n'était pas impossible que le Harbor Freeway n'existant pas en 1951, tout le quartier autour de l'université ait été complètement différent à l'époque. Il revint à son moteur de recherche et y trouva un historique du Freeway, aussi connu sous le nom d'autoroute 110, qui traversait en diagonale, et sur huit voies, tout le comté de Pasadena jusqu'au port. Il apprit qu'il avait été construit par sections dans les années 40 et 50. C'était alors le tout début de l'ère des autoroutes à Los Angeles et la 110 avait été le premier projet. Mis en chantier en 1952, le bout qui longeait le côté est du campus d'USC avait été achevé deux ans plus tard, soit, pour ces deux dates, bien après le moment où Whitney Vance avait fréquenté l'université et rencontré Vibiana Duarte.

Bosch reprit sa carte et commença à y inclure des rues qui, en 1949 et 1950, donnaient toujours accès à la portion nord-est du campus où se trouvait le CPT. Il en eut bientôt quatorze s'étendant sur trois ou quatre blocs à examiner. À la bibliothèque, il commencerait par chercher les Duarte dans le vieil annuaire téléphonique pour voir s'il y en avait dans les rues de sa liste. À cette époque-là, presque tout le monde était listé dans les annuaires – à condition d'avoir le téléphone.

Il était toujours penché sur le petit écran de son portable à étudier la carte pour voir s'il n'avait pas oublié des rues lorsque Flora remonta des entrailles du bâtiment. Elle tenait triomphalement dans sa main une bobine de microfilms à glisser dans la machine, Bosch en ressentant aussitôt une forte montée d'adrénaline. Flora avait retrouvé Vibiana.

— Pas née ici, dit-elle. Au Mexique.

Bosch en fut déconcerté. Il se leva et gagna le comptoir.

— Comment le savez-vous ? lui demanda-t-il.

— C'est sur certificat décès. Loreto.

Elle avait mal prononcé le nom, mais Bosch le reconnut. Il y avait un jour traqué un homme suspecté de meurtre, là-bas, tout au sud de la côte intérieure de la péninsule de Baja California. Il se dit que s'il y retournait maintenant, il y trouverait une cathédrale ou une église dédiée à sainte Vibiana.

— Vous avez déjà retrouvé son acte de décès ? reprit-il.

— Pas pris longtemps. Seulement regardé jusqu'en 1951.

Ces paroles lui coupèrent le souffle. Non seulement Vibiana était morte, mais en plus depuis très longtemps. Il avait appris son nom moins de six heures avant et voilà qu'il venait déjà de la retrouver, enfin… d'une certaine façon. Il se demanda comment Vance allait réagir à la nouvelle.

Il tendit la main pour prendre la bobine. Flora la lui donna et lui précisa la cote de la pièce qu'il devrait chercher : 51-459. Quatre cent cinquante-neuf ? Le chiffre était bas, même pour 1951. Seuls quatre cent cinquante-neuf décès avaient été enregistrés dans le comté de Los Angeles cette année-là ? Jusqu'où allait-il donc devoir remonter dans l'année pour trouver l'entrée ? Un mois ? Deux ?

Une idée lui passa soudain par la tête. Il regarda Flora. Avait-elle lu la cause du décès en trouvant le document ?

— Elle est morte en accouchant ? demanda-t-il.

Flora le regarda d'un air perdu.

— Euh, non, répondit-elle. Mais vous lisez. Pour être sûr.

Il s'empara de la bobine, se tourna vers le lecteur, enclencha le film et alluma la lampe du projecteur. Un bouton permettait de contrôler le défilement. Il passa vite en revue les entrées en s'arrêtant toutes les deux ou trois secondes pour vérifier les numéros portés en haut de chaque document. Il en était déjà à la moitié du mois de février lorsqu'il arriva au quatre cent cinquante-neuvième décès. Il constata que les certificats de décès de l'État de Californie n'avaient guère changé au fil des décennies. C'était sans doute la plus ancienne pièce de ce type qu'il ait jamais eue sous les yeux, mais elle lui fut tout de suite intimement familière. Il baissa les yeux sur la case à remplir par le coroner ou le médecin traitant. La cause de la mort y avait été portée à la main : étranglement par ligature (corde à linge) due au suicide.

Bosch regarda longuement la mention sans bouger ni respirer. Vibiana s'était tuée. Aucun autre détail n'était donné en dehors de ce qu'il venait de lire. Il ne vit qu'une signature trop griffonnée pour qu'on puisse la déchiffrer au-dessus des mots imprimés « Coroner adjoint ».

Il se redressa et prit une grande inspiration. Une immense tristesse le submergeait. Il ne connaissait pas tous les détails de l'histoire – il n'avait entendu que la version de Vance, soit la relation vécue par un jeune homme de dix-huit ans mais filtrée par la mémoire vacillante et pleine de culpabilité d'un vieillard de quatre-vingt-cinq. C'était bien suffisant pour se rendre compte que ce qui était arrivé à Vibiana n'était pas juste. Vance l'avait laissée du sale côté de la rupture et c'était ce qui s'était passé en juin qui avait déclenché les événements de février. Bosch sentit jusque dans ses tripes qu'il lui avait ôté la vie bien avant qu'elle ne se passe la corde autour du cou.

Le certificat de décès donnait des détails qu'il nota. Vibiana s'était donné la mort le 12 février 1951. Elle avait dix-sept ans. Son parent le plus proche était son père, Victor Duarte. Il habitait dans Hope Street[1], soit une des rues que Bosch avait notées dans son carnet en étudiant la carte du quartier d'USC. Ce nom lui parut tristement ironique.

Le seul élément bizarre du document était le lieu de la mort. Il n'y avait qu'une adresse dans North Occidental Boulevard. Bosch savait que cette artère se trouvait à l'ouest du centre-ville, près d'Echo Park, et que ce n'était pas du tout proche de son quartier. Il ouvrit son portable, y entra l'adresse dans son moteur de recherche et découvrit qu'il s'agissait du St Helen Home for Unwed Mothers[2]. Il se retrouva avec plusieurs sites Web associés à ce foyer et un lien vers un article publié en 2008 par le *Los Angeles Times* à l'occasion du centième anniversaire de l'établissement.

Il cliqua sur le lien et commença à lire l'article :

LA MATERNITÉ CÉLÈBRE SON CENTIÈME ANNIVERSAIRE
par Scott B. Anderson, rédactrice attitrée

Le St Helen Home for Unwed Mothers aura cent ans cette semaine et s'apprête à célébrer une histoire qui l'a fait passer de lieu où cacher ses secrets de famille à centre dédié à la vie de famille.
Ce complexe d'un hectare et demi situé près d'Echo Park abritera une semaine entière d'événements, dont un pique-nique en famille et le discours d'une femme qui, il y a plus de cinquante ans de cela, fut forcée par sa famille de donner son enfant à adopter dans ce centre.

1. Rue de l'Espoir.
2. Foyer Sainte-Hélène pour mères célibataires.

Le St Helen Home a en effet changé tout autant que les mœurs ces dernières décennies. Quand tomber prématurément enceinte obligeait jadis la mère à se cacher, à accoucher en secret et à voir son enfant lui être aussitôt enlevé pour adoption…

Bosch cessa de lire en comprenant brusquement ce qui était arrivé à Vibiana Duarte soixante-cinq ans plus tôt.

— Elle a eu l'enfant, murmura-t-il. Et il lui a été pris.

CHAPITRE 8

Il jeta un coup d'œil par-dessus son épaule. Flora le regardait d'un air bizarre.

— Harry, ça va ? lui demanda-t-elle.

Il se leva sans répondre et s'approcha du comptoir.

— Flora, dit-il, j'ai besoin des actes de naissance des deux premiers mois de 1951.

— OK. Quel nom ?

— Je n'en suis pas sûr. Duarte ou Vance, je ne sais pas trop. Donnez-moi votre stylo que je vous écrive ça.

— OK.

— L'hôpital sera celui de St Helen. En fait, je veux voir tous les actes de naissance de l'hôpital les deux premiers...

— Non, pas de St Helen dans le comté de Los Angeles.

— C'est que... c'est pas vraiment un hôpital. C'est pour les mères célibataires.

— Pas d'archives ici alors.

— Qu'est-ce que vous racontez ? Il y a forcément...

— Tout secret. Le bébé naît et tout de suite adopté. Avec nouvel acte naissance et pas mention St Helen. Vous voyez ?

Il n'était pas très sûr de bien suivre ce qu'elle essayait de lui dire, mais savait qu'il y avait toutes sortes de lois de confidentialité protégeant les documents d'adoption.

— Vous voulez dire qu'on ne délivre pas d'acte de naissance avant l'adoption ? reprit-il.

— Exactement, répondit-elle.

— Et il ne mentionne que le nom des nouveaux parents ?

— Euh… Vrai.

— Et le nouveau nom du bébé ?

Elle acquiesça d'un signe de tête.

— Et l'hôpital ? Eux aussi, ils mentent ?

— Ils disent : naissance à la maison.

De frustration, Bosch abattit sa main à plat sur le comptoir.

— Il n'y a donc aucun moyen de retrouver l'identité de son enfant ?

— Je suis désolée, Harry. Soyez pas colère.

— Je ne suis pas en colère, Flora. Enfin… pas contre vous.

— Vous êtes bon inspecteur, Harry Bosch. Vous trouverez.

— Oui, Flora. Je trouverai.

Les mains toujours sur le comptoir, il se pencha en avant et essaya de réfléchir. Il devait bien y avoir un moyen de retrouver l'enfant. Il songea à se rendre à l'hôpital. C'était peut-être sa seule chance de réussir. Puis il pensa à autre chose et regarda de nouveau Flora.

— Harry, je vous vois jamais comme ça, dit-elle.

— Je sais, Flora. Je suis désolé. Je n'aime pas les impasses. Vous pourriez m'apporter les bobines des naissances de janvier et février 1951, s'il vous plaît ?

— Vous êtes sûr ? Y a beaucoup naissances en deux mois.

— Oui, oui, je suis sûr.

— Bon, d'accord.

Flora disparut à nouveau tandis que Bosch regagnait le box des microfilms en attendant. Il consulta sa montre et s'aperçut qu'il avait toutes les chances de visionner des fiches jusqu'à la fermeture du service à 17 heures. Il devrait alors affronter une circulation impossible pour traverser le centre-ville et remonter jusque chez lui à Hollywood, ce périple pouvant l'obliger à avancer deux heures durant à la vitesse de l'escargot. Il était plus près du comté d'Orange que de chez lui, il décida d'envoyer un SMS à sa fille au cas improbable où elle n'aurait pas de devoirs à faire et pourrait être intéressée par un petit dîner à l'œil loin de la cafétéria de l'université.

Mads, suis à Norwalk sur une affaire. Pourrais descendre dîner avec toi si tu as le temps.

Elle lui répondit aussitôt : *Norwalk ? C'est où ?*

Près de la fac. Je pourrais passer te prendre à 17 h 30 et te ramener pour tes devoirs à 19 heures. Qu'en dis-tu ?

La décision de sa fille n'arrivant pas immédiatement, il comprit qu'elle pesait le pour et le contre. Elle était en deuxième année et ses obligations sociales et scolaires avaient augmenté de manière exponentielle depuis l'année précédente. Résultat, il la voyait de moins en moins. Ce changement le laissait parfois triste et esseulé, mais le plus souvent ravi pour elle. Il savait que ce soir-là il se sentirait bien morose s'il n'arrivait pas à la voir. L'histoire de Vibiana Duarte, le peu qu'il en savait au moins, le déprimait. Elle n'avait que quelques années de moins que sa fille et ce qui lui était arrivé était un triste rappel du fait que la vie n'est pas toujours juste... même envers les innocents.

Il attendait encore la décision de sa fille lorsque Flora reparut avec deux bobines de microfilms. Il posa son portable sur la table à côté de la visionneuse, enclencha la bobine de janvier 1951 et se mit à éplucher des centaines d'actes de naissance en vérifiant chaque fois le nom de l'hôpital et en imprimant tous les actes indiquant que l'accouchement s'était passé à la maison.

Quatre-vingt-dix minutes plus tard, il s'arrêta à la date du 20 février 1951. Il avait prolongé ses recherches jusqu'à une semaine après le décès de Vibiana afin de tenir compte du délai nécessaire à l'établissement d'un acte de naissance avec le nom des nouveaux parents. Il avait imprimé soixante-sept certificats de naissance « à la maison », tous portant mention du fait que l'enfant était ou blanc ou latino. Il n'avait pas de photo de Vibiana Duarte et ne savait pas si elle avait la peau claire ou foncée. Il ne pouvait pas non plus rejeter absolument la possibilité que l'enfant ait été adopté comme blanc, ne serait-ce que pour que cela corresponde au physique de ses parents adoptifs.

Il rangeait ses sorties d'imprimante lorsqu'il s'aperçut qu'il avait tout oublié du dîner avec sa fille. Il attrapa son portable et découvrit qu'il avait raté la réponse à son offre. Celle-ci était arrivée plus d'une heure plus tôt et oui, Mads avait accepté – à condition qu'ils aient fini de manger assez tôt pour qu'elle puisse se remettre au travail à 19 h 30. Cette année-là, elle partageait une maison avec trois autres filles à quelques rues du campus. Bosch jeta un coup d'œil à sa montre et vit qu'il ne s'était pas trompé en estimant qu'il finirait ses recherches à l'heure de la fermeture. Il envoya vite un texto à Maddie pour lui dire qu'il arrivait.

Il apporta ses soixante-sept copies d'actes de naissance au comptoir et demanda à Flora combien il lui devait.

— Vous force de l'ordre, pas payer, dit-elle.

— Oui, mais je ne vous ai pas dit ça, Flora. C'est privé.

Encore une fois il refusait de jouer la carte police de San Fernando quand ce n'était pas nécessaire. Il n'avait pas le choix lorsqu'il lui fallait chercher des noms dans des bases de données des agences du maintien de l'ordre, mais là, ce n'était pas pareil. S'il acceptait d'avoir ces copies gratuitement sous de faux prétextes, il gagnerait financièrement à avoir triché avec le règlement, mais le retour de bâton risquait d'être sévère. Il sortit son portefeuille.

— Alors vous payez cinq dollars par copie.

Le prix le choqua même s'il avait empoché dix mille dollars dans la matinée, et cela devait se voir sur sa figure.

— Vous voyez? lui lança Flora en souriant. Vous êtes force de l'ordre.

— Non, Flora, non. Je peux vous régler avec une carte de crédit?

— Non, faut payer en liquide.

Il fronça les sourcils et chercha le billet de cent dollars qu'il gardait toujours sur lui en cas d'urgence. Il y ajouta le liquide qu'il avait dans un coin de sa poche et régla la note de trois cent trente-cinq dollars. Il ne lui restait plus que six dollars. Il demanda un reçu même s'il imaginait bien qu'il ne déclarerait pas ses dépenses à Whitney Vance.

Il agita son tas de sorties d'imprimante en guise d'adieu et de merci à l'adresse de Flora et quitta le bureau. Quelques minutes plus tard, il retrouva sa voiture et fit la queue pour sortir du parking avec tous ceux et toutes celles qui quittaient le bâtiment administratif pile à 17 heures. Il alluma le lecteur de CD et changea un rien de registre en écoutant le dernier album de la saxophoniste Grace Kelly. C'était une des rares musiciennes de jazz qu'aimait et appréciait sa fille. Il voulait que le disque continue de passer au cas où Maddie déciderait d'aller dîner dans un restaurant où il faudrait se rendre en voiture.

Mais elle en choisit un dans le Old Towne Circle qui se trouvait à deux pas de sa maison de Palm Avenue. Chemin faisant, elle lui dit à quel point elle était plus heureuse maintenant qu'elle louait une maison avec trois autres filles au lieu de partager un deux-pièces salle de bains comme elle l'avait fait l'année précédente. Et en plus le bâtiment était bien plus près du campus voisin où se trouvait le département de psychologie. Tout compte fait, la vie lui semblait belle, mais Bosch s'inquiétait pour sa sécurité. La patrouille de police de la fac n'allant pas jusque-là, les quatre filles devaient se débrouiller seules et s'en remettre à la police de la ville d'Orange. C'était en minutes et non plus en secondes que se mesurait le temps de réponse de la police municipale et ça aussi, ça l'inquiétait.

Le restaurant était une pizzéria où ils firent la queue pour commander et apporter à leur table leur pizza tout juste sortie du four. Bosch s'assit en face de sa fille et fut tellement troublé par les reflets rose néon qu'elle avait dans les cheveux qu'il finit par lui demander pourquoi elle s'était fait ça.

— Par solidarité, lui répondit-elle. J'ai une amie dont la mère a un cancer du sein.

Bosch ne vit pas le rapport et sa fille s'en rendit compte assez vite.

— Tu plaisantes, dis! lui lança-t-elle. Octobre est le mois du cancer du sein. Tu devrais le savoir!

— Ah oui, c'est vrai. J'avais oublié.

Peu de temps auparavant, en regardant la télé, il avait vu des footballeurs des Los Angeles Rams porter des tenues roses. Il comprit. Et s'il fut heureux que Maddie se soit teint les cheveux pour une cause qui en valait la peine, il le fut encore plus, mais secrètement, en se disant que ça ne durerait probablement pas. Le mois d'octobre s'achèverait dans deux semaines.

Maddie mangea très exactement la moitié de sa pizza et mit l'autre dans une boîte en carton à emporter en lui expliquant que ça lui servirait de petit déjeuner le lendemain matin.

— Bon alors, tu enquêtes sur quoi? lui demanda-t-elle alors qu'ils redescendaient Palm Street pour rejoindre sa maison.

— Comment sais-tu que je suis sur une enquête?

— Tu l'as dit dans ton texto et en plus t'as mis un costume. Ne sois pas aussi parano. On dirait un agent secret!

— J'avais oublié. J'ai un dossier d'hérédité.

— D'air quoi?

— D'hérédité… Je cherche un héritier comme dans… l'héritier du trône.

— Ah, maintenant je comprends.

— J'essaie de savoir si un vieux type de Pasadena qui a beaucoup de fric a un héritier à qui il pourrait tout donner à sa mort.

— Super cool, ça! Et t'as trouvé quelqu'un?

— Pour l'instant, j'en ai soixante-sept de possibles. C'est ce que je faisais à Norwalk. Je consultais des actes de naissance.

— Vraiment cool.

Il ne voulait pas lui dire ce qui était arrivé à Vibiana Duarte.

— Mais ça, tu ne peux en parler à personne, Mads. Que je sois agent secret ou pas, ce truc est top secret.

— Comme si je pouvais le dire à quelqu'un!

— Je sais pas, moi. Je veux juste que tu n'ailles pas poster ça sur MyFace, SnapCat ou autre.

— C'est drôle, ça, *Dad*. On est des visuels, nous, dans notre génération. On ne dit pas aux gens ce que fabrique untel ou unetelle. On montre ce qu'on est en train de faire, nous. On poste des photos. Bref, tu n'as pas à t'inquiéter.

— Parfait.

De retour devant chez elle, il lui demanda s'il pouvait entrer, histoire de vérifier les serrures et la sécurité en général. Avec la permission du propriétaire, il avait fait installer, dès le mois de septembre précédent, des serrures supplémentaires sur toutes les portes et toutes les fenêtres. Il vérifia tout sans pouvoir s'empêcher de penser au Screen Cutter alors qu'il passait de pièce en pièce. Il termina par le petit jardin à l'arrière et s'assura que la palissade en bois était verrouillée de l'intérieur. Il vit que Maddie avait fait ce qu'il lui avait conseillé, à savoir acheter une écuelle à chien et la poser sur la marche alors même que les filles n'avaient pas de chien et que le propriétaire l'interdisait.

Tout paraissant en ordre, il rappela encore une fois à sa fille de ne pas dormir avec la moindre fenêtre ouverte. Après quoi, il la serra dans ses bras et lui déposa un baiser sur le haut du crâne avant de filer.

— N'oublie pas de mettre de l'eau dans la gamelle du chien, dit-il. Je vois qu'elle est vide.

— Oui, *Dad*! lui renvoya-t-elle sur son petit ton.

— Non parce que sinon, ça ne marche pas.

— OK d'accord, j'ai compris.

— Très bien. Je passe prendre deux ou trois panneaux *Attention au chien* chez Home Depot et je te les apporte la prochaine fois.

— *Dad*!

— OK, je m'en vais.

Il l'étreignit encore une fois et regagna sa voiture. Il n'avait vu aucune colocataire de sa fille pendant sa petite visite. Il s'interrogea, mais ne posa pas de questions de peur que Maddie ne l'accuse de s'ingérer dans la vie privée de ses copines. Elle lui avait déjà dit un jour que les questions qu'il lui posait sur elles étaient limite répugnantes.

Une fois dans sa voiture, il se rappela d'aller acheter des panneaux *Attention au chien* et mit le contact.

La circulation s'était éclaircie lorsque enfin il prit vers le nord pour rentrer chez lui. Il était content de ce qu'il avait réussi à faire dans sa journée, y compris dîner avec sa fille. Dès le lendemain, il travaillerait à restreindre le champ de ses recherches et pour Vibiana et pour l'enfant de Whitney Vance. Il n'était pas possible que le nom de cet enfant ne se trouve pas quelque part dans le tas d'actes de naissance posé sur le siège à côté de lui.

Il y avait quelque chose de réconfortant à avancer ainsi dans le dossier Vance, mais une crainte sourde commençait à grandir en lui côté Screen Cutter. Quelque chose lui disait que le violeur s'était mis à traquer une autre victime et se préparait à attaquer. Le compte à rebours avait commencé à San Fernando, il en était sûr et certain.

CHAPITRE 9

Le lendemain matin, il se fit du café, en emporta une tasse sur la terrasse de derrière et s'assit à la table de pique-nique avec tous les actes de naissance qu'il avait imprimés la veille. Il examina les noms et les dates, mais en vint vite à la conclusion qu'il n'avait rien pour restreindre le champ de ses recherches. Aucune de ces pièces n'était datée comme il fallait. Toutes ayant été établies au moins trois jours après la naissance, cela lui interdisait de voir dans ce délai un quelconque indicateur d'adoption. Il décida que sa meilleure chance de réussir était encore d'aller faire un tour à la maternité de St Helen.

Il savait que ce ne serait pas facile. Les lois de confidentialité régissant l'adoption étaient difficiles à contourner, même avec un badge de flic et l'autorité qui va avec. Il envisagea d'appeler Vance pour lui demander s'il était prêt à prendre un avocat pour entamer une procédure d'ouverture des archives concernant l'enfant qu'avait eu Vibiana Duarte, mais décida que ça ne mènerait nulle part. L'entreprise n'aurait probablement pour tout résultat que de faire savoir au monde entier ce que Vance avait en tête et celui-ci avait été inflexible sur la nécessité de garder le secret.

Se rappelant alors l'article du *Times* sur St Helen, Bosch repartit dans la maison pour y ouvrir son ordinateur portable et terminer sa lecture. Il emporta ses actes de naissance à l'intérieur pour éviter qu'ils ne s'envolent et atterrissent dans le canyon en dessous.

L'article racontait la transformation d'un hôpital où la mère et l'enfant étaient immédiatement séparés dès l'adoption en un lieu où, depuis quelques décennies, beaucoup de mères gardaient leurs enfants après la naissance et recevaient des conseils pour réintégrer la société avec eux. La stigmatisation des mères célibataires dans les années 50 ayant cédé la place à leur acceptation dans les années 90, l'hôpital avait maintenant plusieurs programmes destinés à empêcher que des familles embryonnaires ne se désagrègent.

L'article contenait ensuite tout un passage où des mères qui étaient venues à l'hôpital racontaient comment elles avaient été sauvées quand le service maternité les avait accueillies alors que leurs propres familles les bannissaient parce qu'elles avaient honte d'elles. Aucune n'avait fait de commentaires négatifs dans cette partie-là de l'article. On n'y lisait aucune interview de femmes se sentant trahies par une société qui leur arrachait, et littéralement, leurs enfants pour les donner à des inconnus.

La dernière anecdote attira son attention et le ravit lorsqu'il comprit qu'elle allait lui permettre de reprendre son enquête autrement. Y étaient amplement rapportés les propos d'une femme de soixante-douze ans qui était venue à St Helen en 1950 afin d'y accoucher, et y était restée les cinquante années suivantes.

Abigail Turnbull n'avait que quatorze ans lorsqu'on l'avait laissée sur le parvis de l'hôpital avec sa valise. Elle était enceinte de trois mois, ce qui humiliait profondément ses parents des plus religieux. Ils l'avaient donc abandonnée. Tout comme son petit ami. Elle n'avait nulle part où aller.

Elle avait eu une fille et l'avait donnée pour adoption après l'avoir tenue moins d'une heure dans ses bras. Mais où aller après cela ? Dans sa famille, on ne voulait plus la voir. Elle avait eu la permission de rester à l'hôpital, où on lui avait confié des tâches de domestique du genre faire la lessive et passer la serpillière. Cela étant, le temps aidant, elle avait suivi des cours du soir et fini par décrocher et un certificat de fin d'études secondaires et une licence. Elle était alors devenue assistante sociale à l'hôpital, avait conseillé bien des filles qui s'étaient trouvées dans son cas et était restée à St Helen jusqu'à sa retraite, soit un demi-siècle en tout.

Elle avait fait un grand discours lors des célébrations du centenaire et y avait raconté une histoire qui, à l'entendre, disait clairement combien son dévouement à l'égard de l'hôpital avait fini par payer bien au-delà du mesurable.

Un jour que je me trouvais dans la salle du personnel, une de nos filles est venue me dire qu'il y avait une femme à la réception et qu'elle voulait tout savoir sur son adoption. Elle exigeait des réponses sur ses origines. Ses parents lui avaient dit qu'elle était née ici, à St Helen. Je l'ai donc rencontrée et ai tout de suite été submergée par un étrange sentiment. Sa voix, ses yeux… j'avais l'impression de la connaître. Je lui ai demandé sa date de naissance, elle m'a répondu « 9 avril 1950 » et alors, j'ai su… J'ai su que c'était mon enfant. Je l'ai prise dans mes bras et tout a disparu, tout. Ma douleur, tous les regrets que j'avais jamais eus. J'ai aussi su que c'était un miracle et que c'était pour cela que Dieu m'avait gardée à St Helen.

Le compte rendu du *Times* se terminait sur l'évocation du moment où Abigail Turnbull présentait sa fille à l'assistance, l'instant ne laissant personne avec les yeux secs dans tout l'établissement.

— Bingo ! murmura Bosch en achevant sa lecture.

Il savait qu'il devait absolument parler à Turnbull. Il nota son nom en espérant qu'elle soit toujours en vie huit ans après la parution de l'article. Elle devait avoir quatre-vingts ans.

Il réfléchit à la meilleure manière de la contacter au plus vite et commença par entrer son nom dans le moteur de recherche de son ordinateur. Il eut plusieurs réponses sur des sites payants, mais il savait que les trois quarts d'entre eux n'étaient que des leurres. Il trouva une Abigail Turnbull sur le site de réseautage d'affaires LinkedIn, mais douta qu'il puisse s'agir de l'octogénaire qu'il recherchait. Il finit par décider de laisser tomber l'univers du numérique et d'essayer ce que sa fille qualifiait d'ingénierie sociale. Il fit monter le site de St Helen à l'écran, trouva le numéro de téléphone de l'établissement et l'entra dans son portable. À la troisième sonnerie, une femme lui répondit.

— Hôpital St Helen, vous désirez ?

— Oui, euh, bonjour, lança-t-il en espérant avoir l'air nerveux. Est-ce que je pourrais parler à Abigail Turnbull. Enfin… si elle est toujours là.

— Ah, mon trésor, cela fait des années qu'elle n'est plus ici.

— Oh non ! Enfin, je veux dire, elle est… vous savez si elle est toujours vivante ? Je sais qu'elle doit être très vieille, mais…

— Je crois qu'elle est toujours parmi nous, oui. Elle a pris sa retraite il y a longtemps, mais elle n'est pas morte. Je crois même qu'elle nous enterrera tous.

Il eut comme une lueur d'espoir – il allait peut-être réussir à la trouver. Il continua.

— C'est que je l'ai vue à la fête d'anniversaire. Ma mère et moi lui avons parlé.

— Ça remonte à huit ans. Puis-je vous demander qui vous êtes et de quoi il s'agit ?

— Euh, je m'appelle Dale. Je suis né à St Helen. Ma mère disait toujours qu'Abigail Turnbull était une vraie amie et qu'elle avait bien pris soin d'elle pendant son séjour à l'hôpital. Comme je vous l'ai dit, j'ai enfin réussi à la rencontrer quand on est revenus pour l'anniversaire.

— En quoi puis-je vous aider, Dale ?

— C'est-à-dire que c'est triste, en fait. Ma mère vient juste de mourir et elle avait un message qu'elle voulait que je passe à Abigail. Et je voulais aussi lui dire quand ma mère sera enterrée si jamais elle voulait assister à la cérémonie. J'ai une carte pour elle. Vous sauriez comment je pourrais la lui transmettre ?

— Vous pourriez l'envoyer ici en écrivant aux bons soins de l'hôpital St Helen. Nous nous assurerons qu'elle la reçoive.

— Oui, je sais que je pourrais faire comme ça, mais je crains que ça prenne trop longtemps. Vous comprenez, passer par un intermédiaire… Elle pourrait très bien ne la recevoir qu'après la cérémonie de dimanche.

S'ensuivit une pause, puis ceci :

— Ne quittez pas, je vais voir ce qu'on peut faire.

Silence sur la ligne, Bosch attendit. Il pensait avoir joué le coup à peu près comme il fallait. Deux minutes plus tard, quelqu'un reprit la ligne.

— Allô ?

— Oui, je suis toujours là.

— Bon alors, d'habitude nous ne le faisons pas, mais j'ai une adresse où vous pouvez lui envoyer votre carte. Je ne peux pas vous donner son numéro de téléphone sans son autorisation et en plus, je viens d'essayer et je n'ai pas réussi à la joindre.

— L'adresse me suffira. Si je mets la carte au courrier aujourd'hui, elle devrait la recevoir en temps utile.

La femme se mit en devoir de lui donner une adresse dans Vineland Boulevard, à Studio City. Bosch la nota, la remercia et raccrocha sans tarder.

Puis il regarda l'adresse. S'y rendre de chez lui en voiture ne prendrait guère de temps en passant par la Valley. L'adresse comportait un numéro de logement, ce qui, vu l'âge de la dame, l'amena à penser qu'il s'agissait peut-être d'une maison de retraite. Il y aurait donc sans doute de la sécurité, et de la vraie, après les portails habituels et autres boutons sur lesquels appuyer pour entrer dans ces complexes d'appartements municipaux.

Il prit un élastique dans un tiroir de la cuisine et l'étira pour entourer son tas d'actes de naissance. Il voulait les avoir avec lui, au cas où. Il attrapa ses clés et se dirigeait vers la porte latérale lorsqu'il entendit qu'on frappait fort à la porte de devant. Il changea de direction et la rejoignit.

L'inconnu de la sécurité qui, la veille seulement, lui avait fait traverser la maison de Vance se tenait sur la marche.

— Monsieur Bosch, dit celui-ci, je suis vraiment content de vous mettre la main dessus.

Et le regard de l'individu tombant sur le paquet d'actes de naissance qu'il avait entourés d'un élastique, Bosch, pur réflexe, baissa la main dans laquelle il les tenait et la plaça derrière sa cuisse gauche. Et, agacé d'avoir fait un geste aussi évident pour que l'autre ne les voie pas, lui parla d'un ton abrupt :

— Vous désirez ? J'allais sortir.

— C'est M. Vance qui m'envoie. Il voulait savoir si vous avanciez.

Bosch le regarda un long moment.

— Comment vous appelez-vous ? finit-il par lui demander.

— Je m'appelle Sloan et je suis responsable de la sécurité du domaine de Pasadena.

— Comment avez-vous su où j'habite ?

— J'ai cherché.

— Cherché où ? Je ne suis inscrit nulle part et le titre de propriété de cette maison n'est même pas à mon nom.

— Nous avons certains moyens de retrouver les gens, monsieur Bosch.

Bosch le regarda encore plus longuement avant de répondre.

— Bon alors, Sloan, sachez que M. Vance exige que je ne parle qu'à lui de ce que je fais. Et donc, si vous voulez bien m'excuser…

Il commençait à refermer la porte lorsque Sloan tendit immédiatement le bras en avant et l'arrêta.

— Vaudrait mieux ne pas faire ça, lui lança Bosch.

Sloan recula et leva les mains en l'air.

— Je m'excuse, dit-il, mais il faut que je vous dise : M. Vance est tombé malade hier, juste après vous avoir parlé. Il m'envoie donc vous demander ce matin si vous avez progressé.

— Progressé dans quoi?

— Dans la tâche pour laquelle il vous a embauché.

— Pouvez-vous m'attendre ici une minute? lui demanda Bosch en levant un doigt.

Et, sans attendre sa réponse, il referma la porte, prit la pile d'actes de naissance et gagna la table de la salle à manger où il avait laissé la carte de visite professionnelle de Vance avec le numéro auquel il pouvait le joindre directement. Il entra le numéro dans son portable, repartit vers la porte d'entrée et la rouvrit en écoutant sonner le téléphone.

— Qui appelez-vous? lui demanda Sloan.

— Votre patron. Juste pour m'assurer qu'il est bien d'accord pour qu'on parle de cette affaire ensemble.

— Il ne vous répondra pas.

— Eh bien, dans ce cas, nous nous contenterons de…

Bosch entendit un *clic*, puis une longue tonalité, mais pas de message de Vance.

— Monsieur Vance, dit-il, c'est Harry Bosch. Rappelez-moi, s'il vous plaît.

Il donna son numéro, raccrocha et se tourna vers Sloan.

— Vous savez ce que je ne comprends pas bien? Je ne vois pas trop Vance vous envoyer ici pour me poser cette question sans commencer par vous dire pourquoi il m'a embauché.

— Je vous dis qu'il est tombé malade.

— Bon, eh bien j'attendrai qu'il aille mieux. Dites-lui de m'appeler à ce moment-là.

Il vit l'hésitation se marquer sur le visage de Sloan. Il y avait autre chose. Il attendit et Sloan finit par lâcher le morceau.

— M. Vance a aussi toutes les raisons de croire que le numéro de téléphone qu'il vous a donné n'est plus sûr. Il veut donc que vous passiez par moi pour lui parler. Cela fait vingt-cinq ans que je suis responsable de sa sécurité personnelle.

— Bon, très bien, mais ça, il devra me le dire lui-même. Dès qu'il se sent mieux, vous me le faites savoir et je débarque au palais.

Bosch referma la porte un grand coup, Sloan étant tout surpris de l'entendre claquer dans son encadrement. Il frappa à nouveau, mais Bosch ouvrait déjà sans bruit la porte de l'auvent à voitures. Il sortit de chez lui, ouvrit en douce la portière de sa Cherokee et s'assit au volant. Dès que le moteur démarra, il passa en marche arrière, recula vite dans la rue et vit une berline couleur cuivre garée de l'autre côté de la chaussée, avant tourné vers le bas de la colline. Sloan la rejoignait. Bosch braqua vers la droite, écrasa l'accélérateur, remonta vers Mulholland et passa en trombe devant Sloan qui arrivait à la portière de sa voiture. Il savait que Sloan devrait passer par l'auvent pour faire demi-tour dans cette rue étroite, cette manœuvre lui laissant le temps de le semer.

Il habitait Woodrow Wilson Drive depuis vingt-cinq ans. En prendre les virages étant maintenant presque une deuxième nature, il arriva vite au stop de Mulholland Drive et prit à droite sans s'arrêter. Il suivit ensuite les méandres goudronnés de la route de crête jusqu'à Wrightwood Drive. Il jeta un coup d'œil dans son rétroviseur et n'y vit ni la voiture de Sloan ni aucune autre qui l'aurait suivi. Il vira fort à droite pour prendre Wrightwood Drive, descendit rapidement la côte, direction Studio City, et retrouva le fond de la Valley à Ventura Boulevard.

Quelques minutes plus tard, il arrivait à Vineland Avenue. Il se gara le long du trottoir devant un complexe d'appartements du nom de Sierra Winds[1]. Construit à côté de l'autopont de la 101, il avait l'air vieux et délabré. Un mur antibruit de six mètres de haut suivait la courbe de l'autoroute, mais Bosch se dit que le bruit de la circulation devait quand même balayer l'édifice tel un vent de la sierra.

Le plus important était que, tout compte fait, Abigail ne vivait pas dans une maison de retraite. Bosch n'aurait donc aucun mal à arriver à sa porte et ça, c'était de la chance.

1. Les vents de la Sierra.

CHAPITRE 10

Il traîna un peu près du portail et fit comme s'il était au téléphone alors qu'il se contentait de se repasser un message que sa fille lui avait laissé un an plus tôt après avoir été acceptée à l'université de Chapman.

Dad, c'est vraiment un grand jour pour moi et je voudrais te remercier de tout ce que tu as fait pour m'aider à en arriver là. Et je suis aussi très contente d'être assez près de toi pour que nous ne soyons qu'à une heure de route chaque fois que nous aurons besoin l'un de l'autre. Oui, bon… peut-être deux à cause de la circulation.

Il sourit. Il ne savait pas combien de temps les messages resteraient dans son portable, mais il espéra être toujours en mesure d'entendre la joie sans partage qu'il y avait dans la voix de sa fille.

Il vit quelqu'un arriver de l'autre côté de la grille et s'arrangea pour qu'ils l'atteignent au même moment. Il continua de faire comme s'il essayait d'avoir une conversation au téléphone tout en fouillant dans sa poche pour en sortir la clé du portail.

— C'est génial, ça, lança-t-il. Moi aussi, je pense la même chose.

L'homme qui se tenait de l'autre côté du portail le poussa pour sortir. Bosch attrapa la grille, marmonna un vague « merci » et entra. Il sauvegarda encore une fois le message de sa fille et rangea son portable.

Grâce aux panneaux installés le long de l'allée en pierre, il trouva le bâtiment qu'il cherchait et l'appartement au rez-de-chaussée d'Abigail Turnbull. En s'approchant, il découvrit que la porte de devant était ouverte derrière son grillage anti-moustique. Il entendit une voix à l'intérieur.

— Vous avez fini, Abigail ?

Il s'approcha encore sans frapper et regarda par le grillage. Il vit un petit couloir conduisant à une salle de séjour où une vieille femme était assise dans un canapé, une table pliante posée devant elle. Elle avait l'air âgée et fragile et portait des lunettes aux verres épais, et ce qui était manifestement une perruque de cheveux bruns. Une autre femme nettement plus jeune ôtait un plat de la table pliante et rassemblait les couverts. Celle qu'il croyait être Abigail était en train de finir un petit déjeuner tardif ou de déjeuner un peu en avance.

Il décida d'attendre voir si l'aide-soignante allait partir une fois la table débarrassée. L'appartement faisait face à un petit jardin où de l'eau tombait d'une fontaine à trois niveaux et couvrait presque entièrement le bruit de l'autoroute. C'était très vraisemblablement la raison pour laquelle Abigail Turnbull laissait sa porte ouverte. Il s'assit sur un banc coulé dans le béton devant la fontaine et posa son tas d'actes de naissance à côté de lui. Puis il vérifia s'il avait des messages et attendit. Moins de cinq minutes plus tard, il entendit à nouveau la voix dans l'appartement.

— Vous voulez laisser la porte ouverte, Abigail ?

Une réponse étouffée lui parvenant, il vit l'aide-soignante sortir de l'appartement en portant un sac isotherme plein d'autres repas à livrer. Il s'aperçut alors que ce sac appartenait à un service d'aide aux personnes ne pouvant plus sortir de chez elles pour lequel sa fille s'était portée un temps volontaire pendant sa dernière année de lycée. Il se pouvait même qu'elle ait apporté des repas à la vieille dame.

La jeune femme empruntant l'allée qui conduisait au portail, Bosch attendit un peu, puis s'approcha de la porte moustiquaire et regarda à l'intérieur. Abigail Turnbull était toujours assise dans le canapé. La table pliante avait disparu et été remplacée par un déambulateur à quatre pieds. Abigail regardait fixement quelque chose à l'autre bout de la pièce, sans doute un poste de télévision qu'il ne voyait pas mais dont il entendait le faible murmure.

— Madame Turnbull?

Il avait parlé fort au cas où elle n'entendrait pas bien, mais sa voix la fit sursauter et se tourner vers la porte moustiquaire, l'air inquiet.

— Excusez-moi, s'empressa-t-il d'ajouter. Je ne voulais pas vous faire peur. Je me demandais juste si je ne pourrais pas vous poser quelques questions.

Elle regarda autour d'elle comme pour vérifier que quelqu'un pourrait lui servir de renfort si nécessaire.

— Qu'est-ce que vous voulez? lui demanda-t-elle.

— Je suis inspecteur de police, répondit-il, et j'aimerais vous interroger pour une affaire à laquelle je travaille.

— Je ne comprends pas. Je ne connais aucun inspecteur de police.

Il essaya d'ouvrir la porte moustiquaire. Elle n'était pas fermée à clé, il l'entrouvrit de façon qu'elle le voie mieux, lui montra son badge du SFPD et sourit.

— Abigail, reprit-il, je travaille sur une enquête et pense que vous pourriez m'aider.

L'aide-soignante qui lui avait apporté son repas l'ayant appelée par son prénom, il s'était dit qu'il pouvait essayer. Turnbull ne répondit pas, mais il vit qu'elle serrait nerveusement les poings.

— Ça vous gênerait que j'entre ? insista-t-il. Ça ne prendra que quelques minutes.

— Je ne reçois personne. Je n'ai pas d'argent pour acheter quoi que ce soit.

Il entra lentement dans le couloir en affichant toujours son sourire alors même qu'il avait honte d'effrayer cette vieille femme.

— Je n'essaie pas de vous vendre quelque chose, Abigail. Je vous le promets.

Il passa du couloir dans la petite salle de séjour. La télé diffusait l'émission de variété d'Ellen DeGeneres. Il n'y avait que le canapé et une chaise de cuisine dans le coin de la pièce. Derrière se trouvait une kitchenette équipée d'un petit frigo. Il glissa ses actes de naissance sous son bras et sortit sa pièce d'identité du SFPD de son porte-badge. Elle la prit à contre-cœur et l'examina.

— San Fernando ? dit-elle. C'est où, ça ?

— Pas très loin d'ici. Je...

— Sur quoi vous enquêtez ?

— Je cherche quelqu'un d'il y a très longtemps.

— Je ne comprends pas pourquoi vous voulez me parler. Je n'ai jamais été à San Fernando.

Bosch lui montra la chaise contre le mur.

— Je peux m'asseoir ?

— Allez-y. Mais je ne sais toujours pas ce que vous me voulez.

Il tira la chaise et s'assit en face d'elle, le déambulateur entre eux deux. Abigail portait une robe d'intérieur ample ornée d'un motif de fleurs aux couleurs passées. Elle examinait toujours sa carte d'identité.

— Ça se prononce comment, ce prénom ? lui demanda-t-elle.

— Hieronymus, répondit-il. Je porte le nom d'un peintre.

— Jamais entendu parler.

— Vous n'êtes pas la seule. J'ai lu l'article de journal d'il y a quelques années de ça sur St Helen. Sur l'histoire que vous avez racontée à la fête du centenaire. Celle où votre fille venait chercher des réponses et vous a retrouvée.

— Et alors…?

— Je travaille pour un monsieur… un très vieux monsieur… qui, lui aussi, cherche des réponses. Son enfant est né à St Helen et j'espérais que vous pourriez m'aider à le ou la retrouver.

Elle se redressa comme si elle voulait se retirer de la conversation et hocha la tête.

— Il y a tellement d'enfants qui sont nés à cet endroit, dit-elle. Et j'y suis restée cinquante ans. Je ne peux pas me rappeler tous ces bébés. Et la plupart d'entre eux avaient des noms différents quand ils partaient.

Il acquiesça d'un hochement de tête.

— Je sais, dit-il. Mais je pense que c'est une affaire particulière et que vous pourriez vous souvenir de la mère. Elle s'appelait Vibiana. Vibiana Duarte. C'était à peu près un an après votre arrivée à St Helen.

Elle ferma les yeux comme si elle cherchait à chasser une grande douleur. Il sut aussitôt qu'elle avait reconnu ce nom et se souvenait de Vibiana. Sa remontée dans le temps avait atteint sa destination.

— Vous vous souvenez d'elle, n'est-ce pas? lui demanda-t-il.

Elle hocha la tête une seule fois.

— Oui, dit-elle. J'y étais. Ça a été une journée horrible.

— Vous pouvez m'en parler?

— Pourquoi? Ça remonte à loin.

Il hocha la tête à son tour. La question était juste.

— Vous vous rappelez le jour où votre fille est venue à St Helen et vous a retrouvée ? Vous avez dit que c'était un miracle. Eh bien, là aussi, c'est quelque chose comme ça. Je travaille pour un monsieur qui veut retrouver son enfant, l'enfant qu'il a eu avec Vibiana.

Il vit la colère monter dans les yeux d'Abigail et regretta aussitôt sa formulation.

— C'est pas du tout pareil ! lui renvoya-t-elle. Lui n'a pas été forcé d'abandonner son enfant ! Parce qu'il l'a abandonnée, elle, et il a aussi abandonné son fils !

Il s'empressa de réparer les dégâts, mais remarqua qu'elle avait parlé d'un garçon.

— Je sais, Abigail, dit-il. Ce n'est pas du tout pareil. Je le sais. Mais c'est quand même un père qui cherche son enfant. Il est vieux et il va mourir bientôt. Et il a beaucoup à donner. Ça ne remplacera rien, bien sûr que non. Mais est-ce à nous ou à son fils d'en décider ? Nous ne pourrions donc même pas autoriser le fils à en décider ?

Elle garda le silence et réfléchit à ce qu'il venait de dire.

— Je ne peux pas vous aider, finit-elle par répondre. Je n'ai aucune idée de ce qui est arrivé à cet enfant après qu'ils l'ont emmené.

— Si vous le pouvez, dites-moi juste ce que vous savez. Je sais que c'est horrible, mais dites-moi ce qui s'est passé. Si vous le pouvez. Et parlez-moi du fils de Vibby.

Elle baissa les yeux et regarda par terre. Il savait qu'elle revoyait la scène et qu'elle allait la lui raconter. Elle tendit les mains et s'agrippa au déambulateur comme si elle cherchait un soutien.

— Il était tout frêle, celui-là, commença-t-elle. Il n'avait même pas le poids qu'il fallait parce qu'on avait une règle : aucun bébé ne pouvait partir tant qu'il ne pesait pas au moins deux kilos et demi.

— Qu'est-ce qui est arrivé?

— Eh bien, le couple qui était venu le prendre n'a pas pu le faire. Pas comme ça. L'enfant devait être en meilleure santé et peser davantage.

— L'adoption a donc été retardée?

— Ça arrivait. Retardée, voilà. Ils ont dit à Vibby qu'elle devait le faire grossir. Il fallait qu'elle le ramène dans sa chambre et qu'elle le nourrisse au sein. Et sans arrêt pour qu'il aille mieux et prenne du poids.

— Combien de temps cela a-t-il duré?

— Une semaine. Peut-être plus. Tout ce que je sais, c'est que Vibby a pu passer du temps avec son bébé alors qu'aucune autre mère ne le pouvait. Du temps que, moi, je n'ai pas eu. Et au bout d'une semaine, ç'a été l'heure de faire l'échange. Le couple est revenu et l'adoption a eu lieu. Ils lui ont pris son bébé.

Bosch acquiesça d'un air sombre. De quelque côté qu'on la prenne, l'histoire ne faisait qu'empirer.

— Qu'est-il arrivé à Vibby? demanda-t-il.

— À l'époque, j'avais un boulot à la laverie, répondit-elle. Il n'y avait pas beaucoup d'argent. Et pas de sécheuses. On étendait tout sur des fils à linge dans le jardin derrière la cuisine. C'était avant qu'on construise l'annexe.

« Toujours est-il que le lendemain, j'ai pris des draps pour les étendre et j'ai vu que quelqu'un avait coupé un des fils. Il avait disparu.

— Vibiana.

— Et c'est comme ça que je l'ai appris. C'est une des filles qui me l'a dit. Vibby s'était pendue dans sa chambre. Elle avait ouvert sa penderie et accroché le fil à la barre. C'est là qu'on l'a retrouvée, mais trop tard. Elle était morte.

Elle avait relevé la tête, elle la baissa à nouveau. Comme si elle ne voulait pas le regarder après une histoire aussi horrible.

Bosch en était révulsé. À en avoir envie de vomir. Mais il avait besoin d'en savoir plus. Il lui fallait retrouver le fils de Vibiana.

— Et donc... c'est tout? demanda-t-il. L'enfant a été pris et n'est jamais revenu?

— C'est que quand ils partaient, ils partaient, ces enfants.

— Vous vous rappelez son nom? Le nom du couple qui l'a adopté?

— Vibby l'avait appelé Dominick, mais je ne sais pas si ce prénom lui est resté. En général, les enfants le perdaient. J'avais appelé ma fille Sarah. Quand elle m'est revenue, elle s'appelait Kathleen.

Bosch sortit son petit tas d'actes de naissance. Il était sûr et certain d'avoir vu ce prénom en épluchant tous les documents ce matin-là. Il les reprit rapidement et les examina. Lorsque enfin il le retrouva, il chercha le nom de famille et la date de naissance. Dominick Santanello était né le 31 janvier 1951, mais il n'avait été enregistré à l'état civil que quinze jours plus tard. Bosch savait maintenant que ce délai était probablement dû au poids insuffisant du bébé.

Il montra le document à Turnbull.

— C'est lui? demanda-t-il. Dominick Santanello?

— Je vous l'ai déjà dit : je ne me rappelle que le prénom qu'elle lui avait donné.

— C'est le seul acte de naissance de cette période où on trouve un Dominick. C'est forcément lui. Il y est déclaré que l'accouchement a eu lieu à la maison, ce qui est bien la manière dont on jouait le coup à l'époque.

— Eh bien, faut croire que vous avez trouvé l'enfant que vous cherchiez.

Il regarda l'acte de naissance. Dans la case où était portée l'origine du nourrisson, le mot « Hisp. » était coché. Les Santanello habitaient Oxnard, dans le comté de Ventura. Luca et Audrey Santanello avaient alors tous les deux vingt-six ans.

D'après le document, Luca exerçait la profession de représentant de commerce en appareils ménagers.

Bosch remarqua qu'Abigail Turnbull serrait toujours fort les tubes en aluminium de son déambulateur. Grâce à elle, il pensait avoir retrouvé le fils depuis longtemps disparu de Whitney Vance, mais à quel prix ! Il savait que l'histoire de Vibiana Duarte n'était pas près de le lâcher.

CHAPITRE 11

Il quitta le Sierra Winds et prit vers l'ouest jusqu'à Laurel Canyon Boulevard, où il obliqua vers le nord. Il aurait été peut-être plus rapide de filer par l'autoroute, mais il voulait avoir le temps de réfléchir à ce qu'Abigail Turnbull venait de lui raconter. Il avait aussi besoin de manger un morceau et passa par un In-N-Out.

Après avoir avalé son sandwich dans sa voiture garée au bord de la route, il sortit son portable et appuya sur le bouton de rappel du dernier numéro qu'il avait composé – celui que Whitney Vance lui avait donné. Personne ne décrochant, il laissa un message.

— Monsieur Vance, c'est encore moi, Harry Bosch. J'ai besoin que vous me rappeliez. Je crois avoir le renseignement que vous cherchez.

Il raccrocha et reposa son téléphone dans le porte-gobelet de la console centrale.

Il lui fallut vingt minutes pour traverser la Valley dans le sens sud-nord par Laurel Canyon Boulevard. Arrivé à Maclay Street, il tourna à droite et entra dans San Fernando. Une fois encore, la salle des inspecteurs était vide lorsqu'il arriva et il gagna tout de suite son box.

La première chose qu'il vérifia fut les e-mails de son compte SFPD. Il avait deux messages et rien qu'à leur intitulé, il comprit qu'il s'agissait de réponses à ses questions sur l'affaire du Screen Cutter. Le premier lui était envoyé par un inspecteur de la division de West Valley du LAPD.

> *Cher Harry Bosch, si vous êtes bien l'ancien inspecteur du LAPD du même nom qui poursuit en justice le service qu'il a servi pendant plus de trente ans, j'espère que vous allez vous payer un cancer du trou de balle dans pas longtemps et que vous en mourrez, et d'une mort lente et bien douloureuse. Si vous n'êtes pas ce type-là, je m'excuse. Vous avez mon bonjour.*

Il lut deux fois le message et sentit son sang s'échauffer. Pas à cause du sentiment qui s'y exprimait. Ça, il s'en moquait. Il appuya sur « réponse » et en tapa une aussitôt :

> *Inspecteur Mattson,*
> *Je suis ravi de voir que les inspecteurs de la division de West Valley sont toujours au plus haut niveau de professionnalisme que les citoyens de Los Angeles en sont venus à attendre d'eux. Choisir d'insulter quelqu'un qui cherche des renseignements au lieu de prendre au sérieux sa demande montre l'immense respect que vous portez au mandat d'une police qui est censée servir et protéger. Grâce à vous, je sais maintenant que les prédateurs sexuels de la West Valley vivent dans une terreur de tous les instants.*

Il s'apprêtait à appuyer sur la case « envoi » lorsqu'il se ravisa et effaça le message. Et tenta d'oublier sa colère. Au moins Mattson ne travaillait-il ni à la division Mission du LAPD ni à celle des Foothills où il était certain que devait opérer le Screen Cutter.

Il décida de passer à autre chose et ouvrit son deuxième e-mail. Celui-là lui arrivait d'un inspecteur de Glendale. Il lui disait seulement que sa demande d'info avait bien été reçue et que c'était à lui qu'on l'avait passée pour qu'il s'en occupe. L'inspecteur ajoutait qu'il allait se renseigner dans son service et qu'il reviendrait vers lui dès que possible.

Ce n'était pas la première fois que Bosch recevait ce genre de réponse à ses demandes. Heureusement pour lui, celles du type Mattson restaient rares. Les trois quarts des inspecteurs qu'il contactait étaient des pros qui, même lorsqu'ils croulaient sous les affaires, lui promettaient de répondre aussi rapidement que possible.

Il ferma ses e-mails et passa au portail du DMV. L'heure était venue d'y chercher Dominick Santanello. En ouvrant la session, il fit le calcul dans sa tête : vu sa date de naissance, Santanello devait avoir soixante-cinq ans. Peut-être était-il maintenant un jeune retraité qui vivait de sa pension et n'avait aucune idée du fait qu'il allait hériter d'une véritable fortune. Bosch se demanda aussi s'il avait jamais quitté sa ville d'adoption d'Oxnard. Savait-il même seulement qu'il avait été adopté et que la vie de sa mère avait pris fin au moment même où commençait la sienne ?

Il entra le nom et la date de naissance portés sur l'acte de naissance, la base de données lui renvoyant aussitôt qu'il y avait une correspondance, l'entrée étant malheureusement des plus courtes. On y lisait que Dominick Santanello s'était vu attribuer un permis de conduire de l'État de Californie le 31 janvier 1967, soit le jour de ses seize ans, mais que ce permis n'avait jamais été ni renouvelé ni rendu à l'État. La dernière entrée du document disait simplement « Décédé ».

Bosch se redressa sur son siège comme s'il avait reçu un coup de poing dans le ventre. Il travaillait l'affaire depuis moins de trente-six heures, mais s'y était beaucoup investi. L'histoire de Vibiana, celle d'Abigail, celle d'un Vance qui n'arrivait pas à oublier sa culpabilité après toutes ces années… tout cela pour en arriver là. D'après le document du DMV, le fils de Vance était mort avant même que son permis n'ait expiré.

— Harry, ça va?

Il tourna la tête et vit que Bella Lourdes venait d'entrer dans la salle et se dirigeait vers son box, de l'autre côté de la cloison.

— Oui, ça va, dit-il. C'est juste... que c'est encore une impasse.

— Ça, je connais, lui renvoya-t-elle.

Elle s'assit et disparut de sa vue. Elle ne faisait pas plus d'un mètre cinquante-cinq et la cloison l'avait avalée. Il continua de fixer son écran d'ordinateur. Il n'y avait aucun détail sur la mort de Santanello, seulement qu'elle s'était produite pendant la période de validité de son permis. Bosch avait obtenu son premier permis californien en 1966, soit un an avant Santanello. Il était à peu près certain qu'à cette époque-là, il fallait le renouveler tous les quatre ans. Cela signifiait que Santanello avait trouvé la mort entre les âges de seize et vingt ans.

Il savait qu'en lui rapportant la mort de son fils, il devrait aussi fournir à Vance des détails aussi complets que convaincants. Il était également conscient qu'à la fin des années 60, les trois quarts des ados qui mouraient étaient ou victimes d'accidents de la route ou tués à la guerre. Il se pencha de nouveau vers son ordinateur, accéda au moteur de recherche et y entra « Chercher sur le mur ». Cela le renvoya à un certain nombre de sites associés au Mémorial de la guerre du Vietnam de Washington DC, où chacun des cinquante-huit mille et quelques soldats tués à la guerre avait son nom gravé sur un mur en granite noir.

Il choisit le site du fonds de soutien au Mémorial parce qu'il y était déjà allé pour y faire un don et se renseigner sur les hommes avec qui il avait servi et qui, il le savait, n'en étaient pas revenus. Il y entra de nom de Dominick Santanello et ce qu'il pressentait devint réalité lorsque s'ouvrit une page avec sa photo et ses états de service.

Avant de lire quoi que ce soit, Bosch regarda fixement l'image. Jusque-là, il n'avait vu aucune photo d'aucune des personnes qu'il recherchait. Il n'avait fait qu'imaginer ce à quoi pouvaient ressembler Vibiana et Dominick. Mais là, sous ses yeux, se trouvait le portrait en noir et blanc d'un Santanello en costume-cravate, et Santanello souriait au photographe. Il s'agissait peut-être d'une photo de son album de promotion de lycée ou d'un cliché pris au moment de son entrée dans l'armée. Le jeune homme avait les cheveux bruns, les yeux noirs et un regard perçant. Même sur cette photo en noir et blanc, il était clair qu'il avait un mélange de gènes caucasiens et latinos. Bosch étudia ses yeux et crut y voir une ressemblance avec ceux de Whitney Vance. D'instinct, il fut sûr et certain que c'était bien le fils du vieil homme qu'il regardait.

Dans la page qui lui était dédiée était mentionné l'endroit où son nom était gravé sur le mur. On y lisait aussi l'essentiel de ses états de service et comment il était mort. Bosch les nota dans son carnet. Santanello avait été Navy Corpsman. Il s'était engagé le 1er juin 1969, quatre mois après son dix-huitième anniversaire, et avait été tué le 9 décembre 1970, dans la province de Tay Ninh. Il était affecté à la base du First Medical Battalion de Da Nang lorsqu'il avait trouvé la mort et avait été enterré au National Cemetary de Los Angeles.

Bosch avait servi au Vietnam en qualité d'ingénieur des tunnels, ce qu'on qualifiait plus communément de « rat des tunnels ». Cette spécialité faisait qu'il était envoyé en mission dans bon nombre de provinces et zones de combat différentes pour nettoyer des tunnels ennemis venant d'être découverts. Cela le mettait aussi en contact avec des soldats des trois branches de l'Armée : la marine, l'armée de l'air et les marines. Il en avait retiré une telle vue d'ensemble de l'effort de guerre qu'il n'eut pas grand mal à comprendre l'essentiel des détails fournis par le site sur la personne de Dominick Santanello.

Bosch savait que les Navy Corpsmen étaient les infirmiers urgentistes attachés aux marines. Chaque unité de reconnaissance en avait un. Qu'il ait été tué dans la province de Tay Ninh qui longe la frontière du Cambodge alors qu'il appartenait au First Med de Da Nang signifiait que c'était au cours d'une mission de ce type que Santanello avait été tué.

Parce que les soldats étaient inscrits par ordre chronologique de leur mort sur le monument, le site du Mémorial les classait de la même manière. Bosch pouvait donc cliquer sur les flèches à droite et à gauche de son nom sur l'écran pour connaître ceux des soldats qui avaient trouvé la mort le même jour que lui. Il découvrit ainsi que le 9 décembre 1970, huit soldats avaient péri dans la province de Tay Ninh.

La guerre tuait des jeunes par dizaines quasiment tous les jours, mais huit le même jour et dans la même province était inhabituel. Ou bien ils étaient tombés dans une embuscade ou bien ils avaient été victimes d'un lâcher de bombes « amies ». Il examina leurs rangs et leurs missions et s'aperçut qu'ils étaient tous marines, deux d'entre eux étant pilotes et un troisième mitrailleur de sabord.

Ce fut une révélation. Bosch savait que les mitrailleurs de sabord étaient affectés à des hélicoptères de transport de troupe dans la jungle et comprit alors que c'était ainsi que Dominick Santanello avait trouvé la mort : il avait été tué dans un appareil que son père, dont il ignorait tout, avait très probablement aidé à construire. L'ironie était cruelle et le stupéfia. Il ne sut plus trop comment annoncer cette nouvelle à Whitney Vance.

— Vous êtes sûr que ça va ?

Il leva la tête et vit que Lourdes le regardait par-dessus la cloison de son box. Elle avait posé les yeux sur la pile d'actes de naissance qu'il avait laissée sur son bureau.

— Euh, oui, ça va, s'empressa-t-il de répondre. Quoi d'neuf?

Il essaya de mettre le bras sur la pile mine de rien, mais son geste manquait de naturel et il vit qu'elle le remarquait.

— Je viens de recevoir un e-mail d'une collègue qui s'occupe des agressions sexuelles à Foothill, reprit-elle. Elle dit avoir trouvé une affaire qui pourrait avoir un lien avec notre bonhomme. Il n'y a pas de moustiquaire découpée, mais d'autres aspects correspondent.

Il sentit l'inquiétude monter dans sa poitrine.

— C'est une affaire récente? demanda-t-il.

— Non, ancienne. Elle remontait en arrière pour nous aider quand elle avait un peu de temps libre et c'est là qu'elle est tombée dessus. Ça pourrait être notre type avant qu'il commence à découper les moustiquaires.

— Possible.

— Vous voulez venir avec moi?

— Euh…

— Bon, pas de problème, j'irai toute seule. Vous avez l'air occupé.

— Oh, je pourrais, mais si vous pouvez vous débrouiller toute…

— Bien sûr. Je vous appelle si ça vaut la peine de s'exciter.

Elle quitta le bureau et il se remit au travail. Pour que ses notes soient complètes, il y alla un écran après l'autre et inscrivit les noms de tous les soldats tués – et comment ils l'avaient été – lors de la mission de Tay Ninh. Ce faisant, il remarqua qu'il n'y avait qu'un seul mitrailleur de sabord alors qu'il le savait, il y en avait toujours deux par appareil : deux côtés, deux portières, deux mitrailleurs de sabord. Cela voulait dire que si l'hélicoptère avait effectivement été abattu ou s'était tout simplement crashé, il y avait peut-être eu un survivant.

Avant de refermer le site, il reprit la page dédiée à Dominick Santanello, cliqua sur la case « Souvenirs » et fut dirigé sur une page où des gens avaient laissé des messages honorant la mémoire et le sacrifice du jeune soldat. Il les fit défiler sans les lire et détermina qu'une quarantaine y avaient été déposés après 1999, date à laquelle il pensait que le site avait été créé. Puis il se mit à les lire dans leur ordre d'apparition, le premier ayant été laissé par quelqu'un qui disait avoir été au lycée d'Oxnard High avec lui et assurait que jamais il n'oublierait comment son camarade avait donné sa vie si loin de chez lui.

Certains souvenirs émanaient de parfaits inconnus qui voulaient seulement honorer le soldat tombé au champ d'honneur après avoir découvert son nom au hasard sur le site. D'autres au contraire, tel celui de son camarade de lycée, provenaient de personnes qui l'avaient connu. L'un d'entre eux était un certain Bill Bisinger qui disait avoir été lui aussi Navy Corpsman. Il avait fait ses classes avec Santanello à San Diego avant d'être expédié au Vietnam avec lui fin 69, ses fonctions le retenant alors à bord du navire-hôpital *Sanctuary* ancré en mer de Chine méridionale.

Ce renseignement l'arrêta. C'était à bord de ce même *Sanctuary* qu'il avait été envoyé à la fin 69 après avoir été blessé dans un tunnel de Cu chi. Il se rendit compte alors que Santanello et lui s'y étaient probablement trouvés au même moment.

Le mot de Bisinger éclairait un peu ce qui était arrivé à Santanello et qu'il l'ait rédigé comme s'il s'adressait directement à son ancien camarade le rendait d'autant plus obsédant.

Nicky,
J'étais en train de déjeuner à bord du Sanctuary *quand j'ai appris que tu t'étais fait descendre. Le mitrailleur a été brûlé mais il s'en est sorti et il est venu ici, alors on a su l'histoire. Je me suis senti*

vraiment mal. Mourir si loin de chez soi et pour quelque chose qui n'avait plus l'air d'avoir grande importance… Je me rappelle t'avoir supplié de pas rejoindre le First Med. Je t'ai supplié, Nicky. Je t'ai dit de ne pas quitter ce bateau, mec. Mais tu ne m'as pas écouté. Fallait que tu l'aies, ce CMB, et que t'ailles faire la guerre. Je suis complètement désolé, mec. J'ai l'impression de t'avoir laissé tomber parce que j'ai pas pu t'en empêcher.

Bosch savait que les initiales CMB étaient celles du Combat Medical Badge. Sous les sentiments que Bisinger exprimait se trouvait le commentaire d'une certaine Olivia Macdonald qui, elle aussi, avait visité le site.

Ne te sens pas si coupable, Bill. Nick, nous le connaissions tous et savions à quel point il était têtu et cherchait l'aventure. C'est pour ça qu'il s'était engagé. Il avait choisi d'être infirmier parce qu'il pensait pouvoir être au cœur des choses et n'avoir qu'à aider, pas à tuer. C'est comme ça qu'il pensait et c'est ça qu'il faut célébrer, sans toujours essayer de remettre en cause ce qu'on a fait.

Ce commentaire disant une connaissance intime de Santanello, Bosch se dit qu'Olivia était peut-être une parente, ou une ex-petite amie. Bisinger lui avait renvoyé un petit mot pour la remercier de sa compréhension.

Bosch continua de faire défiler les messages et découvrit qu'Olivia Macdonald en avait posté encore cinq au fil des ans – et toujours le 11 novembre, soit le jour des Anciens combattants. Pour n'être pas de nature aussi intime, ils étaient toujours du style : « Disparu mais pas oublié. »

En haut de la page, il y avait une case « s'inscrire » qui permettait aux visiteurs d'être avertis dès qu'un nouveau message était posté. Bosch redescendit à celui de Bisinger et découvrit qu'Olivia Macdonald avait publié le sien dès le lendemain. Le mot de remerciements de Bisinger était arrivé tout de suite après.

La rapidité de ces échanges fit comprendre à Bosch qu'ils avaient tous les deux souscrit au système d'alerte. Il ouvrit rapidement une case commentaire sous les remerciements de Bisinger et leur adressa un message à tous les deux. Comme il ne voulait pas dire ouvertement ce qu'il faisait sur ce forum public, même si la page de souvenirs de Santanello n'était que peu fréquemment visitée, il formula son message de façon qu'au moins l'un ou l'autre cherche à le contacter.

Olivia et Bill,
Je suis un ancien combattant du Vietnam. J'ai été blessé en 1969 et soigné à bord du Sanctuary. *J'aimerais vous parler de Nick. J'ai des renseignements.*

Il donna son e-mail personnel et son numéro de portable dans le message et le posta en espérant avoir bientôt un retour de l'un d'eux.

Il fit ensuite une capture d'écran avec la photo de Dominick Santanello, l'imprima, puis se déconnecta. Il referma son carnet, le glissa dans sa poche, s'empara de sa pile d'actes de naissance et quitta son box, puis la salle des inspecteurs en prenant au passage la photo dans le bac des tirages.

CHAPITRE 12

De retour dans sa voiture, Bosch resta longtemps sans bouger et se sentit coupable de ne pas avoir accompagné Bella Lourdes au commissariat de Foothill pour s'entretenir avec l'inspectrice chargée des crimes à caractère sexuel. Il faisait passer son enquête privée avant son travail pour la police de San Fernando alors que l'affaire du Screen Cutter était plus urgente. Il songea à appeler Lourdes pour l'informer qu'il s'était mis en route, mais en vérité, elle pouvait tout à fait gérer ça seule. Elle ne faisait que se rendre dans un autre commissariat pour y discuter avec une autre inspectrice. Il n'y avait pas besoin d'y être à deux. Il sortit du parking et se mit en route.

L'enquête l'avait déjà vu se rendre dans toutes les maisons où le Screen Cutter avait agressé des femmes, ces visites se produisant chaque fois qu'une affaire était reliée à un violeur en série. Aucune des victimes n'y habitant plus, les joindre était difficile et forcément bref. Une fois seulement, l'une d'elles avait accepté de revenir sur les lieux de son agression et d'accompagner les inspecteurs pour leur expliquer comment s'était déroulé le crime.

Pour la première fois, Bosch décida enfin de passer devant chaque maison dans l'ordre chronologique des agressions. Il n'était pas vraiment certain de ce qu'il pouvait y gagner, mais il savait qu'ainsi, l'enquête continuerait de lui tourner dans la tête, et c'était important. Il ne voulait pas que le travail qu'il effectuait pour Vance lui fasse oublier son désir d'arrêter le Screen Cutter.

Il ne lui fallut pas plus d'un quart d'heure pour faire le tour de ces maisons. Arrivé à la dernière, il trouva à se garer le long du trottoir sans difficulté : c'était jour de nettoyage dans la rue et tout un côté de la chaussée était libre. Il glissa la main sous son siège et en sortit son vieux guide Thomas Brothers. San Fernando était assez petit pour y tenir sur une seule page. Il y avait déjà inscrit les lieux des viols. Il l'étudia encore une fois.

Ces endroits ne faisaient apparaître aucune configuration discernable. Bosch et Lourdes avaient déjà cherché, et de manière exhaustive, ce qu'ils pouvaient avoir en commun : passage de réparateurs, de facteurs, de releveurs de parcmètres, etc., tout ce qui pouvait relier les victimes, leurs adresses ou leurs quartiers avait été analysé, mais aucun de leurs efforts n'avait payé quant au lien pouvant unir les quatre victimes ou leurs adresses.

Lourdes était d'avis que Dieu sait comment chacune de ces femmes avait eu un contact visuel avec le violeur à l'extérieur de chez elle et qu'elles avaient ensuite été suivies lors de la phase traque de l'agression. Bosch, lui, n'en était pas convaincu. San Fernando n'était pas une grande ville. L'idée selon laquelle le violeur aurait jeté son dévolu sur une victime potentielle à tel endroit et l'aurait ensuite suivie jusqu'à un autre était peu vraisemblable lorsqu'on prenait en compte que quatre fois sur quatre cette manière de procéder conduisait à une adresse de la très petite San Fernando. Pour lui, le violeur avait choisi ses victimes en les voyant chez elles ou juste au moment où elles sortaient.

Il étudia la façade de celle où l'on savait que le Screen Cutter était passé pour la dernière fois à l'attaque. De petite taille, le bâtiment avait été construit après la Seconde Guerre mondiale et comportait une véranda et un garage pour un seul véhicule.

Le violeur avait découpé la moustiquaire de la fenêtre d'une chambre inutilisée à l'arrière de la maison. Bosch comprit que, de la rue, la couverture était impeccable.

Une ombre passant vite à côté de sa vitre, Bosch se retourna et vit une camionnette de la poste se ranger lentement le long du trottoir devant lui. Le facteur en descendit et se dirigea vers la porte munie d'une fente pour le courrier. Il jeta un coup d'œil désinvolte à Bosch, le reconnut et lui fit un doigt d'honneur jusqu'à la boîte. Il s'appelait Mitchell Maron et, un moment soupçonné de ces viols, il avait fait l'objet d'une tentative de collecte d'ADN subreptice qui avait mal tourné.

L'affaire s'était déroulée au Starbucks de Truman Street un mois plus tôt. Ayant appris que ce Mitchell Maron, un Blanc, distribuait le courrier selon un itinéraire couvrant trois des quatre maisons concernées, Bosch et Lourdes avaient décidé que la manière la plus rapide de l'identifier ou de l'éliminer en tant que suspect était de recueillir son ADN et de le comparer à celui du violeur. Ils l'avaient donc surveillé deux jours durant et s'il ne faisait rien qui puisse laisser imaginer qu'il était le Screen Cutter, afin de marquer une pause, il ne s'en arrêtait pas moins tous les matins dans ce Starbucks pour y boire un thé et avaler un sandwich en guise de petit déjeuner.

En improvisant quelque peu, le troisième jour, Lourdes l'avait suivi à l'intérieur de l'établissement, s'était payé un thé glacé, puis était allée s'asseoir à une table en terrasse, juste à côté de lui. Dès qu'il avait eu fini de manger, le bonhomme s'était essuyé la bouche avec une serviette qu'il avait ensuite enfournée dans le sac en papier servant d'emballage à son sandwich et avait jeté le tout dans une poubelle proche. Alors que Maron regagnait sa camionnette, Lourdes s'était postée près de la poubelle afin d'empêcher tout autre client d'y jeter quoi que ce soit. Puis, voyant le postier sauter dans son véhicule, elle avait soulevé le couvercle de la poubelle et regardé le sac en papier dont il venait de se débarrasser. Elle avait alors enfilé des gants en latex et sorti un sachet à éléments de preuve en plastique afin d'y glisser ce possible échantillon d'ADN. Bosch était, lui, descendu de la voiture dans laquelle il avait suivi Maron et avait sorti son portable de façon à pouvoir filmer le repêchage du sac si jamais l'ADN qui y était recueilli devait être soumis à l'appréciation d'un juge. Les tribunaux ayant reconnu la validité de ce genre de collecte d'ADN dans des lieux publics, il n'en devrait pas moins montrer clairement l'endroit où l'élément de preuve avait été collecté.

Mais, problème que personne n'avait anticipé, Maron avait oublié son portable sur la table et venait juste de s'en apercevoir alors qu'il s'apprêtait à quitter son emplacement de parking en marche arrière. Il avait sauté de sa camionnette et s'était mis en devoir de le récupérer. Et tombant sur Bosch et Lourdes en train de s'emparer de ses détritus, il s'était écrié :

— Mais qu'est-ce que vous foutez, bordel ?

Comprenant qu'il pouvait s'enfuir s'il était le violeur, les deux inspecteurs avaient été obligés de le traiter en suspect. Ils lui avaient demandé de les accompagner au commissariat pour répondre à un certain nombre de questions, ce qu'il avait accepté de faire à contrecœur et sans cacher sa colère. Pendant l'interrogatoire qui s'était ensuivi, il avait nié savoir quoi que ce soit de ces viols et avait certes admis connaître trois des victimes, mais seulement parce qu'il leur distribuait le courrier.

Pendant que Bosch s'occupait de l'interrogatoire, Lourdes avait réussi à contacter les quatre victimes connues et fait en sorte qu'elles viennent assister à des tapissages aussi bien visuels que filmés. Le violeur portant un masque lors de ses agressions, les deux inspecteurs espéraient que l'une d'elles au moins le reconnaisse à sa voix, à ses mains ou à ses yeux.

Quatre heures après l'incident du Starbucks, Maron avait de son plein gré, mais toujours très en colère, accepté de prendre part à un tapissage auquel les quatre femmes avaient assisté chacune séparément. Maron y avait tendu les mains en avant et lu des phrases prononcées par le violeur lors de ses agressions, mais aucune femme ne l'avait désigné comme étant leur assaillant.

Maron avait été relâché le jour même et son innocence confirmée une semaine plus tard, lorsque l'ADN recueilli sur la serviette avec laquelle il s'était essuyé la bouche n'avait fait apparaître aucune « correspondance » avec celui du violeur. Le chef de police lui avait envoyé une lettre où il s'excusait de l'incident et le remerciait de sa coopération.

Et là, après avoir glissé du courrier dans la fente de la boîte aux lettres, Maron s'en retournait à sa camionnette lorsqu'il vira soudain de bord pour rejoindre la voiture de Bosch. Prêt à l'affrontement verbal, celui-ci baissa sa vitre.

— Hé! s'écria Maron, je tiens à vous faire savoir que j'ai engagé un avocat. Parce que je vais vous déférer les fesses devant un tribunal pour arrestation abusive.

Bosch acquiesça d'un hochement de tête comme s'il n'y avait rien de plus normal.

— J'espère pour vous que c'est un contrat au résultat, lui renvoya-t-il.

— Qu'est-ce que vous me racontez?

— J'espère que vous ne lui avez encore rien versé, à cet avocat. Que vous l'avez embauché au résultat, ce qui veut dire que vous ne le paierez que s'il gagne. Non, parce que vous allez perdre, Mitchell. S'il vous dit autre chose, c'est qu'il ment.

— Des conneries, tout ça.

— Vous avez accepté de descendre au commissariat. Il n'y a donc pas eu arrestation au sens propre. Nous vous avons même autorisé à conduire votre camionnette pour que rien n'y soit volé. Vous n'avez rien et les seuls mecs qui vont gagner à votre pari sont les avocats. Pensez-y.

Maron se pencha vers lui et posa la main sur l'encadrement de la vitre.

— Alors comme ça, je suis censé laisser tomber, c'est ça? J'ai eu l'impression que celui qui se faisait violer, c'était moi, et maintenant ça serait juste « on laisse tomber »?

— Oh que non, Mitchell! Allez dire ça à une des vraies victimes et elles vous remettront à votre place. Vous n'avez eu droit qu'à quelques heures d'emmerdes. Elles, il n'y a pas de fin à ce qu'elles endurent.

Maron tapa sur le bord de la vitre et se redressa.

— Allez vous faire foutre! cria-t-il.

Il regagna sa camionnette à grandes enjambées et démarra en trombe, toutes roues hurlantes. Mais ses grands effets tombèrent à plat lorsque moins de vingt mètres plus loin il dut piler pour livrer le courrier à la maison suivante.

Son portable sonnant, Bosch vit que c'était Lourdes.

— Bella, dit-il.

— Harry, où êtes-vous?

— Oh, un peu partout. Comment ça s'est passé, à Foothill?

— Le pétard était mouillé. Les affaires ne correspondent pas.

— Bah, dit-il en hochant la tête, ce n'est rien. Je viens de tomber sur votre petit Mitch Maron. Il nous en veut toujours à mort.

— Quoi, au Starbucks?

— Non, je suis devant l'ancienne maison de Frida Lopez. Il faisait sa tournée quand il est venu me dire que j'étais un fumier. Il s'apprêterait à prendre un avocat.

— Ben, je lui souhaite bonne chance. Mais… qu'est-ce que vous faites là-bas?

— Rien. Je réfléchis. Je devais espérer que quelque chose se décante. Pour moi, ce type… enfin quelque chose me dit qu'il ne va pas se passer longtemps avant que ça recommence.

— Je sais. C'est pour ça que ce truc de Foothill m'excitait. Bon sang, mais pourquoi il n'y a pas d'autres affaires ?

— C'est toute la question.

Il entendit un *clic* d'appel en attente sur son portable. Il jeta un coup d'œil à l'écran et s'aperçut que c'était le numéro que Whitney Vance lui avait donné.

— On m'appelle, lança-t-il à Lourdes. On se parle de la prochaine étape demain.

— Entendu, Harry.

Il repassa sur l'autre appel.

— Monsieur Vance ?

Pas de réponse, seulement le silence.

— Monsieur Vance ? Vous êtes là ?

Silence.

Bosch pressa l'appareil contre son oreille et remonta sa vitre. Il crut entendre quelqu'un respirer et se demanda si c'était Vance. Peut-être avait-il du mal à parler à cause du problème de santé dont Sloan lui avait parlé.

— C'est vous, monsieur Vance ?

Il attendit, mais n'entendit plus rien et la communication fut coupée.

CHAPITRE 13

Il gagna l'autoroute 405, prit vers le sud, traversa la Valley et franchit le col de Sepulveda. Il lui fallut une heure pour redescendre jusqu'à l'aéroport de Lax, où il suivit lentement la voie vers les départs et alla se garer au dernier parking. Il prit une lampe torche dans la boîte à gants, quitta sa voiture et en fit rapidement le tour à quatre pattes pour vérifier les passages de roues et voir ce qu'il y avait sous les pare-chocs et le réservoir d'essence. Il savait que si on lui avait collé un GPS quelque part, il y avait peu de chances qu'il le découvre. Les progrès technologiques aidant, ces appareils étaient devenus plus petits et faciles à cacher.

Il avait décidé d'aller s'acheter un brouilleur sur le Net, mais il lui faudrait attendre plusieurs jours pour le recevoir. En attendant, il regagna sa voiture pour y ranger sa lampe torche dans la boîte à gants et ses actes de naissance dans un sac à dos qu'il gardait par terre. Il ferma sa voiture, prit le pont piétonnier permettant d'accéder au terminal d'United Airlines et redescendit au niveau des arrivées. Il longea un tapis à bagages entouré de voyageurs à peine débarqués de leur avion, se faufila dans la foule et franchit la double porte de la zone de rendez-vous. Il la traversa, gagna la partie réservée aux voitures de location et sauta dans la première navette qu'il vit, un bus jaune en partance pour les comptoirs Hertz d'Airport Boulevard. Il demanda au chauffeur s'ils avaient des voitures disponibles, le chauffeur lui fit signe que oui des deux pouces.

La Cherokee qu'il avait laissée au parking avait vingt-deux ans d'âge. Au comptoir Hertz on lui proposa d'en essayer une toute neuve, ce qu'il accepta malgré le surcoût. Quatre-vingt-dix minutes après avoir quitté San Fernando, il était de retour sur la 405 direction nord, dans une voiture qui ne pouvait pas avoir été équipée d'un traceur par quelqu'un qui aurait voulu le suivre. Il n'empêche. Il se mit en route sans cesser de jeter des coups d'œil dans ses rétroviseurs.

Arrivé à Westwood, il sortit par la bretelle de Wilshire Boulevard et gagna le Los Angeles National Cemetary. Sur près de 47 hectares, celui-ci abrite des tombes de soldats de toutes les guerres et campagnes américaines, de la guerre de Sécession à celle d'Afghanistan. Des milliers de pierres de marbre blanc s'y dressent en d'impeccables rangées qui disent la précision militaire et le gâchis de la guerre.

Il dut recourir à l'onglet « trouver une tombe » de la Bob Hope Chapel pour repérer l'endroit où Dominick Santanello était enterré dans le secteur nord, mais se retrouva vite devant, au moment même où le soleil rosissait le ciel occidental. Il baissa les yeux sur une herbe parfaitement verte et entendit le murmure incessant de l'autoroute proche. Dieu sait comment, en moins de vingt-quatre heures il avait développé une grande affinité avec ce soldat qu'il n'avait jamais rencontré ou connu. Ils s'étaient tous les deux trouvés à bord du *Sanctuary* dans la mer de Chine méridionale. Il y avait aussi qu'il était le seul à connaître l'histoire secrète et les tragédies qui, l'une après l'autre, avaient marqué la courte vie du jeune homme.

Au bout d'un moment, il sortit son portable et prit une photo de la pierre tombale. Elle ferait partie de ce qu'il finirait par rapporter à Whitney Vance… si le vieillard était en mesure de l'entendre.

Il avait toujours son portable dans la main lorsqu'il le sentit bourdonner. L'écran fit apparaître un chiffre précédé de l'indicatif régional 305, qu'il savait être celui du comté de Ventura. Il prit l'appel.

— Harry Bosch, dit-il.

— Euh, bonjour. Olivia Macdonald à l'appareil. Vous avez posté un message sur la page créée en mémoire de mon frère. Vous vouliez me parler ?

Il hocha la tête et nota qu'elle avait déjà répondu à une question : Dominick Santanello était son frère.

— Merci de m'avoir rappelé aussi vite, Olivia, dit-il. De fait, je suis en ce moment même devant la tombe de Nick à Westwood. Au cimetière des anciens combattants.

— Vraiment ? Je ne comprends pas. Qu'est-ce qui se passe ?

— J'ai besoin de vous parler. Pourrions-nous nous voir ? Je pourrais aller chez vous.

— Eh bien, j'imagine que oui. Enfin, attendez une minute. Non, en fait non. Pas avant que vous me disiez de quoi il retourne.

Il réfléchit un bon moment avant de lui répondre. Il ne voulait pas lui mentir, mais ne pouvait pas non plus lui révéler le but véritable de sa démarche. Pas encore. Il était tenu et par sa promesse de confidentialité et plus simplement encore par la complexité de l'affaire. Olivia n'avait pas bloqué son numéro de téléphone, il savait qu'il pourrait la retrouver même si elle lui disait d'aller se faire cuire un œuf et lui raccrochait au nez. Cela étant, ce qu'il ressentait pour Dominick Santanello valait aussi pour sa sœur. Il ne voulait pas lui faire de mal, ni non plus hanter cette femme qui pour l'instant n'était rien de plus qu'une voix à l'autre bout du fil.

Il décida de tenter sa chance.

— Il savait qu'il était un enfant adopté, n'est-ce pas? demanda-t-il.

Il y eut un long silence avant qu'elle ne lui réponde.

— Oui, il le savait, dit-elle.

— S'est-il jamais demandé d'où il venait? Qui était son père... Sa mère...

— Il connaissait le nom de sa mère. Elle s'appelait Vibiana. C'est le nom d'une église. Mais c'est tout ce que savaient nos parents adoptifs. Dominick n'a jamais cherché plus loin.

Bosch ferma les yeux un instant. Encore une confirmation. Cela signifiait que si elle aussi était une enfant adoptée, elle pouvait comprendre le besoin d'en savoir plus.

— Je sais d'autres choses, finit-il par dire. Je suis inspecteur de police et connais toute l'histoire.

S'ensuivit un deuxième long silence avant qu'elle ne reprenne la parole.

— OK, dit-elle. Quand voulez-vous qu'on se rencontre?

CHAPITRE 14

Bosch s'attaqua à son achat en ligne le jeudi matin suivant. Il étudia tout un éventail de détecteurs et de brouilleurs de GPS sur Amazon et arrêta son choix sur un appareil qui faisait les deux. Cela lui coûta deux cents dollars avec livraison en deux jours.

Il prit ensuite son téléphone et appela un enquêteur du NCIS[1] au Centre national des données personnelles de St Louis, État du Missouri. Il avait les nom et numéro de téléphone de Gary McIntyre dans une liste de contacts qu'il avait emportée avec lui en quittant le LAPD. Réglo et coopératif, McIntyre était quelqu'un avec qui il avait travaillé dans trois enquêtes si ce n'est plus lorsqu'il était aux Homicides. Bosch espérait maintenant invoquer ces expériences et leur confiance mutuelle pour obtenir une copie du dossier militaire de Dominick Santanello – soit tout ce qui le concernait depuis ses classes jusqu'aux bases où il avait été affecté, aux médailles qu'il avait reçues, aux permissions et au rapport dressé lors de son décès au champ d'honneur.

Consulter un dossier militaire faisait généralement partie de toute enquête portant sur des affaires non résolues, le service militaire jouant fréquemment un grand rôle dans la vie des

1. Naval Criminal Investigative Service : service d'enquêtes criminelles de la marine.

gens. C'était une bonne façon d'avoir une connaissance plus détaillée des victimes, des suspects et des témoins. Dans ce cas précis, Bosch connaissait déjà le passé militaire de Santanello, mais cela lui permettrait d'approfondir ce qu'il savait déjà sur lui. Son enquête touchant en gros à sa fin, il cherchait à bâtir un rapport complet pour Whitney Vance et peut-être avoir confirmation que Dominick était bien son fils au moyen d'une analyse ADN. Bosch s'enorgueillissait d'être à tout le moins exhaustif dans son travail.

Ces dossiers étaient accessibles aux parents et à leurs représentants, mais Bosch ne pouvait révéler qu'il travaillait pour Whitney Vance. Il pouvait certes jouer la carte membre des forces de l'ordre, mais il ne voulait pas que ça lui revienne dans la figure si jamais McIntyre s'avisait de vérifier si sa demande était à mettre au compte d'une enquête officielle du SFPD. Il préféra donc jouer franc-jeu avec lui. Il lui annonça qu'il l'appelait pour une affaire privée dans laquelle il essayait de confirmer que Santanello était bien le fils d'un client dont il ne pouvait lui révéler le nom. Il l'informa aussi qu'il avait prévu de rencontrer la sœur adoptive de Santanello un peu plus tard et qu'il n'était pas impossible qu'il obtienne d'elle une permission de demande officielle si c'était nécessaire.

McIntyre lui dit de ne pas s'inquiéter pour autant : il appréciait son honnêteté et lui faisait confiance. Il l'informa qu'il lui faudrait un ou deux jours pour retrouver le dossier et en faire une copie numérique. Il le recontacterait dès qu'il serait prêt à la lui envoyer, Bosch ayant ainsi tout le temps d'obtenir l'autorisation de la famille. Bosch le remercia et lui dit qu'il attendait son coup de fil avec impatience.

Le rendez-vous avec Olivia Macdonald n'étant prévu qu'à 13 heures, il eut tout le reste de la matinée pour réviser les notes qu'il avait prises et se préparer. Une des choses qui l'excitait déjà était que l'adresse qu'elle lui avait donnée correspondait à celle des parents de Dominick Santanello telle qu'on pouvait la lire sur l'acte de naissance. Cela signifiait qu'elle habitait toujours la maison même où avait grandi son frère adoptif. C'était peut-être pousser le bouchon un peu loin, mais les chances d'y trouver une trace de l'ADN de Dominick en devenaient plus réelles.

Bosch passa ensuite un coup de fil à l'avocat de la défense Mickey Haller – son demi-frère – pour lui demander s'il avait un laboratoire privé qu'il pouvait lui recommander pour sa rapidité, sa discrétion et sa fiabilité en matière de comparaisons d'ADN, au cas où il viendrait à en trouver. Jusqu'alors, il n'avait travaillé ses dossiers ADN qu'en sa qualité d'inspecteur et avait eu recours au labo du service et à ses ressources pour obtenir ses comparaisons.

— J'en ai deux ou trois dont je me sers... ils sont sûrs et rapides, lui répondit Haller. Laisse-moi deviner... Maddie a enfin compris qu'elle était bien trop futée pour être ta fille et tu te démènes comme un fou pour prouver le contraire.

— Très drôle, lui renvoya Bosch.

— Bon alors, c'est pour une affaire ? Une affaire privée ?

— Quelque chose comme ça, oui. Je peux pas t'en parler, mais faut quand même que je te remercie. C'est à cause de notre petite affaire de l'année dernière à West Hollywood que le client m'a choisi.

L'affaire à laquelle s'était référé Whitney Vance lors de son entrevue avec Bosch tournait autour d'un chirurgien esthétique de Beverly Hills et de deux flics corrompus du LAPD. Elle avait mal tourné pour eux, mais avait vu Bosch commencer à travailler pour Haller[1].

— Tout semble donc indiquer que tu me devras une commission sur tous les gains que tu pourrais te faire dans cette histoire, reprit Haller.

1. Voir *Jusqu'à l'impensable*, publié dans cette même collection.

— Rien ne me semble indiquer quoi que ce soit de ce genre, lui renvoya Bosch, mais si tu me mets en contact avec un bon labo, il se pourrait que tu en retires quelque chose au bout du compte.

— Je t'envoie un e-mail, frangin.

— Merci... frangin.

Bosch quitta son domicile à 11 h 30 de façon à avoir le temps de manger un truc en se rendant à Oxnard. Une fois dehors, il regarda de tous les côtés pour voir si on le surveillait avant de remonter jusqu'à l'endroit où il avait garé la Cherokee de location une rue plus loin. Il se prit des tacos à Poquito Mas en bas de la côte, puis s'embarqua dans la 101 direction ouest et la suivit à travers toute la Valley pour entrer dans le comté de Ventura.

Oxnard en était la plus grande ville. Son nom peu engageant était celui d'un betteravier qui y avait construit une usine de transformation un siècle plus tôt. La ville encerclait complètement Port Hueneme, où se trouvait une petite base de la marine. Une des questions que Bosch avait prévu de poser à Olivia Macdonald était de savoir si c'était la proximité de cette base qui avait poussé son frère à devenir marine.

La circulation étant raisonnable, il arriva tôt à Oxnard. Il mit à profit le temps qu'il lui restait pour faire le tour du port et longer une Hollywood Beach dont les rues s'appelaient La Brea, Sunset et Los Feliz, comme les célèbres artères de Tinseltown[1].

Il se gara devant chez Olivia Macdonald pile à l'heure. La maison se trouvait dans un quartier assez ancien et plutôt classes moyennes plein de bungalows de style californien. Olivia l'attendait assise dans un fauteuil de la véranda. Il se dit qu'ils avaient à peu près le même âge et vit tout de suite que, comme

---

1. La ville du « tinsel », mot qui désigne les cheveux d'ange de l'arbre de Noël, mais aussi quelque chose de « clinquant », au sens figuré.

son frère adoptif, elle était probablement d'origine banche et latina tout à la fois. Elle avait les cheveux blancs comme neige et portait un jean délavé et un chemisier blanc.

— Harry Bosch, dit-il. Bonjour.

Il lui tendit la main, elle la lui serra.

— Olivia, dit-elle. Asseyez-vous, je vous en prie.

Il s'installa dans un fauteuil en osier en face d'elle, de l'autre côté d'une petite table en verre. Un pichet de thé glacé et deux verres y étant posés, il accepta celui qu'elle lui tendait, mais seulement pour se montrer cordial. Il vit une enveloppe matelassée avec l'inscription « Ne pas plier » posée sur la table et se dit qu'elle devait contenir des photos.

— Bon alors, dit-elle après avoir servi le thé. Vous voulez savoir des choses sur mon frère. Ma première question sera donc : pour qui travaillez-vous ?

Il savait que ça commencerait comme ça. Il savait aussi que la façon dont il répondrait déterminerait ce qu'il pourrait obtenir de renseignements et de coopération de sa part.

— Olivia, dit-il, c'est là que c'est embarrassant. J'ai été embauché par quelqu'un qui veut savoir s'il a eu un enfant en 1951. Mais une partie de mon contrat stipule que je dois respecter la plus stricte confidentialité et ne jamais révéler à quiconque qui est mon employeur jusqu'à ce qu'il me libère, lui et lui seul, de cette obligation. Ce qui fait que je suis comme pris entre deux feux. C'est un cercle vicieux. Je ne peux pas vous dire qui m'a embauché avant de pouvoir confirmer à cet homme que votre frère est bien son fils, et vous, vous ne voulez pas me parler avant que je vous dise qui m'a embauché.

— D'accord mais… comment allez-vous le lui confirmer ? lui renvoya-t-elle en agitant désespérément la main. Nick est mort en 1970.

Il sentit comme une ouverture.

— Il y a moyen, dit-il. C'est bien la maison où il a grandi, non ?

— Comment le savez-vous ?

— C'est cette adresse qui figure sur son acte de naissance. Celui qui a été rédigé après qu'il a été adopté. Peut-être y a-t-il donc ici même quelque chose dont je pourrais me servir. Sa chambre est-elle restée intacte ?

— Quoi ? Non, ce serait bizarre. Et en plus, j'ai élevé trois enfants dans cette maison quand j'y ai réemménagé. On n'avait pas assez de place pour transformer sa chambre en musée. Ses affaires, enfin… ce qu'il en reste, sont au grenier.

— Ses affaires ? Quel genre d'affaires ?

— Oh, je ne sais pas trop. Des trucs militaires. Ceux qu'il envoyait et après, ceux qu'on nous a renvoyés après sa mort. Mes parents avaient tout gardé et quand je me suis réinstallée ici, j'ai tout collé là-haut. Ça ne m'intéressait pas, mais ma mère m'a fait promettre de ne rien jeter.

Il acquiesça d'un signe de tête. Il fallait absolument qu'il trouve le moyen de monter dans ce grenier.

— Vos parents sont toujours vivants ? demanda-t-il.

— Mon père est mort il y a vingt-cinq ans. Ma mère est toujours vivante, mais elle ne sait ni quel jour on est, ni même seulement qui elle est. Elle est dans une maison où on prend bien soin d'elle. Ici, il n'y a plus que moi maintenant. Je suis divorcée et mes enfants sont grands et volent de leurs propres ailes.

Il avait réussi à la faire parler sans qu'elle pense à lui redemander qui l'avait embauché. Il savait qu'il devait continuer dans cette voie et réorienter la conversation sur le grenier et ce qui s'y trouvait.

— Et donc, au téléphone, vous m'avez dit que votre frère savait qu'il avait été adopté.

— Oui, il le savait. Nous le savions tous les deux.

— Vous aussi, vous êtes née à St Helen ?

Elle acquiesça.

— C'est moi qui suis arrivée la première, reprit-elle. Mes parents adoptifs étaient blancs et j'étais manifestement latina. C'était très blanc ici à l'époque, et ils se sont dit que ça serait bien que j'aie un frère qui soit pareil. Ils sont donc retournés à St Helen et ont adopté Dominick.

— Vous m'avez aussi dit que votre frère connaissait le nom de sa mère biologique : Vibiana. Comment le savait-il ? En général, ce n'était dit à personne... au moins à cette époque-là.

— Vous avez raison, c'était tenu secret. Je n'ai jamais su le nom de ma mère ni ce qui s'était passé. Quand Dominick est né, il était déjà prévu qu'il viendrait chez nous. Mes parents l'attendaient. Mais il était malade et les médecins ont voulu qu'il reste encore un peu avec sa mère pour qu'elle lui donne son lait. Enfin... quelque chose comme ça.

— Vos parents l'ont donc rencontrée.

— Exactement. Pendant quelques jours ils sont allés la voir et ont dû passer du temps avec elle. Plus tard, quand on a commencé à grandir, il est devenu assez évident qu'on ne ressemblait pas à nos italo-américains de parents et on leur a posé des questions. Ils nous ont dit qu'on était des enfants adoptés et que la seule chose qu'ils savaient, c'était que la mère de Nick s'appelait Vibiana parce qu'ils l'avaient rencontrée avant qu'elle l'abandonne.

Il ne semblait pas qu'ils aient eu droit à toute l'histoire de ce qui était arrivé à Vibiana et ce, que leurs parents adoptifs l'aient su ou pas.

— Savez-vous si votre frère a jamais essayé de retrouver sa mère et son père ?

— Pas que je sache, non. Nous savions ce qu'était St Helen. C'était là que naissaient les enfants dont on ne voulait pas. Je n'ai jamais essayé de retrouver mes parents biologiques. Ça ne m'intéressait pas. Et je ne pense pas que ça intéressait Nicky non plus.

Il remarqua une légère note d'amertume dans sa voix. Plus de soixante ans plus tard, elle nourrissait encore, et clairement, de l'animosité à l'endroit des parents qui l'avaient abandonnée. Il ne lui servirait à rien de lui dire qu'il ne pensait pas que tous les nouveau-nés de St Helen n'étaient pas désirés. Bien des mères, peut-être même toutes à cette époque-là, n'avaient pas voix au chapitre.

Il décida de passer à autre chose. Il but une gorgée de thé glacé, la félicita pour la qualité du breuvage et lui montra l'enveloppe posée sur la table d'un signe de tête.

— Ce sont des photos ? demanda-t-il.

— Je me disais que vous auriez peut-être envie de le voir. Il y a aussi un article de journal sur lui.

Elle ouvrit l'enveloppe et lui passa un tas de photos et une coupure de presse pliée en deux. Le temps aidant, tout avait jauni et s'était fané.

Il commença par la coupure de presse en prenant soin de la déplier de façon qu'elle ne se déchire pas le long du pli. Il était impossible de déterminer de quel journal il s'agissait, mais le contenu de l'article semblait indiquer qu'il était tout ce qu'il y a de plus local. « Un athlète d'Oxnard tué au Vietnam », déclarait le titre, la substance du papier confirmant l'essentiel de ce que Bosch avait déjà déduit. Santanello avait trouvé la mort au moment où il rentrait d'une mission dans la province de Tay Ninh avec quatre autres marines. L'hélicoptère à bord duquel ils se trouvaient avait été touché par un sniper et s'était écrasé dans une rizière. D'après l'article, Santanello était un athlète complet qui avait joué au football américain au niveau universitaire et fait du basket et du hand dans l'équipe du lycée d'Oxnard High. D'après sa mère que citait l'auteur de l'article,

Santanello était très fier de servir son pays malgré le sentiment antiguerre de l'époque.

Bosch replia la coupure et la rendit à Olivia. Puis il prit les photos. Elles semblaient avoir été rangées par ordre chronologique et montraient Dominick passant de l'enfance à l'adolescence. On le voyait à la plage, en train de jouer au basket et de faire du vélo. Il y en avait une où il était en tenue de baseball et une autre où, en smoking et nœud papillon, il accompagnait une fille à un bal de promotion. Dans une photo de famille, on le voyait encore avec sa sœur et ses parents adoptifs. Bosch regarda Olivia jeune fille. Elle était jolie et elle et lui avaient vraiment l'air d'être frère et sœur. Yeux et couleur de peau et de cheveux, tout concordait.

La dernière photo du paquet le montrait en salopette de la Navy avec bonnet de marin rejeté en arrière et cheveux coupe marine. Les mains sur les hanches, il se tenait debout devant ce qui ressemblait à un champ d'un vert impeccable. Pour Bosch, ça ne ressemblait guère au Vietnam et le sourire qu'il arborait disait l'insouciance et la naïveté de celui qui n'a pas encore goûté au combat. Il se dit que le cliché avait été pris lors de ses classes.

— J'adore cette photo, dit Olivia. C'est tout à fait lui.

— Où a-t-il fait ses classes? lui demanda Bosch.

— Dans la région de San Diego. École des cadres de la Santé à Balboa, puis formation au combat et aux soins sur le champ de bataille à Pendleton.

— Êtes-vous descendue le voir là-bas?

— Seulement une fois, on est allés le voir quand il a eu son diplôme. C'est la dernière fois que je l'ai vu.

Bosch baissa la tête et regarda la photo. Il y remarqua quelque chose et s'approcha. La chemise que portait Santanello étant toute fripée d'avoir été lavée et essorée à la main, il était difficile de lire le nom écrit au stencil au-dessus de la pochette, mais il lui sembla que c'était Lewis, et non Santanello.

— Le nom sur la chemise est…

— Oui, Lewis. C'est même pour ça qu'il sourit comme ça. Il avait échangé la sienne contre celle d'un de ses amis, ce Lewis, qui n'arrivait pas à passer le test de natation. Et comme ils portaient tous la même chose et qu'ils avaient tous la boule à zéro… Le seul moyen de les distinguer était de lire le nom qu'ils avaient sur la chemise et c'était la seule chose que vérifiaient les formateurs quand ils faisaient passer le test. Et donc, comme Lewis ne savait pas nager, Nicky s'est présenté au bassin avec sa chemise. On l'a enregistré sous ce nom-là et il a passé le test à la place de son copain.

Elle rit. Bosch hocha la tête et sourit. Parfaite histoire de service militaire, jusqu'au mec de la Navy qui ne sait pas nager.

— Qu'est-ce qui l'a poussé à s'engager ? Et pourquoi dans la marine ? demanda Bosch. Pourquoi voulait-il être infirmier ?

Le sourire qu'elle avait eu en racontant l'histoire de Lewis disparut.

— Ah, mon Dieu ! Ç'a été sa grosse erreur. Il était jeune et bête et l'a payé de sa vie.

Elle lui expliqua que son frère avait eu dix-huit ans en janvier de sa dernière année de lycée. Ça faisait de lui un vieux comparé à ses camarades de classe. Comme c'était exigé de tous les jeunes hommes pendant la guerre, il s'est présenté aux Selective Services pour son examen physique de préconscription. Cinq mois plus tard, quand il a décroché son diplôme, il a reçu sa carte de conscription et a vu qu'on l'avait classé 1A, ce qui voulait dire qu'il était bon pour le service et qu'il avait toutes les chances de partir en Asie du Sud-Est.

— C'était avant la conscription par tirage au sort, enchaîna-t-elle. Ça marchait comme ça : les plus vieux étaient les premiers à partir et justement il faisait partie des plus âgés à avoir terminé le lycée. Il savait qu'il allait y passer… ce n'était qu'une question de temps… alors il s'est engagé pour avoir le choix et il a rejoint la marine. Il avait déjà fait un petit boulot d'été à la base de Hueneme et avait bien aimé les mecs qui y arrivaient. Il les trouvait assez cool.

— Il ne voulait pas aller en fac? Ça lui aurait donné un sursis et en 69 la guerre commençait à s'essouffler. Nixon réduisait les troupes.

Elle hocha la tête.

— Non, pas de fac pour lui. Il était très intelligent, mais il n'aimait tout simplement pas les études. Ça l'insupportait. Il aimait le cinéma, le sport et la photo. Je crois qu'il voulait aussi comprendre des trucs. Notre père vendait des réfrigérateurs. Il n'y avait pas d'argent pour aller en fac.

Ces derniers mots – pas d'argent – résonnèrent fort dans la tête de Bosch. Si Whitney Vance avait été à la hauteur de ses responsabilités pour élever et payer l'éducation de son fils, de l'argent il y en aurait eu et Dominick n'aurait jamais vu le Vietnam ni de près ni de loin. Il essaya d'oublier ces pensées et de se concentrer sur ses questions.

— Il voulait vraiment être infirmier… infirmier dans l'armée?

— Ça, c'est une autre histoire, répondit-elle. Quand il s'est engagé, il a eu le droit de choisir où il voulait aller. Il était déchiré. Il avait quelque chose qui… il voulait être dans l'action, mais pas trop près, voyez? Il y avait une liste de tout ce qu'on pouvait faire et il leur a dit qu'il voulait être journaliste-photographe ou infirmier au combat parce que c'était là que ça se passait, mais que comme ça, il ne serait pas obligé de tuer des gens tous azimuts, vous comprenez?

Bosch avait connu des tas de types de ce genre au Vietnam. Ils voulaient être au cœur de la bataille, mais ne pas la livrer.

L'essentiel de la piétaille n'avait que dix-neuf ou vingt ans et c'est l'âge où on veut s'éprouver, voir ce dont on est capable.

— Ils ont donc fait de lui un infirmier et l'ont formé au combat, reprit-elle. Sa première affectation outre-mer a été à bord d'un navire-hôpital, mais c'était juste pour lui donner un avant-goût. Il y est resté trois ou quatre mois et après, il a été versé dans les marines et s'est retrouvé au combat... Et bien sûr, il a été abattu.

Elle avait terminé son histoire d'un ton neutre. Tout cela remontait à presque un demi-siècle et elle avait dû la raconter et y penser des centaines et des centaines de fois. Cela faisait partie du passé familial et toute émotion avait disparu.

— C'est triste, dit-elle alors. Il ne lui restait plus que deux ou trois semaines à tirer. Il nous avait écrit une lettre pour nous dire qu'il serait là à Noël. Mais il ne s'en est pas sorti.

Le ton avait viré au sinistre, Bosch songea qu'il en était peut-être un peu vite arrivé à la conclusion que l'émotion ne lui pesait plus. Il prit une autre gorgée de thé glacé avant de lui poser une autre question.

— Vous dites qu'une partie de ses affaires vous a été renvoyée. Tout est encore au grenier ?

Elle acquiesça.

— Il y a deux ou trois caisses. Il nous a envoyé des trucs parce qu'il allait revenir. Il n'en avait plus pour longtemps et c'est là que la marine nous a renvoyé sa cantine. Comme mes parents avaient tout gardé, je l'ai montée là-haut. À dire vrai, je n'aimais pas avoir ça sous le nez. Ça me rappelait trop de choses.

Malgré ce qu'elle disait des sentiments qu'elle éprouvait pour les affaires de son frère, il se sentit tout excité à l'idée des possibilités que cela ouvrait.

— Olivia, dit-il, est-ce que je pourrais monter là-haut et jeter un coup d'œil à ses affaires ?

Elle fit la grimace comme s'il avait franchi une ligne jaune en lui posant la question.

— Pourquoi ? demanda-t-elle.

Il se pencha au-dessus de la table. Il savait qu'il devait être honnête. Il avait besoin d'y monter, dans ce grenier.

— Parce que ça pourrait m'aider. Je cherche quelque chose qui pourrait relier Dominick à l'homme qui m'a embauché.

— Quoi ? Comme de l'ADN dans des trucs aussi vieux que ça ?

— Oui, c'est possible. Et parce que moi aussi, j'étais là-bas quand j'avais l'âge de votre frère. J'ai été à bord de ce navire-hôpital, peut-être au même moment que lui. Ça m'aidera de jeter un coup d'œil à ses affaires. Et pas seulement pour mon enquête. Pour moi aussi.

Elle réfléchit un instant avant de lui répondre.

— Bon, mais je vous préviens… Il n'est pas question que je monte dans ce grenier. L'échelle est bien trop branlante et j'aurais peur de tomber. Si vous voulez monter, vous pouvez, mais vous ferez ça tout seul.

— Pas de problème, dit-il. Merci, Olivia.

Il finit son thé glacé et se leva.

CHAPITRE 15

Olivia ne s'était pas trompée pour l'échelle. Fixé à la trappe ménagée dans le plafond du palier du premier, l'engin se dépliait. Bosch n'était en aucune façon quelqu'un de gros, « maigre et nerveux » étant depuis toujours les qualificatifs qui lui correspondaient le mieux. Il n'empêche – l'échelle en bois grinçant sous son poids lorsqu'il y monta, il eut peur que les charnières ne lâchent et de se retrouver par terre. Debout au pied de l'échelle, Olivia le regarda d'un air inquiet. Au bout de quatre marches, il put atteindre l'encadrement de la trappe, s'y accrocher et ainsi redistribuer son poids de manière plus sûre.

— Il doit y avoir un cordon pour allumer la lumière, dit-elle.

Il arriva à bon port sans que l'échelle s'effondre sous lui et promena sa main dans le noir jusqu'à trouver le cordon. Une fois la lumière allumée, il regarda autour de lui pour s'y retrouver.

— Je ne suis pas montée là-haut depuis des années, mais je crois que ses affaires sont au fond à droite, lui cria Olivia d'en bas.

Il se tourna. Tout était bien sombre dans les recoins du grenier. De sa poche revolver, il sortit la torche dont Olivia l'avait armé. Il en dirigea le faisceau sur le coin droit, à l'arrière de la pièce où le toit s'inclinait fortement, et reconnut aussitôt la forme familière d'une cantine de soldat. Il dut se baisser pour l'atteindre et se cogna la tête dans une poutre. Pour finir, il se mit quasiment à quatre pattes pour y arriver.

Un carton était posé sur la cantine. Bosch l'éclaira et vit que c'était celui que, d'après Olivia, son frère leur avait envoyé de Da Nang. Dominick Santanello en était tout à la fois l'expéditeur et le destinataire. L'adresse de retour était « 1st Medical Battalion, Da Nang ». Le ruban adhésif avait jauni et s'effilochait, mais Bosch comprit que le carton avait été ouvert, puis refermé avant d'être rangé. Il ôta le carton de la cantine et le posa à côté.

Assemblage de planches de contreplaqué ordinaire peint en vert, la cantine avait tellement perdu sa couleur d'origine qu'on en voyait maintenant le grain du bois sans difficulté. Écrit au stencil en travers du couvercle on pouvait lire :

DOMINICK SANTANELLO HM3

Bosch déchiffra ce code sans difficulté. Il n'y avait que dans l'armée que la mention « HM3 » pouvait signifier infirmier militaire en campagne. Santanello était sous-officier de troisième classe.

Il sortit des gants en latex de sa poche et les enfila avant de faire quoi que ce soit. La cantine n'était fermée que par un moraillon. Bosch l'ouvrit et braqua sa lampe à l'intérieur. Une odeur de terre assaillant aussitôt ses narines, il revit brièvement un des tunnels où il s'était trouvé. La cantine sentait le Vietnam.

— Vous avez trouvé ? lui lança Olivia.

Il dut se calmer un instant avant de pouvoir répondre.

— Oui, dit-il. Tout est là. Ça risque de prendre un moment.

— OK, lui renvoya-t-elle. Appelez-moi si vous avez besoin de quoi que ce soit. Je vais descendre un instant au sous-sol pour la lessive.

La cantine était parfaitement rangée, vêtements pliés sur le dessus. Il les souleva soigneusement l'un après l'autre et les posa sur le carton à côté. Bosch avait servi comme fantassin, mais savait que dans toutes les branches de l'armée, les biens de tout soldat tué au combat étaient désinfectés avant d'être renvoyés à la famille endeuillée. Afin de ne pas la gêner ou ajouter à sa douleur, tous les livres et revues montrant des femmes nues étaient écartés, de même que toute photo de Vietnamienne ou de Philippine, toute drogue ou attirail propre à sa consommation et, bien sûr, tout journal personnel relatant des mouvements de troupe, des missions tactiques, voire des crimes de guerre.

Pour finir, ce qui était renvoyé n'étaient que des vêtements et quelques objets personnels. Bosch sortit plusieurs tenues de camouflage, marron et vertes, et des chaussettes et sous-vêtements divers. Au fond se trouvait une pile de romans format poche populaires à la fin des années 60, y compris un de ceux qu'il avait lui-même eus dans sa cantine, *Le Loup des steppes* de Herman Hesse. Il y avait encore une cartouche de Lucky Strikes pleine et un Zippo de la base navale de Subic Bay à Olongapo, Philippines, orné d'un chevron.

Il trouva aussi un paquet de lettres entouré d'un élastique qui se brisa dès qu'il essaya de l'ôter. Il jeta un coup d'œil aux enveloppes. Les expéditeurs étaient tous des membres de la famille de Santanello et l'adresse de renvoi toujours la même – celle de la maison où Bosch se trouvait à l'instant. L'essentiel des lettres provenait d'Olivia.

Bosch n'éprouva pas le besoin de s'ingérer dans cette correspondance privée. Pour lui, il s'agissait de lettres d'encouragement dans lesquelles ceux et celles qui aimaient Santanello lui disaient prier pour qu'il revienne sain et sauf de la guerre.

Il vit encore une trousse de toilette en cuir avec une fermeture Éclair et la sortit précautionneusement de la cantine. Plus que tout autre chose, c'était pour cela qu'il était venu. Il l'ouvrit en grand, puis il y fit passer le faisceau de sa lampe. Rasoir, poudre à raser, brosse à dents, dentifrice, coupe-ongles, brosse et peigne, la trousse contenait tous les objets habituels.

Il n'en sortit aucun, désireux qu'il était de laisser cette tâche au laboratoire de recherche d'ADN. Sans compter qu'ils étaient tous si vieux qu'il craignait d'y perdre un follicule capillaire ou quelque infime morceau de peau ou goutte de sang en les déplaçant.

En tenant sa lampe sous un certain angle il vit des cheveux dans les picots de la brosse. Tous faisant plus de trois centimètres, il se dit qu'une fois en pleine brousse, Santanello avait décidé de se laisser pousser les cheveux comme des tas d'autres soldats.

Il passa ensuite sa lampe sur un vieux rasoir à double tranchant à l'ancienne et s'aperçut qu'une lanière en cuir le maintenait dans la trousse. Il avait l'air propre, mais il n'en voyait qu'un seul tranchant. Il savait que la moindre goutte de sang serait une véritable mine d'or. Et, même minuscule, une seule entaille pouvait y en avoir laissé une et il n'y aurait alors pas besoin d'aller plus loin.

Il ne savait absolument pas si, près d'un demi-siècle plus tard, on pouvait extraire de l'ADN d'un cheveu, d'une goutte de salive qui a séché sur une brosse à dents ou même seulement d'un poil coincé dans un rasoir à double tranchant, mais le sang, lui, marcherait. Alors qu'il travaillait à l'unité des Affaires non résolues du LAPD, du sang qui avait séché depuis presque aussi longtemps avait fait apparaître un code génétique des plus solides. Et il aurait peut-être de la chance avec le contenu de la trousse. Il allait la confier en l'état et sans y toucher à un des labos que lui avait suggérés Mickey Haller. À condition d'arriver à convaincre Olivia de le laisser l'emprunter.

Il referma la trousse et la posa à droite sur le plancher. C'était là qu'il avait décidé de mettre tout ce qu'il avait l'intention d'emporter avec la permission d'Olivia. Il reprit l'examen de la cantine apparemment sans intérêt et vérifia qu'elle ne comportait pas un double fond. Il savait d'expérience que certains soldats n'hésitaient pas à découper le fond d'une cantine inutilisée et à le mettre dans la leur pour ainsi créer un compartiment secret où dissimuler drogue, armes interdites et numéros de *Playboy*.

Il n'y avait pas de fond amovible. Santanello n'avait rien caché dans sa cantine. Bosch trouva remarquable qu'il n'y ait là ni photos, ni lettres autres que celles de ses proches. Cela ne lui laissait plus que le carton d'objets personnels qu'il avait envoyés chez lui juste avant de rentrer.

Bosch rangea soigneusement tout dans la cantine et la refermait quand le faisceau de sa lampe accrocha quelque chose. Il examina l'intérieur et là, en tenant le couvercle en oblique à la lumière, il remarqua plusieurs plages de décoloration sur le bois et comprit qu'elles avaient été créées par des bandes restées à la surface lorsque de l'adhésif en avait été ôté. À un moment ou à un autre, Santanello avait dû y fixer des objets – très probablement des photos – à l'intérieur.

Cela n'avait rien d'inhabituel. L'intérieur d'un couvercle de cantine était souvent utilisé comme un casier de lycée. Bosch se rappela nombre de soldats qui y fixaient des photos de leurs petites amies, de leurs épouses et de leurs enfants. Parfois aussi des symbole de paix, des dessins envoyés par leurs gamins, et des photos de femmes à poil.

Que Santanello ait ôté tout cela de sa cantine ou que ce soit l'unité des KIA[1] de la Navy qui l'ait fait en en expurgeant le contenu, personne ne le savait, mais Bosch fut d'autant plus intrigué par ce qui pouvait se trouver dans le carton que le jeune soldat avait envoyé chez ses parents. Il l'ouvrit et l'éclaira avec sa lampe.

---

1. Killed in Action unit : unité chargée des procédures à observer pour les soldats morts au combat.

Il semblait renfermer tout ce qui importait tellement à Santanello qu'il avait tenu à l'expédier à Oxnard alors qu'il arrivait à la fin de son service. Sur le dessus se trouvaient deux jeux de vêtements civils bien pliés et qu'il n'aurait jamais eu la permission de porter au Vietnam – soit : des jeans, des pantalons en serge de coton, des chemises à col et des socquettes noires. Sous ces habits, Bosch découvrit une paire de Converse et une autre de bottes noires bien brillantes. Avoir des vêtements civils en sa possession était certes interdit, mais très répandu. Les soldats savaient pertinemment que porter l'uniforme en rentrant au pays après avoir servi au Vietnam ou lors d'une permission dans un pays étranger pouvait déclencher des incidents avec les civils à cause de l'impopularité de la guerre dans le monde entier.

Mais Bosch savait aussi que garder des habits civils en sa possession avait un autre but. Lorsqu'il partait pour un an au Vietnam, l'appelé, et c'était garanti, avait droit à une semaine de permission au bout de six mois et à une deuxième en *standby* au bout de neuf. Il y avait alors cinq endroits où l'on se rendait généralement, mais ce n'était jamais aux États-Unis, y retourner étant interdit. Cela dit, un soldat qui avait des vêtements de civil pouvait facilement se changer dans une chambre d'hôtel à Honolulu, puis reprendre le chemin de l'aéroport et sauter dans le premier avion pour Los Angeles ou San Francisco – à condition d'éviter une police militaire qui avait l'œil pour ce genre de subterfuge. Voilà pourquoi on se laissait aussi pousser les cheveux dans la jungle, ce que Santanello semblait avoir fait. Un MP patrouillant à l'aéroport de Honolulu n'avait en effet aucun mal à repérer un « civil » s'il avait les tempes rasées et la coupe de cheveux militaire. Avoir les cheveux longs vous couvrait.

Bosch l'avait fait deux fois pendant son service – la première en 1969 pour passer cinq jours avec une petite copine à Los

Angeles et une deuxième encore six mois plus tard, même s'il n'y avait plus de petite copine à aller voir. Santanello ayant été tué plus de onze mois après son arrivée au Vietnam, cela signifiait qu'il avait dû avoir droit au minimum à une permission, probablement à deux. Qu'il soit revenu en Californie en cachette n'avait rien d'impossible.

Sous ces habits, Bosch trouva un lecteur de cassettes et un appareil photo, l'un et l'autre dans leur emballage d'origine, le lecteur de cassettes muni d'une étiquette avec le prix qu'il l'avait payé au magasin de l'armée de Da Nang. À côté étaient disposées deux rangées de cassettes parfaitement alignées, dos au fond du carton. Il découvrit encore une deuxième cartouche de Lucky Strike et un autre Zippo, celui-là usagé et orné du chevron des Navy Corpsmen. Il y avait aussi un exemplaire bien écorné du *Seigneur des anneaux* de J.R.R. Tolkien et plusieurs colliers de perles et autres souvenirs que Santanello avait achetés dans divers lieux où il avait été affecté.

À explorer le contenu du carton, Bosch éprouvait comme une sensation de déjà-vu. Lui aussi avait lu Tolkien au Vietnam. Grand roman de fantasy décrivant un univers qui les éloignait et des lieux où ils se trouvaient et de ce qu'ils y faisaient, le livre était très populaire chez les combattants. Jimmy Hendrix, Cream, les Rolling Stones, les Moody Blues et autres, Bosch regarda les noms des groupes et des musiciens au dos des cassettes et se rappela avoir lui aussi écouté la même musique au Vietnam.

Avec cette impression de familiarité lui revenaient toute son expérience et la façon dont fonctionnaient les choses en Asie du Sud-Est. Les Vietnamiennes qui vendaient des colliers de perles aux débarcadères de l'Éléphant blanc[1] de Da Nang vendaient

1. White Elephant. Nom donné au bâtiment abritant les bureaux et les hangars du quartier général construit au bord du fleuve Tourane.

aussi des joints préroulés par dix qui entraient parfaitement dans les paquets de cigarettes à emporter dans la jungle. Quand on voulait cinquante joints, il fallait acheter une cannette de Coca avec un faux couvercle. Fumer de la marijuana était très répandu et se faisait ouvertement, l'idée générale étant : « Qu'est-ce qui peut m'arriver de pire si je me fais prendre ? Qu'on m'envoie au Vietnam ? »

Bosch ouvrit la cartouche de Lucky Strike et en sortit un paquet. Comme il le soupçonnait, celui-ci contenait dix joints expertement roulés et joliment emballés dans de l'alu pour garder leur fraîcheur. Pour lui, tous les autres paquets devaient être pareils. Il était plus que vraisemblable que Santanello ait pris l'habitude de planer et qu'il ait voulu être sûr d'avoir une ample provision de joints pour son retour au pays.

Tout cela n'était que modérément intéressant dans la mesure où Bosch y retrouvait certes des souvenirs de ce qu'il avait lui-même vécu au Vietnam, mais il n'y avait dans ce carton rien qui puisse vraiment faire avancer son enquête et confirmer à Whitney Vance qu'il était bien le père de Dominick Santanello. Car c'était bien son but : s'il devait un jour rapporter au vieil homme que sa lignée avait pris fin dans le crash d'un hélicoptère, il voulait être certain d'avoir tout fait pour lui assurer que c'était la vérité.

Il remballa le paquet de cigarettes et le mit de côté. Puis il sortit les cartons d'emballage contenant l'appareil photo et le lecteur de cassettes et là, au moment même où il se demandait où étaient passés les clichés qu'il avait dû prendre avec, il s'aperçut que le fond du coffret servait de cachette à un tas de photos en noir et blanc et d'enveloppes renfermant des bouts de négatifs. Tout cela donnait l'impression d'être encore en bon état, rien n'y ayant été exposé à la lumière pendant des décennies entières.

Il ôta les deux rangées de cassettes pour accéder aux photos et se demanda si Santanello n'avait pas sciemment essayé de les cacher aux membres de sa famille au cas où ceux-ci ouvriraient le carton avant son retour. Il en fit un tas et les sortit du carton.

Il y avait là quarante-deux tirages en tout et cela couvrait toutes les expériences qu'on pouvait vivre au Vietnam. Bosch découvrit des vues de la jungle, des photos de Vietnamiennes à l'Éléphant blanc, des clichés pris à bord du *Sanctuary*, le navire-hôpital qu'il reconnut aussitôt et, ironie du sort, d'autres pris à partir d'hélicoptères volant au-dessus de la jungle et de damiers de rizières apparemment sans fin.

Le tas qu'il avait fait de toutes ces photos ne suivait aucun ordre chronologique ou thématique, ce qu'il avait sous les yeux se réduisant à un méli-mélo d'images qui encore une fois ne lui étaient que trop familières. Mais ces sentiments plutôt brumeux se cristallisèrent soudain en un souvenir des plus solides lorsqu'il tomba sur trois clichés consécutifs montrant un pont supérieur du *Sanctuary* noir de monde, deux ou trois cents soldats blessés s'y étant réunis pour un spectacle de Noël donné par Bob Hope et Connie Stevens. Sur le premier, les deux artistes se tenaient côte à côte, Connie Stevens la bouche grande ouverte devant un premier rang de soldats qui, complètement ravis, la regardaient avec attention. Le deuxième montrait la foule entassée tout à l'avant du navire, avec la montagne du Singe au loin, de l'autre côté de la baie. Sur le troisième on voyait Bob Hope en train de dire au revoir à tous les soldats qui, debout, l'ovationnaient à la fin du spectacle.

Bosch y était. Blessé par une lance en bambou dans un tunnel, il avait été soigné quatre semaines durant à bord du *Sanctuary* en décembre 1969. La blessure proprement dite avait guéri rapidement, l'infection qu'elle avait déclenchée résistant, elle, plus longtemps. Déjà maigre, il avait perdu dix kilos pendant le traitement, mais dans la dernière semaine du mois il avait suffisamment récupéré pour recevoir son ordre de retour au combat le lendemain même de Noël.

Bob Hope et sa troupe étaient programmés depuis des semaines et, comme tout le monde à bord, Bosch attendait avec impatience de voir l'artiste et son invitée vedette, Connie Stevens, une actrice et chanteuse que Bosch avait déjà vue dans des émissions de télévision telles que *Hawaian Eye*[1] et *77 Sunset Strip*.

Mais en cette veille de Noël, des vents forts et une grosse houle dans toute la mer de Chine méridionale n'en faisaient qu'à leur tête avec le navire. Les hommes avaient commencé à se rassembler sur le pont supérieur dès que les quatre hélicoptères transportant Bob Hope, ses artistes et le groupe qui les accompagnait avaient été vus à l'approche de la plage arrière. Mais c'est à ce moment-là qu'il avait été décidé qu'atterrir sur le navire instable était trop risqué. Le *Sanctuary* avait été construit avant l'invention de l'hélicoptère et du haut des airs la petite hélisurface aménagée à l'arrière du bâtiment ressemblait à un timbre-poste en mouvement.

Les hommes avaient tous regardé, puis vu les hélicos faire demi-tour et repartir vers Da Nang. Un grognement unanime s'était emparé de la foule et les soldats commençaient à quitter lentement le pont pour regagner leurs couchettes lorsque quelqu'un s'était retourné vers Da Nang et avait crié :

— Attendez ! Ils reviennent !

Il n'avait raison qu'en partie. Seul un des quatre appareils avait fait demi-tour et revenait vers le *Sanctuary*. Son pilote ayant enfin réussi à atterrir après trois tentatives plus que tendues, Bob Hope était descendu par la portière coulissante avec Connie Stevens, Neil Armstrong et un saxophoniste de jazz du nom de Quentin McKinzie.

---

1. Intrigue à Hawaï.

Alors que Bosch repensait ainsi à la scène presqu'un demi-siècle plus tard, le rugissement qui était alors monté de la foule en train de revenir vers le pont lui expédia comme un frisson électrique dans le dos. Les artistes n'avaient plus ni musiciens ni choristes pour les soutenir, mais Bob Hope et ses amis avaient ordonné au pilote de faire demi-tour et d'atterrir coûte que coûte. Neil Armstrong ayant lui-même atterri sur la Lune cinq mois plus tôt, qu'est-ce qu'il pouvait y avoir de si difficile à poser un hélico sur un navire ?

Armstrong avait prononcé des paroles d'encouragement à la troupe et McKinzie s'était fendu de deux solos avec son sax. Bob Hope, lui, avait lâché ses bons mots et Stevens brisé les cœurs en chantant *a cappella* la célèbre chanson de Judy Collins, *Both Sides Now*. Bosch s'en souvenait encore comme d'un de ses plus beaux jours sous les drapeaux.

Bien des années plus tard, alors qu'il était inspecteur au LAPD, il avait été appelé pour faire la sécurité en civil au Shubert Theatre pour la première côte Ouest de la comédie musicale *Mama Mia*. On s'attendait à une énorme présence de VIP et le LAPD s'était vu demander de renforcer la sécurité déjà prévue par le théâtre. Et là, alors qu'il se tenait debout dans l'entrée et regardait les mains et les visages de tout un chacun, Bosch avait soudain reconnu Connie Stevens au milieu de ces célébrités. Tel le harceleur après sa proie, il avait fendu la foule pour la rejoindre. Il avait ôté son badge de son ceinturon et l'avait gardé dans sa main au cas où il aurait eu à se frayer un passage dans la masse des invités, mais il n'avait eu aucun mal à s'approcher d'elle et, la vedette marquant une pause dans la conversation qu'elle menait, il lui avait lancé :

— Miss Stevens ?

Elle l'avait regardé et il avait, lui, essayé de lui rappeler l'histoire. De lui dire que ce jour-là, il était à bord du *Sanctuary* lorsqu'elle, Bob Hope et les autres avaient obligé le pilote de l'hélico à faire demi-tour. Il voulait lui dire tout ce que cela lui avait fait et lui faisait encore, mais il avait brusquement eu la gorge serrée et les mots avaient eu du mal à passer. En fait, il n'avait réussi qu'à lui lancer : « Veille de Noël, 69, navire-hôpital. »

Elle l'avait longuement regardé, puis avait compris et l'avait serré dans ses bras, juste ça. Et lui avait murmuré à l'oreille :

— Le *Sanctuary*. Vous en êtes revenu.

Il avait acquiescé d'un signe de tête et ils s'étaient séparés. Sans même y penser, il lui avait glissé son badge dans la main, puis il était reparti dans la foule pour y faire son travail. Et avait eu droit à plusieurs semaines d'enfer de la part de ses collègues inspecteurs de la division de Hollywood lorsqu'il avait avoué avoir « perdu son badge ». Il n'empêche : il se souvenait encore de ce jour où il avait vu Connie Stevens au Shubert Theatre comme d'un des meilleurs de sa vie de flic.

— Ça va toujours comme il faut là-haut ?

Les yeux toujours sur la photo de la foule massée sur le pont supérieur du *Sanctuary*, Bosch sortit de sa rêverie.

— Oui, cria-t-il, j'ai presque fini.

Il revint à la photo. Il était quelque part dans cette foule, il le savait, mais pas moyen de retrouver son visage. Il chercha encore une fois dans toutes les photos de Santanello en sachant que celui-ci n'y figurait pas puisque c'était lui qui tenait l'appareil.

Il finit par en examiner une prise en accéléré avec la montagne du Singe rétro-éclairée par des fusées au phosphore lors d'une bataille nocturne. Il se rappela comment les blessés à bord du *Sanctuary* s'alignaient sur les ponts pour regarder le spectacle lorsque, et c'était fréquent, le centre des communications installé au sommet de la montagne était attaqué.

Il en conclut que Santanello était un photographe de talent et qu'il aurait peut-être fait une belle carrière professionnelle dans ce domaine s'il avait réchappé à la guerre. Il aurait pu passer sa journée à regarder ces clichés, mais il les mit de côté pour terminer son examen des affaires personnelles du soldat mort.

Étape suivante, il ouvrit la boîte rouge contenant l'appareil photo. C'était un Leica M4, soit un appareil assez compact pour qu'il puisse le glisser dans une des poches de son treillis, son boîtier noir le rendant moins brillant lorsqu'il se trouvait dans le bush. Bosch examina le reste de la boîte, mais n'y trouva qu'un manuel d'utilisation.

Il savait que les Leica étaient chers et se dit que Santanello prenait la photo au sérieux. Cela étant, il n'y avait guère de tirages dans le coffret. Il vérifia l'enveloppe de négatifs et découvrit qu'il y en avait bien plus que de photos sur papier. Santanello ne devait pas avoir eu assez d'argent ou accès à un labo pour tirer tout ce qu'il avait photographié au Vietnam. Il devait projeter de le faire à son retour aux États-Unis.

Pour finir, Bosch ouvrit le boîtier pour voir si Santanello n'y avait pas caché encore plus de drogue. Au lieu de cela, il trouva un rouleau de photos encore autour de la bobine. Il crut l'avoir exposé, mais en le sortant il s'aperçut qu'il l'était déjà et avait été enroulé autour de la bobine et ainsi caché dans l'appareil.

La pellicule était cassante, elle se fissura et se brisa entre ses doigts lorsqu'il tenta de la dérouler pour regarder les clichés. Il en tint un groupe de trois à la lumière de sa lampe. Et vit que sur chacun d'entre eux on voyait une femme avec ce qui ressemblait à une montagne derrière elle.

Et cette femme tenait un bébé dans ses bras.

CHAPITRE 16

Le lendemain matin, Bosch prit sa voiture pour gagner une zone commerciale proche de l'aéroport de Burbank et du Valhalla Memorial Park. Deux ou trois rues après le cimetière il se gara dans le parking de la Flashpoint Graphix. Il avait téléphoné et on l'attendait.

La Flashpoint Graphix était une société en pleine expansion spécialisée dans l'illustration photo grand format pour les supports publicitaires du genre panneaux, bus et façades d'immeubles. Il ne se passait pas un jour qu'on ne voie une de ses créations dans toutes sortes de lieux, tant à Los Angeles que dans ses banlieues. Où qu'on soit dans Sunset Strip, on en découvrait une. Et tout cela était dirigé par un certain Guy Claudy qui, dans une vie antérieure, avait été photographe de médecine légale pour le LAPD. Bosch et Claudy avaient travaillé ensemble sur un certain nombre de scènes de crime dans les années 80 et 90 avant que Claudy ne s'en aille pour ouvrir sa propre boîte de photo et de graphisme. Les deux hommes étaient restés en contact – en général en allant voir ensemble un ou deux matchs des Dodgers par an –, et lorsque Bosch l'avait appelé ce matin-là pour lui demander un service, Claudy lui avait dit de venir tout de suite.

Habillé relax d'un jean et d'une chemise Tommy Bahama, Claudy l'accueillit dans une réception assez quelconque – sa société ne cherchait pas le client de passage – et le conduisit à l'arrière, dans un bureau plus opulent mais pas extravagant aux murs couverts de photos encadrées des années de gloire des Dodgers. Bosch n'eut pas besoin de lui demander s'il avait pris ces clichés quand il était photographe officiel de l'équipe. Sur l'un d'entre eux, on voyait le lanceur Fernando Valenzuela exulter sur le monticule. Grâce à ses lunettes, Bosch vit tout de suite de quoi il s'agissait.

— Le sans point ni coup sûr, dit-il en montrant la photo encadrée. Les Cardinals, 1990.

— C'est ça ! Bonne mémoire, mec.

— Je me souviens que j'étais de surveillance à Echo Park. En haut du White Knoll. J'étais avec Frankie Sheehan…, tu te rappelles l'histoire du Faiseur de poupées[1] ?

— Bien sûr. T'as fini par le coincer.

— Oui ben, ce soir-là, c'était un autre mec qu'on surveillait à cet endroit, mais on pouvait voir le stade et on a entendu Vinny annoncer ce coup. Ça sortait de toutes les fenêtres alentour. Je mourais d'envie de laisser tomber la planque et d'aller voir la dernière manche. Tu sais bien, on montre son badge, on est dans la place et on regarde. Mais non, on est restés à notre poste et on s'est contentés d'écouter Vinny. Je me rappelle que le match s'est terminé sur un coup double.

— Ouais et moi, je ne m'y attendais pas… Guerrero qui se paie un coup double. J'ai même failli rater ma photo parce que je rembobinais la pelloche. Aïe aïe aïe, mec, qu'est-ce qu'on va faire sans Vinny ?

Il faisait référence à la retraite qu'avait prise Vin Scully, le vénérable annonceur des Dodgers qui avait couvert tous les

1. Cf. *La Blonde en béton*, dans cette même collection.

matchs de l'équipe depuis 1950, et le record était extraordinaire puisqu'il remontait à l'époque où les Dodgers n'étaient encore que les Brooklyn Dodgers.

— Je n'en sais rien, répondit Bosch. Peut-être qu'il a commencé à Brooklyn, mais c'était quand même la voix de cette ville. Sans lui, ce ne sera plus pareil.

Ils s'assirent assez lugubrement de part et d'autre d'un bureau et Bosch essaya de changer de sujet.

— Dis, c'est un sacrément grand endroit que t'as là ! lança-t-il, très impressionné par la taille des bâtiments. Je n'en avais aucune idée.

— 3 700 mètres carrés… C'est aussi grand qu'un magasin Best Buy. Et on a besoin de plus, mais tu sais quoi ? Les trucs des Homicides me manquent. Dis-moi que t'as un truc à faire pour moi dans ce domaine.

— Eh bien, dit Bosch, j'ai effectivement une énigme, mais je ne crois pas qu'elle implique un meurtre.

— Une énigme, c'est déjà ça. Je prends. Qu'est-ce que t'as pour moi ?

Bosch lui tendit l'enveloppe qu'il avait apportée. Elle contenait les négatifs parmi lesquels se trouvait la photo de la femme et du bébé. Il les avait montrés à Olivia Macdonald, mais elle ne savait absolument pas de qui il s'agissait. Tout aussi intriguée que lui, elle lui avait donné l'autorisation de prendre l'enveloppe et la trousse de toilette.

— C'est pour une affaire privée, dit-il, et j'ai trouvé ces négatifs. Ils ont presque cinquante ans d'âge et sont restés dans un grenier sans clim ni chauffage. Et en plus, ils sont abîmés… ils se sont fendus et m'ont pété dans les doigts quand je les ai trouvés. J'aimerais savoir ce que tu pourrais en faire.

Claudy ouvrit l'enveloppe et en versa le contenu sur son bureau. Il se pencha dessus et regarda les bouts de négatifs sans les toucher.

— Sur certains d'entre eux, on voit une femme devant une montagne, reprit Bosch. Tous ces clichés m'intéressent, mais surtout ceux-là. Ceux avec la femme. Pour moi, c'est quelque part au Vietnam.

— Oui, il y a des coupures. Et des craquelures. C'est de la pellicule Fuji.

— Ce qui veut dire?

— Qu'en général, ça tient plutôt bien. Qui est cette femme?

— Je ne sais pas. C'est pour ça que je veux la voir. Elle et le bébé qu'elle tient dans ses bras.

— OK, dit Claudy. Je devrais pouvoir en tirer quelque chose. En tout cas, mes gars du labo le pourront. On va tout relaver et sécher. Et après, on fera le tirage. Je vois déjà des empreintes digitales qu'on devrait pouvoir extraire, même après tout ce temps.

Bosch réfléchit. Il ne doutait guère que ce soit Santanello qui ait pris les photos, mais si jamais c'était mis en doute, ces empreintes pourraient s'avérer utiles.

— Et question temps? demanda Claudy.

— Hier soir?

Claudy sourit.

— Évidemment, monsieur Harry Toujours Pressé.

Bosch sourit lui aussi et hocha la tête. Personne ne l'avait plus jamais appelé comme ça depuis que Claudy avait quitté le LAPD.

— Bon d'accord, donne-moi une heure. Tu peux aller te faire couler un Nespresso à la salle de repos.

— Je déteste ces trucs, lui renvoya Bosch.

— OK, alors va faire un tour au cimetière. C'est plus ton genre, de toute façon. Une heure.

— Une heure.

Bosch se leva.

— Mes amitiés à Oliver Hardy, dit Claudy. Il y est.

— Ce sera fait.

Bosch quitta les bâtiments de la Flashpoint et descendit Valhalla Drive à pied. Ce ne fut qu'en entrant dans le cimetière et en passant devant un énorme mémorial qu'il se rappela qu'en effectuant ses recherches sur Whitney Vance, il avait découvert que le père de ce dernier y était enterré. À deux pas de Caltech et sous les couloirs aériens du Bob Hope Airport, ce cimetière était en effet l'endroit où reposaient toutes sortes de pionniers de l'aviation tels que concepteurs d'avions, pilotes et acrobates de l'aéronautique. Tous étaient enterrés ou célébrés tout autour et à l'intérieur d'un grand dôme, le *Portal of the Folded Wings Shrine to Aviation*[1]. Il trouva la plaque dédiée à Nelson Vance sur le sol carrelé du mémorial.

NELSON VANCE
Visionnaire et pionnier de l'aviation
Premier partisan d'une armée de l'Air, sa vision prophétique
Et son leadership jouèrent un rôle déterminant
Dans la suprématie aérienne des États-Unis
En temps de guerre comme en temps de paix

Bosch remarqua qu'un espace avait été laissé à côté de la plaque et se demanda s'il n'était pas déjà réservé pour servir de dernière demeure à Whitney Vance.

Il sortit du sanctuaire et regarda le mémorial élevé à la mémoire des astronautes ayant trouvé la mort dans deux désastres de la navette spatiale. Puis il jeta un coup d'œil aux pelouses de l'autre côté et vit qu'une cérémonie d'enterrement venait de commencer près d'une des grandes fontaines. Simple touriste alors que régnait la douleur, il décida de faire demi-tour et de reprendre le chemin de la Flashpoint sans chercher la tombe de la moitié de loin la plus lourde du tandem Laurel et Hardy.

1. L'autel des ailes pliées dédié à l'aviation.

Claudy l'attendait lorsqu'il arriva. Il l'introduisit dans une salle de séchage du laboratoire, où neuf tirages 18 × 24 et planches-contacts étaient fixés à un tableau en plastique. Les photos regorgeant encore de liquide de développement, un technicien y passait un rouleau pour en chasser l'excès. Le cadre extérieur était visible sur certains tirages, d'autres laissant voir les empreintes digitales contre lesquelles Claudy l'avait mis en garde. D'autres encore étaient complètement fichus par surexposition ou dommages infligés au négatif. Mais il y avait là trois clichés à quatre-vingt-dix pour cent intacts. Et sur l'un des trois, on voyait la femme et son enfant.

La première chose dont s'aperçut Bosch fut qu'il s'était trompé : ce n'était pas devant une montagne du Vietnam que se tenait la femme. Ce n'était d'ailleurs pas une montagne. C'était la ligne des toits reconnaissable entre toutes de l'hôtel del Coronado près de San Diego. Dès qu'il l'eut compris, Bosch se pencha pour examiner la femme et le bébé de plus près. La femme était latina et il vit un ruban dans les cheveux du bébé. C'était une fille, et elle n'avait pas plus de un ou deux mois.

Un sourire franc étirait les lèvres de la femme. Bosch regarda ses yeux et le bonheur qui les illuminait. Il y avait de l'amour dans ces yeux-là. Pour le bébé. Et pour la personne qui tenait l'appareil photo.

Les autres clichés étaient des pleins formats et des fragments de photos prises sur une plage derrière l'hôtel. Des photos de la femme, du bébé et des vagues qui scintillaient.

— Ça va t'aider ? demanda Claudy.

Debout derrière Bosch, il prenait garde à ne pas le gêner alors qu'il étudiait les clichés.

— Je crois. Oui, en fait, répondit Bosch en reprenant l'ensemble des données.

Les photos et ce qu'elles représentaient étaient suffisamment importants aux yeux de Dominick Santanello pour qu'il ait essayé de les cacher en renvoyant ses affaires au pays. Toute la question était de savoir pourquoi. Était-ce bien son enfant? Avait-il une famille secrète dont ses parents d'Oxnard ignoraient tout? Et si c'était le cas, pourquoi ce secret? Il regarda la femme sur la photo. Elle semblait avoir entre vingt-cinq et trente ans alors que Dominick devait en avoir à peine vingt. Était-ce parce qu'il fréquentait une femme plus âgée que lui qu'il n'en avait rien dit à ses parents et à sa sœur?

Deuxième question, celle des lieux. Les photos avaient été prises lors d'une expédition à la plage ou aux abords de l'hôtel del Coronado. Mais à quelle date? Et pourquoi ces négatifs de photos très clairement prises aux États-Unis se trouvaient-ils dans les affaires d'un soldat qui renvoyait sa cantine du Vietnam?

Bosch repassa encore une fois les photos en revue dans l'espoir d'y découvrir quelque chose qui l'aiderait à les dater. En vain.

— Pour ce que ça vaut, le mec était bon, reprit Claudy. Il avait le sens de la photo.

Bosch en fut d'accord.

— Il est mort?

— Oui. Il n'est jamais revenu du Vietnam.

— C'est dommage.

— Oui. J'ai vu d'autres photos de lui. Du bush. Quand il était en mission.

— Ça me plairait beaucoup de les voir. On pourrait peut-être en faire quelque chose.

Bosch acquiesça, mais c'était les clichés qu'il avait sous les yeux qui retenaient son attention.

— Tu ne peux pas me dire quand ces photos ont été prises, c'est ça? demanda Bosch.

— Non, la pellicule ne le dit pas, répondit Claudy. Ça se faisait rarement à l'époque.

Bosch s'attendait à ce que ce soit le cas.

— Mais je peux te dire à quel moment la pellicule a été fabriquée, ajouta Claudy. À trois mois près. Fuji codait les pellicules par cycles de production.

— Tu me montres ? lui demanda Bosch en se tournant vers lui.

Claudy gagna un des tirages effectués à partir d'un négatif endommagé. Les bords de ce dernier y apparaissant, Claudy lui indiqua une série de lettres et de chiffres dans l'encadrement.

— Ils indiquaient l'année et le cycle de production de trois mois. Tu vois, là ? C'est ça.

Le code portait l'indication *70-AJ*.

— Cette pellicule a été manufacturée entre avril et juin 70, dit-il.

Bosch réfléchit.

— Mais elle a pu être utilisée n'importe quand après, non ? demanda-t-il.

— Oui. Le code n'indique que le moment où la pellicule a été fabriquée, pas celui où elle a été utilisée.

Quelque chose ne collait pas. La pellicule avait été fabriquée dès avril 70 et le photographe, Dominick Santanello, avait été tué en décembre de la même année. Il aurait facilement pu acheter et utiliser cette pellicule dans cet intervalle de huit mois, puis la renvoyer chez lui avec ses affaires.

— Tu sais ce que c'est, non ? lui demanda Claudy.

— Oui, c'est l'hôtel del Coronado.

— Il n'a pas beaucoup changé.

— Non.

Bosch regarda encore une fois la photo de la mère avec son enfant et comprit enfin.

Dominick Santanello avait fait ses classes dans la région de San Diego en 1969, mais aurait été expédié outre-mer avant la fin de l'année. Les clichés qu'il regardait avaient été pris à

San Diego au plus tôt en avril 70, soit bien après son arrivée au Vietnam.

— Il est revenu, dit-il.

— Quoi ?

Bosch ne répondit pas. Il était au plus haut de la vague. Ça cascadait de partout – et s'organisait. Les vêtements de civil dans la cantine, les cheveux longs dans les picots de la brosse, les photos sorties de la cantine et celles, cachées, du bébé sur la plage. Santanello était revenu illégalement aux États-Unis. Et avait caché les négatifs parce qu'ils constituaient la preuve de son crime. Il avait risqué la cour martiale et la prison pour revoir sa petite amie.

Et sa fille qui venait de naître.

Maintenant Bosch savait. Il y avait une héritière quelque part dans la nature. Née en 1970. Whitney Vance avait une petite fille. Bosch en était certain.

CHAPITRE 17

Claudy rangea toutes les photos dans un dossier en cartoline afin qu'elles ne puissent être tordues ou endommagées. Une fois dans la voiture, Bosch le rouvrit et regarda de nouveau la femme et le bébé. Il savait qu'il lui restait encore beaucoup de points de sa théorie à confirmer, et que certains ne pourraient jamais l'être. Les négatifs à l'origine des photos avaient été retrouvés cachés à l'intérieur même de l'appareil de Nick Santanello, mais cela ne voulait pas forcément dire qu'il avait pris ces clichés lui-même. Quelqu'un d'autre avait pu les prendre et lui envoyer les négatifs au Vietnam. Bosch savait que c'était une possibilité qu'on ne pouvait pas écarter complètement, mais tous ses instincts lui disaient que ce scénario était improbable. Les négatifs avaient été trouvés avec son appareil et d'autres négatifs de clichés qu'il avait pris lui-même. Pour Bosch, il était clair que c'était bien Santanello qui avait pris celui de la femme avec le bébé.

L'autre question en suspens était de savoir pourquoi Santanello avait voulu cacher à ses parents, et surtout à sa sœur là-bas à Oxnard, et sa paternité et sa relation avec cette femme. Bosch savait que les dynamiques familiales sont presque aussi uniques que les empreintes digitales et qu'il lui faudrait peut-être rendre encore quelques visites à Olivia pour comprendre vraiment les relations entre les membres de la famille Santanello. Il décida que la meilleure façon de ne pas perdre son temps serait de prouver, ou de réfuter, que Santanello était le fils de Whitney Vance et qu'il avait peut-être engendré un héritier – à savoir le nourrisson apparaissant sur les photos de l'hôtel del Coronado. Les autres explications pourraient venir plus tard, si elles avaient une quelconque importance à ce moment-là.

Il referma le dossier et remit l'élastique autour en le faisant claquer.

Avant de démarrer la voiture, il sortit son portable et appela Gary McIntyre, l'enquêteur du National Personnel Records Center. La veille, Olivia Macdonald lui avait envoyé un e-mail dans lequel elle l'autorisait à recevoir et étudier les états de service militaires de son frère. Il vérifia où en était McIntyre dans ses recherches.

— Je viens juste de tout rassembler, lui répondit celui-ci. C'est trop lourd pour que je vous l'envoie par e-mail. Je vous transfère ça sur votre site de téléchargement et je vous envoie le mot de passe par Internet.

Bosch ne savait pas trop à quel moment il pourrait avoir accès à un terminal d'ordinateur pour télécharger un gros dossier numérique, ni même seulement s'il en serait capable.

— Très bien, dit-il. Mais là, je roule vers San Diego et ne suis pas certain de pouvoir y accéder. J'aimerais beaucoup savoir ce que vous avez découvert sur ses classes...

Il laissa planer sa question. Il savait que les types comme McIntyre étaient bombardés de demandes de consultation d'archives en provenance des quatre coins du pays et qu'ils avaient besoin de passer à l'affaire suivante. Mais il espérait que le mystère du dossier Santanello – celui d'un soldat tué quarante-six ans plus tôt – l'emporterait et amènerait McIntyre à répondre au minimum à quelques questions par téléphone.

L'enquêteur du NCIS passait probablement l'essentiel de son temps à sortir les dossiers d'anciens combattants de la guerre du Golfe accusés de crimes liés à la drogue ou à l'alcool ou enfermés dans des asiles en application du Baker Act[1].

McIntyre finit par réagir.

— Si ça ne vous gêne pas de m'entendre manger le sandwich aux boulettes de viande qu'on vient de m'apporter, je peux regarder dans le dossier et répondre à quelques questions.

— Parfait, dit Bosch en sortant son carnet.

— Qu'est-ce que vous cherchez ?

— Juste pour ne pas me tromper... est-ce qu'on pourrait commencer par un aperçu de ses affectations ? Comme... où et quand, vous voyez ?

— Pas de problème.

Bosch prit des notes pendant que McIntyre, entre deux bruyantes bouchées, lui lisait ce qu'il avait sur les divers endroits où Santanello avait été envoyé. Il était descendu au San Diego Naval Training Center pour y faire ses classes en juin 1969. Son diplôme en poche, il avait reçu l'ordre de rejoindre l'école du corps des infirmiers du Balboa Naval Hospital. Il avait ensuite continué sa formation à la Field Medical School de Camp Pendleton à Oceanside et, en décembre, il avait reçu l'ordre de partir pour le Vietnam, où il avait été affecté au navire-hôpital *Sanctuary*. Au bout de quatre mois, une TAD[2] l'ayant expédié au 1er bataillon médical de Da Nang, il avait commencé à accompagner des unités de reconnaissance des marines dans la jungle. Il était resté sept mois avec ce bataillon avant d'être tué au combat.

Bosch pensa au Zippo orné du chevron de Subic Bay qu'il avait trouvé dans les affaires de Santanello entreposées dans le

---

1. Loi de 1971 permettant l'internement d'individus atteints de folie.
2. *Temporary Additional Duty* ou prolongation temporaire de service.

grenier d'Olivia Macdonald. Il était toujours dans sa boîte et semblait être un souvenir.

— Il ne s'est donc jamais trouvé à Olongapo ? demanda-t-il.

— Non, pas d'après ce que j'ai, répondit McIntyre.

Bosch se dit que Santanello en avait peut-être hérité suite à un échange avec un infirmier ou un soldat précédemment affecté à cette base des Philippines. Quelqu'un avec qui il avait peut-être servi ou qu'il avait soigné à bord du *Sanctuary*.

— Autre chose ? demanda McIntyre.

— Eh bien, j'essaie de trouver des gens avec qui je pourrais parler. Des gens qu'il aurait connus de près. Vous avez son ordre de transfert du camp de base à Balboa ?

Il attendit. Il s'apprêtait à demander à McIntyre d'aller plus loin que ce à quoi celui-ci devait s'attendre lorsqu'il avait accepté de répondre à des questions en mangeant son sandwich. D'expérience, Bosch savait en effet que bien peu de relations d'amitié pouvaient durer entre soldats vu la nature aléatoire des affectations qu'ils recevaient pour rejoindre un camp de base ou un champ de bataille. Cela étant, Santanello ayant suivi la formation d'infirmier au combat, il se pouvait qu'un ou deux autres soldats aient eu le même parcours que lui. Qu'ils se soient ensuite liés d'amitié au milieu d'un océan d'inconnus n'avait alors rien d'invraisemblable.

— Ça y est, je l'ai, dit McIntyre.

— Le document donne-t-il la liste de tous les hommes transférés suite à cet ordre ?

— Oui. Quatorze types de sa formation de base ont été envoyés à Balboa.

— Bien. Et pour l'ordre de transfert de Balboa à la Field Medical School de Pendleton ? Y a-t-il quelqu'un dans cette liste avec qui il aurait effectué ces trois déplacements ?

— Quoi, du camp de base à Balboa, puis de Balboa à Pendleton ? Putain, Bosch, ça pourrait me prendre toute la journée !

— Je sais que ça fait beaucoup, mais si vous avez les listes, y a-t-il quelqu'un parmi les quatorze qui soit parti à Pendleton avec lui?

Il pensa que sa demande était moins compliquée que McIntyre le laissait entendre, mais il n'allait certainement pas le lui suggérer.

— Ne quittez pas, lâcha McIntyre d'un ton bourru.

Bosch se tut. Il n'avait aucune envie de dire quelque chose de travers et d'ainsi mettre fin à leur coopération. Quatre minutes s'écoulèrent avant qu'il entende quoi que ce soit, bruits de mandibules compris, en provenance de McIntyre.

— Il y en a eu trois, dit-il enfin.

— On dit donc bien trois types qui auraient fait leurs classes avec lui?

— C'est ça. Prêt à noter?

— Prêt.

McIntyre lui lut et épela trois noms : Jorge Garcia-Lavin, Donald C. Stanley et Halley B. Lewis. Bosch se souvint que le nom de ce dernier était écrit au stencil sur la chemise que portait Santanello sur la photo qu'Olivia lui avait montrée. Il y vit le signe que les deux hommes étaient proches. Enfin il savait où aller.

— À propos, reprit McIntyre, deux de ces types ont été tués au combat.

Bosch sentit s'amenuiser son espoir de retrouver quelqu'un qui pourrait l'aider à identifier la femme et l'enfant de l'hôtel del Coronado.

— Lesquels? demanda-t-il.

— Garcia-Lavin et Stanley, répondit McIntyre. Et là, Harry, faut vraiment que je me remette au boulot. Tout est dans le dossier que vous pouvez télécharger.

— Je fais ça dès que je peux, lui renvoya aussitôt Bosch. Vite, vite, une dernière question et je vous laisse tranquille.

Halley B. Lewis… Vous avez sa ville natale ou sa date de naissance ?

— Je lis : *Tallahassee, Floride*. Mais c'est tout ce que j'ai.

— C'est donc ce que je vais prendre. Je ne vous remercierai jamais assez, Gary. Passez une bonne journée.

Bosch raccrocha, démarra la voiture et prit vers l'ouest, direction San Fernando par la 170. Il envisageait de se servir de l'ordinateur du SFPD pour retrouver Halley B. Lewis et voir s'il se souvenait de son camarade infirmier Dominick Santanello. Il roula en évaluant son pourcentage de réussite. Quatre types qui font leurs classes, suivent la formation médicale de base et étudient la médecine de combat ensemble ? Et qui ensuite sont expédiés au Vietnam pour qu'à la fin il n'en reste plus qu'un sur quatre qui rentre au pays ?

Sa propre expérience de la guerre lui avait appris que les infirmiers de campagne étaient des cibles de grande valeur. Ils arrivaient en troisième position sur la liste de tous les tireurs d'élite du Viet Cong, juste après le lieutenant et le radio en patrouille. On commence par éliminer le chef, puis les communications. Après ça, on met fin au triage et on a un ennemi complètement terrorisé et en déroute. La plupart des infirmiers qu'avait connus Bosch ne portaient aucun insigne indiquant le rôle qu'ils jouaient dans la mission de reconnaissance.

Il se demanda si Halley B. Lewis savait la chance qu'il avait eue.

CHAPITRE 18

Bosch appela le numéro privé de Whitney Vance en rentrant à San Fernando et eut à nouveau droit au *bip* signalant le transfert immédiat à la boîte vocale. À nouveau il pria Vance de le rappeler. Puis il raccrocha et se demanda en quoi Vance était encore son client. Si Vance ne communiquait plus avec lui, Bosch, lui, travaillait-il donc toujours pour lui ? Il avait bien avancé et le temps qu'il avait passé à enquêter était payé. Sans compter qu'il était hors de question qu'il arrête ce qu'il avait commencé.

Il tenta sa chance en appelant les Renseignements de Tallahassee, Floride, et demanda qu'on lui donne le numéro de Halley B. Lewis. On lui répondit qu'il n'y avait qu'une entrée sous ce nom et qu'il s'agissait d'un cabinet d'avocat. Il demanda à ce qu'on le lui passe et très vite son appel fut reçu par une secrétaire qui le mit en attente après qu'il se fut identifié et l'eut informée qu'il désirait parler à M. Lewis d'un certain Dominick Santanello de la Field Medical School de Camp Pendleton. Une minute au moins s'écoula, que Bosch mit à profit pour formuler ce qu'il allait dire à cet homme s'il acceptait de lui parler – Bosch ne pouvait pas violer son accord de confidentialité avec Vance.

— Halley Lewis à l'appareil, lança enfin une voix. De quoi s'agit-il ?

— Maître Lewis, je suis enquêteur à Los Angeles, répondit Bosch. Je vous remercie d'avoir accepté de prendre cet appel. Je travaille sur une enquête ayant pour objet feu Dominick Santanello. Je...

— Ça, pour être « feu », il l'est! Depuis presque cinquante ans.

— Oui, maître, je sais.

— Que pouvez-vous donc bien vouloir savoir sur lui?

Bosch passa à la réponse qu'il avait préparée.

— Il s'agit d'une enquête confidentielle, mais je peux vous dire qu'il s'agit de déterminer si Dominick a ou non un héritier.

Il y eut un instant de silence avant que Lewis ne réponde.

— Un héritier? Il avait dans les dix-neuf ans quand il a été tué au Vietnam.

— C'est exact, ça s'est passé un mois avant son vingtième anniversaire. Mais cela ne signifie pas qu'il n'aurait pas pu engendrer un enfant.

— Et c'est ça que vous essayez de découvrir?

— Oui. Je m'intéresse à la période qui l'a vu passer de ses classes à San Diego à ses formations à Balboa et Pendleton. Je travaille avec les gens de la NCIS et leur enquêteur m'a informé que vous étiez dans la même unité que lui jusqu'au moment où il a reçu l'ordre de partir pour le Vietnam.

— C'est vrai. Pourquoi la NCIS est-elle impliquée dans un truc de ce genre?

— Je suis entré en contact avec cet organisme pour avoir le dossier militaire de Nick et nous avons alors pu déterminer que vous étiez un des trois hommes qui ont suivi ces trois formations avec lui. Vous êtes le seul à avoir survécu.

— Je sais. Inutile de me le rappeler.

Bosch, qui avait suivi Victory Boulevard jusqu'à North Hollywood, prit la 170 vers le nord. La forteresse des San Gabriel Mountains s'étalait en travers de son pare-brise.

— Et donc, comment pourrais-je savoir quoi que ce soit sur le fait que Nick aurait ou n'aurait pas eu d'enfants ?

— Parce que vous étiez proches.

— Comment le savez-vous ? Que nous ayons suivi notre formation dans les mêmes unités ne signifie…

— C'est lui qui a passé le test de natation à votre place. Il a mis votre chemise et s'est fait passer pour vous.

S'ensuivit un long silence avant que Lewis ne lui demande comment il avait eu vent de cette histoire.

— J'ai vu la photo, répondit Bosch. C'est sa sœur qui m'a raconté l'histoire.

— Ça fait longtemps que je n'ai pas pensé à ça, reprit Lewis. Mais pour répondre à votre question, non, je ne sais pas si Nick a un héritier. S'il a engendré un enfant, il ne me l'a pas dit.

— S'il a engendré un enfant, elle serait née après que vous avez tous reçu vos feuilles de route à la fin de votre formation à la Field Medical School. Nick aurait déjà été au Vietnam.

— Et moi à Subic Bay. Mais vous parlez d'« une » enfant…

— J'en ai vu une photo qu'il a lui-même prise. On y voit une femme et sa fille à la plage près de l'hôtel del Coronado. La mère était une Latina. Vous souvenez-vous s'il fréquentait une femme à cette époque ?

— Oui, je me souviens d'une… Elle était plus âgée que lui et lui a jeté un sort.

— « Un sort » ?

— Oui, il est tombé sous son charme. C'était vers la fin de notre période à Pendleton. Il l'avait rencontrée dans un bar d'Oceanside. Les nanas venaient y chercher des mecs comme lui.

— Que voulez-vous dire par « des mecs comme lui » ?

— Des Hispaniques, des Mexicains. À cette époque-là, il y avait tout ce truc de la Chicano Pride là-bas en Californie. C'est comme si elles recrutaient des Mexicains de la base. Nick était basané, mais ses parents étaient blancs. Je le savais parce que je les avais vus à la cérémonie de remise des diplômes. Il m'avait dit être un enfant adopté et que sa mère biologique était mexicaine. Ces nanas-là jouaient à fond là-dessus, je crois. Sa vraie identité, vous voyez?

— Et cette femme dont vous parlez faisait partie de ce mouvement?

— Oui. Je me souviens que Stanley et moi, on essayait de le ramener à la raison. Mais il nous disait qu'il était amoureux. Et que ce n'était pas le truc mexicain, non. C'était elle.

— Vous vous rappelez son nom?

— Non, pas vraiment. Ça remonte à vraiment loin.

Bosch essaya de masquer sa déception dans sa voix.

— À quoi ressemblait-elle?

— Cheveux noirs, jolie. Elle était plus âgée, mais pas trop. Dans les vingt-cinq, trente ans. D'après lui, c'était une artiste.

Bosch savait qu'en continuant à le ramener à cette époque, d'autres détails pourraient lui revenir.

— Où s'étaient-ils rencontrés?

— Ça devait être au Surfrider... on y traînait pas mal. Là ou dans un autre de ces bars près de la base.

— Et il allait la voir en permission de week-end?

— Oui. Y avait un endroit là-bas à San Diego où il allait la voir quand il avait quartier libre. C'était dans le *barrio*, sous une autoroute ou un pont, et ils appelaient ça le « Chicano Way » ou un truc dans le genre. Ça remonte à si loin que j'ai du mal à me rappeler. Mais il m'en parlait. Ils essayaient d'en faire un parc et y avait des graffitis sur l'autoroute. Il a commencé à parler de ces gens comme de sa *familia*. Il se servait du mot espagnol et c'était marrant parce qu'il ne parlait même pas cette langue. Il ne l'avait jamais apprise.

Tout cela contenait des renseignements d'autant plus inté-ressants que Bosch voyait bien qu'ils collaient avec d'autres bouts de l'histoire qu'il connaissait déjà. Il pensait à ce qu'il allait pouvoir lui demander ensuite lorsque ce coup de poker téléphonique paya enfin.

— Gabriela, lâcha Lewis. Ça me revient juste maintenant.

— C'est comme ça qu'elle s'appelait ? dit Bosch sans pouvoir cacher l'excitation dans sa voix.

— Oui, j'en suis relativement sûr maintenant. Gabriela.

— Et son nom de famille ? demanda Bosch en tentant encore sa chance.

— Mec, j'arrive même pas à croire que son prénom me soit remonté de toute cette boue ! lui renvoya Lewis en riant.

— Ça m'aide vraiment beaucoup, dit Bosch, et il commença à mettre fin à l'entretien.

Il donna son numéro de téléphone à Lewis et lui demanda de l'appeler s'il se rappelait quoi que ce soit d'autre sur Gabriela ou ce que Santanello avait fait à San Diego.

— Et donc, vous êtes revenu à Tallahassee après votre service, lança-t-il pour terminer la conversation.

— Oui, je suis revenu direct ici. J'en avais marre de la Californie, du Vietnam et du reste. Et je n'ai pas bougé d'ici depuis.

— Quel genre de droit pratiquez-vous ?

— Oh, à peu près tout le droit dont on peut avoir besoin. Dans une ville comme Tallahassee, ça paie de diversifier. Il n'y a qu'un seul truc que je ne ferai jamais : défendre un footballeur de la FSU. Je suis un Florida Gator, moi, et franchir cette ligne, non, pas question.

Bosch se dit qu'il devait faire allusion à une rivalité interétats, mais ça le dépassait. Ce n'était que très récemment que sa connaissance des sports s'était étendue des Dodgers à un vague intérêt pour le retour des L.A. Rams.

— Je peux vous demander quelque chose ? reprit Lewis. Qui veut savoir si Nick a un héritier ?

— Vous pouvez, maître Lewis, mais c'est la question même à laquelle je ne peux répondre.

— Nick n'avait rien et sa famille n'avait pas grand-chose de plus. Ça a donc à voir avec son adoption, non?

Bosch garda le silence. Lewis avait mis le doigt dessus.

— Je sais que vous ne pouvez pas me répondre, reprit ce dernier. Je suis avocat et... Faut sans doute que je respecte ça.

Bosch décida de raccrocher avant que Lewis ne comprenne autre chose et ne lui pose une autre question.

— Merci, maître, dit-il. Et merci pour votre aide.

Il raccrocha et décida de continuer jusqu'à San Fernando alors même qu'il avait déjà trouvé Lewis. Il allait faire le point sur l'affaire du Screen Cutter et irait sur le Net histoire de confirmer l'info que Lewis venait de lui donner. Cela dit, il n'avait aucun doute : il allait finir par descendre à San Diego pour l'affaire.

Quelques minutes plus tard, il tourna dans la 1re Rue et vit les trois camions de télévision garés devant le commissariat de police.

CHAPITRE 19

Il entra par la porte sur le côté et gagna la salle des inspecteurs par le couloir du fond. Arrivé au croisement avec le couloir principal, il regarda à droite et vit que des gens s'étaient groupés devant la porte de la salle d'appel. Parmi eux se trouvait Bella Lourdes, qui l'aperçut du coin de l'œil et lui fit signe de venir. Elle portait un jean et une chemise de golf noire avec le badge du SFPD et le nom de son unité sur le sein gauche. Son vrai badge et son arme étaient accrochés à son ceinturon.

— Qu'est-ce qui se passe ? demanda-t-il.

— On a eu de la chance, répondit-elle. Le Screen Cutter a encore tenté un coup aujourd'hui, mais sa victime lui a échappé. Pour le chef, ça suffit. Il a décidé de parler.

Bosch se contenta d'opiner. Il pensait toujours que ce n'était pas ce qu'il fallait faire, mais il devinait la pression à laquelle était soumis Valdez. N'avoir rien dit de ce qu'il savait des affaires précédentes n'allait pas lui donner bonne mine – sur ce point, Lourdes avait raison. Ils avaient de la chance que le chef ne soit pas dans la salle d'appel à tout dire du cinquième viol aux médias.

— Où est la victime ? demanda Bosch.

— À la War Room[1]. Elle est toujours assez secouée. Je veux lui laisser un peu de temps.

— Comment se fait-il qu'on ne m'ait pas appelé ?

Lourdes parut surprise.

— Le capitaine m'a dit qu'il n'arrivait pas à vous joindre.

Bosch se contenta de hocher la tête et laissa filer. C'était assez nul de la part de Trevino, mais il y avait des choses plus importantes dont s'inquiéter.

Il regarda par-dessus la tête des gens rassemblés dans le couloir pour essayer de voir ce que donnait la conférence de presse. Il vit bien Valdez et Trevino sur le devant de la salle, mais ne put dire combien il y avait de représentants des médias, les reporters s'étant forcément assis et les cameramen installés au fond. Il savait que tout cela dépendait de ce qui pouvait se passer d'autre à Los Angeles ce jour-là. Un violeur en série en cavale à San Fernando, où la population ignorait assez généralement les médias de langue anglaise, ne risquait guère d'attirer les foules. Un des camions des médias garés devant le commissariat étant de l'Univision Noticias, il comprit que ce serait par ce canal que la nouvelle serait divulguée localement.

— Bon alors, reprit-il. Trevino ou Valdez ont-ils parlé de contrôle ?

— De « contrôle » ?

— Oui, de se garder quelque chose en réserve que seuls nous et le violeur connaîtrions. Pour pouvoir écarter les faux aveux et confirmer les vrais.

— Euh… non, ça n'a pas été évoqué.

— Trevino aurait peut-être mieux fait de m'appeler plutôt que d'essayer de me blouser.

Et il se détourna du groupe.

1. Salle de commandement.

- 181 -

— Vous êtes prête à retourner parler à la victime ? reprit-il. Comment est son anglais ?

— Elle le comprend, mais préfère parler espagnol.

Il acquiesça d'un hochement de tête. Ils commencèrent à descendre le couloir conduisant à la salle des inspecteurs. Équipée d'une longue table et d'un tableau blanc où les descentes, les affaires et les affectations pouvaient être « D&Ded » – discutées et mises en diagrammes –, la « War Room » était une grande salle de réunion située juste à côté de celle des inspecteurs. C'était en général là qu'on préparait les opérations du genre sécurisation des défilés et dépistage du taux d'alcoolémie des conducteurs.

— Bien, enchaîna-t-il, qu'est-ce qu'on sait ?

— Vous la connaissez probablement, ou allez la reconnaître. C'est une des *baristas* du Starbucks. Elle y travaille à temps partiel, le matin. De 6 à 11 heures tous les jours.

— Comment s'appelle-t-elle ?

— Beatriz, avec un « z ». Nom de famille : Sahagun.

Il fut incapable de mettre un visage sur ce nom. Il y avait en général trois femmes qui travaillaient au Starbucks quand il y allait le matin. Il se dit qu'il la reconnaîtrait en arrivant à la War Room.

— Elle rentrait chez elle après le boulot ? demanda-t-il.

— Oui, et il l'attendait. Elle habite dans la 7ᵉ Rue, juste en retrait de Maclay Street. Ça cadre avec le profil : maison individuelle, quartier résidentiel jouxtant une zone commerciale. Elle entre et tout de suite elle sait qu'il y a quelque chose qui ne va pas.

— Elle voit la moustiquaire.

— Non, elle ne voit rien. Elle le sent.

— Elle « le sent » ?

— Elle dit seulement qu'elle est entrée et que la maison avait une drôle d'odeur. Et elle n'avait pas oublié notre gros cafouillage avec le postier. Elle travaillait au Starbucks le jour où on a coincé Maron. Même que lorsqu'il est revenu se payer un café et un sandwich la fois suivante, il a dit aux filles derrière le comptoir que la police s'était gourée en le prenant pour un violeur qui frappait dans les environs. Ça l'a tout de suite inquiétée. Bref, elle rentre chez elle, y a quelque chose qui ne va pas, elle s'empare d'un balai à la cuisine.

— Putain de Dieu! Courageuse, la fille! Elle aurait dû dégager de là.

— Ça, je sais, bordel. Mais non, elle se le paie! Elle entre dans la chambre et sait qu'il est planqué derrière le rideau. Elle le voit bien et te lui balance un coup de balai digne d'Adrián González[1] à la batte, et l'étale. *Paf*, en pleine figure. Il dégringole, emporte le rideau dans sa chute, ne sait plus où il en est, « mais qu'est-ce qui se passe, bordel? » et hop, il saute par la fenêtre et détale. Oui, à travers la vitre!

— Qui est-ce qui travaille la scène de crime?

— Les cracks, et le capitaine a mis Sisto pour tout surveiller. Et Harry, devinez quoi! On a le couteau!

— Waouh!

— Il lui a échappé quand elle l'a frappé et là, il s'est pris dans le rideau et il l'y a laissé. Sisto m'a appelé quand ils l'ont retrouvé, juste là.

— Et le chef est au courant?

— Non.

— Ça sera ça, notre contrôle des infos. Il faut dire à Sisto et à ses cracks de garder le renseignement pour eux.

— Pigé.

— Quel masque portait-il?

— Je n'en ai pas encore parlé avec elle.

— Et son cycle menstruel?

1. Célèbre joueur mexicain de baseball.

— Ça non plus, je ne le lui ai pas encore demandé.

Ils étaient arrivés à la War Room.

— OK, dit Bosch. Prête ? Vous prenez le commandement.

— Allons-y.

Il ouvrit la porte et la lui tint pour qu'elle entre la première. Et reconnut aussitôt en la femme assise à la grande table celle qui lui préparait ses *lattes* glacés au Starbucks du coin. Toujours aimable et souriante, elle les lui servait souvent même avant qu'il ne les lui commande.

Beatriz Sahagun envoyait un texto à quelqu'un lorsqu'ils entrèrent. Elle leva la tête d'un air solennel, puis elle reconnut Bosch. Un petit sourire joua sur son visage.

— *Latte* glacé, dit-elle.

Il acquiesça d'un signe de tête et lui sourit en retour. Il lui tendit la main, qu'elle serra.

— Harry Bosch, dit-il. Je suis content que vous alliez bien.

Bosch et Lourdes prirent place en face d'elle et commencèrent à l'interroger. L'histoire étant en gros déjà connue, Lourdes put travailler en profondeur et de nouveaux détails se firent jour. De temps en temps, Bosch posait une question et Lourdes la répétait en espagnol afin d'être sûre qu'il n'y ait pas de malentendus. Beatriz répondant lentement et en réfléchissant, Bosch arrivait à comprendre l'essentiel de ce qu'elle disait sans que Lourdes ait besoin de traduire.

Beatriz était âgée de vingt-quatre ans et correspondait au profil physique des victimes précédentes. Cheveux longs et yeux noirs, elle était plutôt menue. Elle travaillait au Starbucks depuis deux ans, essentiellement en qualité de *barista* parce que son anglais n'était pas à la hauteur pour prendre les commandes et les encaisser. Elle rapporta à Bosch et à Lourdes qu'elle n'avait jamais eu de contacts inquiétants ni avec ses collègues ni avec des clients. Personne ne la suivait et elle n'avait pas de problèmes avec d'anciens petits amis. Elle partageait sa maison avec une autre *barista* du Starbucks qui, elle, était en général de service de jour et ne se trouvait donc pas dans la maison au moment de l'intrusion.

Au fil des questions, Beatriz révéla que l'intrus portait un masque de Lucha Libre, dont elle fit la même description que la dernière victime du Screen Cutter, à savoir qu'il était noir, vert et rouge.

Elle révéla aussi qu'elle suivait son cycle menstruel sur un calendrier posé sur sa table de nuit. Élevée dans un catholicisme strict, expliqua-t-elle, elle avait suivi la méthode de contraception naturelle avec son ancien petit ami.

Les deux inspecteurs prêtèrent une attention particulière à ce qui l'avait alertée sur la présence possible d'un intrus dans la maison. L'odeur. Les questions se faisant plus précises, elle les informa que pour elle il ne s'agissait pas d'une odeur de cigarette, mais bien de celle de quelqu'un qui fume. Bosch comprit le distinguo et se dit que c'était important. Le Screen Cutter était un fumeur. Il n'avait pas fumé dans la maison, mais il y avait laissé une odeur qu'elle avait reconnue.

Beatriz ne cessait de se serrer la poitrine. D'instinct, elle s'était mise à chercher l'intrus plutôt que de fuir, et là, après les faits, elle se rendait compte à quel point la décision qu'elle avait prise était dangereuse. L'interrogatoire terminé, les deux inspecteurs lui proposèrent de la faire sortir par la porte de côté afin d'éviter les journalistes encore dans les parages. Ils lui proposèrent aussi de la ramener chez elle afin qu'elle y prenne les vêtements et les affaires dont elle aurait besoin pendant au moins quelques jours. Il était en effet recommandé qu'elle et sa colocataire n'y restent pas pendant un certain temps aussi bien pour des raisons de sécurité que pour permettre aux enquêteurs et techniciens de scène de crime de faire leur travail. Ils ne lui laissèrent pas précisément entendre que le Screen Cutter pouvait revenir, mais ils n'étaient pas loin de le penser.

Lourdes appela Sisto pour l'avertir qu'ils arrivaient, puis ils prirent la voiture de Lourdes pour gagner la maison de la victime.

Sisto les attendait devant. Né et élevé dans la région, il n'avait jamais connu autre chose que le SFPD. Lourdes, elle, avait travaillé au service de police du L.A. County Sheriff avant de rejoindre le commissariat de San Fernando. Jean et chemise de golf noire, Sisto était habillé comme elle. Il semblait bien que c'était la tenue décontractée la plus souvent portée par le duo. Depuis son arrivée au SFPD, Bosch était très impressionné par le savoir-faire et le dévouement de Lourdes, et nettement moins par ceux de Sisto. Celui-ci lui donnait l'impression de faire du surplace. Il était toujours à envoyer des SMS et semblait plus enclin à discuter des dernières nouvelles du surf lorsqu'il papotait qu'à parler de dossiers et de sujets propres à la police. Là où certains inspecteurs posaient sur leurs bureaux ou punaisaient sur les panneaux d'affichage des photos et des pièces touchant à leurs enquêtes, d'autres y faisaient étalage de choses leur rappelant ce qui les intéressait en dehors du travail. Sisto était de ceux-là. Son bureau croulait sous tout un attirail de surf et de souvenirs de l'équipe des Dodgers. En le voyant pour la première fois, Bosch n'avait même pas été sûr que c'était bien celui d'un inspecteur de police.

Lourdes ne lâcha pas Beatriz d'une semelle lorsqu'elle entra chez elle pour y prendre des vêtements et ses articles de toilette et les ranger dans une valise et un sac marin. Dès qu'elle eut fini, Lourdes lui demanda de lui raconter encore une fois toute l'histoire en lui montrant les endroits où cela s'était passé. Beatriz s'y astreignit et de nouveau Bosch s'étonna du choix qu'elle avait fait de chercher l'intrus dans toute la maison au lieu de s'en éloigner au plus vite.

Lourdes se porta volontaire pour accompagner Beatriz chez sa mère qui, elle aussi, habitait à San Fernando, Bosch restant sur place avec Sisto et les techniciens de scène de crime. Il commença par inspecter la fenêtre de derrière, celle par où l'intrus était entré après en avoir découpé la moustiquaire. Tout cela ressemblait beaucoup aux affaires précédentes.

Il demanda ensuite à Sisto de lui montrer le couteau récupéré dans le fouillis du rideau tombé par terre. Sisto sortit un sachet à éléments de preuve en plastique d'un sac en papier brun contenant d'autres objets retrouvés.

— Les techniciens ont déjà vérifié, dit-il. Il n'y a rien dessus. Aucune empreinte. Le type portait des gants et un masque.

Bosch acquiesça et examina le couteau à travers le plastique. Il s'agissait d'un couteau pliant noir dont la lame était ouverte. Il repéra le logo du fabricant estampillé sur le manche, en plus de quelques codes trop petits pour être lisibles à travers le plastique. Il nota de l'examiner à nouveau dans l'environnement protégé de la salle des inspecteurs.

— N'empêche, reprit Sisto, c'est un beau couteau. J'ai cherché sur mon portable et il est fabriqué par la société TitaniumEdge. C'est un Socom Black. La lame est saupoudrée de noir de façon à ne pas refléter la lumière... vous savez bien, quand on est dehors la nuit et qu'on a besoin de zigouiller quelqu'un.

Tout cela proféré d'un ton sarcastique qui n'amusa pas Bosch.

— Oui, je vois, dit-il.

— J'ai consulté deux ou trois blogs sur les couteaux pendant que j'attendais... si, si, il y a des blogueurs spécialisés dans le couteau. Pour beaucoup d'entre eux, le Socom Black est un des meilleurs modèles sur le marché.

— Meilleurs pour quoi faire ?

— Des trucs terrifiants, faut croire. Du boulot de tueur. Y a des chances pour que ce Socom désigne des espèces d'opérations clandestines des Forces spéciales.

— Oui, *Special Operations Command. Delta Force*, dit Bosch.

Sisto parut surpris.

— Merde alors! Vous avez l'air de vous y connaître en trucs militaires!

— Je sais quelques petites choses, en effet, répondit Bosch en lui rendant prudemment le couteau.

Il ne savait pas trop ce que Sisto pensait de lui. Leurs relations avaient été minimales alors même que, pour toute tranquillité, ils n'avaient qu'une simple paroi entre leurs bureaux. Sisto s'occupant des atteintes aux biens et Bosch ne passant pas son temps à résoudre ce genre d'affaires, ils n'avaient que peu de raisons de se parler hormis pour se saluer en arrivant le matin. Parce qu'il avait deux fois son âge, Bosch se disait que Sisto le prenait sans doute pour une espèce de relique du passé. Qu'en plus il porte souvent un costume et une cravate pour venir travailler, et gratuitement, devait aussi le déconcerter.

— Et donc, la lame n'était pas pliée lorsque vous avez trouvé le couteau? reprit-il. Le type était derrière le rideau avec sa lame sortie?

— C'est ça : sortie et prête à frapper. Vous croyez qu'il vaudrait mieux la replier pour que personne ne se coupe?

— Non, enregistrez-la comme vous l'avez trouvée. Simplement, faites attention. Avertissez les gens que le couteau est ouvert. Et disons… cherchez une boîte quand vous l'apporterez aux Scellés.

Sisto acquiesça d'un signe de tête en remettant précautionneusement le couteau dans le grand sac à pièces à conviction. Bosch gagna la fenêtre et regarda le verre brisé en bas dans le jardin de derrière. Le Screen Cutter s'était rué sur la fenêtre et en avait traversé la vitre. La première pensée qui lui vint fut qu'il avait dû se blesser. Le coup de balai qu'il avait reçu avait dû tellement le stupéfier qu'il avait choisi de fuir plutôt que de se battre – soit la réaction inverse de celle de la victime qu'il visait. Cela étant, passer à travers la fenêtre et emporter la moustiquaire avec requérait beaucoup de force.

— Du sang ou autre chose sur le verre? demanda-t-il.

— Rien de tel pour le moment.

— Vous avez eu la consigne sur le couteau, non? On n'en dit rien à personne... surtout pas la marque et le modèle.

— Reçu cinq sur cinq. Parce que vous pensez vraiment qu'il va y avoir quelqu'un pour avouer ce truc?

— J'ai vu plus bizarre. On ne sait jamais, répondit Bosch en sortant son portable et en s'écartant de Sisto pour passer un appel en privé.

Il entra dans le couloir, puis gagna la cuisine et appela sa fille. Comme à son habitude, elle ne décrocha pas. Elle se servait surtout de son téléphone pour envoyer des textos et consulter les réseaux sociaux. Il savait aussi que si elle ne répondait pas à ses appels et n'en avait peut-être même pas connaissance – elle était toujours en mode silencieux –, elle écoutait les messages qu'il lui laissait.

Comme il fallait s'y attendre, il tomba sur la messagerie.

— Hé, c'est ton papa. Je voulais juste avoir des nouvelles. J'espère que tout va bien et que tu es en sécurité. Il se pourrait que je passe par le comté d'Orange pour descendre à San Diego cette semaine. Dis-moi si tu as envie de boire un café ou de manger quelque chose avec moi. On dit un dîner? Bon, allez. Je t'aime fort et espère te voir bientôt... et, ah, mets de l'eau dans l'écuelle du chien.

Il raccrocha et passa dehors par la porte de devant. Un officier de la patrouille montait la garde. Il s'appelait Hernandez.

— Qui c'est le patron ce soir? lui demanda Bosch.

— Le sergent Rosenberg.

— Vous pourriez lui passer un coup de fil et lui demander de venir me prendre? Il faut que je retourne au commissariat.

— Oui, monsieur.

Bosch regagna le trottoir pour attendre la voiture de patrouille avec Irwin Rosenberg à bord. Il avait besoin qu'on le ramène, mais il avait surtout besoin de dire à Rosenberg, qui serait le chef de veille cette nuit-là, de faire en sorte que la patrouille garde un œil sur la maison de Beatriz Sahagun.

Il vérifiait son téléphone lorsqu'il s'aperçut qu'il venait de recevoir un texto de Maddie lui disant qu'elle était d'accord pour dîner s'il passait dans le coin et qu'il y avait justement un restaurant qu'elle avait envie d'essayer. Il lui répondit qu'ils pourraient organiser ça dès qu'il verrait plus clair dans son emploi du temps. Il savait que sa fille, le voyage à San Diego et l'affaire Vance allaient tous devoir attendre au moins deux ou trois jours. Il ne pouvait pas laisser tomber l'affaire du Screen Cutter, ne serait-ce que pour être prêt à réagir aux conséquences inévitables du coup de projecteur des médias.

CHAPITRE 20

Ce samedi matin-là, il fut le premier à arriver à la salle des inspecteurs – la seule chose qui aurait pu le rendre encore plus fier aurait été d'avoir passé toute sa nuit à travailler sur l'affaire. Mais son statut de volontaire lui permettant de choisir ses heures, il avait opté pour une bonne nuit de sommeil sans interruption plutôt que de courir après une affaire jusqu'à l'aube. Il était trop vieux pour ça. Ça, il le réservait aux homicides.

En traversant le commissariat, il s'était arrêté à la salle des communications afin d'y prendre la pile de messages arrivés depuis la veille au soir, au moment où les médias avaient été mis au courant de l'affaire du violeur en série. Il était aussi passé par les Scellés et y avait pris le couteau récupéré sur la scène de crime.

Enfin à son bureau, il se lança dans l'examen des messages en sirotant le *latte* glacé qu'il avait pris au Starbucks. Au fur et à mesure de sa première lecture, il constitua un deuxième tas avec les messages où il était noté que le correspondant ne parlait qu'espagnol. Il allait les transmettre à Lourdes afin qu'elle les analyse et en assure le suivi. Il était entendu qu'elle devait travailler l'affaire tout le week-end durant, Sisto étant de service pour toutes celles où il y avait besoin d'un inspecteur, le capitaine Trevino étant, lui, obligé de rester dans les lieux parce que c'était son tour de diriger le commissariat pendant le week-end.

Parmi les messages « en espagnol seulement » se trouvait l'appel d'une femme qui disait avoir été elle aussi agressée par un violeur qui portait un masque semblable à ceux des catcheurs mexicains. Elle avait refusé de donner son nom parce qu'elle était, et le reconnaissait, entrée illégalement aux États-Unis, et tous les efforts déployés par l'officier de police pour la convaincre qu'aucune mesure concernant son statut d'immigrée clandestine ne serait prise à son encontre si elle donnait tous les détails de ce crime n'avaient servi à rien.

Bosch s'attendait depuis longtemps à ce qu'il y ait d'autres affaires dont il ne savait rien, mais il n'en fut pas moins bouleversé lorsqu'il lut qu'elle avait déclaré à l'opératrice que son agression remontait à près de trois ans. Il comprit alors qu'elle vivait avec les séquelles psychologiques, voire physiques, de cette horrible agression depuis tout ce temps, et ce, sans même seulement pouvoir espérer que la justice finisse par prévaloir et que son agresseur soit tenu de répondre de son crime. C'était à tout cela qu'elle avait renoncé en choisissant de ne pas porter plainte de peur d'être renvoyée dans son pays.

Des gens qui n'auraient aucune sympathie pour elle, il y en avait, et Bosch le savait pertinemment. Ils argueraient qu'en gardant le silence sur son agression, elle avait permis au violeur de s'attaquer à la victime suivante sans avoir à se préoccuper de la police. S'il trouvait quelque validité à l'argument, il éprouvait plus de sympathie pour le calvaire de la victime. Sans même connaître à fond la manière dont elle était arrivée aux États-Unis, il savait que cela n'avait pas été facile et le désir qu'elle avait d'y rester, quelles qu'en soient les conséquences – y compris jusqu'à devoir se taire sur son viol –, le touchait. Certains politiciens pouvaient bien parler d'élever des murs et de changer les lois pour empêcher les gens d'entrer aux États-Unis, au bout du compte, tout cela n'était que symboles. Pas plus que les jetées en pierre à l'entrée du port, ni l'une ni l'autre de ces mesures ne pourraient endiguer le flot des immigrants. Rien n'arrête la marée née de l'espoir et du désir.

Il fit le tour du box et posa la pile de messages « en espagnol seulement » sur le bureau de Lourdes. C'était la première fois qu'il voyait son espace de travail sous cet angle. Il y découvrit l'étalage habituel de mémos de la police et d'avis de recherche. L'un d'eux concernait une disparue qui avait hanté le service dix années durant parce qu'on ne l'avait jamais retrouvée et craignait qu'elle ait été victime d'un meurtre. Punaisées au milieu de la demi-cloison qui séparait leurs bureaux, se trouvaient plusieurs photos d'un petit garçon dans les bras de Lourdes ou d'une autre femme, quelques-unes les montrant tous les trois en train de se faire un câlin. Il s'arrêta un instant et se penchait en avant pour observer le bonheur qui émanait de ces clichés lorsque la porte du bureau s'ouvrant, Lourdes apparut.

— Qu'est-ce que vous faites ? lui demanda-t-elle en prenant un marqueur pour porter l'heure de son arrivée sur le tableau de présence.

— Euh, je vous déposais ces messages, répondit-il en reculant pour lui permettre d'entrer dans son espace de travail. Ce sont les appels en espagnol de la nuit dernière.

Elle passa devant lui et s'installa.

— Ah, OK. Merci.

— Hé… c'est votre gamin ?

— Oui. Rodrigo.

— Je ne savais pas que vous aviez un enfant.

— Ce sont des choses qui arrivent.

S'ensuivit un silence embarrassé tandis qu'elle attendait qu'il lui demande si l'autre femme faisait partie de sa vie, laquelle des deux était la mère ou si l'enfant était adopté. Bosch préféra en rester là.

— Le premier message est celui d'une autre victime, dit-il en rejoignant son bureau. Elle a refusé de donner son nom, mais a reconnu être une immigrante clandestine. D'après le centre de communication, elle a appelé d'une cabine près du tribunal.

— C'est que... on savait bien qu'il devait y en avoir d'autres, dit-elle.

— Moi aussi, j'ai un tas de messages à regarder, dit-il. Ah oui, j'ai sorti le couteau des Scellés.

— Le couteau ? Pourquoi ?

— Ces poignards militaires de première qualité sont des collectors. On pourrait en remonter la piste.

Il regagna son bureau et disparut à la vue de sa collègue.

Il jeta d'abord un coup d'œil aux messages qui l'occuperaient à coup sûr une bonne partie de la journée et ne donneraient rien ou presque, puis il s'attarda sur le couteau.

Il enfila une paire de gants en latex et sortit l'arme de son sac en plastique. Le bruit qu'il avait fait attira l'attention de Lourdes qui se leva et regarda par-dessus la cloison.

— Je ne l'ai pas vu hier soir, dit-elle.

Bosch le lui tint en hauteur pour qu'elle puisse le voir de près.

— Putain, ce truc a l'air vraiment méchant ! s'exclama-t-elle.

— Ça sert aux escadrons qui doivent tuer sans bruit, dit-il.

Il ramena le couteau vers lui et le tint à l'horizontale, le tranchant de la lame en avant. Et mima une attaque par-derrière en couvrant la bouche de la victime de la main droite et en lui enfonçant de la gauche la pointe de la lame dans le cou. Et le lui ouvrant en la poussant vers l'avant.

— On l'enfonce dans le côté du cou et on sectionne tout ce qui saigne jusqu'à la gorge, dit-il. Absolument silencieux, la cible perd tout son sang en moins de vingt secondes et *basta*.

— « La cible » ? répéta-t-elle. Vous avez fait partie de ces types ? À la guerre, je veux dire ?

— Oui, j'ai fait une guerre bien avant que vous ne naissiez. Mais on n'avait rien de pareil. Nous, on mettait du cirage à godillots sur nos lames.

Elle eut l'air perdue.

— Pour qu'on ne voie pas de reflets dans le noir, expliqua-t-il.

— Oui, bien sûr, dit-elle.

Il reposa le couteau sur son bureau, tout gêné de la démonstration qu'il venait de lui faire.

— Vous pensez que notre bonhomme est un ancien militaire ? lui demanda-t-elle.

— Non, je ne crois pas.

— Pourquoi ?

— Parce que hier, il s'est sauvé. Pour moi, s'il avait suivi le moindre entraînement, il se serait ressaisi, redressé et aurait foncé droit sur Beatriz. Peut-être même l'aurait-il tuée.

Elle le dévisagea un instant et de la tête lui montra son *latte* glacé en train de laisser une trace d'eau sur son sous-main.

— Elle était là quand vous êtes entré au Starbucks ?

— Non, elle n'y était pas. Ça n'a rien de surprenant. Mais il se pourrait aussi qu'elle soit de repos le samedi.

— OK, bon, je vais commencer à rappeler certaines de ces personnes. J'espère que ça ne vous gêne pas.

— Non, non, pas de problème.

Elle disparut à nouveau tandis qu'il chaussait ses lunettes de vue pour examiner le couteau. Et là, alors qu'il regardait l'arme posée sur son sous-main, il vit autre chose. Il vit le visage d'un homme qu'il avait tué dans un tunnel plus de quarante ans auparavant. Il s'était terré dans un trou de la paroi et l'homme était passé juste devant lui dans le noir. Sans le voir, ni le sentir. Bosch l'avait attrapé par-derrière, lui avait posé une main sur le visage et la bouche et lui avait tranché la gorge avec son poignard. Tout s'était terminé si vite et avec une telle efficacité qu'aucune goutte du sang artériel qui avait jailli ne l'avait touché. Depuis, il n'avait jamais oublié le dernier souffle de cet homme sur la paume qu'il lui avait collée sur la bouche. Jamais non plus il n'avait oublié comment il lui avait fermé les yeux et l'avait étendu par terre dans son sang.

— Harry ?

Il émergea de son souvenir. Le capitaine Trevino se tenait derrière lui dans son box.

— Désolé, je réfléchissais, bafouilla-t-il. Quoi de neuf, capitaine ?

— Émargez au tableau de présence, lui ordonna Trevino. Je ne vous le répéterai pas deux fois !

Bosch pivota sur son fauteuil et découvrit Trevino en train de lui montrer la porte où se trouvait le panneau.

— D'accord, d'accord, je fais ça tout de suite, dit-il.

Il se leva, Trevino reculant pour le laisser quitter son box.

— C'est le couteau ? lança-t-il dans son dos.

— C'est ça même.

Bosch prit un marqueur dans la rainure du tableau et nota qu'il était arrivé à 6 h 15 du matin. Il n'avait pas vérifié l'heure exacte, mais il savait s'être trouvé au Starbucks à 6 heures.

Trevino entra dans son bureau et en ferma la porte. Bosch revint à son couteau. Cette fois, il oublia son petit voyage dans le temps et se pencha pour lire les chiffres gravés sur la lame noire. D'un côté du logo TitaniumEdge se trouvait la date de fabrication – 09/08 –, et de l'autre son numéro de série. Il nota les deux numéros et alla sur le Net pour voir si la TitaniumEdge avait un site Web.

Il s'y affairait encore lorsqu'il entendit Lourdes rappeler quelqu'un en espagnol. Il en comprit assez pour savoir qu'elle parlait avec une femme qui disait connaître le violeur. Il sut tout de suite que le coup de fil serait bref. Les enquêteurs étaient à quatre-vingt-quinze pour cent certains que l'individu qu'ils cherchaient était blanc. Toute personne accusant un Latino aurait tort et serait très vraisemblablement en train d'essayer de rendre la vie impossible à un ennemi personnel.

Il trouva le site Web de la TitaniumEdge et apprit rapidement que les propriétaires de ces couteaux pouvaient les déclarer lors de l'achat ou après. Cela n'étant pas obligatoire, il se dit que les trois quarts de leurs acquéreurs ne devaient pas se donner cette peine. Le fabricant se trouvait en Pennsylvanie – soit près des usines produisant l'acier de leurs armes. D'après le site, la société fabriquait plusieurs modèles de couteaux pliants. Ne sachant pas si ce serait ouvert un samedi, Bosch tenta sa chance et appela le magasin. Son appel étant pris par une standardiste, il demanda qu'on lui passe le responsable de service.

— Aujourd'hui, on a Johnny et George, lui fut-il répondu. Ce sont eux qui gèrent.

— L'un des deux est-il disponible ? L'un ou l'autre m'ira.

Elle le mit en attente et, deux minutes plus tard, un homme au ton bourru se fit entendre sur la ligne. S'il était une voix qui corresponde à un fabricant de couteaux à lames noires, c'était bien celle-là.

— Johnny à l'appareil, dit-il.

— Johnny, ici l'inspecteur Bosch du SFPD de Californie. Je me demandais si je pourrais vous prendre quelques minutes de votre temps pour une enquête que nous menons.

Un silence s'ensuivit. Bosch avait pris l'habitude d'utiliser l'acronyme SFPD quand il passait des coups de fil hors de la ville, l'idée étant que son correspondant en conclue qu'il l'appelait de San Francisco et soit donc plus disposé à l'aider que s'il comprenait qu'on lui téléphonait de la minuscule San Fernando.

— Du « SFPD » ? répéta enfin Johnny. Je ne suis jamais allé en Californie.

— En fait, ça ne vous concerne pas, monsieur. Ça concerne un couteau que nous avons trouvé sur une scène de crime.

— Quelqu'un qui aurait été blessé avec ?

— Non, pas que nous sachions. Un cambrioleur l'a laissé tomber quand le propriétaire de la maison l'a chassé de chez lui.

— On dirait bien quand même qu'il allait s'en servir pour blesser quelqu'un.

— Nous ne le saurons jamais. Il l'a laissé tomber et j'essaie d'en remonter la piste. Je vois sur votre site que l'acheteur peut déclarer son couteau et je me demandais si c'était le cas de celui-là.

— De quel modèle s'agit-il ?

— C'est un Socom Black. Lame de dix centimètres poudrée noire. Il y est indiqué qu'elle a été fabriquée en septembre 2008.

— C'est vrai. Nous ne fabriquons plus ce modèle.

— Il n'empêche. À ce que j'entends dire, il est toujours très estimé et considéré comme un collector.

— Bon, laissez-moi consulter l'ordinateur pour voir ce qu'on a.

Bosch fut regonflé par cette coopération. Johnny lui demanda le numéro de série. Bosch le lui lut sur la lame même et l'entendit le saisir dans l'ordinateur.

— Oui, il a été déclaré, dit Johnny. Malheureusement, il s'agit d'un couteau volé.

— Vraiment? s'exclama Bosch.

Mais ça ne l'étonnait pas. Il aurait trouvé invraisemblable qu'un violeur en série se serve d'une arme qu'on puisse remonter tout droit jusqu'à lui, même si, narcissique en diable, il croyait ne jamais le perdre, voire être identifié à cause de lui.

— Oui, il a été volé deux ou trois ans après que l'acheteur originel en a fait l'acquisition. Enfin... c'est à ce moment-là qu'il nous a avertis.

— Eh bien, il a été retrouvé, dit Bosch. Et son propriétaire le récupérera lorsque l'affaire sera résolue. Vous pouvez me donner votre info?

C'était là qu'il espérait ne pas s'entendre demander s'il avait un mandat. Suivre la piste du couteau aurait été ralentir jusqu'au surplace. Saisir un juge pendant le week-end afin qu'il signe un mandat pour une infime partie d'enquête n'était pas quelque chose qu'il avait particulièrement envie de faire.

— Nous sommes toujours très heureux d'aider les militaires et les forces de l'ordre! lança patriotiquement Johnny.

Bosch nota les nom et adresse de l'acquéreur originel en 2010. Il s'agissait d'un certain Jonathan Danbury qui, à cette époque-là du moins, habitait à Santa Clarita, soit à trente-cinq minutes de route de San Fernando par l'autoroute 5 tout au plus.

Bosch remercia Johnny de sa coopération et mit fin à l'appel. Puis il consulta immédiatement la base de données du DMV pour voir s'il y avait un moyen de localiser ce Jonathan Danbury. Il découvrit rapidement que celui-ci habitait toujours au même endroit que lorsqu'il avait déclaré le vol de son couteau en 2010. Il apprit aussi qu'il avait maintenant trente-six ans et pas de casier judiciaire.

Il attendit que Lourdes ait fini son appel en espagnol et dès qu'elle raccrocha, il attira son attention.

— Bella ?

— Quoi ?

— Prête à aller faire un petit tour ? J'ai une piste pour le couteau. Un type de Santa Clarita qui affirme qu'on le lui a volé il y a six ans de ça.

Elle passa la tête au-dessus de la demi-cloison.

— Je suis prête à me coller une balle dans le crâne, voilà à quoi je suis prête ! s'écria-t-elle. Toutes ces nanas qui ne pensent qu'à dénoncer leurs anciens petits copains qu'elles voudraient que les flics fassent suer ! C'est triste à dire, mais y a aussi tous les viols de rendez-vous galants. Toutes les nanas qui pensent que le type qui les a baisées de force est notre homme.

— Des appels comme ça, on en aura jusqu'à ce qu'on trouve le bon, dit-il.

— Je sais. J'espérais seulement passer la journée de demain avec mon fils. Mais si ces appels continuent, je vais être coincée ici.

— Je vous remplacerai demain. Vous pouvez filer. Je vous laisserai seulement les appels en espagnol pour lundi.

— Vraiment ?

— Vraiment.

— Merci. On sait comment ce couteau a été volé ?

— Pas encore. Prête à y aller ?

— Ça pourrait être notre bonhomme ? On signale que le couteau a été volé pour se couvrir ?

Bosch haussa les épaules et lui montra son ordinateur.

— Il n'a pas de casier, dit-il. Le profileur dit de chercher les antécédents. Les petits trucs qui conduisent au gros.

— Les profileurs n'ont pas toujours raison, dit-elle. Je prends le volant.

Cette dernière phrase était une petite plaisanterie entre eux. En sa qualité d'officier de réserve, Bosch n'avait pas droit à un véhicule municipal. C'était Lourdes qui devait conduire lorsqu'ils se déplaçaient en mission officielle.

En quittant le bureau, Lourdes s'arrêta pour noter l'heure et leur destination – SCV[1] – sur le tableau à côté de la salle des inspecteurs.

Bosch, lui, n'en fit rien.

1. Santa Clarita Valley.

CHAPITRE 21

La Santa Clarita Valley était une énorme communauté dortoir construite dans la trouée entre les montagnes de San Gabriel et de Santa Susana. Située au nord de Los Angeles, elle était protégée de cette ville et de ses maux par ces deux chaînes. Dès le début, elle avait attiré vers le nord de la mégalopole des familles qui recherchaient des maisons meilleur marché, des écoles plus modernes, des parcs plus verts et moins de crime. Ces caractéristiques avaient aussi attiré des centaines de représentants des forces de l'ordre désireux de quitter les lieux qu'ils avaient servis et protégés. Le temps aidant, on le disait, Santa Clarita était devenue l'endroit le plus sûr où habiter dans la mesure où il y avait un flic à tous les coins de rue, ou presque.

Mais même avec pareille dissuasion et les montagnes comme rempart, les maux de la mégalopole étaient inévitables et avaient fini par franchir les cols et envahir parcs et quartiers. Jonathan Danbury pouvait l'attester. Il raconta à Lourdes et à Bosch que son TitaniumEdge à trois cents dollars lui avait été volé dans la boîte à gants de sa voiture garée dans l'allée cochère de sa maison de Featherstar Avenue. Et, ceci pour ajouter l'insulte à la blessure, que ce vol s'était produit en face du domicile même d'un adjoint du shérif.

Agréable quartier des bourgeoisies moyenne à haute, l'endroit était naturellement drainé par le Haskell Canyon Wash, un cours d'eau qui passait derrière. Danbury leur avait ouvert en tee-shirt, short ample et tongs. Il leur expliqua qu'il était agent de voyage sur Internet et opérait de chez lui, sa femme, elle, vendant de l'immobilier dans la partie Saugus de la Valley. Il ajouta qu'il avait complètement oublié son couteau volé jusqu'à ce que Bosch le lui montre dans le sachet à éléments de preuve.

— J'aurais jamais cru le revoir, dit-il. Waouh !

— Vous avez déclaré son vol à la TitaniumEdge il y a six ans, reprit Bosch. L'avez-vous également signalé au service du shérif ?

N'ayant pas de service de police propre, Santa Clarita s'était affiliée dès sa fondation à celui du shérif du comté de Los Angeles.

— Je les ai appelés, répondit Danbury. De fait même, Tillman, l'adjoint qui vivait en face à l'époque, est venu me voir pour prendre ma déposition. Mais ça n'a rien donné.

— Un inspecteur vous a-t-il appelé pour le suivi d'enquête ? demanda Bosch.

— Je crois me rappeler avoir reçu un appel, mais ils n'étaient pas très enthousiastes. L'inspecteur pensait que c'était probablement des gamins du quartier. Je me suis dit que c'était quand même assez gonflé. (Il montra la maison d'en face pour illustrer son propos.) Il y avait une voiture des services du shérif garée juste là, et ma voiture à moi est là, à six mètres, et ces gamins ont les *cojones* d'y entrer pour me piquer mon couteau ?!

— Ils ont cassé la vitre et déclenché l'alarme de la voiture ?

— Non. L'inspecteur a conclu que j'avais laissé ma voiture ouverte et m'a donné l'impression que c'était moi qui étais en faute. Sauf que non, je ne l'avais pas laissée ouverte. Je ne le fais jamais. Je pense que ces gamins avaient un Slim Jim[1] ou autre et qu'ils sont entrés dans la voiture sans casser la vitre.

— Et donc, pour ce que vous en savez, il n'y a pas eu d'arrestations.

— S'il y en a eu, sûr que personne ne m'en a dit un mot, bordel !

— Avez-vous gardé une copie de votre déclaration, monsieur ? demanda Lourdes.

— Oui, mais ça remonte à loin, répondit Danbury. C'est que j'ai trois enfants et que je dirige une entreprise, moi, ici. C'est pour ça que je ne vous ai pas priés d'entrer. C'est un bordel perpétuel et il me faudrait un bon bout de temps pour la retrouver dans tous ces détritus qu'on pare du nom de « maison ».

Il rit. Bosch s'en abstint. Lourdes se contenta de hocher la tête.

Danbury leur montra le sachet d'éléments de preuve.

— Et... je ne vois pas de sang dessus, reprit-il. Je vous en prie, ne me dites pas que quelqu'un a été poignardé avec.

— Non, personne, répondit Bosch.

— Ça devait être sérieux pour que vous fassiez tout ce chemin jusqu'ici.

— Ça l'était, mais nous n'avons pas le droit d'en parler.

Bosch glissa la main dans la poche intérieure de sa veste, fit semblant de ne pas trouver ce qu'il cherchait et palpa ses autres poches.

— Vous n'auriez pas une cigarette, monsieur Danbury ? demanda-t-il.

— Non, je fume pas. Désolé.

Puis il montra le couteau et ajouta :

1. Longue tige de métal plate qui permet de peser sur le mécanisme d'ouverture de la portière.

— Bon alors, on me le rendra? Il vaut probablement plus que ce que je l'ai payé. Y a des gens qui les collectionnent.

— C'est ce que j'ai entendu dire, répondit Bosch. L'inspecteur Lourdes va vous donner sa carte. Vous pourrez la rappeler dans quelques semaines pour savoir si vous pouvez le ravoir. Mais… je peux vous demander quelque chose? Pourquoi vouloir ce couteau?

— Eh bien, pour être honnête, j'ai un beau-frère qui est un ancien militaire et qui collectionne ce genre de trucs. Je me suis dit que ça serait bien de me protéger un peu, mais je crois surtout que je me le suis procuré pour l'impressionner. Je l'ai commandé et au début, je l'ai gardé dans ma table de nuit. Après, je me suis rendu compte que c'était idiot. J'aurais pu finir par blesser un de ces gamins. Alors je l'ai mis dans ma boîte à gants. Et de fait, je l'avais complètement oublié jusqu'au jour où j'ai vu la boîte ouverte en entrant dans la voiture. J'ai vérifié et le couteau avait disparu.

— On vous avait pris autre chose? demanda Lourdes.

— Non, seulement le couteau. C'était la seule chose qui valait un peu quelque chose dans toute la voiture.

Bosch hocha la tête, se tourna et jeta un coup d'œil à la maison de l'autre côté de la rue.

— Où l'adjoint du shérif a-t-il déménagé? demanda-t-il.

— Je ne sais pas, répondit Danbury. On n'était pas vraiment amis. Peut-être à Simi Valley.

Bosch hocha de nouveau la tête. Ils avaient récolté tout ce qu'ils pouvaient de renseignements sur le couteau et apparemment, Danbury avait réussi le test du flingue qui fume encore. Bosch décida de poser la question qui fait qu'on claque la porte – celle qui, la colère aidant, peut mettre fin à tout entretien des plus volontaires.

— Cela vous ennuierait-il de nous dire où vous étiez hier aux environs du déjeuner? demanda-t-il.

Danbury les regarda un instant d'un air mal à l'aise, puis il y alla d'un sourire gêné.

— Hé mais, oh allons, c'est quoi, ça? demanda-t-il. Je suis soupçonné de quelque chose?

— Simple question de routine, lui renvoya Bosch. Ce couteau a été retrouvé lors du cambriolage d'une maison aux environs de midi. Ça nous ferait tout simplement gagner du temps si vous pouviez nous dire où vous étiez. Comme ça, notre patron voit que c'est dans notre rapport et ne nous renvoie pas vous enquiquiner.

Danbury recula et posa la main sur le bouton de la porte. Il était à deux doigts de tout arrêter et de leur claquer la porte au nez.

— Je suis resté ici toute la journée, dit-il sèchement. Sauf quand je suis allé à l'école prendre deux de mes enfants qui étaient malades pour les conduire chez le médecin vers 11 heures. Et tout cela peut-être facilement vérifié. Autre chose?

— Non, monsieur, répondit Bosch. Merci de nous avoir donné de votre temps.

Lourdes tendit une carte de visite à Danbury et descendit les marches derrière Bosch. Ils entendirent la porte se fermer violemment derrière eux.

Ils reprirent le chemin du Freeway et s'arrêtèrent à un fast-food style McDrive afin que Bosch puisse avaler quelque chose en repartant vers le sud. Lourdes l'informa qu'elle avait mangé un peu plus tôt et passa son tour. Au début, ils ne parlèrent pas de l'interrogatoire. Bosch voulait réfléchir à la conversation qu'il avait eue avec Danbury avant d'en discuter. Dès qu'ils eurent rejoint la 5 et que Lourdes eut ouvert les fenêtres pour évacuer les odeurs de fast-food, il attaqua :

— Alors, qu'est-ce que vous pensez de ce Danbury? demanda-t-il.

Elle referma les fenêtres.

— Je ne sais pas. J'espérais qu'il sache qui lui avait piqué son couteau. Il va falloir sortir le rapport du shérif, juste pour voir s'ils ont interrogé des gens.

— Et donc, vous ne pensez plus qu'il l'a déclaré volé pour couvrir ses arrières?

— Le déclarer volé et deux ans plus tard se mettre à violer des femmes à San Fernando? Non, pour moi ça ne colle pas.

— Ce sont seulement les viols déclarés qui ont commencé deux ans plus tard. Et comme nous le savons d'après les appels reçus hier, il y en a probablement eu d'autres. Il aurait pu démarrer plus tôt.

— C'est vrai. Mais je ne l'imagine pas en violeur. Son casier est nickel. Et il ne correspond pas au profil. Il est marié, il a des enfants…

— C'est vous qui m'avez fait remarquer que les profileurs n'avaient pas toujours raison, lui rappela-t-il. En travaillant chez lui, il est libre à midi pendant que ses gamins sont à l'école.

— Oui, mais pas hier. Il nous a donné un alibi qu'on peut vérifier facilement avec le médecin et l'école. Ce n'est pas lui, Harry.

Il acquiesça d'un signe de tête. Il était d'accord, mais trouvait bien de jouer les avocats du diable afin de garder l'esprit ouvert.

— Mais c'est quand même bizarre quand on y pense, reprit Lourdes.

— Quand on pense à quoi?

— À la manière dont un couteau volé ici dans une Santa Clarita très « yeux bleus » finit entre les mains d'un Blanc qui porte un masque et traque des Latinas à San Fernando.

— Oui. On a déjà parlé de l'aspect ethnique de l'affaire. Peut-être faudrait-il creuser un peu plus dans ce sens.

— Oui, mais comment?

— On retourne au LAPD. Il y a des chances qu'au commissariat de Foothill et Mission, ils aient des dossiers sur des menaces racistes, des arrestations, enfin… ce genre de choses. Ça nous donnerait peut-être des noms.

— OK, d'accord, je peux m'en occuper.

— Lundi. Demain, vous avez quartier libre.

— C'est prévu.

Mais il savait qu'elle s'était portée volontaire pour prendre contact avec les divisions du LAPD, vu l'animosité qui régnait dans certains secteurs du service envers Bosch. Elle voulait être sûre d'avoir accès aux dossiers du LAPD et de ne pas se faire avoir parce que tel ou tel autre aurait eu des griefs contre son collègue.

— Où habitez-vous, Bella ? lui demanda-t-il.

— À Chatsworth. On a une maison en retrait de Winnetka.

— Pas mal.

— Ça nous plaît bien. Mais c'est partout pareil. Tout est question d'écoles. Et là, il y en a de bonnes.

En repensant aux photos qu'il avait vues punaisées à la cloison, il se dit que Rodrigo ne devait pas avoir plus de trois ans. Et déjà elle s'inquiétait de son avenir.

— J'ai une fille de dix-neuf ans, dit-il. Elle a eu de gros soucis dans sa vie. Elle a perdu sa mère quand elle était jeune. Mais elle a surmonté. Les enfants sont étonnants du moment qu'on les pousse dans la bonne direction à la maison.

Lourdes se contentant de hocher la tête, Bosch se sentit tout bête d'y être allé de conseils aussi évidents que non sollicités.

— Rodrigo est fan des Dodgers ? reprit-il.

— Il est un peu jeune pour ça, mais ça viendra, répondit-elle.

— Donc, c'est vous. Vous avez dit que Beatriz avait manié son balai comme Adrián González.

Ce joueur était un grand favori des fans, surtout chez les Latinos.

— Oui, dit-elle, on adore aller regarder Gonzo à Chavez Ravine.

Il acquiesça et ramena la conversation sur le terrain du boulot.

— Et donc, rien d'intéressant dans les appels de ce matin ?

— Non, rien. Vous aviez raison. Je ne pense pas qu'il en sortira quoi que ce soit et maintenant, notre bonhomme sait qu'on a relié les pointillés. Pourquoi continuer ?

— Je ne me suis même pas encore attaqué à mon tas de fiches. Avec un peu de chance…

De retour au commissariat, Bosch finit par piocher dans sa pile de messages anonymes et d'appels téléphoniques. Il passa les six heures suivantes à en venir à bout en rappelant des gens et en leur posant des questions. Et comme Lourdes, il se retrouva sans rien pour sa peine, hormis la certitude encore plus forte que les humains n'hésitent pas à s'abaisser jusqu'au caniveau si on leur en donne seulement la possibilité. Ils essayaient d'attraper un violeur en série qui, d'après son profil, était en train de se muer en assassin, et les gens se servaient de cette situation pour régler des comptes et baiser leurs ennemis.

CHAPITRE 22

Le dimanche ne fut pas différent. À son arrivée, Bosch fut accueilli par un nouveau lot de tuyaux et d'appels anonymes. Il les regarda rapidement dans son box, sépara les appels « seulement en espagnol » des autres et les déposa sur le bureau de Lourdes pour qu'elle s'en occupe le lendemain. Puis il régla le reste en rappelant quand c'était nécessaire et en se servant de la corbeille quand c'était justifié. À midi il avait fini et, malgré tous ses efforts, n'avait qu'une piste potentiellement viable.

Le tuyau provenait de l'appel anonyme d'une femme qui disait avoir vu un type masqué descendre en courant la 7ᵉ Rue en direction de Maclay Street peu après midi ce vendredi-là. Elle avait refusé de donner son nom et appelé avec un portable à numéro anonyme. Elle avait précisé à l'opératrice qu'elle roulait dans la 7ᵉ Rue, direction ouest, lorsqu'elle l'avait vu. L'individu courait vers l'est de l'autre côté de la chaussée et, à un moment donné, il s'était arrêté pour essayer d'ouvrir les portières de trois voitures garées le long du trottoir. Ne parvenant pas à ses fins, il s'était remis à courir vers Maclay Street et elle l'avait perdu de vue après qu'il était passé devant elle.

Bosch était intrigué parce que l'heure coïncidait avec celle de la tentative d'agression contre Beatriz Sahagun quelques rues plus loin. Le tuyau devenait encore plus intéressant dans la mesure où elle y déclarait aussi que le masque porté par l'individu qui courait était noir avec des motifs vert et rouge. Cela cadrait avec ce que Sahagun avait dit de celui que portait son violeur en puissance, et ces caractéristiques n'avaient pas été rendues publiques par les médias.

Ce qui lui posait problème dans ce tuyau anonyme était la raison pour laquelle le suspect aurait bien pu vouloir garder son masque en s'enfuyant de chez Beatriz. Un type qui court avec un masque sur la figure aurait bien plus attiré l'attention qu'un autre qui se contente de courir à visage découvert. Bosch se dit qu'il était peut-être encore désorienté après le coup de balai de Sahagun. Autre raison possible : il était peut-être connu de certaines personnes dans le quartier et voulait cacher son identité.

La femme n'avait pas précisé s'il portait des gants, mais Bosch supposa que s'il avait gardé son masque, il avait aussi gardé ses gants.

Il se leva de son fauteuil et se mit à faire les cent pas dans son minuscule bureau en réfléchissant à ce tuyau et à ce qu'il pouvait signifier. Le scénario suggéré par l'appel anonyme était que le Screen Cutter avait essayé de trouver une voiture ouverte pour la voler et s'enfuir. Ce qui laissait entendre qu'il n'avait pas de véhicule ou que celui dont il disposait effectivement lui était Dieu sait pourquoi devenu inaccessible. C'était ce dernier point qui l'intriguait le plus. Les agressions qu'on attribuait au Screen Cutter semblaient avoir été minutieusement préparées et chorégraphiées. Et dans n'importe quel plan, la fuite est toujours un élément critique. Qu'était-il advenu du véhicule ? Y avait-il un complice qui, pris de panique, aurait décampé ? Ou alors y avait-il une tout autre raison à cette fuite à pied ?

Le deuxième problème était le masque lui-même. La femme avait déclaré que le suspect courait vers Maclay Street, soit vers une rue commerciale bordée de petites boutiques et de restaurants de quartier. Le vendredi à midi, il y avait beaucoup d'automobilistes et de piétons, et l'apparition d'un type affublé d'un masque de lutte mexicaine aurait été remarquée par des tas de gens. Cela dit, c'était le seul tuyau qui faisait mention de ce type en train de courir. Pour Bosch, cela voulait dire que le Screen Cutter avait ôté son masque juste au moment où il arrivait au coin de la rue pour prendre Maclay Street ou la traverser.

Bosch savait que ce n'était pas en faisant les cent pas dans son bureau qu'il trouverait les réponses à ses questions. Il prit ses clés et ses lunettes de soleil et sortait déjà lorsqu'il fonça presque dans le capitaine Trevino dans le couloir.

— Salut, capitaine! lança-t-il.

— Où allez-vous, Harry?

— Manger un morceau, répondit-il, et il continua son chemin.

Il avait sans doute bien l'intention de déjeuner en sortant, mais il ne voyait pas l'intérêt de dire à Trevino où il allait vraiment. Si le tuyau anonyme devait devenir une piste légitime, il serait toujours temps d'en informer le patron. Il accéléra l'allure afin d'arriver à la porte avant que Trevino ne jette un œil au tableau de présence et n'y découvre qu'encore une fois il n'y avait porté ni son heure d'arrivée, ni bien sûr celle de son départ.

Il lui fallut trois minutes de voiture pour arriver au croisement de Maclay Street et de la 7e Rue. Il gara sa Cherokee de location et en descendit. Se posta au carrefour et regarda autour de lui. Il se trouvait à la jonction de plusieurs zones résidentielles et commerciales. Maclay Street était bordée de petits commerces, de boutiques et de restaurants là où la 7e Rue était faite de petites maisons protégées par des murs d'enceinte et censées n'abriter qu'une famille. Mais il savait que nombre de ces maisons étaient partagées par plusieurs, sans parler de tous les individus, et ils étaient légion, qui vivaient dans des garages illégalement convertis en habitations.

Il repéra une poubelle près du croisement et eut une idée. Si le Screen Cutter avait ôté son masque et ses gants en arrivant dans Maclay Street, les avait-il gardés ? Les avait-il gardés à la main ou fourrés dans ses poches ? Ou alors… s'en serait-il débarrassé ? On savait qu'il avait accès à d'autres masques pour s'en être servi lors de la commission d'autres crimes. Jeter ses gants et le masque de lutteur aurait été la chose intelligente à faire dès son arrivée dans cette artère commerciale très fréquentée.

Il gagna la poubelle et en souleva le couvercle. À peine un peu plus de quarante-huit heures s'étant écoulées depuis la tentative d'agression sur la personne de Beatriz Sahagun, Bosch doutait fort que la poubelle ait été vidée par les services de voirie de la ville, et il ne se trompait pas. Le week-end avait été plus qu'animé dans Maclay Street et la poubelle débordait presque. Bosch sortit une paire de gants en latex de sa veste, ôta cette dernière et la posa sur le dossier d'un banc d'Abribus voisin. Après quoi il enfila ses gants, retroussa ses manches et se mit au travail.

La poubelle étant essentiellement remplie de restes de nourriture en décomposition avec, ici et là, une couche de bébé jetable, le travail n'avait rien d'appétissant. Il semblait aussi qu'à un moment ou à un autre du week-end quelqu'un y avait vomi. Il lui fallut dix bonnes minutes pour tout examiner jusqu'au fond. Et ne trouver ni masque ni gants.

Pas démonté pour autant, il passa à la poubelle suivante, quelque vingt mètres plus bas dans la rue, et recommença. Sans sa veste, son badge devenait visible et c'est probablement ce qui empêcha les boutiquiers et les passants de lui demander ce qu'il fabriquait. À sa deuxième poubelle, il attira l'attention d'une famille en train de manger derrière la vitre d'une *taqueria* trois mètres plus loin. Il essaya de mener à bien sa recherche en usant de son corps pour leur interdire de regarder. Il ne trouvait toujours que les mêmes détritus lorsque, arrivé à la moitié de ses travaux d'excavation, il décrocha le gros lot. Là, au milieu des cochonneries, se trouvait un masque de lutteur à motifs vert et rouge.

Bosch sortit la tête de la poubelle, ôta ses gants et les laissa tomber par terre. Puis il s'empara de son téléphone et prit plusieurs photos du masque dans la poubelle. Ayant ainsi consigné sa découverte, il appela la communication du SFPD et ordonna à l'officier de service de demander à une équipe de médecine légale du shérif de passer prendre le masque là où il était.

— Vous ne pouvez pas l'emballer dans un sac à preuves et l'identifier vous-même ? lui demanda l'officier.

— Non, je ne peux ni l'emballer ni l'identifier moi-même, lui renvoya Bosch. Il y aura des éléments génétiques à l'intérieur et peut-être même dessus. Je veux que ce soit du cent pour cent impeccable pour empêcher un avocat x ou y de raconter aux jurés que j'ai fait tout ce qu'il ne fallait pas et que cette preuve à conviction est donc polluée. OK ?

— OK, OK, je demandais juste. Va falloir que j'aie l'autorisation du capitaine Trevino et après, j'appellerai les services du shérif. Ça pourrait prendre un peu de temps.

— J'attendrai.

Ce peu de temps dura trois heures. Bosch attendit patiemment en parlant un moment avec Lourdes qui l'appela dès qu'il lui eut envoyé la photo du masque. La trouvaille était bonne et ne pouvait que les aider à ajouter une nouvelle dimension à leur compréhension du Screen Cutter. Ils tombèrent aussi d'accord pour dire qu'il y aurait forcément des éléments génétiques à l'intérieur du masque et qu'ils pourraient être reliés à ceux du violeur. Dans cette mesure, ce serait comme le sperme recueilli dans trois autres agressions, à savoir un lien indubitable, mais seulement si le suspect était identifié. Bosch gardait aussi l'espoir de faire encore mieux en découvrant sur le cuir traité une empreinte digitale laissée par le violeur lorsqu'il l'avait enfilé ou jeté. Pareille empreinte ouvrirait de tout autres perspectives. Si l'ADN du Screen Cutter pouvait en effet ne jamais s'être fait typer, il n'était pas impossible qu'on ait déjà relevé ses empreintes digitales. Pour avoir son permis de conduire en Californie, il fallait les donner et Bosch avait travaillé sur des affaires où l'on en avait recueilli sur des bottes et des manteaux en cuir. Il n'était pas inconcevable d'espérer que le masque puisse devenir la clé de l'affaire.

— Du beau boulot, Harry, lui dit Lourdes. Même que je regrette de ne pas travailler aujourd'hui.

— Ce n'est pas grave, lui renvoya-t-il. Maintenant, on est tous les deux sur le coup. Ce que je trouve, c'est vous qui le trouvez et vice versa.

— C'est que... c'est le genre d'attitude qui va rendre heureux le capitaine, ça.

— Et c'est exactement ce à quoi nous nous efforçons d'arriver.

Elle riait encore lorsqu'il raccrocha.

Bosch se remit à attendre. Dans le courant de l'après-midi, il dut sans cesse chasser des piétons qui voulaient se servir de la poubelle pour ce qu'elle était. Le seul moment où un quidam réussit à passer outre fut celui où, se rappelant soudain avoir laissé sa veste sur le banc de l'Abribus au coin de la rue, Bosch dut revenir sur ses pas pour la récupérer. Il avait déjà fait demi-tour lorsqu'il vit une femme qui poussait une voiture d'enfant y jeter quelque chose. Cette femme sortait d'absolument nulle part et il arriva trop tard pour l'en empêcher. Il s'attendait à découvrir une énième couche jetable, mais n'eut droit qu'à un cornet de glace à moitié consommé écrasé en plein sur le masque.

Il se maudit, renfila des gants, plongea les mains dans la poubelle et fit tomber le chocolat qui fondait dessus. Ce faisant, il découvrit par-dessous un gant qui ressemblait beaucoup à celui qu'il portait. Son niveau de frustration baissa, mais pas énormément.

Les deux hommes de l'équipe de médecine légale des services du shérif n'arrivèrent pas avant 16 heures et ne parurent pas particulièrement heureux d'avoir été appelés un dimanche après-midi et de découvrir qu'ils allaient devoir travailler dans une poubelle. Bosch, lui, ne se montra nullement désolé et leur demanda de photographier, répertorier et collecter les éléments de preuve. Le processus, qui exigeait de vider tout le contenu de la poubelle sur des feuilles de plastique et d'en examiner ensuite chaque élément avant de le déposer sur une deuxième feuille, leur prit presque deux heures.

Enfin le masque et les deux gants furent récupérés et apportés au laboratoire du shérif aux fins d'analyse selon tous les protocoles. Bosch demanda d'accélérer les choses, mais le chef des techniciens de médecine légale se contenta de hocher la tête et sourit comme s'il avait affaire à un gamin particulièrement naïf qui se prend pour le premier dans la file de la vie.

Bosch regagna la salle des inspecteurs à 19 heures et ne vit aucun signe de présence du capitaine Trevino. La porte de son bureau était fermée et le fenestron au-dessus plongé dans le noir. Bosch s'assit dans son box et tapa un rapport sur les découverte et récupération du masque et des gants, et le tuyau anonyme qui y avait conduit. Il l'imprima en deux exemplaires, un pour ses dossiers et l'autre pour le capitaine.

Il rouvrit ensuite son ordinateur et remplit une demande supplémentaire d'analyse à envoyer au laboratoire du shérif à Cal State[1], campus de L.A., cela pour renforcer sa requête d'exa-

1. Université d'État de Californie.

men en priorité. C'était le bon moment. Un coursier du labo passait tous les lundis au commissariat de San Fernando afin d'y déposer des résultats d'analyse et d'y prendre des éléments de preuve. Sa demande d'examen prioritaire arriverait au labo le lendemain après-midi, même si le technicien de médecine légale qui avait collecté les éléments de preuve n'avait pas fait passer sa requête verbale. Dans cette demande, Bosch précisait qu'il voulait un examen complet de l'intérieur et de l'extérieur du masque afin d'y repérer d'éventuelles empreintes digitales, poils, cheveux et autres matériaux génétiques. Il demandait aussi au laboratoire de vérifier l'intérieur des gants en latex afin d'y chercher les mêmes choses. Afin de justifier sa demande de prise en compte accélérée, il fit remarquer que l'enquête portait sur un violeur en série. « Cet individu ne cessera de terroriser et de violenter des femmes tant que nous ne l'aurons pas arrêté, écrivit-il. Je vous en prie, accélérez la procédure. »

Cette fois, il l'imprima en trois exemplaires – un pour ses dossiers, un pour Trevino et le troisième pour le coursier du labo. Après avoir déposé ce dernier à la salle de contrôle des pièces à conviction, il fut enfin libre de rentrer chez lui. Il avait donné une bonne journée de travail et ouvert une belle piste avec le masque et les gants. Il n'empêche : il regagna son box pour changer d'enquête et consacrer un peu de son temps au dossier Vance. Grâce au tableau de présence, il savait qu'il n'avait plus à s'inquiéter d'être découvert, Trevino ayant depuis longtemps décidé que sa journée était finie.

Il était toujours intrigué par l'histoire que Halley Lewis lui avait racontée sur un Dominick Santanello attiré par le mouvement de la Chicano Pride alors qu'il faisait ses classes à San Diego. La description qu'il lui avait faite du parc sous le pont de l'autoroute valait certainement la peine qu'on aille y voir. Il s'y attaqua sous plusieurs angles à l'aide de Google et se retrouva vite à regarder des photos et une carte d'un « Chicano Park » qui se trouvait effectivement sous la 5 et la bretelle de sortie du pont qui traverse la baie de San Diego et permet d'accéder à Coronado Island.

Ces photos du parc montraient des dizaines et des dizaines de peintures murales sur tous les piliers et contreforts en ciment qui soutiennent l'autoroute et le pont au-dessus. Certaines de ces œuvres illustraient des allégories religieuses, d'autres évoquaient des héritages culturels, d'autres encore représentaient des individus importants du mouvement. Sur un de ces piliers, une peinture murale célébrait la fondation du parc en avril 1970. Bosch se rendit compte que Santanello était alors déjà au Vietnam, ce qui signifiait que sa relation avec la femme que Lewis appelait Gabriela avait commencé avant que le parc ne soit officiellement approuvé et consacré par la ville.

La peinture murale qu'il regardait donnait la liste des artistes fondateurs du parc. Elle était longue et la peinture avait pâli. Les noms disparaissaient derrière un parterre de zinnias qui entourait la base du pilier à la manière d'une gerbe. Bosch n'y vit pas le nom de Gabriela, mais s'aperçut qu'il y en avait d'autres qu'il n'arrivait pas à déchiffrer.

Il ferma la photo et passa les vingt minutes suivantes à chercher sur le Net un cliché offrant un meilleur angle de vue du pilier ou une photo plus ancienne prise avant que la gerbe de fleurs n'ait caché une partie de la liste. Il ne trouva rien et en fut plus que frustré. Rien ne garantissait que cette Gabriela ait même seulement son nom sur la peinture murale, mais il comprit qu'il allait devoir s'arrêter à ce parc et vérifier, lorsqu'il descendrait à San Diego, l'acte de naissance d'une petite fille qui, née en 1970, avait eu pour père un certain Dominick Santanello.

Il s'arrêta pour à la fois déjeuner et dîner à l'Art's Deli de Studio City et arriva à Woodrow Wilson Drive tard dans la soirée. Comme à son habitude, il se gara dans le virage et remonta chez lui à pied. Il sortit une bonne semaine de prospectus de sa boîte aux lettres, et une petite boîte qu'on y avait aussi enfournée.

Chez lui, il jeta le courrier sur la table basse afin de s'en occuper plus tard. Mais il ouvrit la boîte et y trouva le détecteur-brouilleur de GPS qu'il avait commandé.

Il prit une bière dans le frigo et se débarrassa de sa veste avant d'emporter l'engin jusqu'à son fauteuil inclinable devant la télé du séjour. Normalement, il aurait regardé un DVD, mais il voulait avoir les nouvelles et voir si l'histoire du Screen Cutter faisait toujours les gros titres.

Il passa sur la Cinq parce que c'était une chaîne locale indépendante qui s'intéressait aux événements extérieurs à Hollywood. Il en avait vu un camion garé à côté du commissariat de San Fernando le vendredi de la conférence de presse.

Le bulletin avait déjà commencé lorsqu'il alluma son poste. Il se mit à lire le manuel d'utilisation du GPS tout en écoutant la télé d'une oreille.

Il en était à la moitié des instructions permettant d'identifier la présence d'un traqueur GPS et d'en bloquer le signal lorsque les bourdonnements monotones du présentateur attirèrent son attention.

— ... Vance a joué un rôle essentiel dans le développement des technologies furtives.

Il leva la tête et vit la photo d'un Whitney Junior nettement plus jeune sur l'écran, puis l'image disparut et le présentateur passa à autre chose.

En état d'alerte maximum, Bosch se pencha vers l'écran. Il s'empara de la télécommande, passa sur la Neuf, mais il n'y avait rien sur Vance. Il se leva, gagna son ordinateur portable posé sur la table du séjour et l'ouvrit à la page d'accueil du *Los Angeles Times*. En gros titre :

Mort du milliardaire Whitney Vance
Le magnat de l'acier a aussi marqué l'histoire de l'aviation

L'article était court parce que l'info était minimale. On y lisait simplement que, d'après un rapport publié sur le site d'*Aviation Week*, Whitney Vance était mort après une brève maladie. Le rapport faisait état de sources non identifiées et ne donnait aucun détail en dehors du fait que Vance était mort paisiblement dans sa résidence de Pasadena.

Bosch referma violemment son ordinateur.

— Bordel de Dieu ! s'écria-t-il.

L'article du *Times* ne confirmait même pas celui d'*Aviation Week*. Bosch se leva et se mit à faire les cent pas dans son living. Il ne savait pas quoi faire en dehors de se sentir vaguement coupable et de douter que Vance soit mort « paisiblement » chez lui.

En revenant à la table de la salle à manger, il vit la carte de visite que Vance lui avait donnée. Il sortit son téléphone et appela le numéro. Cette fois, quelqu'un décrocha.

— Allô ?

Bosch sut tout de suite que ce n'était pas la voix de Whitney Vance. Il garda le silence.

— Monsieur Bosch à l'appareil ?

Bosch hésita, puis finit par répondre.

— Qui êtes-vous ?

— C'est moi, Sloan.

— Il est vraiment mort ?

— Oui, M. Vance est décédé. Et cela veut dire que nous n'avons plus besoin de vos services. Au revoir, monsieur Bosch.

— C'est vous qui l'avez tué, bande de fumiers ?

Sloan raccrocha au beau milieu de sa question. Bosch faillit appuyer sur la touche de rappel automatique, mais savait que Sloan ne décrocherait pas. Et le numéro ne tardant pas à disparaître, il n'aurait bientôt plus aucun lien avec l'empire Vance.

— Bordel de Dieu! répéta-t-il.

Ses mots se perdirent en échos dans la maison vide.

CHAPITRE 23

Bosch passa la moitié de sa nuit à sauter de CNN à Fox News, sans oublier le site Web du *Times* dans l'espoir d'en savoir plus sur la mort de Whitney Vance, mais fut très frustré par le prétendu cycle de vingt-quatre heures d'actualisation des nouvelles. Il n'eut droit à aucune mise à jour sur la cause ou les détails de son décès. Chaque entrée nouvelle ne faisait qu'ajouter à l'évocation de son passé. On ressortait de vieux articles qu'on collait au bout d'une dernière nouvelle de sa mort particulièrement minimale. Aux environs de 2 heures du matin, CNN repassa l'interview que Larry King avait faite avec lui en 1996 à l'occasion de la sortie de son livre. Bosch la regarda avec intérêt parce qu'elle montrait un aspect nettement plus alerte et engageant du défunt.

Peu de temps après, il s'endormit dans le fauteuil en cuir installé devant la télé, quatre cannettes vides sur la table à côté de lui. La télé était toujours allumée lorsqu'il se réveilla, la première image qu'il découvrit alors fut celle de la camionnette du coroner sortant du domaine de Vance par le grand portail de San Rafael Avenue et passant devant la caméra. Qui resta figée sur le portail en acier noir en train de se refermer en glissant sur son rail.

La vidéo montrait bien qu'il faisait noir dans la rue, mais ne donnait aucune indication de l'heure. Vance ayant droit au traitement VIP de la part des services du coroner, Bosch devina que le corps n'avait pas été enlevé avant le milieu de la nuit, après un examen complet des lieux par les inspecteurs du Pasadena Police Department.

Il était 7 heures du matin à Los Angeles et cela voulait dire que les médias de la côte Est avaient bien entamé leurs reportages sur la mort de Vance. Le présentateur de CNN passa la main à un journaliste financier qui parla des participations majoritaires de Vance dans la société fondée par son père et de ce qui pouvait arriver maintenant que Vance était mort. Le journaliste précisa que Vance n'ayant pas d' « héritiers connus », il restait à découvrir les instructions qu'il avait laissées dans son testament sur la distribution de sa fortune et de ses participations. Il laissa aussi entendre qu'on pourrait peut-être y découvrir des surprises. Il ajouta enfin que vu l'heure qu'il était à Los Angeles, l'avocat chargé de l'homologation du testament, un certain Cecil Dobbs de Century City, ne pouvait pas encore être joint pour répondre aux questions qu'on se posait.

Bosch savait qu'il allait devoir monter à San Fernando pour continuer à étudier les derniers tuyaux anonymes reçus dans l'affaire du Screen Cutter. Il s'extirpa lentement de son fauteuil en cuir, sentit son dos protester à une demi-douzaine d'endroits différents et se dirigea vers la salle de bains pour y prendre une douche et se préparer pour la journée.

La douche lui donna l'impression d'en ressortir tout pimpant – pendant quelques instants du moins. Il s'habillait lorsqu'il se rendit compte qu'il mourait de faim.

À la cuisine, il se fit une demi-cafetière de café et se mit en devoir de se chercher quelque chose à manger. Maintenant que sa fille n'habitait plus chez lui, il avait perdu l'habitude d'avoir des placards et le frigo toujours pleins. Dans son congélateur il ne trouva que deux gaufres Eggo complètement brûlées par le gel. Il les inséra dans son toaster et espéra que tout irait bien. Il vérifia une deuxième fois dans ses placards et son frigo et n'y découvrit ni sirop d'érable, ni beurre, ni même seulement du beurre de cacahuète. Il allait devoir avaler ses gaufres à sec.

Il versa son café dans un mug qui lui restait de ses jours d'inspecteur au LAPD. Sur la tasse, on lisait ces mots : *Notre journée commence quand finit la vôtre.* Il s'aperçut que sans sirop ou autres additifs, les gaufres devenaient transportables. Il alla s'asseoir dans la salle à manger et les mangea à la main en triant les lettres qu'il avait laissées s'accumuler sur la table. La tâche lui fut d'autant plus facile que quatre fois sur cinq, il s'agissait de publicités aisément reconnaissables sans même qu'il soit besoin de les ouvrir. Il en fit un tas à gauche, celles qu'il allait devoir ouvrir et traiter atterrissant à droite. Dans ces dernières se trouvaient des courriers adressés à ses voisins, mais déposés par erreur dans sa boîte.

Il en était déjà au milieu de la pile lorsqu'il tomba sur une enveloppe matelassée de format 20 × 12 contenant un objet lourd. Il n'y avait pas d'adresse d'expéditeur et la sienne avait été gribouillée d'une main tremblante. L'oblitération avait été effectuée à South Pasadena. Il l'ouvrit et en sortit l'objet, un stylo en or qu'il reconnut aussitôt. Il était à présent muni d'un capuchon, mais c'était bien celui de Whitney Vance. L'enveloppe contenait aussi deux feuilles séparées et pliées – papier jaune pâle à en-tête et fort grammage. Il déplia la première et se retrouva en train de lire une lettre manuscrite que Whitney Vance lui adressait. L'en-tête comportait le nom de ce dernier et l'adresse de San Raphael Avenue était imprimée en bas de la feuille.

La lettre était datée du mercredi précédent. Soit le lendemain du jour où Bosch s'était rendu à Pasadena pour le rencontrer.

Inspecteur Bosch,

Si vous êtes actuellement en train de lire cette lettre, c'est que ma très fidèle et loyale Ida a réussi à vous la faire parvenir. Vous avez toute ma confiance comme cela a été le cas avec Ida pendant des dizaines et des dizaines d'années.

J'ai eu grand plaisir à vous rencontrer hier et sens bien que vous êtes un homme d'honneur qui n'hésitera pas à faire ce qu'il faut en toutes circonstances. Je compte sur votre intégrité. Quoi qu'il m'arrive, je veux que vous poursuiviez vos recherches. S'il est un héritier à tout ce que je possède sur cette terre, je veux que ce soit cette personne qui hérite de tout ce qui m'appartient. Cette personne, je veux que vous la retrouviez et vous y parviendrez, j'en suis certain. Il est à un vieil homme quelque rédemption de savoir qu'il a enfin fait ce qu'il convenait.

Faites attention. Soyez vigilant et déterminé.

Whitney Vance
5 octobre 2016

Il relut la lettre avant de déplier le deuxième document. Celui-ci était gribouillé de la même main tremblante que le premier, mais tout aussi lisible.

Whitney Vance
Testament et dernières volontés
5 octobre 2016

Moi, Whitney Vance, originaire de Pasadena, comté de Los Angeles, Californie, écris ce testament à la main afin de déclarer mes volontés quant à la disposition de mes biens après ma mort. À la date de rédaction de ce testament je suis sain d'esprit et entièrement capable de gérer mes affaires. Je ne suis pas marié. Par ce testament je révoque expressément tous les testaments et codicilles antérieurs, et les déclare tous autant qu'ils sont nuls et non avenus.

J'ai présentement requis les services de l'enquêteur Hieronymus Bosch afin qu'il détermine et localise ma descendance, à savoir l'enfant de mes œuvres conçu au printemps 1950 par Vibiana

Duarte et né de ses entrailles en temps voulu. Je charge M. Bosch de faire apparaître mon héritier avec raisonnablement assez de preuves biologiques et scientifiques pour que ledit héritier reçoive tous mes biens.

Par la présente, je nomme aussi Hieronymus Bosch seul exécuteur de ce mien testament. Aucune garantie ou autre caution ne sera exigée de M. Bosch pour qu'il exécute mes volontés. Il devra acquitter mes dettes et obligations, lesquelles incluront des honoraires raisonnablement généreux pour ses services.

À Ida Townes Forsythe, ma secrétaire, amie et confidente de trente-cinq ans, je lègue la somme de 10 000 000 $ (dix millions de dollars) avec tous mes remerciements et toute ma gratitude pour ses loyaux services, conseils et amitié.

À l'héritier de mes œuvres, descendant biologique et dernier de ma lignée, je lègue mes biens en leur entier et sous quelque espèce qu'ils soient et qui comprendront donc, entre autres, tous mes comptes bancaires, toutes mes actions et obligations, tous mes intérêts, tous mes biens immobiliers et tous mes biens, possessions et bétail personnels. À cet héritier de mes œuvres, je lègue en particulier le stylo avec lequel je suis en train de rédiger ce testament. Il est fabriqué dans un or extrait du sol par nos ancêtres et fut donné de génération en génération à tous ceux qui devaient l'avoir et le garder jusqu'au moment de le passer à la génération suivante de notre sang.

Rédigé de ma propre main par Whitney Vance
En ce 5 octobre 2016, à 11 h 30 du matin,
heure de la côte Ouest des États-Unis.

Bosch n'en revenait pas de ce qu'il avait entre les mains. Il relut le testament, mais cela ne réduisit en rien son étonnement. Il tenait un document qui valait en gros plusieurs milliards de dollars, un document qui pouvait changer l'avenir d'une industrie et d'une corporation gigantesques, sans parler de la vie et de la famille d'une femme qui ne se doutait de rien et était née quarante-six ans plus tôt d'un père qu'elle n'avait jamais connu.

À condition, s'entend, qu'elle soit toujours vivante et que lui, Bosch, parvienne à la retrouver.

Il relut la première lettre pour la troisième fois et prit à cœur la tâche que lui confiait Whitney Vance. Il serait vigilant et déterminé.

Il replia les deux documents et les remit dans leur enveloppe. Soupesa un instant le lourd stylo dans sa main et le remit lui aussi dans l'enveloppe. Et se rendit alors compte qu'à un moment ou à un autre il y aurait un processus d'authentification qu'il avait peut-être déjà mis en danger en tenant les feuilles dans sa main. Il emporta l'enveloppe à la cuisine et trouva un grand sachet en plastique refermable pour l'y conserver.

Il savait aussi qu'il allait lui falloir sauvegarder ce paquet. Il se doutait bien qu'il devait y avoir des forces prêtes à tout pour le détruire. Cela lui rappela le moment où Howard Hughes étant décédé, divers testaments avaient fait surface. Il ne se rappelait pas comment l'homologation s'était finalement jouée, mais il n'avait pas oublié tous les gens qui avaient prétendu à sa fortune. La même chose risquait de se produire avec Vance. Il allait devoir faire des copies des documents contenus dans l'enveloppe et mettre les originaux en sécurité dans un coffre-fort.

Il regagna le séjour et éteignit la télé pour pouvoir passer un coup de fil. Il appuya sur la touche de numérotation rapide du portable de Mickey Haller, son demi-frère décrochant au bout d'une sonnerie.

— Quoi de neuf, frangin?

— Veux-tu être mon avocat?

— Quoi? Bien sûr que oui! Qu'est-ce que tu as encore fait?

— Très drôle. Mais bon, tu ne vas pas me croire. Tu es assis?

— Je suis assis à l'arrière de la Lincoln et m'en vais voir ma petite Clara Foltz.

Traduction : il se rendait au tribunal. Situé en centre-ville, celui-ci était officiellement connu sous le nom de « Clara Shortridge Foltz Criminal Justice Center ».

— As-tu entendu parler de la mort de Whitney Vance ? lui demanda Bosch.

— J'ai entendu quelque chose là-dessus à la radio, oui, répondit Haller. Mais qu'est-ce que ça peut me faire qu'un milliardaire ait cassé sa pipe ?

— Eh bien, sache que je suis détenteur de son testament et de ses dernières volontés. C'est lui qui me les a envoyés. Je suis son exécuteur testamentaire en titre et n'ai pas la moindre idée du début d'un commencement de ce qu'il faut faire.

— Tu ne serais pas en train de me faire marcher, dis, frangin ?

— Non, frangin. Je ne suis pas en train de te faire marcher.

— Où es-tu ?

— Chez moi.

— Ne quitte pas.

Bosch entendit Haller demander à son chauffeur de laisser tomber le centre-ville et de repartir vers le col de Cahuenga, où il habitait. Puis Haller reprit la ligne.

— Comment, bordel, as-tu fait ton compte pour finir avec son testament ?

Bosch lui fit un petit résumé de l'affaire. Il lui révéla aussi que c'était pour cette même affaire qu'il lui avait demandé l'adresse d'un labo privé pour une analyse d'ADN.

— Bon d'accord, qui d'autre sait que tu détiens ce testament ?

— Personne. En fait non, il pourrait bien y avoir quelqu'un. La pièce est arrivée par la poste et dans la lettre Vance dit avoir confié cette tâche à sa secrétaire de longue date. Mais je ne sais pas si elle connaissait le contenu du paquet. Elle aussi hérite… de quelque dix millions de dollars.

— C'est en effet une assez bonne raison de faire tout ce qu'il faut pour que tu aies ce testament. Et tu dis qu'il t'est arrivé par la poste ? Recommandé, ce courrier ? As-tu eu à signer quelque chose ?

— Non, ç'a été enfourné dans ma boîte aux lettres au milieu de toutes les publicités.

— C'était risqué, mais c'était peut-être la meilleure façon de te le faire parvenir sans que ça se sache. On le fait sortir par la secrétaire et on lui demande de le mettre au courrier. Bon écoute, faut que je lâche la ligne pour trouver quelqu'un qui me remplacera à une séance de lecture d'acte d'accusation au tribunal. Mais tu bouges pas. J'arrive.

— T'as toujours ta photocopieuse dans ta voiture ?

— Et comment !

— Parfait. On va avoir besoin de faire des copies.

— Ça, c'est sûr.

— Et tu t'y connais en homologation de testaments, toi ?

— Non mais hé, frangin, tu me connais, non ? T'as une affaire, tu roules. Que ce soit ceci ou cela, je gère. Et quand je ne sais pas, je peux toujours appeler quelqu'un pour m'aider. Je débarque dans moins d'une demi-heure.

Au moment de raccrocher, Bosch se demanda s'il n'avait pas commis une erreur fatale en mettant l'avocat à la Lincoln dans le coup. Mais d'instinct il se dit que le manque d'expérience de Haller en droit de succession serait plus que compensé par ses débrouillardise et rouerie d'avocat. Il l'avait vu à l'œuvre et savait qu'il avait ce quelque chose qui n'a rien à voir avec les études, quelles que soient l'école et la spécialité choisie. Haller avait en lui un socle sur lequel il s'appuyait pour jouer les David contre tous les Goliath de ce monde, qu'ils aient le pouvoir et la force de l'État ou ceux d'une corporation pesant des milliards de dollars. Bosch n'avait en plus aucun doute sur le fait que Haller le couvrirait. Il pouvait lui faire confiance. Et il avait de plus en plus l'impression qu'il serait probablement son soutien le plus important dans les jours à venir.

Il consulta sa montre et s'aperçut qu'il était déjà presque neuf heures et que Bella devait être au commissariat. Il l'appela, mais elle ne répondit pas. Il se dit qu'elle était sans doute au téléphone à gérer le tas de tuyaux anonymes qu'il avait posé sur son bureau. Il lui laissait un message pour lui demander de le rappeler lorsqu'il vit sur l'écran qu'elle était en train de le faire.

— Bonjour, dit-il.

— Bonjour. Où êtes-vous?

— Je suis encore chez moi. Aujourd'hui, vous allez devoir tout gérer toute seule.

Elle grogna, puis lui demanda pourquoi.

— Un truc pour une affaire privée, répondit-il. Et ça ne peut pas attendre.

— Celle sur les actes de naissance?

— Mais comment...

Il se rappela l'avoir vue jeter un coup d'œil à la pile de photocopies sur son bureau.

— Peu importe, reprit-il. Veillez seulement à n'en parler à personne. Je devrais être de retour dans deux ou trois jours.

— Deux ou trois jours?! s'écria-t-elle. Alors que le célèbre fer qu'il faut battre quand il est chaud est tout ce qu'il y a de plus chaud? Ce type vient juste d'essayer de frapper pour la première fois depuis huit mois. Et maintenant, on a son masque. Ça fait plus que bouger dans cette affaire et on a vraiment besoin de vous ici.

— Je sais, je sais. Mais cet autre truc ne peut pas attendre et on dirait bien que je vais devoir descendre à San Diego.

— Vous me tuez, Harry! C'est quoi, cette affaire?

— Je ne peux pas vous en parler encore. Dès que je pourrai, je le ferai.

— Sympa, ça. Parce que ça serait plus important qu'un type qui cavale à droite à gauche pour violer des Mexicaines?

— Ça n'est pas plus important. Mais nous savons tous les deux qu'avec toute l'attention qui lui est portée, le Screen Cutter fait profil bas en ce moment. S'il n'a pas déjà filé. Et si c'est le cas, on est condamnés au surplace de toute façon.

— Bon d'accord. J'en parle au capitaine. Je suis sûr qu'il sera ravi de ne pas vous avoir dans les pattes. La dernière chose dont il a envie, c'est que vous résolviez l'affaire.

— Eh ben voilà!

— Ben non, pas « eh ben voilà ». C'est plutôt, « et puis s'en va ».

— Écoutez, je ne suis pas en train de laisser tomber. L'autre truc va vite s'éclaircir. Sans compter que je ne suis qu'à un appel téléphonique de distance. Et puis, il y a quelque chose que j'allais faire aujourd'hui mais maintenant, ça va être à vous de le faire.

— Et ce serait?

— La femme qui m'a conduit au masque a aussi déclaré que le type essayait des portières de voiture en s'enfuyant.

— Et alors…?

— Et alors, c'est qu'il s'est passé quelque chose qui lui a foutu son plan en l'air.

— Tiens donc! Et ça ne serait pas que Beatriz l'a assommé avec son balai?

— Il y a plus. Il n'avait plus de voiture pour fuir.

— Vous pensez qu'il avait quelqu'un qui l'attendait? Que peut-être il faudrait chercher plusieurs suspects? Les masques et les violeurs sont différents, mais ils bossent ensemble… c'est ça?

— Non, l'ADN n'appartient qu'à un agresseur.

— C'est juste, j'oubliais. Et donc pour vous, il s'agit d'un violeur et d'un type pour conduire la voiture?

— J'y ai pensé, mais ce n'est pas évident. La plupart des criminels en série sont des solitaires. Il y a des exceptions, mais elles sont rares. Les trois quarts du temps, faire confiance aux pourcentages permet d'avancer.

— OK mais, et après?

— Je crois que vous devriez retourner chez Beatriz et fouiller à nouveau la maison. Il y a un détecteur de métal au commissariat?

— Un détecteur de métal? Mais pour quoi faire?

— Le jardin devant la fenêtre par où a sauté le Screen Cutter… Je me dis qu'il a peut-être perdu les clés de son véhicule quand il a traversé la vitre et atterri par terre. Il y a des plantes grimpantes et de la couverture végétale sur le sol.

— Oui, j'ai vu.

— Il était paniqué. Il est désorienté par le coup de balai qu'il a reçu, il laisse tomber son couteau, il traverse la vitre et dégringole par terre. Ses clés pourraient très bien s'être envolées. Et donc, qu'est-ce qu'il fait? Il ne peut pas rester là, à les chercher dans les buissons et les plantes grimpantes. Il faut qu'il dégage, il se met à courir.

— Pour moi, c'est là que c'est moins évident.

— Peut-être. Mais ce mec planifie ses coups et là, il cavale dans la rue et essaie en plus de trouver une voiture ouverte?

— C'est vrai.

— Et puis de toute façon, qu'est-ce que vous allez faire d'autre? Traquer les appels anonymes et autres trucs du même tonneau toute la sainte journée?

— Et voilà… vous recommencez à débiner les coups de fil anonymes. Mais j'admets que c'est bien vu. Et oui, il y a un détecteur de métaux au service des Travaux publics pour trouver les tuyaux, les câbles et autres machins sous terre. On s'en est servi une fois pour chercher une arme qu'un gangster avait enveloppée dans du plastique et enterrée dans son jardin. Ça lui a valu une condamnation pour agression avec arme létale.

Si Dockweiler y est, il nous laissera nous en servir. À condition qu'il soit de bonne humeur.

— Prenez le détecteur en main et baladez-le dans les buissons et la couverture végétale sous la fenêtre.

— Ce n'est pas un truc qu'on « prend en main ». Ça ressemble à une tondeuse à gazon. Avec des roues.

— Alors prenez Sisto avec vous. Donnez-lui une chance de se racheter.

— De se racheter de quoi ?

— Je ne crois vraiment pas qu'il avait le cœur à l'ouvrage l'autre jour. Il n'a fait que du baby-sitting sur la scène de crime. Toujours à jouer avec son portable au lieu de faire attention. Ce n'était pas son affaire, il ne s'investissait pas. Entre vous et moi, il cherchait, mais mollement. On a de la chance qu'il ait trouvé le couteau sans se couper avec.

— Et là, on ne juge pas, c'est ça ?

— À l'époque, on aurait dit d'un type comme lui qu'il aurait été incapable de trouver un étron dans sa moustache avec un peigne.

— On ne juge pas, on est juste un peu brutal.

— Je sais ce que j'ai vu. Je suis content de travailler avec vous, et pas avec lui.

Elle marqua une pause, et Bosch sut que c'était pour sourire.

— J'ai l'impression qu'il y a un compliment quelque part là-dedans, dit-elle. Et du grand Harry Bosch, rien que ça. Bon, bref, ça ressemble à un plan. Je vous tiens au courant.

— Vous n'avez pas oublié que si vous trouvez quelque chose, vous me devez une bière. Vous devriez aussi demander à Sisto de vous dire s'il y a eu des vols de voitures vendredi dernier… dans la zone deux… de l'autre côté de Maclay Street. Le Screen Cutter y a peut-être piqué une voiture.

— Mais on déborde d'idées, aujourd'hui !

— Exact. C'est même pour ça que j'ai droit au pactole.

— Et tout ça à cause d'appels anonymes dont vous n'arrêtez pas de dire que c'est une perte de temps absolument totale !

— Quand on a tort, on a tort, et je reconnais avoir eu tort.

— Qu'on se le dise, les gars !

— Faut que j'y aille, Bella. Faites attention à vous.

— Vous aussi… quelle que soit votre affaire supersecrète.

— Reçu cinq sur cinq.

Ils raccrochèrent.

CHAPITRE 24

Tandis que Haller étudiait la lettre et le testament que Bosch avait sortis de leur enveloppe et étalés sur la table de la salle à manger à l'aide de gants, celui-ci travaillait à l'ordinateur pour voir s'il y avait moyen d'accéder aux actes de naissance de l'année 1970 enregistrés à l'état civil du comté de San Diego. Le décès de Whitney Vance changeait la donne. Bosch éprouvait maintenant un désir plus urgent de régler la question de l'héritier. Il fallait absolument descendre au niveau de l'ADN. Et retrouver la fille de Dominick Santanello.

Malheureusement, il découvrit que la numérisation des actes de naissance enregistrés à l'état civil de San Diego ne remontait que vingt-quatre ans en arrière. Comme il l'avait déjà fait pour retrouver celle de Santanello, il allait devoir éplucher des microfilms et des registres bien matériels pour retrouver la trace de cette naissance. Il notait l'adresse du service de Rosecrans Street lorsque Haller acheva son premier examen des deux documents.

— On est en territoire inconnu, dit-il.

Bosch le regarda.

— Qu'est-ce qui est en territoire inconnu ?

— Tout, dans ce bazar. On a ici un testament olographe, d'accord? Ce qui veut dire qu'il a été écrit à la main. Et j'ai vérifié en venant. En Californie, les testaments olographes ne sont considérés légaux qu'après vérification.

— Vance devait le savoir.

— Oh, il en connaissait un rayon! C'est même pour ça qu'il t'a envoyé le stylo. Ce n'est pas du tout pour la raison à la noix mentionnée dans le testament. Il te l'a envoyé parce qu'il savait que cette vérification est la clé de tout. Tu me dis que lorsque tu l'as rencontré la semaine dernière dans son manoir, il était sain de corps et d'esprit... comme il le déclare ici?

— Exact.

— Et qu'il ne montrait aucun signe de maladie ou de menace pour sa santé?

— En dehors d'être vieux et fragile, absolument aucun.

— Alors je me demande ce que va trouver le coroner.

— Et moi, je me demande si ses services vont même seulement chercher quoi que ce soit. Il leur arrive un bonhomme de quatre-vingt-cinq ans, ils ne vont pas chercher ni très fort ni très longtemps. Les vieillards de quatre-vingt-cinq ans, ça meurt. Rien de bien mystérieux là-dedans.

— Tu veux dire qu'il n'y aura pas d'autopsie?

— Il faudrait, mais ça ne veut pas dire qu'il y en aura une. Si la police de Pasadena dépêchée sur les lieux a officiellement déclaré que la mort était naturelle, il se pourrait qu'il n'y ait pas d'autopsie complète à moins que le médecin légiste n'ait décelé des indices manifestes du contraire lors de son examen.

— Nous verrons bien. Tu as des contacts à la police de Pasadena?

— Non. Et toi?

— Non.

Dès son arrivée, le chauffeur de Haller avait apporté la photocopieuse-imprimante de la Lincoln, puis s'en était retourné attendre derrière son volant. Haller sortit des gants du distributeur que Bosch avait posé sur la table. Il en étira une paire, l'enfila et commença à faire des copies des documents.

— Pourquoi tu n'as pas de photocopieuse ici ? demanda-t-il en travaillant.

— J'en avais une, répondit Bosch. Elle faisait aussi imprimante, mais Maddie l'a emportée en fac avec elle. Et je ne me suis pas encore occupé d'en acheter une autre.

— Comment ça se passe pour elle, là-bas ?

— Bien. Et Hayley ?

— Aussi. Totalement passionnée.

— C'est bien.

Un silence embarrassé s'ensuivit. Leurs deux filles – même âge et toutes les deux cousines uniques – avaient opté pour Chapman University, mais à cause de leurs intérêts et des matières qu'elles avaient choisies, elles n'avaient pas tissé le lien solide que leurs pères avaient espéré. Si elles avaient bien partagé une chambre la première année, elles avaient pris des chemins divergents la suivante. Hayley logeait toujours sur le campus avec d'autres tandis que Maddie louait une maison avec des filles du département de psychologie.

Après avoir fait au moins une douzaine de copies du testament, Haller passa à la lettre que Vance avait écrite à Bosch et commença à en reproduire un nombre équivalent.

— Pourquoi toutes ces copies ? lui demanda Bosch.

— Parce qu'on ne sait jamais.

Manière comme une autre de ne pas répondre, se dit Bosch.

— Bon et après, on fait quoi ? reprit-il.

— On ne fait rien.

— Hein ?

— On ne fait rien pour l'instant. Rien de public, rien au tribunal. On fait profil bas et c'est tout.

— Pourquoi ?

— Tu continues à travailler sur l'affaire. Tu confirmes que Vance a bien une héritière. Dès que c'est fait, on voit qui avance ses pions... ce que fait la corporation. Et dès que ça bouge, nous aussi on bouge. Mais on le fera en sachant ce que eux, ils ont dans le crâne.

— Sauf que ce « eux », on ne sait pas qui c'est.

— Bien sûr que si. Eux, c'est eux tous. La corporation, le conseil d'administration, les gens de la sécurité, tous ces gens-là.

— Et donc, ils pourraient très bien être en train de nous observer en ce moment même.

— C'est ce qu'il faut poser. Sauf qu'ils ne savent pas ce que nous avons. Sinon, cette enveloppe n'aurait pas traîné quatre jours dans ta boîte aux lettres.

Bosch acquiesça d'un signe de tête. Ce n'était pas faux.

— Ces trucs-là, reprit Haller en lui montrant les documents, à savoir les originaux posés sur cette table, va falloir les mettre à l'abri.

— J'ai un coffre, répondit Bosch. À Studio City.

— Tu peux parier qu'ils sont déjà au courant. Ils savent probablement tout ce qu'il y a à savoir sur toi. Alors on fait nos copies et toi, tu les déposes dans ton coffre à la banque. S'ils t'observent, ils se diront que c'est là que se trouve le testament.

— Alors qu'en réalité, il sera où ?

— À toi de trouver. Mais ne me le dis pas.

— Pourquoi ?

— Juste au cas où le juge m'ordonnerait de produire le testament : si je ne l'ai pas et ne sais pas où il est, je suis incapable de le lui fournir.

— Futé, ça.

— Il faut aussi qu'on entre en contact avec Ida Forsythe. Si tu as raison quand tu dis que c'est elle qui a fait passer ça en douce à la poste, il faut absolument qu'on consigne son récit dans une déclaration officielle. Ça fera partie de la chaîne d'authenticité. Et il va falloir authentifier tout ce que nous ferons. Parce que quand j'irai enfin au tribunal avec ça, je n'ai aucune envie d'avoir le cul à l'air.

— Je devrais pouvoir retrouver son adresse. Si elle a un permis de conduire.

Les mains toujours gantées, Haller prit le stylo en or.

— Et ça, dit-il, tu es sûr que c'est bien celui qu'il avait la semaine dernière?

— J'en suis assez sûr, oui. Et je l'ai aussi vu sur des photos, sur un mur de son manoir. Sur une photo de lui en train de dédicacer son livre à Larry King.

— Cool! Et si on faisait venir Larry King au tribunal pour l'authentifier… Ça nous vaudrait quelques jolies manchettes! Il va aussi falloir qu'Ida le confirme. Rappelle-toi : on authentifie tout, et à tous les niveaux. Son stylo, sa signature à l'encre du stylo. Il faudra que ça corresponde. J'ai un labo qui pourra le faire… quand ce sera le moment.

Une fois ses photocopies terminées, Haller les collationna et fit une douzaine de jeux de chaque document.

— Tu as des trombones? demanda-t-il.

— Non.

— J'en ai dans la voiture. Tu prends la moitié des copies, je prends l'autre. T'en mets un jeu sous ton matelas, et un autre dans ton coffre. Ça ne peut pas faire de mal d'en mettre un peu partout. Je vais faire pareil.

— Et la suite, c'est quoi?

— Je vais au tribunal et je me conduis comme si je ne savais rien de tout ça pendant que toi, tu confirmes l'existence de ton héritière.

— Et quand je la trouve, je lui dis tout ou je confirme son existence en douce?

— Ça sera à toi de voir le moment venu. Mais quoi que tu décides, n'oublie pas que notre avantage, c'est le secret… pour l'instant.

— Compris.

Haller gagna la porte de devant, siffla pour attirer l'attention de son chauffeur et lui fit signe de venir reprendre l'imprimante-photocopieuse. Après quoi, il passa sur le perron et regarda à droite et à gauche avant de réintégrer la maison.

Le chauffeur entra, débrancha la machine et passa le câble autour de façon à pouvoir la transporter jusqu'à la voiture sans se prendre les pieds dedans. Haller rejoignit les portes coulissantes du living pour contempler la vue du col de Cahuenga.

— Ce que tu vois d'ici est plus paisible, dit-il. Y a beaucoup d'arbres.

Haller habitait de l'autre côté de la colline et avait une vue parfaitement dégagée sur le Sunset Strip et toute la ville. Bosch s'approcha de lui et ouvrit la porte un peu plus grand de façon à ce que son demi-frère entende le bourdonnement incessant de l'autoroute en bas du col.

— C'est pas si tranquille que ça, dit-il.

— On dirait le bruit de l'océan.

— C'est ce que se disent beaucoup de gens du coin. Pour moi, ça ressemble plus à celui d'une autoroute.

— T'as dû en voir des vertes et des pas mûres avec tous les meurtres dont tu t'es occupé toutes ces années. Toute la dépravation humaine… La cruauté, dit Haller en concentrant son regard sur le col.

Un faucon à queue rouge planait au-dessus de la colline de l'autre côté de l'autoroute.

— Mais t'as encore jamais rien vu de tel, poursuivit-il. Ce coup-ci, il y a des milliards de dollars en jeu. Et ils feront tout, et quand je dis tout, c'est absolument tout, pour en garder le contrôle. Vaudrait mieux que tu t'y prépares.

— Toi aussi, lui renvoya Bosch.

CHAPITRE 25

Vingt minutes plus tard, Bosch quittait son domicile. Une fois devant sa Cherokee, il se servit pour la première fois de son détecteur de trackeur GPS, fit le tour complet de son 4 × 4 en le tenant antenne pointée sur le bas de caisse et les passages de roues. Pas de réaction. Il souleva le capot et répéta la manœuvre comme indiqué dans le manuel. Toujours rien. Il fit passer l'appareil sur la fréquence de brouillage en guise de précaution, et s'installa au volant.

Il descendit Wrightwood Drive jusqu'à Ventura Boulevard à Studio City, puis, au petit trot, rejoignit sa banque dans un centre commercial en retrait de Laurel Canyon Boulevard. Il n'y était pas retourné depuis au moins deux ans. Son coffre contenait principalement ses papiers, à savoir ses acte de naissance, certificat de mariage et de divorce et tous ses papiers militaires. Il y gardait aussi ses deux Purple Heart[1] et les félicitations officielles reçues du chef de police pour avoir extrait une femme enceinte d'une voiture en feu lorsqu'il n'était encore qu'un débutant. Il glissa une copie des deux documents de Vance dans la boîte et la rendit à l'employé de banque.

---

1. Médaille décernée au nom du président des États-Unis aux soldats morts ou blessés.

Il regarda autour de lui en regagnant sa voiture de location et commença par ne voir aucun signe de surveillance. Mais en sortant du parking pour prendre Laurel Canyon Boulevard, il jeta un coup d'œil dans son rétroviseur et s'aperçut qu'une voiture aux vitres teintées quittait le même parking que lui mais par une sortie différente et se collait à une centaine de mètres de lui.

Il savait que le centre commercial était très fréquenté et n'en déduisit pas tout de suite qu'on le suivait. Il décida quand même de quitter l'autoroute et de rester dans Laurel Canyon Boulevard afin de mieux surveiller les voitures derrière lui. Il poursuivit sa route vers le nord et vérifia dans son rétro à chaque croisement ou presque. La calandre de la voiture verte qui le suivait étant reconnaissable entre toutes, il sut que c'était une berline BMW.

Trois kilomètres plus loin, il roulait toujours dans Laurel Canyon Boulevard, et la BMW ne l'avait pas lâché. Par moments il avait ralenti, à d'autres il avait accéléré et la BM changé de file sur la quatre voies, mais il y avait toujours la même distance entre eux.

Bosch fut peu à peu convaincu d'être bel et bien suivi. Il décida d'en avoir le cœur net en y allant de la très classique manœuvre en quatre temps. Il prit la première à droite et écrasa le champignon jusqu'au stop au bout de la rue. Prit encore à droite, et à droite au stop suivant. Puis rejoignit Laurel Canyon Boulevard à la vitesse maximum autorisée. Vérifia dans ses rétros – la BM ne l'avait pas suivi.

De retour dans Laurel Canyon Boulevard, il continua vers le nord. Toujours aucun signe de la BM. Soit elle était maintenant nettement plus au nord que lui parce que son conducteur ne l'avait pas suivi, soit elle avait filé parce que la manœuvre avait fait comprendre au conducteur qu'il avait découvert la filature.

Dix minutes plus tard, il se garait dans le parking des employés du commissariat de San Fernando. Il entra et trouva la salle des inspecteurs entièrement déserte. Il se demanda si Sisto était à nouveau parti fouiller la maison de Sahagun avec Lourdes. Il n'était pas impossible que Bella lui ait rapporté la mauvaise opinion de Bosch sur la fouille du vendredi précédent, et qu'il ait voulu l'accompagner.

À son bureau, Bosch décrocha le téléphone et appela Lourdes pour qu'elle lui parle de la fouille, mais il tomba aussitôt sur la boîte vocale et lui demanda de le rappeler dès qu'elle aurait un moment de libre.

Rien n'indiquant la présence de Trevino dans les parages, il lança ensuite une recherche sur Ida Townes Forsythe via le DMV et trouva une adresse à South Pasadena, dans Arroyo Drive. Il se rappela que le pli de Vance avait été oblitéré à South Pasadena, se rua sur Google Maps et y entra l'adresse. Une image montant à l'écran, il découvrit que Forsythe avait une très jolie maison dans une rue en surplomb de l'Arroyo Seco Wash. Tout indiquait que Vance avait pris grand soin de l'employée en qui il avait confiance depuis si longtemps.

La dernière mesure que prit Bosch à la salle des inspecteurs fut de sortir le dossier d'une des affaires non résolues à laquelle il travaillait et de remplir une demande de mise aux Scellés. À la rubrique « nature des éléments de preuve à consigner », il indiqua « affaires personnelles de la victime » puis glissa les documents originaux de Vance et le stylo en or contenus dans l'enveloppe elle aussi originale dans le sachet à éléments de preuve en plastique. Il le scella et le déposa dans le carton approprié. Qu'il scella à son tour avec la bande rouge, qui révélerait aussitôt tout signe d'altération.

Il rapporta le carton aux Scellés et l'enferma dans le casier où s'accumulaient déjà d'autres éléments de preuve. À ses yeux, l'original du testament de Vance était maintenant caché ainsi qu'il convenait et en parfaite sécurité. L'officier des Scellés lui imprima un reçu, qu'il apporta à son bureau et glissa dans le dossier de l'affaire. Il le refermait lorsqu'il reçut un appel par l'intercom. C'était le planton à l'accueil.

— Inspecteur Bosch ? Vous avez quelqu'un à la réception.

Bosch se dit que ce devait être quelqu'un qui venait le voir avec ce qu'il ou elle croyait être un tuyau sur le Screen Cutter. Il savait qu'il ne pouvait pas se permettre d'être coincé avec cette affaire ce jour-là. Il appuya sur le bouton de l'intercom.

— C'est pour un tuyau sur l'affaire du Screen Cutter ? demanda-t-il. Pouvez-vous demander à cette personne de revenir voir l'inspecteur Lourdes cet après-midi ?

Aucune réaction immédiate ne se faisant entendre, Bosch songea que le planton interrogeait le visiteur sur le motif de sa venue. Il savait que si c'était une autre victime du Screen Cutter, il devrait tout laisser tomber pour s'en occuper. Il n'était pas question de laisser une sixième victime potentielle repartir du commissariat sans avoir été interrogée.

Il retourna à son écran, revint à la page Ida Forsythe du DMV et l'imprima de façon à avoir son adresse quand il se rendrait chez elle pour lui parler. Il était sur le point de sortir le document de l'imprimante du service lorsque la voix du planton se fit à nouveau entendre à l'intercom.

— Il demande après vous en personne, inspecteur Bosch. Il dit que c'est en rapport avec l'affaire Vance.

Bosch fixa longuement son bureau du regard avant de répondre.

— Dites-lui que j'arrive. Juste une minute.

Il éteignit son ordinateur et quitta son box. Mais il sortit par la porte de côté plutôt que par le grand couloir pour rejoindre la réception. Il fit ensuite le tour du commissariat, en gagna l'avant, s'immobilisa au coin du bâtiment et balaya la rue des yeux pour essayer de voir si son visiteur était venu seul.

Il ne remarqua personne de louche, mais vit bien une BMW vert foncé aux vitres presque noires garée devant le service des Travaux publics, en face du commissariat. Le véhicule était aussi long que la Town Car de Haller et Bosch vit le chauffeur qui attendait au volant.

Il fit rapidement demi-tour, regagna la porte et rejoignit la réception par le grand couloir. Il s'attendait à voir Sloan, mais s'aperçut qu'il avait visé trop bas. C'était Creighton, celui-là même qui l'avait envoyé à Vance.

— On aurait eu du mal à me suivre ? lui demanda-t-il en guise de salutation. Vous êtes venu chercher mon itinéraire ?

D'un signe de tête, Creighton lui confirma qu'il l'avait bien suivi.

— Oui, dit-il, j'aurais dû m'en douter. Vous nous avez probablement repéré dès votre départ de la banque.

— Qu'est-ce que vous voulez, Creighton ?

Celui-ci fronça les sourcils. Que Bosch se soit dispensé de l'appeler par son prénom et de faire état de son grade laissait entendre que les liens tissés au LAPD n'allaient lui servir à rien en la circonstance.

— Je veux que vous vous désistiez.

— Je ne vois pas de quoi vous parlez. Que je me désiste de quoi ?

— Votre employeur est mort. Votre travail est donc terminé. Au nom de la corporation, qui est maintenant tout ce qu'il reste, je vous demande de mettre fin à ce que vous faites.

— Qu'est-ce qui vous fait croire que je fais quelque chose ?

— Nous savons ce que vous faites et pourquoi. Nous savons même ce que votre avocat à deux balles est en train de fabriquer. Nous vous avons à l'œil.

Bosch avait très soigneusement scruté la rue avant de partir de chez lui. Il comprit alors qu'au lieu de chercher des gens et des voitures, il aurait mieux fait de vérifier s'il y avait des caméras. Il se demanda s'ils n'en avaient pas installé chez lui. Puis il pensa à Haller et se dit que celui-ci avait passé un appel concernant l'affaire qui l'avait lui aussi mis sous surveillance.

Il regarda Creighton sans lui montrer le moindre signe d'inquiétude.

— Eh bien mais…, je vais mettre tout ça en délibéré, dit-il. Vous savez où est la sortie.

Il s'écarta de Creighton, mais l'ancien adjoint du chef de police reprit la parole.

— Je ne crois pas que vous saisissiez bien la position dans laquelle vous êtes, dit-il.

Bosch fit demi-tour et revint vers lui. Et se planta droit sous son nez.

— Et quelle serait donc cette position ? demanda-t-il.

— Vous évoluez en terrain dangereux. Vous allez devoir prendre des décisions pleines de prudence. Je représente des gens qui savent récompenser ceux qui prennent ce genre de décisions.

— Je ne sais pas trop s'il s'agit d'une menace, d'une promesse de pot-de-vin, ou des deux.

— Prenez-le comme vous voulez.

— Parfait. Je vais donc le prendre pour une menace et une tentative de corruption et vous informe que vous êtes en état d'arrestation.

Bosch le prit par le coude et d'un seul geste rapide lui colla le visage contre les carreaux du mur de l'entrée. Puis, d'une main, il lui appuya fort sur le dos, glissa l'autre main sous sa veste et s'empara de ses menottes tandis que Creighton essayait de tourner la tête pour lui faire face.

— Mais qu'est-ce que vous foutez ? aboya ce dernier.

— Vous êtes en état d'arrestation pour menaces proférées à l'encontre d'un officier de police et tentative de corruption, lui renvoya Bosch. Écartez les jambes et gardez la figure contre le mur.

Creighton semblait trop abasourdi pour réagir. Bosch lui flanquant un coup de pied dans le talon, il dérapa sur le carrelage. Bosch finit de le menotter et procéda à une fouille manuelle qui lui fit découvrir un pistolet rangé dans son holster à la hanche droite de Creighton.

— Vous êtes en train de commettre une grosse erreur, dit celui-ci.

— Peut-être. Mais ça me semble juste vu l'enfoiré plein de morgue que vous êtes, crétin.

— Je serai hors d'ici dans un quart d'heure.

— Parce que vous savez que c'est toujours comme ça qu'on vous appelait, hein, monsieur Crétin ? Allez, on y va.

Il fit signe au policier de service derrière la vitre en Plexiglas et celui-ci lui ouvrit. Bosch poussa Creighton jusqu'au quartier des cellules et le remit entre les mains de l'officier chargé des incarcérations.

Il remplit un formulaire d'arrestation, mit l'arme aux Scellés, puis il prit l'officier à part et lui dit de prendre tout son temps avant de laisser Creighton appeler son avocat.

La dernière image qu'il eut de lui fut celle d'un homme poussé derrière la porte en acier d'une cellule à un lit. Il savait qu'il n'y resterait pas longtemps, mais cela lui laisserait le temps de repartir vers le sud sans être suivi.

Il décida de repousser l'entretien avec Ida Townes Forsythe à un autre jour et prit rapidement l'autoroute 5 qui l'emmènerait jusqu'à San Diego, avec un arrêt possible à Orange.

Il jeta un coup d'œil à sa montre, fit un rapide calcul et appela sa fille. Comme d'habitude, son appel atterrit aussitôt dans sa boîte vocale. Il lui annonça qu'il allait passer dans son coin entre 12 h 30 et 13 heures et lui proposa de l'emmener déjeuner ou de prendre un café si elle en avait le temps et l'envie. Il ajouta qu'il avait aussi quelque chose à lui dire.

Une demi-heure plus tard, alors qu'il sortait à peine du centre de L.A., Maddie le rappela.

— T'es sur la 5 ? lui demanda-t-elle.

— Et bonjour à toi aussi, lui renvoya-t-il. Oui, je suis sur la 5. Ça roule assez bien et je pense arriver dans les parages vers 12 h 15 par là.

— Eh bien, je peux déjeuner avec toi, oui. Qu'est-ce que tu voulais me dire ?

— On en parlera au déjeuner. Tu veux qu'on se retrouve quelque part ou je passe te prendre ?

Il lui faudrait environ un quart d'heure pour rejoindre le campus.

— Vu que j'ai une place de parking du tonnerre, ça t'embêterait de venir me prendre ?

— Non, je viens juste de te le proposer. Qu'est-ce que t'as envie de manger ?

— Y a un restau dans Bolsa Avenue que j'aimerais essayer.

Bosch savait que Bolsa Avenue se trouvait en plein cœur d'un quartier connu sous le nom de Little Saigon, soit loin du campus.

— Euh, dit-il. C'est plutôt loin de la fac. Passer te prendre, y aller et te ramener après risque de prendre un peu trop longtemps. Il faut que je sois...

— D'accord, je prends ma voiture et je te retrouve là-bas.

— On pourrait pas aller juste à côté de chez toi ? Si c'est un restau vietnamien, tu sais que je ne...

— Papa, ça remonte à quoi ? Cinquante ans ? Pourquoi tu ne pourrais pas juste manger leur bouffe ? C'est vraiment raciste.

Bosch garda longtemps le silence avant de formuler sa réponse. Il essaya de parler calmement, mais ça commençait à chauffer sérieusement dans sa tête. Pas simplement à cause de ce que sa fille venait de lui asséner. Aussi à cause de Creighton, du Screen Cutter et du reste.

— Maddie, dit-il enfin, le racisme n'a rien à voir avec ça et tu devrais faire très attention avant de balancer ce genre d'accusations. Quand j'avais ton âge, j'y étais, moi, au Vietnam, et je me battais pour y protéger les gens. Et je m'étais même porté volontaire. C'était raciste ?

— C'est pas aussi simple, papa. Tu étais censé combattre le communisme. Mais bon, ça me semble juste bizarre que tu montes sur tes grands chevaux quand on parle de manger vietnamien.

Il garda de nouveau le silence. Il y avait certaines choses et en lui et dans sa vie qu'il n'avait jamais voulu partager avec elle. Les quatre années de son service militaire, par exemple. Elle savait qu'il avait combattu, mais il ne lui avait jamais parlé en détail de son passage en Asie du Sud-Est.

— Écoute, dit-il, cette bouffe, j'en ai mangé pendant les deux années que j'ai passées là-bas. Tous les jours et à tous les repas.

— Pourquoi ? Il n'y avait pas les trucs américains de base là-bas ?

— Si, mais je ne pouvais pas en manger. Sinon, ils m'auraient senti dans les tunnels. Il fallait que j'aie la même odeur qu'eux.

Ce fut au tour de Maddie de garder le silence.

— Heu… Qu'est-ce que ça veut dire ? finit-elle par demander.

— Ça veut dire qu'on sent ce qu'on mange. Dans les espaces clos. Ça vous sort par tous les pores. Et mon boulot… je devais aller dans ces tunnels et je ne voulais pas que l'ennemi sache que j'y étais. Alors je bouffais leur nourriture tous les jours, à tous les repas, et maintenant je ne peux plus. Ça me rappelle trop tout ça et… D'accord?

Il n'eut droit qu'à du silence de sa part. Il posa les mains sur le haut du volant et tapota le tableau de bord du bout des doigts. Il regrettait déjà de lui avoir dit tout cela.

— Écoute, reprit-il, peut-être qu'on ferait mieux de laisser tomber pour aujourd'hui. J'arriverai à San Diego un peu plus tôt, j'y réglerai mes affaires et disons que demain, en remontant, on se retrouve pour déjeuner ou dîner tous les deux? Peut-être même qu'avec un peu de chance, je pourrai avoir fini assez tôt pour qu'on se fasse un petit déjeuner.

C'était le repas préféré de sa fille et la Old Towne près du campus regorgeait de bons endroits pour ça.

— J'ai cours le matin, dit-elle. Mais on essaie demain. Déjeuner ou dîner.

— Tu es sûre?

— Oui, oui. Mais qu'est-ce que tu voulais me dire?

Il préféra ne pas l'inquiéter en la prévenant de faire extrêmement attention parce que l'affaire sur laquelle il travaillait pouvait déborder sur son univers. Il garderait ça pour le lendemain et son entretien en tête à tête avec elle.

— Ça peut attendre, dit-il. Je t'appelle dans la matinée pour qu'on voie ce qui peut marcher.

Ils mirent fin à la conversation, Bosch se la repassant en boucle pendant l'heure qui suivit tandis qu'il traversait le comté d'Orange. Il détestait l'idée d'accabler sa fille avec quoi que ce soit de son passé ou de son présent. Il ne trouvait pas que ce soit juste.

CHAPITRE 26

Il progressait lentement mais régulièrement vers San Diego lorsqu'il prit l'appel auquel il s'attendait de la part du chef Valdez.

— Vous avez arrêté l'adjoint au chef Creighton? lui demanda-t-il.

Dans sa bouche, c'était autant une question que la marque de son étonnement.

— Il n'est plus adjoint au chef de police, lui répondit Bosch. Il n'est même plus flic.

— Aucune importance. Vous vous rendez compte de ce que ça va faire aux relations entre nos deux services?

— Absolument. Ça va les améliorer. Personne ne l'a jamais aimé au LAPD. Vous y étiez. Vous le savez.

— Non, je ne le sais pas et peu importe. Je viens de le relâcher.

Bosch ne fut pas surpris.

— Pourquoi? demanda-t-il néanmoins.

— Parce que vous n'avez rien contre lui. Vous vous êtes seulement disputés. C'est tout ce qu'à entendu Lopez. Vous dites avoir été menacé. Il peut très bien vous le renvoyer et dire que c'est vous. C'est à qui pissera le plus loin. Vous n'avez aucun témoin pour corroborer vos dires et personne ne voudra même seulement toucher à ce truc au Bureau du district attorney.

Bosch se dit que ce Lopez devait être le planton de service à la réception. Il était réconfortant de voir que Valdez s'était au moins donné la peine d'enquêter sur la plainte de Bosch avant de relâcher Creighton.

— Quand l'avez-vous relâché dans la nature ? demanda-t-il.

— Il vient juste de franchir la porte, lui répondit Valdez. Et il n'était pas jouasse. Où diable êtes-vous et pourquoi êtes-vous parti ?

— Je travaille sur une affaire, chef, et elle n'a rien à voir avec San Fernando. Il fallait que je m'active.

— Sauf qu'on est impliqués, maintenant. Le Crétin dit qu'il va nous poursuivre en justice, vous et nous.

Il était également réconfortant d'entendre Valdez reprendre le surnom dont les flics de base avaient affublé Creighton. Cela lui laissait entendre que, pour finir, il était de son côté. Il repensa à Mitchell Maron, le postier qui, lui aussi, le menaçait de poursuites judiciaires.

— Oui bon, dites-lui de faire la queue, lui lança Bosch. Désolé, chef, mais faut que j'y aille.

— Je ne sais pas ce que vous fabriquez, mais faites attention à vous là-bas dehors, lui renvoya Valdez. Les mecs dans le genre du Crétin, c'est pas des tendres.

— Je ne vous le fais pas dire !

L'autoroute était entièrement dégagée lorsque Bosch passa enfin dans le comté de San Diego. À 14 h 30, il se gara sous la portion de la 5 bâtie au-dessus de Logan Barrio et contempla Chicano Park.

Les photos du Net ne rendaient pas justice aux peintures murales. Vues de près, les couleurs en étaient éclatantes et les images saisissantes. Leur nombre seul donnait le vertige. Un mur et un pilier après l'autre, on en voyait partout, où que l'œil se porte. Il lui fallut un bon quart d'heure d'errance pour trouver celle où étaient inscrits les noms des artistes. La couronne de zinnias cachait maintenant encore plus haut la peinture – et les noms marqués dessus. Bosch s'agenouilla et se servit de ses mains pour écarter les fleurs et pouvoir lire.

Alors que nombre de ces peintures murales donnaient l'impression d'avoir été repeintes au fil des ans afin d'en garder les couleurs et les messages éclatants, les noms qu'on découvrait derrière les fleurs avaient pâli jusqu'à en être quasiment illisibles. Bosch sortit son carnet. Il se disait qu'il allait peut-être devoir noter tous ceux qu'il arriverait à déchiffrer dans l'espoir qu'en contactant tous les artistes qui pourraient l'être, l'un d'entre eux le conduirait à Gabriela. Mais c'est alors qu'il vit le haut de certains noms recouverts de terreau. Il posa son carnet, tendit les mains et se mit à creuser la terre et à déraciner les zinnias.

Le premier nom sur lequel il tomba fut celui de Lukas Ortiz. Il creusa un peu plus à droite, ses mains devenant toutes noires de terreau humide. Bientôt il découvrit le nom de Gabriela. Tout excité, il activa l'allure et ôtait la terre du dernier nom – Lida – lorsqu'une voix retentit comme un coup de tonnerre dans son dos.

— *Cabrón !*

Il sursauta, se tourna, regarda par-dessus son épaule et vit un type debout derrière lui, les bras grands ouverts dans la posture universelle de celui qui va lancer : « Mais qu'est-ce que vous foutez, bordel de merde ?! » L'homme portait une tenue de travail verte.

Bosch bondit sur ses pieds.

— Hé, désolé, dit-il. *Lo siento.*

Il voulut ôter le terreau de ses mains, mais elles en étaient l'une et l'autre tellement couvertes que ça n'avançait pas. L'homme qui se tenait devant lui avait une bonne cinquantaine d'années, des cheveux gris et une grosse et épaisse moustache qui cadrait bien avec sa carrure massive. Sur un morceau de tissu ovale au-dessus de sa poche de chemise, on pouvait lire *Javier*. Il portait des lunettes de soleil, mais elles ne masquaient pas les regards de colère qu'il jetait à Bosch.

— Je voulais juste voir…, commença ce dernier. (Il se tourna et lui montra le bas du pilier.) Euh… *los nombres?* Sous… euh… *debajo la tierra?*

— Je parle anglais, espèce d'andouille, et t'es en train de me bousiller mon jardin. Ça va pas, la tête?

— Je suis désolé. Je cherchais un nom. Un des artistes originaux.

— Il y en a eu beaucoup.

Javier passa devant lui et s'agenouilla à l'endroit où s'était tenu Bosch. Et, très précautionneusement il commença à remettre les fleurs déracinées à leur place en les manipulant l'une après l'autre bien plus doucement que ne l'avait fait Bosch.

— Lukas Ortiz? demanda-t-il.

— Non, l'autre, répondit Bosch. Gabriela Lida. Elle est toujours là?

— Qui veut le savoir?

— Je suis enquêteur privé et…

— Non, qui veut le savoir?

Bosch comprit.

— Si vous pouvez m'aider, j'aimerais vous dédommager pour ce que j'ai…

— Combien?

Le moment était venu de sortir l'argent de sa poche, mais Bosch avait les mains sales. Il jeta un coup d'œil autour de lui et remarqua une fontaine qui faisait partie de la pièce centrale du parc.

— Un instant, dit-il.

Il s'avança, plongea les mains dans le bassin et les nettoya. Puis il les secoua et chercha dans sa poche. Il vérifia ce qu'il avait dans sa pince à billets, prit trois des quatre de vingt qu'il avait et rejoignit Javier en espérant qu'il n'allait pas devoir dépenser soixante dollars pour s'entendre dire que Gabriela Lida était morte et sous terre comme son nom sur le pilier.

Javier fit non de la tête lorsque Bosch arriva près de lui.

— Et maintenant vous m'avez salopé ma fontaine, dit-il. La terre se coince dans le filtre et va falloir que je le nettoie.

— J'ai soixante dollars et ça couvrira tout. Où puis-je trouver Gabriela Lida ?

Il lui tendit l'argent et Javier le prit de sa main sale.

— Elle travaillait ici et s'occupait de la coopérative, dit-il. Mais maintenant elle est en retraite. Aux dernières nouvelles, elle habitait encore au Mercado.

— Elle vit dans un marché ?

— *No, cabrón*, au Mercado. C'est un complexe de logements, mec. Là-bas, à Newton.

— Et elle s'appelle toujours Lida ?

— C'est exact.

C'était tout ce dont il avait besoin. Il regagna sa voiture. Dix minutes plus tard, il se garait devant l'entrée principale d'un énorme complexe d'appartements bon marché de style néo-adobe et bien entretenu. Il consulta la liste des résidents affichée dans l'entrée et frappa bientôt à une porte récemment peinte en vert.

Il tenait le carton de la Flashpoint Graphix contre sa jambe. Il levait l'autre main pour frapper à nouveau lorsqu'une femme sculpturale ouvrit qui, au jugé, devait avoir au moins soixante-dix ans, mais semblait bien plus jeune. Elle avait les pommettes nettement dessinées et des yeux d'un noir surprenant que rehaussait une peau brune encore douce. Cheveux longs et d'un bel argent. Des turquoises polies pendaient à ses oreilles.

Bosch baissa lentement la main. Il n'avait aucun doute : c'était bien la femme de la photo, même après toutes ces années.

— Oui ? lança-t-elle. Vous vous êtes perdu ?

— Non, je ne pense pas, répondit-il. Êtes-vous Gabriela Lida ?

— Oui, c'est moi. Qu'est-ce que vous voulez ?

Haller avait dit à Bosch de décider quand le moment serait venu. Ce moment était arrivé et Bosch comprit qu'il n'y avait ni besoin ni le temps de jouer à des petits jeux avec cette femme.

— Je m'appelle Harry Bosch, dit-il. Je suis inspecteur de police à L.A. et je recherche la fille de Dominick Santanello.

En entendant ce nom, elle parut le regarder d'un œil plus perçant où curiosité et inquiétude se mêlaient à part égale.

— Ma fille n'habite pas ici, dit-elle. Comment savez-vous que c'est la fille de Dominick ?

— Parce que c'est par lui que j'ai commencé mes recherches et que ça m'a conduit à vous. Permettez que je vous montre quelque chose.

Il leva le carton, en ôta l'élastique, l'ouvrit devant elle et le tint comme un pupitre à musique de façon à ce qu'elle puisse voir les photos et les feuilleter. Il l'entendit retenir son souffle au moment où elle tendait la main et prenait celle de format 18 × 24 où on la voyait tenir son bébé. Des larmes lui montèrent aux yeux.

— C'est Nick qui a les prises, murmura-t-elle. Je ne les avais jamais vues.

Il acquiesça d'un hochement de tête.

— Elles étaient dans son appareil photo qui est resté des années et des années dans un grenier, dit-il. Comment s'appelle votre fille ?

— Vibiana, répondit-elle. C'est le nom qu'il voulait.

— Comme sa mère.

Elle leva les yeux des photos et le regarda.

— Qui êtes-vous ? demanda-t-elle.

— Si je pouvais entrer... j'ai beaucoup de choses à vous dire, répondit-il.

Elle hésita un instant, puis recula et le laissa entrer.

Bosch commença à lui expliquer sa présence en l'informant qu'il avait été embauché par un membre de la famille de Dominick qui voulait savoir s'il n'avait pas engendré un enfant avant de mourir. Elle accepta l'explication, l'heure suivante les voyant passer dans son petit séjour où Bosch l'entendit enfin lui raconter sa brève histoire d'amour avec Dominick.

L'affaire lui parut bien différente de celle que Halley Lewis lui avait racontée. Gabriela avait rencontré Dominick dans un bar d'Oceanside dans le but précis de lui rappeler ses racines et sa fierté culturelles. Mais ce mobile avait vite fondu dans la passion qui, fleurissant bientôt, avait fait d'eux un couple.

— On avait des plans pour après, quand il reviendrait et serait rendu à la vie civile, lui dit-elle. Il voulait être photographe. On allait réaliser un projet ensemble, à la frontière. Ce serait lui le photographe. Moi, je peindrais.

Elle ajouta qu'elle avait découvert sa grossesse alors qu'arrivé à la fin de ses classes à Pendleton, il attendait sa feuille de route pour le Vietnam. C'était si déchirant qu'il lui avait, et à plusieurs reprises, proposé de déserter pour pouvoir rester avec elle. Chaque fois elle avait réussi à l'en dissuader, suite d'efforts qui plus tard l'avait accablée de culpabilité lorsqu'elle avait appris qu'il avait été tué outre-mer.

Elle lui confirma que Dominick était revenu deux fois aux États-Unis en douce pendant ses permissions. La première, il avait assisté à l'inauguration de Chicano Park, la deuxième, il était venu voir sa fille. Tous trois avaient alors passé les quatre seuls jours qu'ils devaient jamais vivre ensemble au del Coronado. Elle ajouta que la photo que Bosch lui avait montrée avait été prise après un « mariage » impromptu sur la plage, la cérémonie étant célébrée par un ami artiste ordonné prêtre dans le culte mexicain de la *brujeria*.

— C'était pour rire, dit-elle. Nous pensions pouvoir nous marier pour de vrai lorsqu'il reviendrait à la fin de l'année.

Bosch lui demandant pourquoi elle n'était jamais entrée en contact avec la famille de Dominick après sa mort, elle lui expliqua qu'elle avait eu peur que ses parents lui prennent son bébé.

— J'habitais dans un *barrio*, dit-elle, et je n'avais pas d'argent. Je craignais qu'ils gagnent le procès au tribunal et m'enlèvent Vibiana. Ça m'aurait tuée.

Il ne lui dit pas à quel point ce qu'elle éprouvait reflétait le calvaire de la grand-mère de sa fille, celle qui portait son prénom. Mais la réponse qu'elle venait de lui faire lui permit de passer à des questions sur Vibiana et de lui demander où elle se trouvait. Gabriela lui révéla qu'elle habitait Los Angeles et était elle aussi artiste. Elle était sculptrice et travaillait dans l'Arts District du centre-ville. Elle avait été mariée, mais ne l'était plus maintenant. La grande nouvelle était qu'elle élevait un garçon de neuf ans issu de ce mariage, un petit Gilberto Veracruz.

Bosch se rendit alors compte qu'il avait trouvé un autre héritier. Whitney Vance avait eu un arrière-petit-fils dont il n'avait jamais rien su.

CHAPITRE 27

Le bureau de l'état civil du comté de San Diego était ouvert jusqu'à 17 heures. Bosch se dépêcha d'en franchir la porte à 16 h 35 et eut la chance de ne voir personne faire la queue au guichet des actes de naissance, certificats de décès et changements de noms. Il n'avait qu'une seule pièce à demander, l'obtenir le jour même lui évitant de devoir passer la nuit à San Diego.

Il avait quitté les Mercado Appartments convaincu que Vibiana et Gilberto Veracruz étaient des descendants directs de Whitney Vance. Si c'était avéré, ils hériteraient de sa fortune. L'analyse génétique serait évidemment la clé de l'affaire, mais Bosch voulait aussi rassembler tous les documents officiels pouvant corroborer les résultats scientifiques et entrer dans la confection d'un dossier propre à convaincre un juge. Gabriela lui avait dit avoir inséré le nom de Dominick dans l'acte de naissance de sa fille. Tel était le genre de détails qui rendrait le dossier satisfaisant.

Une fois au guichet, Bosch donna les nom et date de naissance de Vibiana Santanello à l'employée et lui demanda une copie certifiée de son acte de naissance. En attendant qu'elle trouve le document et le lui imprime, il réfléchit à d'autres révélations et confirmations que sa conversation avec Gabriela avait suscitées.

Bosch lui ayant demandé comment elle avait appris la mort de Santanello au Vietnam, elle lui avait répondu que c'était dans son cœur qu'elle avait senti qu'il avait été tué lorsqu'une semaine entière s'était écoulée sans qu'elle reçoive de lettre de lui. Jamais en effet il n'avait laissé passer autant de temps sans lui écrire. Son intuition avait été tristement confirmée plus tard, le jour où elle avait lu un article relatant la manière dont la chute d'un seul hélicoptère abattu au Vietnam avait particulièrement touché la Californie du Sud. Tous les marines à bord de l'appareil en étaient originaires et s'étaient trouvés antérieurement en poste dans le comté d'Orange, à la base des marines d'El Toro. Le seul officier des services de santé à avoir été tué avait grandi à Oxnard et fait ses classes à Camp Pendleton.

Gabriela lui avait aussi dit que le visage de Dominick faisait partie d'une des peintures murales du parc. Elle l'y avait elle-même peint bien des années auparavant dans la fresque intitu-lée *Visages de Héros*, plusieurs de ces portraits d'hommes et de femmes concourant à la formation d'un seul visage. Bosch se rappela l'avoir vu en traversant le parc plus tôt dans la journée.

— Voilà, monsieur, lui dit l'employée. Le paiement s'effec-tue au guichet à gauche.

Bosch prit le document et l'étudia en rejoignant la caisse : le nom de Dominick Santanello y était bien indiqué comme étant celui du père. Il se rendit compte alors qu'il n'était pas loin de mettre fin à l'expédition dans laquelle Whitney Vance l'avait lancé. Il fut déçu que le vieil homme ne soit pas là à la ligne d'arrivée.

Il fut vite de retour sur la 5, direction nord. Il avait dit à Gabriela qu'elle avait tout intérêt à ne rien révéler de leur conversation. Ils n'étaient pas tout de suite entrés en contact avec Vibiana, sa fille vivant dans un monde entièrement libre de tout équipement numérique. Elle n'avait pas de téléphone portable et répondait rarement aux appels qu'elle recevait dans le studio-loft où elle habitait et travaillait.

Bosch avait prévu de s'y rendre dès le lendemain matin. En attendant, il remonta à L.A. dans l'horrible circulation de l'heure de pointe et en profita pour parler longuement avec Mickey Haller qui lui révéla s'être lui-même livré à de très subtiles enquêtes de son côté.

— Les flics de Pasadena ont effectivement déclaré que la mort du vieux était naturelle, mais il y aura quand même une autopsie. Pour moi, Kapoor veut sa manchette et va donc exploiter jusqu'à plus soif l'angle « cause de la mort ».

Bhavin Kapoor était le patron en difficulté des services de médecine légale du comté de Los Angeles. Depuis quelques mois, il était accusé de mauvaise gestion et de retards dans le traitement des autopsies par un bureau qui en effectuait plus de huit mille par an. Les agences d'application de la loi et les parents des victimes de meurtres et d'accidents se plaignaient que certaines autopsies prenant des mois, enquêtes, funérailles et processus de deuil en étaient retardés d'autant. Les médias en avaient rajouté lorsqu'il était apparu que des cadavres avaient été mélangés dans la Grande Crypte, soit l'énorme centre réfrigéré qui en contenait plus d'une centaine. Des étiquettes d'identification avaient été emportées par le souffle des gigantesques turbines de réfrigération et rattachées aux mauvais orteils.

Parce qu'il voulait des manchettes où l'on ne parle pas de ce genre de scandales, Kapoor avait manifestement décidé de procéder à une autopsie du corps de Whitney Vance de façon à pouvoir donner une conférence de presse portant sur tout autre chose que la manière dont il gérait son service et s'acquittait de ses obligations.

— Mais attends, reprit Haller. Il y aura sûrement un petit malin de journaliste pour lui renvoyer ça à la figure en faisant remarquer qu'au contraire de tout un chacun, notre milliardaire, lui, n'a pas eu à faire la queue pour son autopsie. Même dans la mort les riches ont droit à un traitement de faveur... ce sera ça, la manchette à laquelle il aura droit.

Bosch savait que sa remarque mettait dans le mille et fut surpris que les conseillers de Kapoor, s'il en avait, ne l'aient pas averti du danger qu'il courait.

Haller lui ayant demandé ce qu'il avait trouvé à San Diego, Bosch lui rapporta qu'il pouvait y avoir deux descendants en jeu. Il lui raconta la conversation qu'il avait eue avec Gabriela et lui dit que ç'allait sans doute être bientôt le moment de procéder aux tests ADN. Et il lui détailla ce qu'il avait en sa possession, à savoir un échantillon sous scellé de Vance en précisant qu'il n'avait pas vu le vieil homme se le faire prélever ; plusieurs objets ayant appartenu à Dominick Santanello, dont un rasoir avec peut-être une goutte de son sang dessus ; un échantillon d'ADN qu'il avait lui-même prélevé sur la personne de Gabriela Lida au cas où. Et il prévoyait d'en prélever un sur Vibiana lorsqu'il la verrait le lendemain. Pour l'heure, il entendait laisser son fils – soit l'arrière-petit-fils putatif de Vance – en dehors de tout ça.

— La seule chose qui comptera, ce sera l'ADN de Vibiana, lui renvoya Haller. Nous aurons à démontrer qu'il y a bien descendance et ça, je pense que tu maîtrises. Mais ça se réduira à son ADN et à la question de savoir s'il correspond bien à celui de Vance pour sa descendance directe.

— Il faudra faire ça à l'aveugle, non ? Sans leur dire que le prélèvement est de Vance. En ne leur donnant que celui de Vibiana pour voir ce que ça donne.

— Exactement. On ne veut surtout pas qu'ils sachent à qui appartient l'ADN. Je vais y travailler et organiser quelque chose dans un des labos que je t'ai indiqués. Celui qui pourra le faire le plus vite. Après, dès que toi, tu auras du sang de Vibiana, on y va.

— J'espère que ça sera demain.

— Ce serait parfait. Qu'est-ce que tu as fait de l'échantillon de Vance ?

— Il est dans mon frigo.

— Je ne suis pas certain que ce soit l'endroit le plus sûr. Et en plus, je ne pense pas qu'il y ait besoin de réfrigération.

— Il n'y en a pas besoin. C'est juste que c'est là que je l'ai caché.

— J'aime assez l'idée de garder ça à l'écart du stylo et du testament. Faut surtout pas avoir tout ça au même endroit. Ce qui m'inquiète un peu, c'est que ce soit chez toi. C'est probablement le premier endroit où ils iront regarder.

— Voilà que tu recommences avec ton « ils » !

— Je sais. Mais c'est comme ça. Tu devrais peut-être penser à un autre endroit.

Bosch lui raconta sa bagarre avec Creighton et lui dit qu'il avait peut-être une caméra de surveillance braquée sur sa maison.

— Je vérifierai demain matin à la première heure, enchaîna-t-il. Il fera nuit quand j'arriverai chez moi ce soir. Ce que je veux te dire, c'est qu'il n'y avait personne dehors quand je suis parti ce matin. J'avais vérifié qu'on ne m'avait pas collé de trackeur sous la voiture et pourtant, Dieu sait comment, Creighton m'a suivi dans Laurel Canyon Boulevard.

— Et si c'était un putain de drone, hein ? lui renvoya Haller. On s'en sert absolument partout maintenant.

— Il va falloir que je me rappelle de regarder en l'air, dit Bosch. Et toi aussi. Creighton m'a dit qu'ils savaient que t'étais sur l'affaire.

— Tu parles d'une surprise !

Bosch commençait déjà à distinguer les lumières du centre-ville à travers son pare-brise. Enfin il se rapprochait de chez lui et sentait la fatigue d'avoir passé sa journée au volant. Il était crevé et avait envie de se reposer. Il décida de sauter le dîner pour pouvoir dormir un peu plus longtemps.

Il pensait à autre chose lorsque l'idée de manger lui rappela qu'il devait appeler sa fille ou lui envoyer un texto pour l'avertir qu'il était directement rentré à Los Angeles et ne passerait donc pas par le campus le lendemain. Leur prochain rendez-vous allait devoir attendre un peu.

Et peut-être n'était-ce pas une mauvaise chose, se dit-il. Après leur dernier coup de fil, il valait peut-être mieux mettre un peu de temps et de distance entre eux.

— Hé, Harry ! T'es toujours avec nous ?

Bosch émergea de ses pensées sans rapport avec la conversation.

— Oui, oui, dit-il. T'as juste été coupé une seconde. Je suis dans un endroit où ça passe mal. Continue…

Harry l'informa qu'il voulait discuter d'une stratégie à suivre sur où et quand il allait falloir attaquer au tribunal. Il s'agissait d'une forme assez subtile de shopping de juge, mais il lui expliqua que décider si c'était à tel tribunal plutôt qu'à tel autre qu'il convenait de faire enregistrer le testament pouvait leur donner un avantage. Pour lui, l'homologation du testament de Vance s'ouvrirait à Pasadena, soit près de l'endroit où il avait vécu et où il était mort, mais cela ne signifiait pas nécessairement qu'un requérant lambda doive aussi le faire enregistrer à cet endroit. Si Vibiana Veracruz décidait de se faire reconnaître comme héritière de Vance, elle pouvait déposer sa demande auprès d'un tribunal de son choix.

Pour Bosch, toutes ces décisions dépassaient nettement ce pour quoi il était payé et il le dit clairement à Haller. Son job, sa responsabilité envers Vance et les promesses qu'il lui avait faites se réduisaient purement et simplement à lui trouver son héritier, s'il y en avait un, et à rassembler tous les éléments prouvant qu'il y avait bien filiation naturelle. Toutes les stratégies juridiques ayant trait au droit d'hériter de la fortune de Vance étaient du ressort de Haller.

Mais il ajouta quelque chose qui l'obnubilait depuis sa conversation avec Gabriela.

— Et s'ils n'en veulent pas ? demanda-t-il.

— Et si qui ne veut pas de quoi ? lui renvoya Haller.

— De l'argent. Si Vibiana ne veut pas de cet argent ? Ces gens-là sont des artistes. Qu'est-ce qui se passe s'ils ne veulent pas diriger une corporation, assister à des conseils d'administration, enfin... vivre dans cet univers ? Lorsque j'ai dit à Gabriela que sa fille et son petit-fils allaient peut-être hériter d'une fortune, elle s'est contentée de hausser les épaules. Elle m'a même précisé que ça faisait soixante-dix ans qu'elle n'avait pas d'argent et qu'elle n'en voulait pas davantage maintenant.

— Ça n'arrivera pas, lui renvoya Haller. Là, il s'agit de fric à changer le monde. Elle le prendra. Cite-moi un seul artiste qui ne voudrait pas le changer, ce monde.

— La plupart le changent avec leur art, pas avec leur fric.

Bosch eut un signal d'appel en attente, s'aperçut qu'il émanait d'un des postes du SFPD et se demanda si ce n'était pas Bella Lourdes qui voulait lui donner les résultats de la deuxième fouille de la maison de Sahagun. Il dit à Haller qu'il devait y aller et le rappellerait le lendemain lorsqu'il aurait retrouvé Vibiana et aurait parlé avec elle.

Il prit l'autre appel – ce n'était pas Lourdes.

— Bosch, ici le chef Valdez. Où êtes-vous ?

— Euh, je roule vers le nord et viens de dépasser le centre-ville. Qu'est-ce qu'il y a ?

— Vous êtes avec Bella ?

— Bella ? Non, pourquoi devrais-je être avec elle ?

Valdez ignora sa question et lui en posa une autre avec un sérieux qui retint toute l'attention de Bosch.

— Vous avez eu de ses nouvelles aujourd'hui ?

— Pas depuis ce matin quand nous nous sommes parlé au téléphone. Pourquoi ? Qu'est-ce qui se passe, chef ?

— On ne sait pas où elle est et elle ne répond plus ni au téléphone ni à la radio. Elle a émargé au tableau de présence du bureau des inspecteurs ce matin, mais elle n'a toujours pas signalé qu'elle rentrait chez elle et ça ne lui ressemble pas. Trevino a passé la journée à bosser sur les budgets avec moi et comme il ne s'est donc jamais trouvé au bureau des inspecteurs, il ne l'a pas vue.

— Sa voiture est au parking ?

— Sa voiture perso et son véhicule de service sont toujours au parking et sa copine a appelé pour dire qu'elle n'était pas rentrée.

Bosch sentit son cœur se serrer.

— Vous avez parlé à Sisto ? demanda-t-il.

— Oui, et lui non plus ne l'a pas vue, répondit Valdez. Il m'a dit qu'elle l'avait appelé ce matin pour voir s'il serait disponible pour partir sur le terrain avec elle, mais comme il était coincé par une affaire de cambriolage de local commercial…

Bosch appuya plus fort sur l'accélérateur.

— *Chief*, dit-il, envoyez tout de suite une voiture chez Sahagun. C'est là qu'elle allait.

— Pourquoi, qu'est-ce que…

— Envoyez la voiture, chef, c'est tout. Tout de suite. Dites à l'équipe de fouiller à l'intérieur et à l'extérieur de la maison. Surtout le jardin à l'arrière. On se parlera plus tard. J'y fonce et devrais y être dans une demi-heure, voire moins. Envoyez cette voiture.

— D'accord, je fais ça immédiatement.

Bosch raccrocha et appela Bella en sachant qu'il y avait peu de chances qu'elle décroche pour lui si elle ne le faisait pas pour le patron.

Son appel passant sur la boîte vocale, il raccrocha. Dans sa poitrine, son cœur se serrait de plus en plus fort.

CHAPITRE 28

Bosch sortit enfin des bouchons insensés de l'heure de pointe après le centre-ville. En fonçant et prenant illégalement la voie express réservée aux véhicules de covoiturage, il parcourut le reste de la distance le séparant de San Fernando en vingt minutes. Il mesura la chance qu'il avait d'être au volant d'une voiture de location – jamais sa vieille Cherokee n'aurait pu atteindre les vitesses qu'il parvint à maintenir.

Arrivé au commissariat, il longea vite le couloir de derrière pour rejoindre le bureau du chef, mais le trouva désert, seul le petit jouet en forme d'hélicoptère y tournant en rond, poussé par la brise qui sortait de la bouche d'aération de la clim au plafond.

Il gagna le bureau des inspecteurs et y trouva Valdez debout dans le box de Lourdes avec Trevino, Sisto et le sergent Rosenberg, le chef de veille ce soir-là. Rien qu'à voir leur air inquiet, il comprit qu'ils n'avaient toujours pas localisé Lourdes.

— Vous avez vérifié chez Sahagun ? demanda-t-il.

— On y a envoyé une voiture, répondit Valdez. Elle n'y est pas et on dirait bien qu'elle n'y est jamais arrivée.

— Merde ! Vous avez cherché ailleurs ?

— Vous occupez pas de ça, lâcha Trevino. Où étiez-vous ?

Le ton était accusatoire, comme si Bosch savait des choses sur l'endroit où se trouvait l'inspectrice.

— J'ai dû descendre à San Diego pour une de mes affaires privées, répondit Bosch. J'ai juste fait l'aller-retour.

— Alors qui est cette Ida Townes Forsythe?

Bosch le regarda.

— Quoi?

— Vous m'avez bien entendu. Qui est Ida Townes Forsythe?

Et de lui coller sous le nez la fiche de renseignements du DMV, Bosch se rendant brusquement compte qu'il l'avait laissée dans le bac de l'imprimante lorsqu'il avait été appelé à la réception pour voir Creighton.

— Ah oui, j'ai oublié, dit-il. Je suis passé ce matin et suis resté une vingtaine de minutes, le temps d'imprimer ce truc, mais... qu'est-ce que ç'a à voir avec Bella?

— On ne sait pas, lui renvoya Trevino. Nous, on essaie juste de comprendre ce qui est en train de se passer, bordel! Je trouve ce truc dans le bac, vérifie notre compte au DMV pour voir si c'est Bella qui l'a imprimé et je découvre que c'est vous. Qui est cette femme?

— Bon écoutez, Ida Forsythe n'a absolument rien à voir avec tout ça, d'accord? Elle fait partie de l'affaire privée dont je m'occupe.

Il savait qu'il n'aurait jamais dû le reconnaître, mais il n'était pas d'humeur à se chamailler avec Trevino et voulait qu'on recentre au plus vite la conversation sur Bella.

Son visage le trahissant l'espace d'un instant, Bosch vit que Trevino masquait mal le plaisir qu'il avait de l'avoir coincé devant celui-là même qui l'avait fait entrer dans le service.

— Non, pas d'accord, insista Trevino. C'est une faute grave qui pourrait vous valoir la porte. Sans parler du procès.

Et de regarder Valdez comme pour lui signifier : « Je vous l'avais bien dit que ce mec ne se servait de nous que pour profiter de nos réseaux ! »

— Je vais vous dire un truc, *cap'tain* ! lui renvoya Bosch. Vous pourrez me virer et me déférer devant un tribunal dès qu'on aura retrouvé Bella.

Sur quoi il se détourna, sa question suivante étant pour Valdez.

— Qu'a-t-on fait d'autre ?

— On a rameuté tout le monde et tout le monde cherche, répondit celui-ci. On a aussi averti le LAPD et les services du shérif. Pourquoi nous avez-vous dit de fouiller la maison de Sahagun ?

— Parce que ce matin, Bella m'a dit qu'elle allait la fouiller une deuxième fois.

— Pourquoi ?

Bosch lui rapporta rapidement la conversation qu'il avait eue avec elle ce matin-là, dont sa théorie selon laquelle le Screen Cutter pouvait avoir perdu la clé de son véhicule, ce qui aurait expliqué pourquoi il s'était enfui à pied et avait essayé de trouver une voiture ouverte.

— Il n'y avait pas de clé, dit Sisto. Je l'aurais trouvée.

— Ça ne fait jamais de mal de revérifier avec un regard neuf, dit Bosch. Quand elle vous a appelé pour voir si vous pouviez l'accompagner sur le terrain, vous a-t-elle demandé si on avait signalé des vols de voitures dans la zone deux vendredi ?

Sisto se rendit compte que c'était un détail dont il n'avait parlé ni au chef ni au capitaine.

— Ah oui, c'est juste, elle me l'a demandé, dit-il. Je lui ai répondu que je n'avais pas encore eu le temps de m'occuper des vols de vendredi.

Trevino gagna vite la rangée d'écritoires accrochées au mur, derrière le bureau de Sisto. C'était là que se trouvaient les rapports consignés dans des dossiers qui variaient selon les vols. Il attrapa celui des vols de voitures, jeta un œil à la première page et feuilleta plusieurs autres rapports.

— On en a eu un vendredi dans la zone trois, dit-il. Et encore un autre samedi.

Valdez se tourna vers Rosenberg.

— Irwin, dit-il, prenez ces rapports. Envoyez une voiture à ces deux endroits et dites aux gars de se débrouiller pour savoir si Lourdes y est passée faire les vérifications de suivi.

— Reçu cinq sur cinq, dit Rosenberg. Je me charge de l'affaire.

Il prit toute l'écritoire des mains de Trevino et s'empressa de sortir du bureau.

— Y a-t-il encore des gens aux Travaux publics ? reprit Bosch.

— À cette heure-ci, c'est fermé, répondit Valdez. Pourquoi ?

— On pourrait y entrer ? Ce matin, Bella m'a dit qu'elle allait y passer pour leur emprunter un détecteur de métaux pour la fouille de la maison.

— Je sais qu'on peut déjà entrer dans la cour, dit Trevino. C'est là qu'on fait le plein des voitures.

— Allons-y, dit Valdez.

Les quatre hommes sortirent du commissariat par l'avant et traversèrent rapidement la rue pour rejoindre les bâtiments des Travaux publics. Ils longèrent le côté gauche du complexe jusqu'au portail d'entrée de la cour réservée aux véhicules et à l'entreposage. Valdez l'ouvrit avec une carte-clé qu'il sortit de son portefeuille.

Une fois dans la cour, ils se séparèrent et se mirent à chercher Lourdes dans et entre les divers camions et estafettes du service. Bosch se dirigea vers le mur du fond, où se trouvaient un atelier couvert et des établis d'outils assortis. Derrière lui, il entendit s'ouvrir et se fermer les portières de la voiture, puis le chef appeler Bella d'une voix tendue.

Sans obtenir de réponse.

Avec la lumière de son téléphone, Bosch repéra un interrupteur qui lui permit d'allumer les néons de l'atelier. Il y avait là trois établis différents disposés perpendiculairement au mur du fond. Tous étaient équipés d'étagères à outils et à matériaux divers, sans parler de machines encastrées et d'engins tels que coupe-tubes, meules, scies et perceuses à bois. Des projets encore en cours de réalisation semblaient y avoir été abandonnés.

Au-dessus du troisième, une étagère en hauteur soutenait plusieurs tuyaux en acier d'une longueur de deux mètres cinquante. Bosch se rappela Lourdes lui disant qu'ils se servaient de détecteurs de métaux pour retrouver des tuyaux enterrés, se dit que ce troisième établi servait à effectuer des travaux de plomberie et de drainage et que s'il y avait un endroit où trouver un détecteur de métaux, c'était bien là.

Lourdes lui avait précisé que l'engin ressemblait à un truc avec des roues de tondeuse à gazon et pas du tout au modèle qu'il avait vu dans les mains des chasseurs de trésors sur la plage.

Il ne vit rien et étudia les équipements et alentours des établis dans toute la salle. Enfin il repéra une poignée en forme de guidon qui dépassait du dessous d'un établi. Il s'en approcha et tira à lui une machine munie de roues et grande comme à peu près la moitié d'une tondeuse manuelle.

Il dut l'examiner de plus près pour comprendre de quoi il retournait. Un cadran de contrôle était fixé au guidon. Il appuya sur le bouton de mise en marche et un écran LED s'alluma, où apparurent un radar et d'autres commandes permettant d'évaluer des surfaces et des profondeurs.

— Le détecteur est ici, dit-il, ces mots faisant aussitôt revenir les trois hommes.

— Si elle s'en est servie, dit Valdez, au moins l'a-t-elle remis à sa place.

Frustré de constater qu'une énième piste ne les menait à rien, il frappa le sol en béton du bout de sa botte.

Bosch posa les deux mains sur la poignée de la machine et la souleva. Il parvint à décoller les deux roues arrière du sol, mais rien que cela lui demanda un sacré effort.

— C'est drôlement lourd, dit-il. Si elle s'en est servie, elle a dû se faire aider pour l'amener jusqu'à la maison de Sahagun. Ça n'aurait jamais tenu dans une voiture banalisée.

— On jette un œil à l'intérieur du bâtiment ? demanda Sisto.

Le chef se retourna et regarda la porte des bureaux. Les trois hommes la gagnèrent, Bosch les suivant après avoir remis le détecteur de métaux à sa place. Valdez essaya la porte – elle était fermée par un verrou à pêne dormant.

Valdez se tourna vers Sisto, le plus jeune d'entre eux.

— Enfonce-la, dit-il.

— C'est une porte en métal, chef.

— Essaie. T'es costaud et jeune.

Sisto s'y essaya à trois reprises avec le talon. Chaque coup fut porté avec plus de force que le précédent, mais la porte ne lâcha pas. Il en était devenu rouge pivoine et reprenait déjà son souffle pour essayer une quatrième fois lorsque Valdez leva le bras et l'arrêta.

— Bon, minute, minute, dit-il. Elle ne cédera pas. Il va falloir trouver quelqu'un avec une clé.

Trevino regarda Bosch.

— Vous avez vos rossignols avec vous, grand chef ? lui lança-t-il.

C'était la première fois qu'il lui jetait ça à la figure et faisait ainsi référence à son passé au LAPD.

— Ben non, répondit Bosch, qui s'écarta des trois hommes et gagna la première camionnette de chantier.

Il tendit la main par-dessus le capot, ramena l'essuie-glace en arrière et le tordit un coup à droite et un coup à gauche. Puis il tira fort dessus et l'arracha de la carrosserie.

— Harry, mais qu'est-ce que vous faites ? s'écria Valdez.

— Juste une minute, lui renvoya Bosch.

Il emporta l'essuie-glace jusqu'à un établi et se servit d'une pince pour ôter le ruban de caoutchouc de la fine tige de métal plat qui le retenait. Puis il s'empara d'une cisaille pour sectionner deux longueurs de la tige, reprit la pince et en fit deux crochets dont un plat. Il ne lui fallut même pas deux minutes pour avoir ce qu'il voulait.

Il regagna la porte, s'agenouilla devant la serrure et se mit au travail.

— Ce n'est pas la première fois que vous faites ça, dit Valdez.

— Non, en effet. Quelqu'un peut m'éclairer ça avec son téléphone ?

Les trois hommes allumèrent leurs portables et en braquèrent les rayons par-dessus l'épaule de Bosch, droit sur la serrure. Bosch mit trois minutes pour la déverrouiller et ouvrir la porte.

— Bella ? cria Valdez dès qu'ils furent entrés.

Pas de réponse. Sisto appuya sur les interrupteurs et tous les trois descendirent un couloir tandis que les néons chassaient les ténèbres, chaque flic jetant un coup d'œil dans les bureaux qu'il longeait. Valdez ne cessait d'appeler l'inspectrice, mais les bureaux restaient aussi silencieux qu'une église le lundi soir. Bosch fut le dernier à décoller et entra dans le centre d'application de la législation sur le bâti dont les trois box étaient tout aussi minuscules que ceux du bureau des inspecteurs de l'autre côté de la rue. Il fit le tour de la pièce, examina chaque box, mais ne vit aucun signe de Lourdes.

Bientôt, Sisto arriva.

— Alors ?

— Rien.

— Merde.

Bosch découvrit la plaque apposée sur un des bureaux. Cela lui rappela un détail de la conversation qu'il avait eue avec Lourdes ce matin-là.

— Sisto, lança-t-il, Bella a-t-elle eu un problème avec Dockweiler ?

— Comment ça ?

— Ce matin, quand elle a annoncé qu'elle allait venir ici pour emprunter le détecteur de métaux, elle a dit qu'elle pourrait demander un coup de main à Dockweiler. Et après, elle a ajouté quelque chose comme quoi elle espérait qu'il soit de bonne humeur. Ils avaient un problème ?

— Peut-être parce qu'elle, elle a gardé son boulot et que lui a été transféré aux Travaux publics.

— Non, ça ressemblait à autre chose.

Sisto dut réfléchir avant d'arriver à une autre réponse.

— Euh, dit-il, je ne crois pas que c'était important, mais à l'époque où il était encore avec nous, je me rappelle qu'y avait de la friction entre eux. Je crois pas que Dock ait dès le début insisté sur le fait qu'elle était pas de notre bord. Un jour, il a fait un commentaire sur une lesbienne… j'ai oublié qui, mais il l'a traitée de broute-moquette, enfin… quelque chose comme ça. Et là, Bella en a fait tout un plat et pendant un moment, ç'a été plutôt tendu.

Bosch le regarda. Il en attendait plus.

— C'est tout ? le poussa-t-il.

— Faut croire, oui, répondit Sisto. Enfin, bon… je sais pas.

— Et vous ? Vous avez un problème avec lui ?

— Moi ? Non, tout allait bien.

— Vous lui parlez ? Vous taillez des bavettes ensemble ?

— Oui, un peu. Pas beaucoup.

— Il aime pas les lesbiennes ou c'est les femmes en général qu'il aime pas ?

— Non, il n'est pas gay, si c'est ça que vous voulez dire.

— Non, c'est pas ce que je veux dire. Allons, Sisto, c'est quel genre de mec, ce type ?

— Écoutez, je sais pas, moi. Une fois il m'a dit que quand il travaillait pour le shérif de Wayside, ils faisaient des trucs aux gays.

Cela fit réagir Bosch. Le Wayside Honor Rancho était une prison de comté de la vallée de Santa Clarita où tous les nouveaux shérifs adjoints devaient faire un stage de gardien dès qu'ils sortaient de l'Académie de police. Bosch se rappela Lourdes lui disant que lorsqu'il lui était apparu qu'il lui faudrait attendre des années avant de pouvoir quitter la division des prisons, elle s'était mise à chercher un poste dans d'autres services et avait fini par atterrir à San Fernando.

— Quel genre de choses leur faisaient-ils ? insista-t-il.

— D'après lui, on les mettait dans certaines situations, vous voyez ? On les collait dans des modules où ils savaient qu'ils se feraient emmerder, battre... Et là, ils prenaient des paris sur le temps qu'il faudrait avant qu'ils se fassent sauter.

— Connaissait-il Bella quand elle y était ?

— Je ne sais pas. Je ne le lui ai jamais demandé.

— Qui est arrivé le premier à San Fernando ?

— Je suis assez sûr que c'est Dock.

Bosch hocha la tête. Dockweiler avait plus d'ancienneté que Bella, mais c'était elle, et pas lui, qu'on avait gardée lorsque le budget avait été en crise. Ça ne pouvait pas ne pas avoir créé d'animosité.

— Que s'est-il passé lorsqu'il a été éjecté du service ? Il était en colère ?

— Ben, oui, vous l'auriez pas été, vous ? Mais il est resté cool et on lui a trouvé un créneau ici. Disons un peu par la bande… et il n'a pas perdu son salaire.

— Mais ni badge ni flingue.

— Je crois que les inspecteurs du bâtiment ont un badge.

— C'est pas la même chose, Sisto. Vous avez jamais entendu dire : « Si t'es pas flic, t'es pas grand-chose » ?

— Euh, non.

Bosch se fit silencieux en examinant le bureau de Dockweiler. Rien de ce qu'il y voyait ne semblait douteux. Il entendit le signal d'arrivée d'un message sur le portable de Sisto.

Punaisé à la cloison entre le bureau de Dockweiler et celui de son voisin se trouvait un plan de la ville divisé en quatre secteurs recouvrant les zones de patrouille de la police et assujettis à la législation sur le bâtiment. On y découvrait aussi une liste des indices permettant de repérer des conversions de garages interdites, avec photos de ce qui les trahissait :

Rallonges, câbles et tuyaux reliant la maison au garage
Ruban adhésif recouvrant les jointures de la porte du garage
Climatiseurs sur les murs du garage
Barbecues plus près du garage que de la maison
Bateaux, bicyclettes et autres objets rangés à l'extérieur du garage

Bosch étudia la liste en repensant aux maisons où le Screen Cutter avait commis ses viols. À peine trois jours plus tôt, il avait fait le tour des quatre endroits où ils avaient eu lieu. Il vit enfin ce qu'il n'avait pas remarqué à ce moment-là : toutes ces maisons étaient équipées d'un garage et situées dans des quartiers où il y avait de tels problèmes de transformation de garages qu'ils ne pouvaient manquer d'attirer l'attention des fonctionnaires chargés de faire respecter la législation sur le bâti. Et la maison de Beatriz Sahagun avait, elle aussi, un garage.

— C'est lui, dit-il calmement.

Sisto ne l'entendit pas. Bosch continua de réfléchir et de faire les rapprochements. Dockweiler pouvait se balader dans toute la ville en sa qualité d'inspecteur de la réglementation. Il n'aurait eu aucun mal à frapper à telle ou telle autre porte, à exiger d'inspecter les lieux et à choisir ainsi ses victimes à l'occasion de ces visites. C'était pour ça qu'il portait toujours un masque.

Il comprit aussi que c'était Dockweiler qui avait la clé supplémentaire de son bureau. Il l'avait gardée en quittant le service, où il était revenu en douce pour lire le dossier d'enquête dès que Bosch avait relié les pointillés. Il savait ce que savait Bosch et était parfaitement au courant de chacune des étapes de ses recherches. Et, horreur suprême, Bosch en était conscient, c'était lui qui lui avait envoyé Lourdes. La peur et la culpabilité que Bosch éprouva en s'en rendant compte le mirent en ébullition. Il se détourna du bureau et s'aperçut que Sisto rédigeait un texto.

— C'est Dockweiler ? lui demanda-t-il. Vous êtes en train de lui envoyer un texto ?

— Non, mec, c'est ma copine. Elle veut savoir où je suis. Pourquoi est-ce que j'enverrais un texto à...

Bosch lui arracha le portable des mains et regarda l'écran.

— Hé mais, c'est quoi, ça ? s'écria Sisto.

Bosch lut le texto et eut la confirmation qu'il ne s'agissait que d'un « Arrive bientôt ». Il renvoya l'appareil au jeune inspecteur, mais bien trop fort pour une distance aussi courte. Le portable fila entre les mains de Sisto et le frappa en pleine poitrine avant de dégringoler par terre dans un grand bruit métallique.

— Espèce de sale con ! hurla Sisto en se baissant tout de suite pour ramasser son téléphone. Vaudrait mieux qu'il soit pas cas…

Il se relevait déjà lorsque Bosch marcha sur lui, l'attrapa par le devant de la chemise et le repoussa contre la porte de la salle avant de lui frapper plusieurs fois le dos et la tête. Et de se coller directement sous son nez.

— Espèce de petit paresseux ! s'écria-t-il. Tu aurais dû accompagner Lourdes ! Maintenant Dieu seul sait où elle est et il faut qu'on la retrouve. Tu comprends ?

Et de le cogner à nouveau très fort contre la porte.

— Où habite Dockweiler ?

— J'en sais rien. Et maintenant, tu me lâches, bordel !

Sisto le repoussa avec tant de force que Bosch en fut quasiment projeté dans le mur d'en face. Sa hanche alla taper dans un comptoir, où une cafetière vide tomba de la plaque chauffante et se brisa en mille morceaux sur le sol.

Attirés par les cris et le bruit du verre cassé, Valdez et Trevino franchirent la porte en trombe. Celle-ci rentra directement dans Sisto par l'arrière et d'un seul coup d'un seul l'envoya valdinguer de côté.

— Mais c'est quoi, ce boxon ? voulut savoir Valdez.

Une main sur la nuque, Sisto lui montra Bosch de l'autre.

— Il est cinglé ! Écartez-moi ce type de là !

Bosch le montra à son tour.

— Vous auriez dû être avec elle ! Mais non, vous lui avez raconté des conneries et elle est montée là-haut toute seule !

— Ben, et toi, le vieux ? C'est pas mon affaire, ça. C'est la tienne. C'est toi qu'aurais dû être là-haut, pas moi !

Bosch se détourna et regarda Valdez.

— Dockweiler, dit-il. Où habite-t-il ?

— Là-haut, à Santa Clarita, je crois. En tout cas, c'était là qu'il habitait quand il travaillait pour moi. Pourquoi ? Qu'est-ce qui se passe ici ?

Il posa une main sur l'épaule de Bosch pour l'empêcher de repartir vers Sisto. Bosch l'écarta et lui montra le bureau de Dockweiler comme si c'était la preuve incontournable de quelque chose qu'il était le seul à voir.

— C'est lui, Dockweiler, dit-il. Le Screen Cutter, c'est lui. Et il tient Bella.

CHAPITRE 29

Ils prirent deux voitures et filèrent en code 3[1] sur la 5. Valdez et Bosch étaient dans la première, Valdez au volant. Le chef avait très sagement séparé Bosch de Sisto, qui conduisait la deuxième voiture avec Trevino à la place du mort, très probablement furieux que les tensions entre Bosch et Sisto aient eu pour résultat de le séparer du patron.

Valdez se mit à aboyer des ordres à quelqu'un du centre de commandement.

— Je m'en fous, lança-t-il. Appelez qui il faut et donnez-moi cette putain d'adresse ! Rien à foutre que vous soyez obligé d'envoyer des voitures chez eux pour avoir la réponse.

Il raccrocha et jura. Jusque-là, le centre de communication n'avait pas réussi à établir le contact avec le directeur des Travaux publics ou le contrôleur municipal pour avoir accès aux fiches de paie de la ville et à l'adresse de Dockweiler. Valdez et Bosch avaient vérifié auprès du DMV avant de quitter le commissariat et découvert que Dockweiler avait Dieu sait comment, tout seul ou en profitant d'un couac bureaucratique, réussi à rester sur la liste rouge des forces de l'ordre presque cinq ans après avoir quitté le service.

1. Avec sirène et gyrophare allumés.

Résultat, tous se dirigeaient vers la vallée de Santa Clarita en se fiant au seul souvenir d'un Valdez pour qui Dockweiler vivait quelque part par là cinq ans plus tôt.

— On pourrait arriver là-haut et ne pas savoir où aller, dit ce dernier en tapant sur le volant de sa paume de main.

Puis il changea de sujet.

— C'était quoi, tout ce truc avec Sisto, là-bas derrière? demanda-t-il. Je ne vous ai jamais vu comme ça.

— Je m'excuse, chef. J'ai pété un câble. Si j'avais pu me jeter contre la porte, je l'aurais fait. Mais j'ai tout passé sur Sisto.

— Tout quoi?

— J'aurais dû être avec Bella aujourd'hui. C'est mon affaire, j'aurais dû. Au lieu de ça, je lui ai dit de prendre Sisto et j'aurais dû me douter qu'elle partirait seule s'il n'était pas là.

— Écoutez, on ne sait même pas si ce truc sur Dockweiler tient la route, alors arrêtez de vous battre la coulpe. J'ai besoin de vous avoir bien concentré, moi, dit Valdez en lui montrant la direction du nord.

Bosch essaya de penser à un autre moyen d'avoir l'adresse de Dockweiler. Si celui-ci avait encore recours aux mesures de protection des membres des forces de l'ordre, ils auraient bien du mal à le retrouver. Il songea à appeler Wayside et à demander si quelqu'un se souvenait de lui et avait son adresse. Mais cela semblait bien hypothétique après toutes les années qui avaient suivi son départ des services du shérif.

— Quand est-il venu travailler à San Fernando pour la première fois? demanda-t-il.

— En 2005 ou 2006, je crois. Il était déjà là quand je suis arrivé. Oui, ça devait être en 2006 parce que je me rappelle qu'il venait juste de finir ses cinq premières années et allait être assermenté quand j'ai dû le saquer.

— Sisto m'a dit qu'il faisait partie d'un groupe d'adjoints de Wayside qui manipulaient les prisonniers et organisaient des bagarres.

— Je me rappelle qu'on en a viré un certain nombre à ce moment-là. Les Wayside Whities[1], vous vous souvenez ?

Bosch sentit que ça lui revenait, mais eut du mal à se rappeler les groupes ou les incidents précis parce qu'il lui semblait que les services du shérif chargés de la prison n'avaient connu que des scandales pendant les dix années précédentes. Le dernier shérif en poste avait dû démissionner suite à une enquête du FBI sur les problèmes de gardiennage. Il avait été accusé de corruption et plusieurs de ses adjoints avaient été expédiés en prison. Telles étaient certaines des raisons qui avaient poussé Bella à lui dire qu'elle avait eu besoin de s'en aller, même si cela signifiait atterrir dans un service nettement plus petit comme celui de San Fernando.

— Et donc, pourquoi l'avez-vous viré lui au lieu de Bella ? reprit Bosch. Il avait plus d'ancienneté qu'elle, non ?

— Oui, mais il fallait que je fasse ce qu'il y avait de mieux pour le service.

— Très jolie réponse politique.

— Mais c'est la vérité. Vous connaissez Bella. C'est une fonceuse. Elle adore le boulot, elle veut y aller. Dockweiler, lui… il était un peu petite brute. Ce qui fait que lorsque Marvin m'a dit que je pouvais donner le boulot d'inspecteur en législation du bâti, j'ai gardé Lourdes avec nous et transféré Dockweiler. Je pensais que ça lui allait. Vous savez bien… dire aux gens de tondre leurs pelouses et de tailler les haies.

Marvin, soit Marvin Hodge, le contrôleur municipal. Bosch hocha la tête : la réponse du chef lui rappelait ses défaillances dans l'affaire du Screen Cutter.

1. Les Blancs de Wayside.

— Quoi ? reprit Valdez. Je crois avoir fait le bon choix.

— Non, ce n'est pas ça. Vous avez fait le bon choix. Mais probablement pas avec moi. J'ai loupé beaucoup de trucs dans cette affaire. Mes absences ont dû me rouiller.

— Qu'est-ce que vous avez loupé ?

— Eh bien, vendredi dernier j'ai fait le tour des quatre premières scènes de crime... celles qu'on connaissait. Vous voyez, toutes en un seul voyage et dans l'ordre chronologique des viols. Je n'avais jamais fait ça avant et j'essayais de voir si ça déclencherait une étincelle, si j'arriverais enfin à établir le lien. Et je ne l'ai pas vu. Il était là et je ne l'ai pas vu. Toutes ces maisons avaient un garage.

— Oui, mais c'est assez commun, non ? Toutes les maisons construites après la Deuxième Guerre mondiale en ont un ou presque. Dans cette ville, ça concerne à peu près tout le monde.

— Ça ne change rien à l'affaire. J'aurais dû relier les pointillés. Je vous parie mon prochain salaire qu'on va s'apercevoir que Dockweiler a inspecté ces maisons et ces garages pour reconversion et habitation illégales... il a la fiche de tous les indices compromettants punaisée à la paroi de son box. C'est comme ça qu'il choisissait ses victimes. Et pour ça aussi qu'il portait un masque. Parce qu'elles risquaient de se rappeler son visage lors de l'inspection.

— Vous ne touchez plus de salaire, Harry.

— Et après ça, je n'en mérite aucun.

— Écoutez, en ce qui concerne Dockweiler, pour l'instant, tout ça, ce sont des hypothèses. Nous n'avons absolument rien qui prouve que c'est le Screen Cutter. Côté hypothèse, c'est assez bien, mais ce n'est pas avec des hypothèses qu'on gagne des procès.

— C'est lui.

— Ce n'est pas parce que vous le répétez que c'est vrai.

— Eh bien, vaudrait mieux l'espérer. Sans ça, on cherche Bella au mauvais endroit.

L'idée imposa le silence dans la voiture sur encore quelques kilomètres. Mais au bout d'un moment, Bosch recommença à poser des questions pour ne plus avoir à penser à Bella.

— Comment Dockweiler a-t-il pris qu'on le vire ? demanda-t-il.

— C'est-à-dire que dit comme ça, c'était plutôt dur. Mais chaque fois qu'on devait licencier, on faisait de son mieux pour recaser les gens ou leur trouver un plan. Et donc, comme je l'ai dit, Marvin m'a trouvé un créneau aux Travaux publics et je suis allé voir Dockweiler pour le lui offrir. Il l'a pris, mais il n'était pas ravi. Il voulait que le poste passe des Travaux publics aux services de la police, mais c'est pas comme ça que ça marche.

— En a-t-il voulu à Lourdes et à Sisto de ne pas avoir été les premiers virés ?

— Eh bien, en fait… je ne sais pas si vous le savez, mais Sisto est le fils d'un conseiller municipal de très longue date. Ça veut dire qu'on n'allait pas le déménager comme ça et ça, Dockweiler le savait. Alors, oui, c'est sur Bella qu'il a centré son ressentiment. Il disait qu'elle, elle restait et que lui, il s'en allait parce qu'à la garder, on avait deux recrues « diversité » pour le prix d'une. Après quoi, il a demandé si le fait que ce soit une lesbienne ne faisait pas d'elle une « trois recrues en une ».

Son téléphone sonnant, le chef décrocha tout de suite.

— Oui…

Il écouta et répéta une adresse dans Stonington Drive afin que Bosch la mémorise. Bosch la reconnut et sentit aussitôt monter l'adrénaline : elle lui confirmait un peu plus son hypothèse sur Dockweiler.

— Intéressant, dit Valdez. Envoyez-moi un plan du deuxième endroit par texto. Et vaudrait mieux rameuter le SRT.

Selon ce qu'on trouvera là-haut, je déciderai. Envoyez-moi un autre SMS quand tout le monde sera prêt à y aller.

Bosch savait que la Special Response Team était la version San Fernando du SWAT. Les officiers de l'équipe venaient de tous les services de police de la ville et avaient tous reçu un entraînement de haut niveau en matière de situations critiques et de maniement des armes.

Valdez raccrocha.

— Vous avez entré l'adresse dans le GPS ? demanda-t-il à Bosch.

— Non. Je sais comment y aller. C'est dans le Haskell Canyon, et Bella et moi sommes passés dans ce quartier samedi pour retracer le parcours suivi par le couteau du Screen Cutter.

— Vous me faites marcher.

— Non, c'est forcément Dockweiler. Le propriétaire du couteau l'a déclaré volé dans sa voiture garée dans sa propre allée cochère. Et il nous a précisé qu'à l'époque il y avait un adjoint du shérif qui habitait juste en face de chez lui. Il est probable que Dockweiler l'ait connu et qu'il ait traîné dans cette partie-là du quartier. Peut-être même a-t-il vu le propriétaire avec le couteau. Je ne sais pas exactement, mais ce dont je suis sûr, c'est que tout ça se touche d'un peu trop près pour que ça ne soit qu'une coïncidence. Les coïncidences, ça n'existe pas. C'est Dockweiler qui a volé le couteau.

Valdez acquiesça d'un hochement de tête. Il commençait à y croire.

— On arrive au bout du puzzle, dit-il.

— Espérons seulement qu'il ne soit pas trop tard pour Bella, lui renvoya Bosch.

CHAPITRE 30

Bosch cornaqua Valdez jusqu'à Saugus et le fit entrer dans un quartier de l'autre côté du Haskell Canyon Wash, là où le couteau du Screen Cutter avait été volé à son premier propriétaire.

Chemin faisant, le chef de police rencarda Bosch sur la deuxième partie de l'appel téléphonique qu'il avait reçu du centre des communications. Il lui expliqua que la ville avait pour principe d'exiger de tous ses employés qu'ils obtiennent l'autorisation de travailler si on leur offrait un deuxième boulot. Cela permettait à la municipalité de se prémunir contre tout employé pris dans des conflits d'intérêt ou voulant faire un travail gênant pour elle. Cette disposition avait été prise lorsque le *Los Angeles Times* avait révélé qu'une administratrice communale produisait et jouait dans des vidéos pornos sous le nom de Tori la Torride.

— Bref, il y a deux ans, Dockweiler a fait sa demande et on l'a autorisé à travailler à mi-temps comme responsable de la sécurité de nuit au Harris Movie Ranch de Canyon Country, reprit Valdez. Ce qui nous donne un deuxième lieu possible. Vous êtes déjà allé là-haut?

— Non, jamais.

— C'est plutôt cool comme endroit. J'y suis allé deux ou trois fois avec mon beau-frère qui travaille comme scénariste.

C'est énorme, disons dans les deux à trois cents hectares, et ils y filment toutes sortes de trucs. Des westerns, des policiers de merde, jusqu'à de la science-fiction. Il y a tout un tas de structures dans les bois, dont ils se servent pour filmer des scènes de mitraillage et autres bazars. Si Dockweiler y a accès, je crains qu'on doive y chercher Bella jusqu'à demain matin. J'ai donc mis le SRT en *stand-by*. Nous saurons si nous aurons besoin d'eux quand on sera chez Dockweiler et on verra ce à quoi on a affaire.

Bosch acquiesça. Le plan était bon.

— Comment voulez-vous qu'on s'y prenne pour sa maison ? demanda-t-il. On y va tout de suite ou on commence par le sché ?

— Par le quoi ?

— Le sché. Abréviation de « schéma ». Vous ne vous rappelez pas ce qu'on apprenait au LAPD ? Mais si, on étudie la baraque en douce et on en dresse un plan… Au lieu de frapper tout bêtement à la porte.

— D'accord, allons-y pour le sché. OK pour vous ?

— Ça marche.

Valdez appela Trevino et lui expliqua tout, y compris l'aspect ranch qui pourrait entrer en ligne de compte plus tard. Il lui donna l'adresse maintenant confirmée de Dockweiler et tout le monde bâtit un plan dans lequel les voitures entreraient et se gareraient des deux côtés du pâté de maisons, les quatre hommes partant à pied pour examiner celle de Dockweiler avant de se retrouver dans le jardin de derrière s'il était accessible.

— N'oubliez pas que ce mec a été flic, précisa Valdez. On ne peut pas croire qu'il n'a pas d'armes.

L'appel se terminait lorsqu'ils arrivèrent sur les lieux. Le moment était venu de se séparer. Valdez éteignit ses phares, entra dans le pâté de maisons par le nord et se gara trois portes avant celle de Dockweiler. Avant de descendre de voiture, Bosch et Valdez sortirent leurs armes, vérifièrent qu'elles étaient chargées et les remirent dans leur holster.

Bosch, qui pensait avoir plus d'expérience tactique que le chef de police, prit le commandement des opérations sans même en parler. Valdez le suivit dans la rue. L'environnement n'était pas vraiment urbain. Il n'y avait pas de voitures garées dans la rue et seulement deux ou trois ici et là dans des allées cochères. Cela n'offrant guère de couverture, Bosch n'eut aucun mal à voir Sisto et Trevino arriver par l'autre côté.

Bosch coupa vers l'avant de la maison voisine de celle de Dockweiler et se planta au coin du garage. Valdez s'arrêta à côté de lui et les deux hommes commencèrent à étudier la maison de l'employé municipal. La bâtisse était modeste, de style ranch[1]. Aucune barrière n'interdisait l'accès au jardin. Ce qui voulait probablement dire qu'il n'y avait pas de chiens. La lumière au-dessus de la porte d'entrée était allumée, mais aucune pièce ne semblait éclairée.

Bosch lui ayant fait un signe de tête, Valdez et lui enfilèrent le passage latéral et se dirigèrent vers l'arrière de la maison. Bosch essaya de regarder par toutes les fenêtres qu'ils longeaient, mais les rideaux étaient tirés et il faisait trop sombre pour voir à l'intérieur.

Lorsqu'ils arrivèrent dans le jardin, Trevino et Sisto s'y tenaient déjà à côté d'un barbecue. Il y avait aussi de la lumière au-dessus de la porte, mais l'ampoule était faible et n'éclairait pas loin.

Les quatre hommes se réunirent autour du barbecue. Bosch jeta un coup d'œil aux alentours. Le jardin descendait jusqu'au Wash, où il faisait nuit noire. Il vérifia encore une fois l'arrière de la maison et, sur la droite, remarqua une petite pièce aux

1. En général, de plain-pied.

murs pratiquement tout en verre. Cela ressemblant à un ajout sans rapport avec le reste du bâtiment, Bosch se demanda aussitôt si, tout inspecteur du bâtiment qu'il était, Dockweiler ne l'avait pas fait construire sans permis.

— On dirait qu'il n'y a personne, dit Sisto.

— Il faut en être absolument sûr, lui renvoya Bosch. Et si vous surveilliez tous les deux la porte pendant que le chef et moi, on va frapper à celle de devant?

— D'accord pour le plan, répondit Valdez avant que l'un ou l'autre des deux inspecteurs ne se récrie d'être ainsi mis en soutien.

Bosch remontant par le côté de la maison, Valdez le suivit après avoir donné ordre à l'équipe chargée de surveiller l'arrière de rester en alerte. Ils arrivaient presque au coin de la maison quand des faisceaux de phares balayèrent la pelouse de devant – un véhicule venait de s'engager dans l'allée cochère.

Bosch se baissa et se serra contre le mur, Valdez juste derrière lui. Un lourd grondement se faisant entendre, Bosch sut qu'on ouvrait la porte du garage. Mais aucun bruit de voiture y entrant ne suivit. Au lieu de cela, il entendit qu'on arrêtait le moteur, puis qu'on ouvrait et fermait une portière. Deux ou trois secondes plus tard, il y eut un deuxième grand fracas de métal, mais Bosch ne put l'identifier.

Il se tourna vers Valdez et lui fit un petit signe de tête. Puis il remonta jusqu'au coin de la maison et jeta un coup d'œil dans le jardin de devant. Le véhicule était une camionnette blanche avec une coque de camping-car. Bosch vit un homme debout devant le hayon qu'il venait d'ouvrir. L'individu passa la tête à l'intérieur du véhicule, mais Bosch ne réussit pas à voir ce qu'il faisait. Il n'y avait personne d'autre dans la camionnette ou autour. Bosch se tourna de nouveau vers Valdez et lui souffla :

– Changez de place avec moi et dites-moi si c'est bien lui.

Ils s'exécutèrent, Valdez passant aussitôt la tête au coin de la maison. Il dut attendre que le type ressorte de l'arrière de la camionnette pour lever un pouce en l'air. C'était bien Dockweiler.

— Vous voyez ce qu'il fait? lui demanda Bosch. Bella est dans la camionnette?

Valdez fit non de la tête, Bosch ne pouvant savoir s'il répondait aux deux questions ou seulement à la première.

Soudain, un fort gazouillis monta du ceinturon du chef, qui attrapa vite son téléphone pour l'éteindre, mais trop tard.

— Personne ne bouge! lança une voix dans le jardin. Dockweiler.

— Plus un geste!

Derrière Valdez comme il l'était, Bosch ne pouvait pas voir Dockweiler. Il se tassa contre le côté de la maison – il savait que si Dockweiler ne pensait qu'à un seul intrus, il pourrait peut-être faire quelque chose.

— Je suis tireur d'élite, reprit Dockweiler, et je suis armé.

Le faisceau d'une lampe torche arrivant sur le coin de la maison, Valdez fut illuminé comme une cible. Il voyait ce que Bosch ne pouvait voir mais savait très probablement être l'arme dont Dockweiler menaçait de se servir. Il leva les bras en l'air et passa en pleine lumière. C'était courageux, mais surtout destiné, Bosch le comprit, à détourner l'attention de Dockweiler du coin de la maison.

— Du calme, Dock, dit Valdez. C'est moi, Valdez. Vous pouvez baisser votre arme.

— Chef? Mais qu'est-ce que vous faites là? demanda Dockweiler d'un ton authentiquement surpris.

Valdez continua de marcher vers la rue, de plus en plus loin du coin de la maison. Bosch sortit son arme de son holster sans faire de bruit et la tint à deux mains, prêt à faire feu. Qu'il entende seulement Dockweiler armer son flingue et il sortirait de l'ombre et l'abattrait.

— Je cherche Bella, répondit Valdez.

— Bella ? répéta Dockweiler. Vous voulez dire Lourdes ? Pourquoi serait-elle ici ? C'est pas en ville qu'elle habite ?

— Allons, Doc. Abaissez-moi ce flingue. Vous me connaissez, non ? Personne ne menace personne ici. Je suis complètement à découvert. Baissez-moi ce truc.

Bosch se demanda si Sisto et Trevino avaient entendu le moindre bout de cet échange et devinaient le genre d'action qu'ils allaient peut-être entreprendre. Il regarda derrière lui, le long du côté de la maison, mais ne vit personne. S'ils remontaient vers le jardin de devant, c'était par l'autre côté. Ce qui était parfait. Cela leur donnait deux angles de tir sur l'homme armé.

Il se retourna et remonta plus près du coin de la maison. Valdez en était maintenant à environ six mètres, pratiquement à mi-chemin de la chaussée. Il avait toujours les mains en l'air et là, à voir dans le faisceau de lumière de la lampe torche la manière dont son polo noir lui moulait le corps, il était clair que le chef ne portait pas de gilet pare-balles. C'était là quelque chose à ne pas oublier dans la décision que Bosch était sur le point de prendre. Il savait qu'il serait peut-être obligé d'ouvrir le feu le premier pour empêcher Dockweiler de tirer sur Valdez.

— Chef, pourquoi êtes-vous ici ? exigea de savoir Dockweiler.

— Je vous l'ai déjà dit, répondit calmement Valdez. Je cherche Bella.

— Qui vous a envoyé ici ? C'est ce type, ce… Bosch ?

— Pourquoi me parlez-vous de lui ?

Avant que Dockweiler puisse répondre, un chœur de hurlements monta du jardin de devant, Bosch reconnaissant les voix de Trevino et de Sisto.

— Jette ton arme !

— Dockweiler, jette ton arme!

Bosch fit un pas en avant et sortit du coin de la maison. Dockweiler avait pointé son arme et le faisceau de sa lampe dans l'autre direction, vers Trevino et Sisto qui, l'un à côté de l'autre, avaient pris la position du tireur debout.

Bosch se rendit compte qu'il avait l'avantage, Dockweiler étant trop préoccupé par les trois hommes déjà dans son jardin pour imaginer qu'il puisse y en avoir un quatrième. Il couvrit la distance qui le séparait de l'arrière de la camionnette en moins de trois secondes.

Valdez le vit et comprit qu'il devait obliger Dockweiler à cesser de braquer son arme sur les deux hommes avant que Bosch ne lui rentre dedans.

— Kurt, cria-t-il, par ici!

Dockweiler recommença à braquer sa lampe sur Valdez, le canon de son arme de poing suivant le mouvement. Bosch se rua sur lui de toutes ses forces et lui écrasa sa poitrine dans le bras et le haut du poumon gauche. Dockweiler y alla d'une espèce de «ouf!» lorsque l'air lui sortit brutalement de la poitrine, puis s'écroula lourdement par terre. Bosch, qui avait rebondi sur lui, alla s'écrouler au sol dans l'autre sens.

Pas un seul coup de feu n'avait été tiré. Sisto entra dans la danse et sauta sur Dockweiler avant qu'il ne puisse se remettre de l'impact. Il lui prit son arme à deux mains, l'obligea à la lâcher et la jeta loin sur la pelouse. Valdez sauta sur Dockweiler à son tour et l'homme, qui était bien plus grand que chacun des quatre policiers, fut enfin maîtrisé. Bosch lui rampa sur les jambes et y pesa de tout son poids tandis que Trevino s'en mêlait lui aussi et lui tirait les bras dans le dos pour le menotter.

— Mais c'est quoi, ce bordel? hurla Dockweiler.

— Où est-elle? lui renvoya Valdez d'un même hurlement. Où est Bella?

— Je sais pas de quoi vous parlez, réussit à répondre Dockweiler malgré Sisto qui lui écrasait la figure dans l'herbe de sa pelouse. Ça fait deux ans que je n'ai ni vu ni parlé à cette pute!

Valdez se sortit du tas et se redressa.

— Remettez-le-moi debout, ordonna-t-il. On le rentre chez lui. Cherchez voir s'il n'aurait pas les clés sur lui.

La lampe torche était tombée par terre et n'éclairait plus les quatre hommes. Bosch tendit la main, s'en empara et balaya la pelouse de son faisceau pour y chercher l'arme. Dès qu'il l'eut repérée, il se leva pour aller la prendre.

Dockweiler en profita pour essayer encore une fois de se relever. Trevino lui flanqua un coup de genou dans le torse, l'impact mettant définitivement fin à sa tentative. Il cessa de résister.

— OK, OK, dit-il. J'arrête. C'est quoi, bande de trouducs? Du quatre contre un? Allez vous faire enculer!

Trevino et Sisto lui firent les poches pour avoir ses clés.

— Non, toi, Dockweiler, toi, lui renvoya Sisto. Et maintenant, tu nous dis où est Bella. On sait que tu l'as attrapée.

— Vous êtes tous complètement cinglés!

Bosch braqua le faisceau de la lampe sur le hayon ouvert. Il se déplaça de façon à pouvoir le diriger vers l'intérieur de la camionnette, très inquiet de ce qu'il risquait de découvrir.

Mais il n'y avait là qu'un assortiment d'outils, tout ce qu'avait fait Dockweiler près du hayon lorsqu'ils l'observaient du coin de la maison lui paraissant maintenant bien mystérieux.

Il remarqua un anneau de clés posé sur le hayon et le saisit.

— J'ai les clés! cria-t-il.

Pendant que Sisto et Trevino remettaient Dockweiler debout, Valdez alla jeter un coup d'œil à l'arrière de la camionnette.

— Ça n'a pas vraiment marché comme dans le manuel, lui lança Bosch. Comment voulez-vous gérer la suite? On n'a pas de mandat et je ne pense pas qu'il nous invite à entrer.

— C'est vrai qu'on n'a pas beaucoup de motifs raisonnables de le faire, mais côté urgence des circonstances, y a plus qu'il n'en faut, si vous voulez mon avis. Et il faut absolument que nous entrions dans cette maison. Allez, on l'ouvre.

Bosch fut d'accord, mais il valait toujours mieux que ce soit le chef qui prenne la décision. Pour obtenir un mandat de perquisition, il fallait avoir un motif raisonnable[1] et la signature d'un juge, mais l'urgence des circonstances restait l'atout maître. Il n'y avait aucun texte juridique à valeur absolue qui délimite exactement le périmètre des circonstances autorisant qu'on assouplisse les protections constitutionnelles de tout individu. Cela étant, Bosch trouvait qu'un officier de police qui a disparu et un ancien collègue qui brandit une arme l'emporteraient dans n'importe quelle enceinte de tribunal.

Il gagna la porte de devant et jeta un coup d'œil au garage. Il était bourré de caisses, de boîtes et de palettes. Vu qu'il n'y avait aucun endroit où y garer une camionnette, Bosch se demanda pourquoi Dockweiler l'avait ouvert.

Une fois devant la porte, il braqua le faisceau de sa lampe sur l'anneau de clés. Il y en avait plusieurs, dont une qu'il reconnut comme étant celle qui faisait démarrer tous les véhicules de la police et des services municipaux, et une autre, plus petite et en bronze, qui devait ouvrir une serrure moins importante. Il la compara à celle de son meuble-classeur à la salle des inspecteurs. Les panetons se superposaient parfaitement.

Il n'eut plus aucun doute. Dockweiler avait bien gardé sa clé de bureau de la salle des inspecteurs après son transfert aux Travaux publics et était bien l'inconnu qui consultait le dossier du Screen Cutter en douce.

---

1. En droit américain, aucune perquisition, ni a fortiori saisie, n'est autorisée sans qu'un juge décide qu'il y a des motifs raisonnables (*probable cause*) de le faire.

Bosch ouvrit avec la deuxième clé qu'il essaya et tint la porte à Dockweiler qui entra chez lui flanqué de Sisto et de Trevino.

Valdez fut le dernier à pénétrer dans la maison. Bosch lui montra la petite clé.

— Qu'est-ce que c'est ? demanda Valdez.

— La clé de mon meuble-classeur. Et elle est accrochée à son anneau, lui répondit Bosch. La semaine dernière, j'ai compris que quelqu'un consultait mes dossiers... plus spécialement celui du Screen Cutter. Je euh... je me disais que ce devait être quelqu'un de la salle des inspecteurs. Mais non, c'était lui.

Valdez acquiesça d'un signe de tête. Un nouveau détail se mettait en place dans le puzzle.

— Où on l'installe ? demanda Sisto.

— Dans la cuisine, s'il y a une table et des chaises, dit Trevino. Et on l'attache à une chaise.

Bosch suivit le chef dans le couloir, prit à gauche pour entrer dans la cuisine et regarda Sisto et Trevino prendre deux paires de menottes pour attacher Dockweiler à une chaise, celle-ci posée devant la table encombrée du coin petit déjeuner aménagé dans l'ajout en verre que Bosch avait remarqué depuis le jardin. La pièce comportait des fenêtres à la française sur trois côtés, chacune munie de stores vénitiens pour contrôler la chaleur du soleil tombant sur le verre. Bosch se demanda si Dockweiler y avait pensé lorsqu'il avait ajouté cet atrium à sa maison.

— Tout ça, c'est des conneries ! lança l'ancien inspecteur une fois attaché à la chaise. Vous n'avez pas de mandat et aucun motif de débarquer comme ça chez moi. Ça ne tiendra pas. Ça dégringolera en flammes et moi, là, je vous tiendrai tous, bande de trous-du-cul. Et la municipalité de San Fernando avec.

Il avait la figure toute sale de s'être débattu sur sa pelouse. Mais à la lumière crue des néons du plafonnier, Bosch remarqua une légère décoloration au coin de ses yeux ainsi qu'une grosseur peu naturelle dans la partie supérieure de son nez – l'impact avait dû être sérieux. Il avait laissé des bleus et des bosses. Il vit aussi que Dockweiler avait essayé de masquer ses contusions d'un beau jaune-mauve avec du maquillage.

La table de la cuisine avait été aménagée en guichet de paiement. On y voyait des factures de cartes de crédit et à gauche deux carnets de chèques négligemment posés l'un sur l'autre. À droite se trouvaient des talons de virements, des dossiers financiers et des tas de lettres non encore décachetées. Au centre de la table, un mug à café regorgeait de crayons et de stylos, et un cendrier de mégots. Toute la maison sentait fort le fumeur. Bosch s'en rendait compte à chaque inspiration.

Il gagna la fenêtre au-dessus de l'évier de la cuisine, la débloqua et l'ouvrit pour laisser entrer un peu d'air frais. Puis il s'approcha de la table. Et repoussa le mug sur la gauche : il ne voulait rien avoir entre Dockweiler et lui quand ils se mettraient à parler. Il tira la chaise juste en face de lui. Il savait qu'il y avait deux enjeux à l'interrogatoire qui allait suivre : Bella Lourdes et l'affaire du Screen Cutter.

Il était sur le point de s'asseoir lorsque Trevino l'arrêta :

— Minute, minute, dit-il.

Et il lui montra le couloir.

— Chef, et vous aussi Bosch, on sort une minute et on cause. Toi, Sisto, tu restes avec lui.

— C'est ça, allez donc faire un petit tour pour causer ! se moqua Dockweiler. Essayez donc de trouver comment vous avez fait votre compte pour merder à ce point et comment vous allez vous dépatouiller de tout ça !

Arrivé au passage voûté entre la cuisine et le couloir, Bosch se retourna et regarda Dockweiler, puis Sisto. Et hocha la tête. Quels que soient leurs différends, Sisto et Trevino avaient bien joué le coup en remontant le long de la maison. Le chef aurait pu être tué s'ils ne l'avaient pas fait.

Sisto lui renvoya son hochement de tête.

Trevino descendit le couloir jusqu'à la porte d'entrée, Bosch et Valdez sur ses talons. Ils parlèrent à voix basse, Trevino allant droit au but :

— C'est moi qui l'interroge, lança-t-il.

Bosch se tourna vers Valdez et attendit qu'il s'élève contre cette idée. Mais Valdez garda le silence. Bosch regarda Trevino.

— Une seconde, dit-il. C'est mon affaire. Je la connais mieux que tout le monde. C'est moi qui devrais l'interroger.

— La priorité, c'est Bella, lui renvoya Trevino. Pas votre affaire. Et Bella, je la connais mieux que vous.

Bosch hocha la tête comme s'il ne comprenait pas.

— Ça n'a aucun sens, dit-il. Que vous la connaissiez bien ou mal n'a aucune importance. Ce qui en a, c'est votre connaissance du dossier. Le Screen Cutter, c'est lui. Il a pris Bella parce qu'elle était trop près de la solution ou l'a trouvée quand elle était avec lui. Laissez-moi parler avec Dock.

— On ne sait pas vraiment si c'est lui, dit Trevino. Il faut commencer par…

— Vous avez vu ses yeux ? l'interrompit Bosch. Tout gonflés et violets à l'endroit où Beatriz Sahagun lui a flanqué son coup de balai. Il a essayé de le masquer avec du maquillage. Ça ne fait plus aucun doute. Le Screen Cutter, c'est lui. Vous ne le savez peut-être pas, mais moi, si.

Bosch se tourna de nouveau vers Valdez pour faire appel de sa décision.

— Chef, dit-il, c'est moi qui dois l'interroger.

— Harry, lui répondit Valdez, le capitaine et moi en avons parlé avant même qu'il y ait ce truc avec Bella. Ç'a à voir avec ce qui pourrait arriver plus tard, vous savez bien… au tribunal… avec votre passé…

— Avec mon passé ? répéta Bosch. Vraiment ? Vous voulez dire avec les cent et quelques meurtres que j'ai résolus ? C'est de ce passé-là que vous voulez parler ?

— Vous savez très bien à quoi il fait allusion, dit Trevino. Vos controverses. Au prétoire, elles font de vous une cible. Elles vous discréditent.

— En plus du problème de la réserve, ajouta Valdez. Vous ne travaillez pas à plein-temps et ça, c'est quelque chose qu'un avocat ne manquera pas de mettre en pièces au tribunal. Ça ne sera pas génial aux yeux des jurés.

— Je travaille probablement autant d'heures par semaine que Sisto, lui renvoya Bosch.

— Peu importe, dit Trevino. Vous êtes en réserve et c'est comme ça. C'est moi qui vais mener l'interrogatoire et je veux que vous, vous passiez toute la maison au peigne fin pour y trouver le moindre signe de Bella, le moindre indice qui prouve qu'il l'y a détenue. Et quand vous aurez terminé, vous irez fouiller la camionnette.

Pour la troisième fois, Bosch se tourna vers Valdez, mais non : il était clair que le chef se rangeait à l'avis de Trevino.

— Faites-le, Harry, dit Valdez. Pour Bella, d'accord ?

— Bon, d'accord, pour Bella, dit Bosch. Appelez-moi si vous avez besoin de moi.

Trevino reprit le chemin de la cuisine.

Valdez s'attarda encore un peu et se contenta de lancer un petit signe de tête à Bosch avant de suivre son capitaine. Bosch était suprêmement frustré qu'on le jette de son affaire, mais pas prêt à faire passer pour autant ses émotions et sa fierté professionnelle avant le but ultime, surtout que Bella était toujours introuvable. Qu'il soit celui qui devait conduire l'interrogatoire et avait un bien meilleur talent pour tirer les vers du nez de Dockweiler, il n'en doutait pas un seul instant. Mais il pensait aussi que, tôt ou tard, ce talent, il aurait la possibilité de s'en servir.

— Capitaine ? lança-t-il.

Trevino se retourna pour le regarder.

— N'oubliez pas de lui lire ses droits.

— Évidemment, dit Trevino.

Puis il franchit le passage voûté et entra dans la cuisine.

CHAPITRE 31

Bosch, lui, entra dans le séjour et suivit un couloir qui menait à des chambres. Il savait qu'il devait se montrer très prudent et mettre ses émotions de côté. À ses yeux, l'urgence des circonstances dans lesquelles un officier de police a disparu l'autorisait à fouiller le domicile de Dockweiler sans courir de risques judiciaires. Cela dit, chercher des éléments de preuve dans l'affaire du Screen Cutter était bien différent. Pour ça, il devait avoir un mandat et cette contradiction le mettait dans une situation délicate du point de vue du droit. Il devait fouiller la maison pour y trouver Lourdes et tout élément de preuve pouvant indiquer où elle se trouvait, mais il n'avait pas le droit d'aller plus loin et de chercher tout indice prouvant que c'était bien Dockweiler qui avait commis les viols.

Et il devait aussi se montrer réaliste. Ses dernières découvertes sur Dockweiler et le fait qu'il ait gardé une clé et soit entré illégalement dans le commissariat pour y lire le dossier d'enquête prouvaient, et de manière convaincante, que le Screen Cutter, c'était lui. Avec cette conclusion en tête, Bosch trouvait peu probable qu'on retrouve Bella vivante, voire qu'on la retrouve tout court. C'était en l'occurrence l'affaire du Screen Cutter qu'il devait faire passer au premier plan, et préserver de toute récusation juridique à venir.

Il enfila une paire de gants en latex et commença sa recherche par le bout du couloir des chambres pour remonter ensuite vers la cuisine. Il y avait trois chambres à coucher, mais une seule servait à cet usage. Il attaqua par celle de Dockweiler et y découvrit un vrai foutoir avec des chaussures et des habits éparpillés partout autour du lit, très vraisemblablement aux endroits mêmes où il s'en était débarrassé. Le lit n'était pas fait, et les draps d'une teinte gris crasse. Sueur et fumée de cigarette, la pièce sentait l'aigre. Bosch mit sa main gantée devant sa bouche en l'examinant.

La salle de bains attenante était tout aussi mal entretenue. On voyait d'autres habits jetés dans la baignoire et des WC horriblement tachés. Bosch prit un cintre par terre et alla à la pêche pour être certain qu'il n'y avait rien ni personne de caché sous les vêtements. Ces derniers semblaient d'une saleté différente de ceux éparpillés par terre dans la chambre. Ils étaient recouverts d'une poussière grise d'un granuleux qui lui rappela celle du ciment. Il se demanda s'il s'agissait des restes d'une inspection ou d'un projet des Travaux publics.

La cabine de douche était vide, ses carreaux blancs aussi crasseux que les draps dans la chambre, et la bonde avait, elle aussi, retenu de la poussière de ciment. Bosch examina ensuite un petit dressing dans la salle de bains et le trouva étonnamment propre, essentiellement parce que les trois quarts des habits qu'il aurait dû contenir jonchaient le sol de la chambre et s'empilaient dans la baignoire.

Les deux autres chambres servaient d'entrepôt. La plus petite était tapissée de placards vitrés contenant fusils et carabines. Les trois quarts de ces armes étaient munies d'étiquettes attachées à la gâchette et identifiant sans doute les munitions dont elles étaient chargées. La plus grande était bourrée d'articles de survie. Il y avait là des palettes entières d'eau en bouteille, de boissons énergisantes, de boîtes de conserve et de produits en poudre avec dates d'expiration probablement lointaines.

Les penderies des deux chambres étaient tout aussi bourrées de choses l'une que l'autre et il n'y avait aucun signe de Bella de ce côté-là de la maison. Examiner l'aile des chambres n'empêchait pas Bosch d'entendre des bruits de voix étouffés dans la cuisine. Les mots lui échappaient, mais ni les tons ni les voix de chacun. C'était Trevino qui faisait l'essentiel de la conversation. Il n'arrivait à rien avec Dockweiler.

Dans le couloir des chambres, Bosch remarqua une trappe permettant d'accéder au grenier. Il y avait des traces de doigts dans l'encadrement, mais aucune permettant de savoir depuis combien de temps Dockweiler y était monté.

Bosch chercha autour de lui et découvrit posée dans un coin contre le mur une barre en bois d'environ un mètre vingt de long et munie d'un crochet à son extrémité. Il s'en empara, enfila le crochet dans l'œillet en métal de la trappe, l'ouvrit en tirant dessus et s'aperçut qu'elle ressemblait beaucoup à l'entrée du grenier d'Olivia Macdonald. Il déplia l'échelle à charnières et entama son ascension.

Il trouva vite la ficelle du commutateur de l'ampoule accrochée au plafond et commença à examiner le grenier. Il était petit et là encore, des boîtes de produits de survie s'y empilaient jusqu'au toit. Bosch monta en haut de l'échelle pour voir au-delà des boîtes et dans tous les coins de la pièce afin d'être sûr que Bella n'y était pas. Puis il redescendit, mais laissa la trappe ouverte et l'échelle en place pour qu'on puisse y accéder lors d'une fouille plus approfondie avec mandat à la clé.

En arrivant dans le séjour et son coin repas, il entendit clairement ce qui se disait dans la cuisine. Dockweiler refusant de coopérer, Trevino était passé à une forme d'interrogatoire menaçant qui, Bosch le savait, donnait rarement des résultats.

— Tu es cuit, l'ami, lui lança Trevino. C'est une affaire d'ADN. Dès qu'on aura la correspondance entre le tien et les éléments de preuve collectés sur les victimes, ce sera fini. Et toi avec. Tu auras droit à des peines de prison consécutives et plus jamais tu ne respireras l'air frais. La seule manière que tu aies de te venir en aide est de nous rendre Bella. Dis-nous où elle est et on fera tout ce qu'on peut pour toi. Avec le district attorney, le juge, tout ce que tu voudras.

Cette supplique ne lui valut que du silence. Tout ce que disait le capitaine était vrai, mais le proférer comme une suite de menaces amenait rarement un suspect du type Screen Cutter à coopérer et se mettre à table. Bosch savait que la bonne manière de procéder serait d'en appeler à son narcissisme, à son génie. Il aurait, lui, essayé de lui faire croire que c'était lui qui contrôlait l'interrogatoire et de lui soutirer ainsi un petit renseignement après l'autre.

Il traversa la pièce et passa dans le couloir de l'entrée. Il vit Valdez qui, adossé au mur juste à côté du passage voûté pour entrer dans la cuisine, observait la façon dont l'interrogatoire ne menait à rien. Valdez lui coula un regard, puis il leva le menton et lui demanda s'il avait trouvé quelque chose. Bosch se contenta de hocher la tête en guise de non.

Juste avant l'entrée de la cuisine, il y avait une porte ouvrant sur le garage. Bosch y entra, alluma les plafonniers et referma derrière lui. L'endroit servait lui aussi à stocker des produits de survie. On y voyait encore plus de palettes de nourriture en boîte et en poudre, et de bouteilles d'eau. Et, Dieu sait comment, Dockweiler avait également mis la main sur tout un assortiment de « repas prêts à consommer » de l'US Army. Il y avait aussi des choses qui ne se mangeaient pas. Des caisses entières de piles électriques, de lanternes, de kits de premiers soins, d'outils de base, d'épurateurs de gaz carbonique, de filtres à eau et d'additifs enzymatiques pour filtrer l'eau et traiter les déchets des toilettes chimiques. Il y avait encore des boîtes de bâtons lumineux et de fournitures médicales du genre Bétadine et iodure de potassium. Bosch se souvint de ce qu'il avait appris lors de ses classes, à une époque où la menace d'un holocauste nucléaire déclenché par l'Union soviétique semblait réelle. Ces deux produits chimiques protégeaient la thyroïde contre un iodure radioactif propre à déclencher des cancers. Tout montrait que Dockweiler s'était préparé à toutes les éventualités, de l'attaque terroriste à l'explosion nucléaire.

Bosch regagna la porte et repassa la tête dans le couloir. Il attira l'attention de Valdez et lui fit signe de le rejoindre dans le garage.

Le chef regarda immédiatement les piles de fournitures entassées au milieu de la pièce.

— Qu'est-ce que c'est que tout ça ? demanda-t-il.

— Dockweiler est un survivaliste. On dirait bien qu'il met tout son fric dans ce genre de trucs. Le grenier et deux des trois chambres sont bourrés d'armes et de fournitures pour le jour J. Dans une de ses chambres, il a un véritable arsenal. Et tout indique qu'il a de quoi survivre trois ou quatre mois, à condition de ne pas répugner à bouffer du ragoût de bœuf façon armée à même la boîte.

— Espérons qu'il n'a pas oublié l'ouvre-boîtes.

— Ça pourrait expliquer certaines de ses motivations. Quand la fin du monde est annoncée, les gens passent à l'acte et prennent tout ce qu'ils veulent. Trevino avance ?

— Non, ça ne mène nulle part. Dockweiler joue a des tas de petits jeux : on nie tout, puis on laisse entendre qu'on pourrait savoir quelque chose.

Bosch hocha la tête et se dit qu'il pourrait essayer dès qu'il aurait terminé la fouille de la maison.

— Je vais jeter un coup d'œil à la camionnette et j'appelle un juge. Je veux un mandat en bonne et due forme pour effectuer une fouille en profondeur de cet endroit.

Valdez fut assez malin pour deviner ce que pensait Bosch.

— Pour vous, Bella a donc disparu, c'est ça ?

Bosch hésita, puis lui fit tristement signe que oui.

— Non parce que… Pourquoi la maintiendrait-il en vie? À écouter notre profileuse, ce type allait monter au meurtre. Et Bella pouvait l'identifier. Pourquoi la laisser vivre?

Valdez baissa la tête.

— Désolé, chef, reprit Bosch. Je suis juste réaliste.

— Je sais, dit Valdez. Mais nous allons la chercher jusqu'à ce que nous la trouvions. Disparue ou pas.

— Arrêter de la chercher, moi? Il n'en est pas question.

Valdez lui donna une tape sur le bras et passa la porte pour rentrer dans la maison.

Bosch descendit un étroit passage entre les empilements jusqu'à l'allée cochère et la camionnette de Dockweiler. L'habitacle n'étant pas fermé à clé, il l'ouvrit côté passager, ce dernier étant celui qui lui indiquerait le plus vraisemblablement si Bella Lourdes s'y était trouvée. Sur le siège était posé un grand sac fermé provenant d'un McDonald. Bosch ôta un gant et posa le dos de ses doigts contre le sac. Il était légèrement chaud au toucher, Bosch en déduisit que Dockweiler était passé prendre de quoi manger avant de rentrer chez lui.

Il remit son gant et ouvrit le sac. Il avait encore la lampe torche qu'il avait ramassée sur la pelouse. Il la sortit de sa poche revolver et en pointa le faisceau à l'intérieur. Il y dénombra deux emballages de sandwich et deux grands cornets de frites.

Il savait que le contenu de ce sac pouvait facilement constituer le dîner d'un grand costaud comme Dockweiler, mais il savait aussi qu'il s'agissait plus probablement de deux dîners. Pour la première fois depuis qu'ils étaient entrés chez lui, l'espoir que Bella soit vivante l'envahit. Il se demanda si Dockweiler s'était arrêté chez lui avant d'emporter de quoi nourrir sa prisonnière ailleurs, ou si celle-ci se trouvait à l'intérieur de la maison et qu'il ne l'avait tout simplement pas encore trouvée. Il repensa au Wash en bas de la pente à l'arrière de la maison. Peut-être était-ce là qu'elle se trouvait.

Il laissa le sac à sa place et se servit de sa lampe pour examiner le tapis de sol et les côtés du siège passager. Il n'y vit rien qui retienne son attention ou indique que Bella s'était trouvée dans la camionnette.

Il laissa sa lampe allumée et passa à l'arrière du véhicule. Il en braqua le faisceau sur les coins du plateau et la coque de camping-car à l'autre bout. Encore une fois, il ne vit rien qu'on puisse relier à Lourdes ou au Screen Cutter. Il n'empêche : Dockweiler avait fait quelque chose près du hayon au moment où le téléphone du chef avait déclenché l'alarme. Il avait aussi ouvert la porte du garage dans un but qui n'avait rien à voir avec le fait d'y garer sa camionnette. Mais Bosch n'arrivait toujours pas à deviner ce qu'il avait eu en tête à ce moment-là.

Rangés à l'arrière, il découvrit une brouette posée tête en bas, un diable et plusieurs outils assez longs – trois pelles, une houe, un balai-brosse et une pioche – et des chiffons pour nettoyer des espaces de travail. Les pelles n'étaient pas du même modèle. L'une d'elles avait une palette pointue pour creuser, les deux autres avaient des bords droits et de largeur différente et devaient servir à ramasser les gravats. Toutes étaient sales – celle à palette pointue portait des traces de terre rouge foncé, les deux autres de poussière de ciment gris, comme celle trouvée dans la baignoire.

Il braqua sa lampe sur la roue en caoutchouc de la brouette et y remarqua des morceaux de ciment plus importants pris dans la bande de roulement. Dockweiler, ça ne faisait aucun doute, avait récemment travaillé sur un projet impliquant d'utiliser du ciment, mais Bosch repoussa l'idée qu'il ait pu enterrer Bella Lourdes. Les débris qui couvraient aussi bien ces outils que les habits jetés dans la baignoire indiquaient qu'on s'était changé plusieurs fois. Il s'agissait d'un projet de longue durée, et pas du tout de quelque chose qu'on aurait entrepris dans les huit dernières heures suivant la disparition de Bella.

Cela dit, la terre rouge foncé sur la palette de la pelle à creuser le faisait réfléchir. L'outil aurait très bien pu être utilisé et sali à n'importe quel moment.

Il tira le diable jusqu'au hayon pour l'examiner de plus près. Pour lui, Dockweiler s'en était servi pour déplacer les tas de boîtes et de caisses qu'il stockait chez lui et dans son garage. Il remarqua une étiquette collée à l'axe reliant les deux roues en caoutchouc de la brouette. On y lisait l'inscription suivante :

Propriété de la ville de San Fernando
Service des Travaux publics

Dockweiler avait volé ou emprunté ce diable pour son usage personnel. Bosch songea qu'à y regarder de plus près, il apparaîtrait sans doute que nombre d'outils se trouvant dans la camionnette ou le garage provenaient des ateliers des Travaux publics. Cela dit, il ne voyait pas clairement le rapport entre ce diable et ce qu'avait fait Dockweiler un peu plus tôt près du hayon de son véhicule.

Il finit par se dire qu'il avait profité au maximum des possibilités offertes par l'urgence de la situation. Il s'éloigna de la camionnette, prit son téléphone et déroula ses contacts jusqu'à la lettre *J*, où il gardait les coordonnées des juges avec lesquels il s'était assez bien entendu pour leur demander, et obtenir, leur numéro de portable.

Il commença par le juge Robert O'Neill. Celui-ci avait présidé les débats dans un procès pour meurtre qui avait duré quatre mois et dans lequel Bosch avait été l'enquêteur principal. Bosch consulta sa montre après avoir lancé son appel et s'aperçut qu'il n'était pas encore 23 heures, soit l'heure fatale après laquelle les juges se montrent très contrariés qu'on les dérange même en cas d'urgence.

O'Neill répondit tout de suite, et sans le moindre signe de sommeil ou d'ébriété dans la voix. Et cela valait d'être noté. Bosch avait eu un jour une affaire où l'avocat de la défense avait mis en doute la validité d'un mandat de perquisition parce que le juge l'avait signé à 3 heures du matin, après que Bosch l'avait sorti de son sommeil.

— Monsieur le juge, Harry Bosch à l'appareil. J'espère ne pas vous réveiller…

— Harry! Comment va? Non, vous ne me réveillez pas. Depuis quelque temps, je me couche tard et m'endors encore plus tard.

Bosch ne fut pas trop sûr du sens de la deuxième partie de sa phrase.

— Vous êtes en vacances, monsieur? demanda-t-il. Vous pourriez encore homologuer une déclaration sur l'honneur faite par téléphone? Nous avons une collègue qui manque à…

— Je vous arrête tout de suite, Harry. Vous ne semblez pas être au courant, mais je ne fais plus partie du barreau. J'ai dételé il y a trois mois.

Bosch en fut stupéfait autant qu'embarrassé. Depuis qu'il avait lui-même pris sa retraite du LAPD, il ne suivait plus qui d'untel ou untel régnait dans les prétoires du Foltz Center.

— Vous vous êtes mis en retraite? demanda-t-il.

— C'est ça, lui répondit O'Neill. Et aux dernières nouvelles, vous aussi. Seriez-vous en train de me faire une farce?

— Euh, non, monsieur le juge. Je ne vous joue pas un tour. Je travaille un peu pour la police de San Fernando maintenant. Et il faut que j'y aille. Nous avons une urgence et je suis désolé de vous avoir importuné.

Bosch raccrocha avant qu'O'Neill ait le temps de lui demander autre chose et de lui faire perdre son temps. Il consulta à nouveau ses « contacts », y effaça O'Neill et appela John Houghton, le suivant sur sa liste de juges aimables à son endroit. Il était connu sous le sobriquet de « Houghton la gâchette » chez les flics et les avocats du coin parce que, détenteur d'un port d'arme cachée, il avait un jour tiré dans le plafond de sa salle d'audience pour y restaurer l'ordre lors d'une bagarre entre accusés de la mafia mexicaine. Aussitôt censuré par le comité judiciaire du comté et le barreau de Californie, il avait encore été accusé par l'attorney de la ville du délit d'usage illégal d'une arme à feu. Et malgré tout cela, il était régulièrement réélu juge et avec des victoires écrasantes.

Lui aussi lui répondit d'une voix claire.

— Harry Bosch ? lança-t-il. Je croyais que vous aviez pris votre retraite !

— Oui, mais j'ai été réembauché, monsieur le juge. Je travaille pour la police de San Fernando, maintenant. À temps partiel, sur leur arriéré d'affaires non résolues. Mais là, je vous appelle parce que nous avons une urgence absolue… une collègue qui a disparu… je suis devant la maison d'un suspect et aurais besoin de mener une fouille. Nous espérons la retrouver vivante.

— Une femme, dites-vous ?

— Oui, monsieur. Elle est inspectrice. Nous pensons que le suspect d'une affaire de viols en série s'est emparé d'elle il y a sept ou huit heures de ça. Nous avons examiné rapidement les lieux au vu de l'urgence de la situation, mais maintenant nous aimerions entrer dans la maison et y chercher notre collègue et tout ce qui pourrait avoir trait à cette affaire de viols.

— Je vois.

— Tout cela évolue très vite et je n'ai pas le temps de retourner au commissariat pour imprimer une déclaration sous serment. Est-ce que je peux vous énoncer oralement ce qui constitue mon motif raisonnable et vous envoyer le document écrit demain ?

— Allez, dites-moi.

Ce premier obstacle franchi, Bosch passa les cinq minutes suivantes à lui énumérer les mesures qu'ils avaient prises et lui donner les éléments de preuve qui les avaient amenés à soupçonner Dockweiler d'être le Screen Cutter. Il ajouta beaucoup d'autres infos qu'on ne pouvait relier ni à cette dernière affaire ni à l'enlèvement de Bella Lourdes, mais qui, il le savait, aideraient le juge à se faire une meilleure idée de ce qui se passait et l'amèneraient à autoriser la fouille. Notamment, les outils de creusement trouvés dans la camionnette, le sac de nourriture pour deux personnes encore chaud, l'état lamentable de la maison. Tout cela, en plus du fait que Dockweiler était un ancien officier de police, remportant la mise, Houghton autorisa Bosch à fouiller la maison et le véhicule de Dockweiler.

Bosch le remercia avec effusion et promit de lui envoyer sa demande écrite dès le lendemain.

— Je veillerai à ce que vous teniez parole, lui lança Houghton.

CHAPITRE 32

Après avoir raccroché, Bosch réintégra la maison et fit signe à Valdez qui était revenu au même endroit, dans l'entrée voûtée de la cuisine.

Le chef se dépêcha de reprendre le couloir jusqu'à la porte d'entrée où l'attendait Bosch. Celui-ci entendit bien des voix monter de la cuisine, mais cette fois ce n'était pas Trevino qui parlait. C'était Dockweiler.

Valdez prit la parole avant que Bosch ait le temps de lui annoncer qu'il venait juste d'obtenir un mandat de perquisition par téléphone.

— Trevino l'a cassé, murmura-t-il tout excité. Il va nous dire où elle est. D'après lui, elle est toujours vivante.

La nouvelle prit Bosch de court.

— Trevino l'a cassé ? répéta-t-il.

Valdez acquiesça d'un hochement de tête.

— Il n'arrêtait pas de nier, nier et nier, et tout d'un coup ç'a été : « OK, vous m'avez eu. »

Il fallait que Bosch voie ça. Il prit le couloir vers la cuisine en se demandant si c'était sa vanité et sa fierté blessée, ou autre chose, qui le faisaient douter ainsi de la réussite de Trevino.

Il entra dans la cuisine, Dockweiler était toujours assis à la table, les mains doublement menottées dans le dos et attachées à la chaise. Dès qu'il releva la tête et vit que c'était Bosch et pas Valdez qui arrivait, une drôle d'expression apparut sur son visage. Bosch n'aurait su dire si c'était de la déception ou autre chose. Il n'avait jamais vu Dockweiler avant les événements de la soirée et n'avait donc rien qui lui permette d'interpréter ce qu'il y avait sur son visage. Mais il en eut vite la teneur.

— Je ne veux pas de lui ici! lança Dockweiler en montrant Bosch d'un geste du menton. J'arrête de parler s'il reste.

Trevino se retourna et vit que c'était Bosch, et non Valdez, qui avait contrarié le suspect.

— Inspecteur Bosch, dit-il, pourquoi n'iriez-vous pas…

— Pourquoi? lui renvoya Bosch en couvrant la voix du capitaine. Vous auriez peur que je voie qu'il vous mène en bateau avec ses conneries?

— Bosch! s'écria Trevino. Quittez la pièce. Tout de suite. Nous avons la coopération pleine et entière de cet homme, et s'il veut que vous partiez, vous partez!

Bosch ne bougea pas. Tout cela était ridicule.

— C'est qu'il ne reste plus beaucoup d'air à la dame, enchaîna Dockweiler. Si vous voulez jouer à ce petit jeu, tout ce qui se passera ensuite sera de votre faute, Bosch!

Bosch sentit Valdez le prendre par l'épaule. Il allait se faire jeter de la pièce. Il regarda Sisto, adossé à un comptoir derrière Trevino. Le bonhomme se fendit d'une moue de mépris et hocha la tête comme si Bosch s'était transformé en une sorte de pitoyable nuisance dont il fallait se débrouiller.

— Harry, dit Valdez, on sort.

Bosch regarda Dockweiler une dernière fois et tenta de lire sur son visage. Mais il n'y avait rien dans ses yeux. Ses yeux de psychopathe. Il était impossible d'y déchiffrer quoi que ce soit. Alors il sut que le bonhomme jouait à quelque chose. Mais à quoi, pas moyen de le savoir.

Sentant que Valdez le tirait par le bras, Bosch se tourna enfin vers le passage voûté. Il sortit de la cuisine et redescendit le couloir vers la porte d'entrée. Valdez le suivit pour être sûr qu'il ne fasse pas demi-tour.

— On sort d'ici, répéta Valdez.

Ils franchirent le seuil de la maison et refermèrent la porte derrière eux.

— Harry, reprit Valdez, c'est comme ça qu'il faut jouer le coup. Il parle et dit qu'il va nous conduire à elle. On n'a pas le choix.

— C'est un stratagème, rien d'autre, lui renvoya Bosch. Il attend juste l'occasion de tenter quelque chose.

— On le sait. On n'est pas idiots. C'est pas comme si on allait l'emmener se balader en pleine nuit. S'il veut vraiment coopérer et nous montrer où est Bella, il peut nous dessiner une carte. Mais il ne bougera pas de sa chaise.

— Écoutez, chef… y a quelque chose qui ne va pas, dit Bosch. Rien ne colle avec ce que je vois dans sa camionnette, sa maison, tout, quoi. Il faut que nous…

— Qu'est-ce qui ne colle pas ?

— Je ne sais pas encore. Si j'avais été là-bas et avais entendu ce qu'il racontait, ou si c'était moi qui avais posé les questions, j'aurais prise sur la situation. Mais là…

— Écoutez, faut que j'y retourne. Restez calme et dès qu'il nous aura donné ce dont nous avons besoin, je vous le dirai tout de suite. Ce sera à vous de mener la charge et d'aller chercher Bella.

— J'ai pas besoin d'être le héros… ce n'est pas de ça qu'il s'agit. Je pense toujours qu'il raconte des conneries. Il ne fera rien de tout ça. Lisez le profil du Screen Cutter. Tout y est. Les types dans son genre ne reconnaissent jamais quoi que ce soit. Et d'ailleurs, comme ils n'éprouvent aucune culpabilité, ils n'ont rien à reconnaître. Ils manipulent jusqu'à la fin.

— J'ai plus le temps de discuter, Harry. Faut que j'y retourne. Restez dehors.

Valdez fit demi-tour et franchit de nouveau le seuil de la maison. Bosch ne bougea pas pendant un long moment, tout à réfléchir et essayer de déchiffrer l'expression qu'il avait lue sur le visage de Dockweiler.

Au bout de quelques instants, il décida de regagner l'arrière de la maison pour essayer de voir ce qui se tramait dans la cuisine. Valdez lui avait ordonné de rester dehors, mais n'avait pas précisé où.

Il longea vite le côté de la bâtisse et passa dans le jardin de derrière. La cuisine se trouvait à l'opposé, la table où Dockweiler et Trevino se faisaient face étant dans le coin repas de l'atrium en verre. Les jalousies y étaient aux trois quarts ouvertes et la pièce baignait dans la lumière rouge de ses éclairages. Bosch savait qu'à l'intérieur on ne voyait que son propre reflet dans les vitres et pas du tout lui qui se tenait à l'extérieur.

À cause de la fenêtre restée ouverte au-dessus de l'évier, il entendait ce qui se disait dans la pièce et tout ou presque sortait de la bouche de Dockweiler. On lui avait libéré une main pour qu'il puisse dessiner un plan sur un grand morceau de papier étalé sur la table.

— On appelle cette partie-là la John Ford Forty, dit-il. Je pense que c'est là qu'il a filmé une de ses épopées avec John Wayne et on s'en sert surtout pour les westerns et les trucs d'horreur... les trucs où ça hurle dans des cabanes au fond des bois qu'ils font tout le temps et qui passent direct en streaming. Il doit y avoir quelque chose comme seize cabanes différentes dont ils peuvent se servir pour filmer.

— Alors où est Bella? le pressa Trevino.

— Elle est dans celle-là, ici, répondit Dockweiler.

Il dessina quelque chose au crayon sur la carte, mais le haut de son torse empêcha Bosch de voir. Puis il reposa son crayon sur la table et montra un parcours avec son doigt.

— Entrez par là et dites au type au portail que vous devez aller à la maison de Bonney. On vous y conduira et c'est là que vous la trouverez. Tout est escamotable dans ces baraques. Les murs, les fenêtres, le plancher, vous savez bien… pour filmer. Votre nana est dans une tranchée de tournage sous le plancher. Ça se soulève en un seul morceau.

— Vaudrait mieux que ce soit pas des conneries, Dockweiler! lui lança Valdez.

— C'en est pas! Je peux vous y conduire si vous voulez.

Et de faire un geste comme pour dire : « Et pourquoi ne pas me donner cette chance, hein? » Sur quoi son coude effleura le crayon qui tomba de la table et rebondit sur sa cuisse avant de toucher le sol.

— Oups! dit-il.

Il se pencha en avant pour essayer de le récupérer, cette manœuvre lui étant difficile à cause de son poignet gauche toujours menotté dans le dos et attaché à un barreau de la chaise.

Par la fenêtre derrière lui, Bosch eut alors une vision parfaite de ce qui se produisit ensuite, tout semblant se dérouler au ralenti sous ses yeux. Dockweiler tenta d'attraper son crayon d'un balayage de la main, mais n'y parvint pas parce qu'il était toujours attaché à sa chaise. Cela étant, l'élan lui fit remonter le bras sous la table où il s'empara de quelque chose qui y était fixé. Puis il ressortit son bras.

C'était maintenant un semi-automatique qu'il braquait directement sur Trevino en face de lui.

— Plus personne ne bouge! lança-t-il.

Les trois hommes se figèrent.

Lentement et sans faire de bruit, Bosch sortit son arme de son holster et la braqua à deux mains sur le dos de Dockweiler.

Il savait que, légalement, il avait le droit de tirer et de le tuer, mais le tir n'était pas évident avec un Trevino assis face à la cible.

Du canon de son arme, Dockweiler fit signe à Valdez d'aller plus loin dans la cuisine. Le chef lui obéit, les mains levées en l'air devant lui.

Les comptoirs de la cuisine devant Dockweiler dessinaient un U dans lequel il enferma les trois flics en ordonnant à Trevino de se lever et d'y entrer à reculons avec Valdez et Sisto.

— Du calme, dit Trevino. Je croyais qu'on causait et qu'on allait trouver une solution.

— Non, c'est toi qui causais, lui renvoya Dockweiler. Et maintenant, c'est le moment de la fermer!

— D'accord, d'accord, pas de problème.

Dockweiler leur ordonna ensuite de sortir l'un après l'autre leurs armes de leurs étuis, de les poser par terre et de les lui faire glisser d'un coup de pied. Puis il se leva de sa chaise et ramena son bras gauche en avant, la chaise pendant à ses menottes. Il posa la main sur la table et exigea de Sisto qu'il s'approche et lui ôte les menottes. Sisto s'exécuta, puis regagna les comptoirs de la cuisine à reculons.

Dockweiler se tenant maintenant debout, Bosch avait une cible plus large, mais son tir n'était toujours pas sans danger. Il n'en savait pas assez côté balistique pour estimer de combien une balle tirée à travers une vitre dévierait de sa trajectoire. Il savait seulement que s'il tirait plusieurs fois, les projectiles suivants iraient droit au but.

Sans compter que Dockweiler risquait lui aussi de tirer si la première balle de Bosch à travers la vitre n'atteignait pas sa cible.

Bosch baissa les yeux pour être sûr d'être bien stable sur le patio en béton, puis s'approcha encore de la vitre. Dockweiler était à moins de deux mètres cinquante de lui, mais une épaisseur de verre inconnue les séparait. Il se résigna à attendre le moment où il ne pourrait pas éviter de faire feu.

— Où est Bosch? demanda Dockweiler.

— Il est devant à fouiller votre camionnette, répondit Valdez.

— Je le veux ici.

— Je peux aller le chercher.

Valdez se tournant vers le passage voûté, Dockweiler braqua aussitôt son arme sur lui.

— Ne jouez pas au con! lança-t-il. Appelez-le et dites-lui de venir. Ne lui dites pas pourquoi, dites-lui seulement de venir.

Valdez posa lentement la main sur son ceinturon et décrocha son téléphone. Bosch comprit que son portable allait sonner, ce qui trahirait sa position. Il était sur le point de glisser la main dans sa poche pour éteindre l'appareil lorsqu'il comprit que c'était exactement ce qu'il souhaitait.

Il fit un pas à droite pour être de biais et mettre ainsi Dockweiler directement entre Valdez et sa cible. Trevino et Sisto étaient hors de danger et Bosch espéra que Valdez n'aurait rien oublié de l'entraînement qu'il avait suivi au LAPD et sache quand il ferait feu.

Il tenait toujours son arme à deux mains et attendait l'appel.

Son téléphone vibra, ce qui l'avertit un dizième de seconde à l'avance. Puis vint le gazouillis – en fait, une sonnerie stridente que sa fille lui avait choisie il y avait longtemps. Bosch avait sa cible en pleine masse corporelle, à savoir son dos, mais il concentra son attention sur la nuque.

Et vit Dockweiler réagir – il venait d'entendre la sonnerie. Il leva la tête de quelques centimètres, puis la tourna légèrement vers la gauche pour essayer de voir d'où venait le bruit. Bosch attendit encore une fraction de seconde que Valdez réagisse à son tour et ouvrit le feu.

Il tira six balles à travers la fenêtre en moins de trois secondes. Le bruit partit en échos sur le verre et le surplomb du toit et déclencha un vacarme assourdissant en retour. Du verre tomba partout et les jalousies s'envolèrent d'un coup, puis se brisèrent lorsque les balles les touchèrent. Bosch avait eu la prudence de maintenir son arme à l'horizontale. Il ne voulait pas que ses tirs dévient vers le plancher, où il espérait que Valdez se tienne.

Dockweiler tomba sur la table, puis roula sur la gauche et dégringola par terre. Bosch releva son arme et regarda Trevino et Sisto qui, toujours debout, se dirigeaient maintenant vers le bonhomme.

— Arrêtez le feu! hurla Trevino. Il est à terre, il est à terre!

Il n'y avait plus un morceau de verre dans l'encadrement de la fenêtre et les jalousies pendaient, toutes déchirées. Bosch sentit l'odeur de la poudre brûlée lui arriver aux narines. Il attrapa les jalousies et les arracha entièrement pour pouvoir entrer.

Il alla d'abord voir Valdez qui était assis par terre, les jambes étalées devant lui, le dos appuyé aux placards du bas. Il avait toujours son téléphone à la main, mais son appel était maintenant passé sur messagerie. Il regardait fixement Dockweiler étendu au sol à moins de deux mètres de lui. Il leva la tête vers Bosch.

— Tout le monde va bien? lança celui-ci.

Valdez acquiesça d'un signe de tête, Bosch remarquant alors le trou d'une balle dans le tiroir à cinquante centimètres de sa tête.

Bosch baissa ensuite les yeux sur Dockweiler. Le grand costaud gisait maintenant sur le ventre, la tête tournée à gauche. Il ne bougeait plus, mais avait les yeux ouverts et respirait encore, ses poumons sifflant laborieusement chaque fois qu'il prenait une inspiration. Bosch dénombra trois impacts dans son corps, un au centre gauche de son dos, un autre sur sa fesse gauche et un troisième à son coude gauche.

Il s'agenouilla à côté de lui et regarda Trevino par-dessus la poitrine du blessé.

— Bon tir, lui dit ce dernier.

Bosch acquiesça. Puis il se pencha encore, regarda sous la table et y vit le holster fixé sous le plateau. Trevino suivit son regard et fit comme lui.

— Un vrai fils de pute, ce mec, dit-il.

— Le vrai survivaliste est toujours prêt à tout. On devrait trouver des armes cachées dans toute la maison.

Bosch sortit une paire de gants en latex de sa poche et les enfila en s'approchant du visage de Dockweiler.

— Hé, Dockweiler! Tu m'entends? demanda-t-il. Tu peux parler?

Dockweiler avala difficilement sa salive avant d'essayer de répondre.

— Conduis-moi... hôpi... hôpital.

Bosch hocha la tête.

— D'accord, on va y venir, dit-il. Mais d'abord, on a besoin de savoir où est Bella. Tu nous le dis et on appelle l'ambulance.

— Harry, dit Valdez.

Bosch se releva.

— Je ne vous retiens pas, les gars, dit Bosch. Je m'en occupe.

— Harry, répéta Valdez. On ne peut pas faire comme ça.

— Vous voulez qu'on la retrouve vivante?

— Vous m'avez dit que vous doutiez qu'elle le soit.

— Ça, c'était avant que je trouve de la bouffe encore chaude pour elle dans la camionnette. Elle est vivante et il va nous dire où elle est.

Sisto s'approcha de la table et s'empara de la carte qu'avait dessinée Dockweiler.

— On a ça, dit-il.

— Oui, et ça nous montre où est le trésor, lui renvoya Bosch. Si tu crois que c'est là qu'elle est, cours-y donc et deviens un héros!

Sisto regarda Valdez, puis baissa les yeux sur Trevino, sans vraiment comprendre que Dockweiler les avait roulés dans la farine d'un bout à l'autre dans le seul but d'avoir une main libre pour attraper son arme cachée.

Valdez leva son téléphone, mit fin à son appel à Bosch et appuya sur une touche à numération rapide.

— On a besoin d'une ambulance à cette adresse, dit-il. Suspect à terre, multiples blessures par arme à feu. Avertir les services du shérif de foncer. Leur dire qu'on a besoin d'une équipe d'évaluation des tirs.

Il raccrocha et regarda Bosch, le message étant qu'on allait procéder selon les règles.

Bosch se pencha et essaya encore un coup avec Dockweiler.

— Où est-elle? répéta-t-il. Tu nous le dis tout de suite où t'arriveras pas vivant à l'hôpital.

— Harry! lança Valdez. Levez-vous et sortez!

Bosch l'ignora. Il se pencha encore plus près de l'oreille de Dockweiler.

— Où est-elle?!

— Va te... faire! lui renvoya Dockweiler entre deux inspirations. Je te l'ai dit... pour moi, rien ne change... Tu ferais mieux de savoir que... tu l'auras déçue jusqu'au bout.

Il réussit à tordre la lèvre en arrière, ce que Bosch prit pour un sourire. Bosch avança une main gantée vers la blessure dans le dos de Dockweiler.

— Bosch! cria Valdez. Dehors! Tout de suite! C'est un ordre!

Le chef se remit sur ses pieds et s'approcha pour l'écarter de Dockweiler, au besoin par la force. Harry le regarda, puis se releva à son tour. Les deux hommes se dévisagèrent jusqu'à ce que Bosch prenne enfin la parole.

— Elle est ici, je le sais, dit-il,

Bosch savait qu'il lui restait peu de temps avant que l'équipe d'évaluation des tirs des services du shérif n'arrive sur les lieux et le mette, lui, et tous les autres officiers de police de San Fernando, en quarantaine. Pendant que les infirmiers s'affairaient à immobiliser Dockweiler, puis à l'installer sur un brancard, il sortit une lampe torche puissante d'une des caisses dans le garage et descendit la pente du jardin de derrière en direction du Haskell Canyon Wash.

Il était à quarante mètres de la maison lorsqu'il entendit qu'on l'appelait. Il se retourna et découvrit Sisto qui courait pour le rattraper.

— Qu'est-ce que vous faites? lui demanda ce dernier.

— Je vais voir dans le ruisseau.

— Quoi, Bella? Je vous file un coup de main.

— Et Dockweiler? Qui va l'accompagner à l'hôpital?

— Le capitaine, je crois. Mais ça n'a pas d'importance. C'est pas comme si Dockweiler allait filer. J'ai entendu les infirmiers. Ils disent qu'une des balles pourrait lui avoir sectionné la moelle épinière.

Bosch réfléchit un instant. Que Dockweiler puisse en réchapper et passer le restant de ses jours en fauteuil roulant ne l'émouvait pas le moins du monde. Ce qu'il avait fait subir à ses victimes… y compris à Bella, même s'il ne savait toujours pas exactement ce qu'elle avait enduré avec lui… le disqualifiait. Jamais il n'aurait droit à quoi que ce soit qui ressemble à de la compassion de sa part.

— OK, mais va falloir faire vite, dit-il. Dès que les mecs de l'évaluation seront là, ça sera fini pour moi. Pour nous tous, en fait.

— Bon alors, qu'est-ce que vous voulez que je fasse ?

Bosch glissa la main dans sa poche. Il avait toujours avec lui la lampe torche qu'il avait prise sur la pelouse de devant. Il l'alluma et la lança à Sisto.

— Vous partez dans un sens, je pars dans l'autre, dit-il.

— Vous croyez qu'elle est genre… attachée à un arbre ?

— Peut-être. Qui sait ? J'espère seulement qu'elle est vivante. Dès qu'on arrive en bas, on se sépare et on cherche.

— Reçu cinq sur cinq.

Ils continuèrent de descendre la pente. Le ruisseau se réduisait à un petit ravin envahi de mauvaises herbes et laissé à l'abandon à cause des risques d'inondation. Bosch se dit que les trois quarts du temps, ce n'était sans doute guère plus qu'un filet d'eau, mais qu'il pouvait se transformer en véritable rivière en cas d'orage. Ils dépassèrent des panneaux les avertissant de prendre garde aux crues soudaines lorsqu'il tombait des cordes. Tous avaient pour but d'interdire aux enfants de jouer dans le lit du cours d'eau.

La pente commençant à se redresser et la terre devenant plus molle, Bosch y remarqua quelque chose qui ressemblait à des traces de pas, cette sorte de piste ne faisant pas plus de quinze centimètres de large sur huit de profondeur. Il la suivit jusqu'au bord de l'eau. Avant de se séparer de Sisto, il s'accroupit et passa le faisceau de sa lampe dans la tranchée miniature. Et y découvrit comme des empreintes de pneus.

Il redressa la lampe et les suivit jusqu'aux eaux peu profondes du ruisseau. L'eau y étant claire, il vit le fond et dans certains endroits trouva quelque chose qui ressemblait à du sable et dans d'autres de gros morceaux de roche grise. Les bords plats et polis de ces derniers en trahirent l'origine. Il s'agissait de ciment qui avait été coulé, avait durci, puis avait été brisé. C'étaient des gravats.

— Harry, dépêchez-vous! lui lança Sisto. Quand est-ce qu'on commence à la chercher?

— Juste une seconde, lui renvoya Bosch. Du calme.

Il éteignit sa lampe et resta au bord de l'eau. Et repensa à ce qu'il avait vu et à ce qu'il savait. Les débris de ciment. Les armes et les fournitures. La brouette et le diable volé au service des Travaux publics. La nourriture encore chaude sur le siège passager de la camionnette. Enfin il comprit ce que fabriquait Dockweiler et ce qu'un peu plus tôt ce soir-là il faisait à côté du hayon de sa camionnette quand la sonnerie du téléphone du chef l'avait interrompu.

— Il construisait quelque chose, dit-il. Il prenait de pleines brouettes de ciment ici et les jetait dans le ruisseau.

— Bon d'accord, dit Sisto. Et ça veut dire quoi?

— Ça veut dire qu'on ne regarde pas là où il faut.

Brusquement, il se releva et ralluma sa lampe. Fit demi-tour et regarda en haut de la pente, vers les lumières de la cuisine.

— J'ai tout faux, reprit-il. Il faut remonter.

— Quoi? s'écria Sisto. Je croyais qu'on allait la…

Mais Bosch remontait déjà la pente en courant. Sisto cessa de parler et le suivit.

Remonter ainsi l'essoufflant, Bosch finit par longer la maison à faible allure. Par les fenêtres de l'atrium, il découvrit des types en costume et comprit que les enquêteurs des services du shérif étaient arrivés. Il ne savait pas s'ils faisaient partie de l'équipe d'évaluation des tirs et ne s'arrêta pas pour le savoir. Valdez était avec eux. Avec de grands gestes et en leur montrant des choses du doigt, le chef leur faisait très vraisemblablement le premier compte rendu de ce qui s'était passé.

Bosch continua de longer la maison et passa dans le jardin de devant.

Il y avait maintenant deux voitures de patrouille des services du shérif et une voiture banalisée garées devant la maison, mais tout le monde avait l'air de se trouver à l'intérieur. Bosch gagna tout de suite l'arrière de la camionnette et entreprit d'en sortir le diable. Sisto le rattrapa et l'aida à le poser par terre. L'engin pesait son poids.

— On fait quoi, là, Harry ? demanda-t-il.

— Il va falloir déménager les caisses dans le garage.

— Pourquoi ? Qu'est-ce qu'il y a dedans ?

— Non, pas dedans. Dessous, répondit Bosch en poussant le diable vers le garage. Dockweiler allait descendre ce truc de sa camionnette et commencer à bouger ces caisses.

— Pourquoi ?

— Parce qu'il avait de la bouffe chaude à l'intérieur et qu'il voulait la livrer.

— Je vous suis pas, là, Harry.

— C'est pas grave, Sisto. Commencez à déplacer ces caisses.

Bosch attaqua la première rangée avec le diable en glissant la lame sous la caisse du bas et en renversant le chariot en arrière avec toute la pile. Il ressortit du garage en vitesse et regagna l'avant de la camionnette. Il posa la colonne de caisses par terre, tira le diable en arrière d'un coup sec et partit refaire le plein sans attendre. Sisto, lui, ne travaillait qu'à la force de ses bras. Il déménageait deux ou trois caisses à la fois, puis les empilait dans l'allée cochère près de la camionnette.

En cinq minutes ils avaient déjà bien entamé les piles lorsque Bosch tomba sur un tapis en caoutchouc posé par terre et qui devait recueillir les fuites d'huile du véhicule rangé dans le garage. Avec le diable il écarta encore quelques piles de caisses, se pencha en avant et enroula le tapis.

Une plaque d'égout ronde apparut au raz du sol en ciment. Le sceau de la ville de San Fernando y était estampé. Bosch se mit à quatre pattes, glissa deux doigts dans ce qui avait tout l'air de trous de ventilation et tenta de soulever la lourde plaque de métal. Rien à faire. Il chercha Sisto des yeux.

— Aidez-moi avec ce truc, dit-il.

— Attendez un peu, lui renvoya Sisto qui disparut quelques secondes.

Lorsqu'il revint, il tenait à la main une longue barre de fer tordue en forme de poignée à une extrémité et munie d'un crochet à l'autre.

— Comment avez-vous fait votre compte pour dégotter ça? lui demanda Bosch.

— Je l'ai vue sur l'établi et me suis demandé à quoi ça pouvait servir, répondit Sisto. Et j'ai compris. J'avais vu des types des Travaux publics s'en servir dans les rues.

Il logea le crochet dans un des trous de la plaque en métal et commença à tirer.

— C'est probablement là qu'il l'a volée, dit Bosch. Vous avez besoin d'aide?

— Ça y est, je l'ai!

Il sortit la plaque d'égout qui alla rouler sur le sol en béton dans de grands bruits métalliques. Bosch se pencha au-dessus du trou et regarda. La lumière du plafonnier lui révéla la présence d'une échelle qui s'enfonçait dans les ténèbres. Bosch rejoignit la pile de caisses dans lesquelles il avait vu les bâtons lumineux un peu plus tôt. Il ouvrit une caisse d'un coup sec et en sortit plusieurs. Dans son dos, il entendit Sisto crier dans le trou qu'il venait d'ouvrir.

— BELLA?

Pas de réponse.

Bosch revint et ouvrit les bâtons, les alluma et les laissa tomber dans l'ouverture. Puis il se mit à descendre. Il ne s'enfonça que de trois mètres à peine et faillit tomber en voulant poser le pied sur un barreau manquant. Il se laissa descendre jusqu'en bas et glissa la main dans sa poche revolver pour y prendre sa lampe torche. Il l'alluma et en fit courir le faisceau sur les murs en ciment d'une pièce très clairement pas encore terminée. Il y avait des fers et des moules en bois pour le ciment. Des bâches en plastique pendaient à un échafaudage de fortune. Il y avait de l'air, mais pas suffisamment. Bosch se retrouva au bord de l'hyperventilation tant l'oxygène lui manquait. Il se dit que le système d'épuration et de filtrage de l'air n'était pas encore en place ou ne fonctionnait pas. Le seul air frais qui entrait dans la pièce provenait de l'ouverture au-dessus de sa tête.

Il se rendit compte qu'il était au cœur même du rêve de Dockweiler. Celui-ci se construisait un bunker souterrain où il pourrait se retirer et se cacher quand viendrait le grand tremblement de terre, que tomberait la bombe ou qu'arriveraient les terroristes.

— Y a quelque chose ? lui cria Sisto.

— Je cherche.

— Je descends.

— Faites attention au dernier barreau. Y en a plus.

Bosch avança au milieu des gravats et parcourut toute la longueur de la pièce. Après avoir écarté un rideau en plastique, il dut monter une marche pour atteindre une partie de la pièce pratiquement terminée – les murs en étaient lisses et le plancher à niveau et recouvert d'un tapis en caoutchouc noir. Il passa sa lampe sur toutes les surfaces, mais ne vit rien. Bella n'était pas là.

Il fit un demi-tour complet. Il s'était trompé.

Sisto écarta le rideau en plastique à son tour.

— Elle est pas ici ? demanda-t-il.

— Non.

— Merde !

— Va falloir chercher dans la maison.

— Peut-être qu'il disait la vérité pour le ranch de cinéma.

Bosch franchit le rideau dans l'autre sens et descendit la marche pour retrouver la première partie de la pièce. Il arrivait à l'échelle lorsqu'il comprit qu'il ne lui manquait finalement aucun barreau. Elle descendait seulement au niveau du plancher à venir une fois que la pièce serait complètement terminée.

Il fit de nouveau demi-tour et rentra presque dans Sisto. Il l'écarta, tira une nouvelle fois le rideau en plastique, arriva dans la pièce terminée et fit glisser le faisceau sur le plancher dans l'espoir d'y découvrir une jointure.

— Mais… je croyais qu'on remontait là-haut ? dit Sisto.

— Aidez-moi. Je crois qu'elle est ici. Soulevez le tapis.

Ils gagnèrent chacun un côté de la pièce et repoussèrent le tapis. D'un seul tenant, il avait la taille exacte du plancher. Au fur et à mesure qu'ils l'enroulaient, Bosch remarqua la présence de planches de bois. Il se mit à chercher des gonds, une jointure ou quelque chose qui trahirait la présence d'un compartiment secret, mais ne vit rien.

Il donna un coup de poing sur le bois et comprit qu'il y avait un creux en dessous. Sisto, lui aussi, se mit à taper dessus.

— Bella ?… Bella ?

Toujours pas de réponse. Bosch fila jusqu'au rideau en plastique, s'en empara, tira dessus et tout dégringola, encadrement en métal compris.

— Attention ! cria Sisto.

Un montant du cadre frappa Bosch à l'épaule, mais cela ne lui fit rien. Il carburait à l'adrénaline.

Il redescendit dans la première partie de la pièce et éclaira la face verticale de la marche de quinze centimètres de haut. Il y découvrit une jointure qui en faisait le tour et qui suivait les contours du sol en ciment. Il se mit à genoux, s'approcha et essaya de l'ouvrir, mais pas moyen de comprendre comment ça marchait. Ni d'y trouver la moindre prise.

— Faites gaffe, dit-il.

Il s'empara d'un morceau de l'encadrement du rideau et en planta le bout dans la jointure. Dès qu'il y fut bien coincé, il fit levier et la jointure s'ouvrit de deux centimètres. Sisto y glissa les doigts et dégagea la planche.

Bosch lâcha le cadre qui tomba dans un grand bruit de métal, et éclaira le creux ouvert sous le plancher de la deuxième pièce.

Il vit des pieds nus attachés sur une couverture, talons vers le bas. L'espace sous le plancher était en renfoncement et plus profond que ce qu'indiquaient les dimensions et du plancher et de la marche vues de dehors.

— Elle est là! cria-t-il.

Il tendit les deux mains en avant, attrapa la couverture des deux côtés et tira. Bella Lourdes sortit du renfoncement plongé dans le noir, sa couverture glissant sur une palette de contre-plaqué. C'est à peine si elle pouvait passer par l'ouverture créée par la marche. Elle était ligotée, bâillonnée et couverte de sang. Ses vêtements avaient disparu et elle était morte ou inconsciente.

— Bella! hurla Sisto.

— Appelez une autre ambulance, lui ordonna Bosch. Il faudra une civière pour la faire passer par la bouche d'égout.

Sisto sortait déjà son portable lorsque Bosch se retourna vers Bella. Il se pencha sur elle et colla son oreille à sa bouche. Et sentit le souffle infime de sa respiration. Elle était vivante.

— J'ai pas de signal! cria Sisto complètement frustré.

— Remontez! lui lança Bosch. Remontez!

Sisto courut jusqu'à l'échelle et grimpa. Bosch ôta sa veste et l'étendit sur Bella. Il rapprocha la palette de l'échelle et de l'air qui arrivait par la bouche d'égout.

Bella commença à reprendre conscience au fur et à mesure qu'elle respirait plus d'air. Ses yeux s'ouvrirent, regard saisi, perdu. Elle se mit à trembler.

— Bella ? dit Bosch. C'est moi, Harry. Vous êtes en sécurité et on va vous sortir de là.

CHAPITRE 34

Bosch passa la nuit entière avec les enquêteurs des services du shérif, d'abord pour leur détailler tout ce qui avait amené les policiers de San Fernando à se pointer au domicile de Dockweiler, et ensuite à leur décrire pas à pas tout ce qu'ils avaient fait avant d'en arriver à la fusillade. Bosch avait eu droit au même rituel l'année précédente, suite à une fusillade à West Hollywood. Il savait à quoi s'attendre et n'oubliait pas que ce n'était que pure routine, mais il ne pouvait s'empêcher d'y voir autre chose. Il savait qu'il devait faire très attention à présenter son affaire de façon à ce que sa décision de tirer dans le dos de Dockweiler à travers la vitre de la fenêtre soit considérée comme légitime et inévitable. Au final, que Dockweiler ait tenu en joue les trois officiers de police qu'il retenait dans la cuisine rendait acceptable que Bosch y soit allé à la force létale.

Il faudrait des semaines pour établir le rapport, les enquêteurs devant attendre les résultats des analyses balistiques et de médecine légale et tout rassembler en plus des comptes rendus d'interrogatoire des policiers impliqués et des schémas des lieux de la fusillade. Tout cela serait ensuite présenté à l'unité d'évaluation des tirs du district attorney aux fins d'un deuxième examen, lequel prendrait lui aussi des semaines. C'est alors seulement que serait émise une déclaration finale établissant que le tir était justifié, et ce dans les limites permises aux forces de l'ordre.

Bosch n'était pas inquiet pour ce qu'il avait fait et savait aussi que Bella Lourdes serait un facteur déterminant dans l'enquête. Qu'elle ait été sauvée de l'abri souterrain de Dockweiler écarterait tout retour de bâton des médias pouvant mettre la pression sur le bureau du district attorney. Il serait assez difficile de remettre en question les tactiques qui avaient conduit à descendre un type qui avait enlevé une inspectrice de police et l'avait violée avant de l'enfermer dans une pièce souterraine dans l'intention manifeste de l'y maintenir en vie (cf. la nourriture qu'il avait rapportée chez lui) pour pouvoir l'agresser encore et encore avant de finir par la tuer.

L'aurore était là lorsque les enquêteurs déclarèrent en avoir fini avec Bosch. Ils lui dirent de rentrer chez lui et de se reposer. Ils auraient peut-être d'autres questions à lui poser les deux ou trois jours suivants avant de passer aux phases de collationnement et de rédaction du rapport final. Bosch les informa qu'il resterait joignable.

Au cours de son interrogatoire, il avait appris que Lourdes avait été transportée au centre de traumatologie de Holy Cross. En rentrant chez lui, il s'arrêta à l'hôpital pour savoir comment elle allait. Il trouva Valdez à la salle d'attente et devina qu'il y avait passé la nuit après avoir été libéré par les enquêteurs du shérif. Il était assis sur un canapé, à côté d'une femme en qui il reconnut la partenaire de Bella, qu'on voyait sur les photos de son bureau.

— Vous avez fini avec les enquêteurs du shérif? lui demanda Valdez.

— Pour le moment, oui, répondit Bosch. Ils m'ont renvoyé chez moi. Comment va Bella?

— Elle dort. Taryn ici présente a eu le droit d'aller la voir plusieurs fois là-bas derrière.

Bosch se présenta à Taryn, qui le remercia du rôle qu'il avait joué dans le sauvetage de son amie. Bosch se contenta de hocher la tête – il se sentait plus coupable d'avoir envoyé Lourdes à Dockweiler que de l'avoir sauvée de ses griffes.

Bosch regarda Valdez et lui montra le couloir d'un infime hochement de tête. Il voulait lui parler, mais à l'écart. Valdez se leva, s'excusa et entra dans le couloir avec Bosch.

— Alors, vous avez pu parler avec Bella et savoir ce qui s'est passé? demanda ce dernier.

— Brièvement, lui répondit Valdez. Elle est en piteux état côté émotionnel et je n'avais vraiment pas envie de lui faire revivre ça. Non parce que... y a pas le feu, si?

— Non.

— Toujours est-il qu'elle m'a dit être allée à l'entrepôt vers midi et qu'il n'y avait personne parce que c'était l'heure du déjeuner. Elle a cherché dans les bureaux et a trouvé Dockweiler en train de manger dans le sien. Lorsqu'elle lui a parlé du détecteur de métaux, il s'est porté volontaire pour le mettre dans une camionnette et l'emporter jusqu'à la maison.

— Et elle a dit oui parce que je n'étais pas là pour l'aider.

— Arrêtez de vous battre la coulpe. Vous lui aviez dit d'emmener Sisto et en plus, aussi pourri qu'il soit, Dockweiler était un ancien flic. Elle n'avait aucune raison de se sentir en danger.

— Bon mais... quand l'a-t-il kidnappée?

— Ils sont allés à la maison et l'ont fouillée. Le détecteur de métaux était lourd et il avait accepté de le prendre dans une camionnette de la ville et de le faire marcher. Vous aviez raison. Il y avait des clés dans les buissons. Mais elle ne savait pas que c'étaient les siennes. Et comme il avait garé la camionnette à l'arrière, près du garage, c'était assez isolé. La victime de la tentative d'agression de vendredi n'était pas encore revenue et il n'y avait personne dans le coin. Il lui a demandé de l'aider à remettre le détecteur de métaux dans la camionnette et c'est là qu'il l'a attrapée par-derrière et l'a étranglée jusqu'à lui faire perdre connaissance. Il avait dû la droguer parce qu'elle est restée comme ça un bon moment. Lorsqu'elle s'est réveillée, elle était déjà dans sa prison et il était sur elle. Il a été brutal… elle est passablement amochée.

Bosch hocha la tête. Il lui était impossible d'imaginer ce qu'elle avait enduré.

— Un vrai salaud, reprit Valdez. Il lui a dit qu'il allait la garder vivante dans ce trou et qu'elle ne reverrait plus jamais la lumière du jour…

Taryn, qui venait d'entrer dans le couloir pour le chercher, lui épargna les détails sordides :

— Je suis allée la voir pour lui dire que vous étiez là. Elle est réveillée et veut vous voir.

— Elle n'est pas obligée, dit-il. Je ne veux pas m'imposer.

— Non, elle veut vous voir. Vraiment.

— Bon, d'accord.

Taryn lui fit traverser la salle d'attente et prendre un autre couloir. Elle ne cessait de hocher la tête en marchant.

— C'est une dure à cuire, dit-il. Elle s'en sortira.

— Non, c'est pas ça, lui renvoya-t-elle.

— Quoi ?

— J'arrive pas à croire qu'il soit ici, lui aussi.

Bosch la regarda d'un air perplexe.

— Quoi, le chef ?

— Non, Dockweiler ! Ils l'ont amené ici, dans cet hôpital !

Enfin il comprit.

— Bella le sait ?

— Je ne crois pas.

— Surtout ne le lui dites pas.

— Comme si j'allais le faire ! Ça la foutrait complètement en l'air !

— Dès que son état sera stable, ils le feront partir d'ici. Il y a un hôpital avec des cellules à County-USC. C'est là qu'il ira.

— Parfait.

Arrivés devant une porte ouverte, ils entrèrent dans une chambre privée où Lourdes était allongée dans un lit muni de hauts montants. Elle tournait le dos à la porte et regardait la fenêtre, ses mains pendant sans force dans le vide. Sans même regarder ses visiteurs, elle demanda à Taryn de les laisser seuls.

Taryn s'éloigna, Bosch restant planté là. Il ne voyait que l'œil gauche de Bella, mais devinait qu'il était gonflé et couvert de bleus. Elle avait aussi les lèvres enflées, celle du bas portant des marques de morsures.

— Hé, Bella, dit-il enfin.

— Faut croire que je vous dois la bière dont vous parliez, lui lança-t-elle.

Il se rappela lui avoir dit qu'elle lui en devrait une si jamais elle trouvait quelque chose avec le détecteur de métaux.

— Bella, reprit-il, c'est moi qui aurais dû être avec vous. Je suis vraiment désolé. J'ai merdé et le prix que vous avez payé est horrible.

— Ne soyez pas idiot, dit-elle. Vous n'avez pas merdé du tout. C'est moi. Je n'aurais jamais dû lui tourner le dos.

Enfin elle le regarda. Elle avait encore des hémorragies autour des yeux dues à l'étranglement. Elle tourna la main paume en l'air sur le lit – elle l'invitait à la lui tenir. Il s'approcha et la lui serra en essayant Dieu sait comment de lui faire sentir ce qu'il n'arrivait pas exprimer avec des mots.

— Merci d'être venu, dit-elle. Et de m'avoir sauvée. Le chef m'a dit. Vous, j'aurais deviné. Sisto, ça m'a surprise.

Elle essaya de sourire. Il haussa les épaules.

— Vous avez résolu l'affaire, dit-il. Et ça, ça a sauvé beaucoup d'autres femmes. Ne l'oubliez pas.

Elle acquiesça d'un signe de tête et ferma les yeux. Bosch y vit des larmes.

— Harry, reprit-elle, faut que je vous dise quelque chose.

— Quoi?

Elle le regarda à nouveau.

— Il m'a obligée à dire pour vous. Il... il m'a fait mal, j'ai essayé, mais je n'ai pas pu résister. Il voulait savoir comment on avait su pour les clés. Et pour vous... Il voulait savoir si vous aviez une femme ou des enfants. J'ai essayé de tenir, Harry.

Il lui serra la main.

— N'en dites pas plus, Bella. Vous avez fait du bon boulot. On l'a eu et tout ça, c'est fini maintenant. C'est tout ce qui compte.

Elle ferma les yeux une nouvelle fois.

— Je vais me rendormir, dit-elle.

— Bien sûr. Je reviendrai bientôt, Bella. Tenez bon!

Il redescendit le couloir en repensant à Dockweiler en train de la torturer pour avoir des renseignements sur lui. Il se demanda où tout cela aurait conduit si ça ne s'était pas terminé cette nuit.

De retour à la salle d'attente, il trouva Valdez, mais pas Taryn. Le chef lui expliqua qu'elle était repartie chez elle y prendre des vêtements pour le jour où Bella serait autorisée à sortir, et Dieu seul savait quand ce serait. Ils parlèrent de l'affaire du Screen Cutter et de ce qu'il leur restait à faire pour l'évaluation des tirs menée par les services du shérif et pour la mise en accusation de Dockweiler. Ils avaient quarante-huit heures pour présenter leur dossier au bureau du district attorney et déterminer les charges à retenir contre lui. Étant donné que Lourdes était hors service à l'hôpital, ce serait lui qui devrait mener la danse.

— Je veux que le dossier soit à toute épreuve, Harry, lui lança Valdez. Et je veux qu'on lui colle tout ce qu'on pourra.

Toutes les charges possibles. Je ne veux plus qu'il respire librement l'air du dehors, jamais plus.

— C'est comme si c'était fait, lui dit Bosch. Et ça ne posera aucun problème. Je vais rentrer chez moi, dormir jusqu'à midi à peu près et ensuite, je m'y remets.

Valdez lui donna une petite tape d'encouragement à l'épaule.

— N'hésitez pas à me dire tout ce dont vous aurez besoin.

— Vous allez rester ici?

— Oui, encore un moment. Sisto m'a envoyé un texto pour me dire qu'il voulait passer. Je pense l'attendre. Quand tout ça sera derrière nous, on va avoir besoin de tous se réunir devant des bières, histoire de s'assurer que tout le monde va bien.

— Ce serait bien.

Bosch quitta l'hôpital et tomba sur Sisto dans le parking. Il s'était changé et semblait même avoir dormi un peu.

— Comment va Bella? demanda-t-il.

— Je ne sais pas vraiment, répondit Bosch. Elle a subi un enfer difficile à imaginer.

— Vous l'avez vue?

— Quelques minutes. Le chef est à la salle d'attente. Il vous fera entrer dans sa chambre s'il peut.

— Ça marche. On se retrouve au bureau.

— Je vais commencer par rentrer chez moi pour dormir.

Sisto acquiesça d'un signe de tête et s'éloigna. Bosch pensa à quelque chose et le rappela.

— Hé, Sisto!

Le jeune inspecteur fit demi-tour.

— Bon, écoutez, je suis désolé d'avoir perdu mon sang-froid et de vous avoir houspillé, dit-il. Et d'avoir balancé votre portable. C'est juste que c'était tendu…

— Non, *man*, c'est bon. Vous aviez raison. J'ai pas envie d'être un raté, Harry. J'ai envie d'être bon, comme vous.

Bosch hocha la tête pour le remercier du compliment.

— Vous inquiétez pas. Vous y arriverez. Et vous avez fait du bon boulot hier soir.

— Merci.

— Vous voulez faire quelque chose après avoir vu Bella ?

— Comme quoi ?

— Allez donc aux Travaux publics et mettez le bureau de Dockweiler sous scellés. On va avoir besoin de le fouiller entièrement. Et après, appelez le superviseur pour qu'il vous sorte tous les dossiers d'inspection du bâtiment qu'il a effectués ces quatre dernières années. Ce sont les bâtiments sans permis de construire qu'on cherche.

— Vous pensez que c'est comme ça qu'il choisissait ses victimes ?

— J'en suis sûr. Prenez-les tous et posez-les-moi sur mon bureau. Je verrai ça en arrivant et on collera le bonhomme dans toutes les rues où habitaient nos victimes.

— Ça marche. On aura besoin d'un mandat ?

— Je ne pense pas. Ça fait partie des archives publiques.

— OK, Harry, je m'en occupe. Ça sera sur votre bureau.

Bosch le salua du poing et partit vers sa voiture.

CHAPITRE 35

Bosch rentra chez lui, prit une grande douche et se glissa dans son lit pour y faire ce qu'il pensait être un petit somme de quatre heures. Il alla même jusqu'à se nouer un bandana sur les yeux pour bloquer la lumière du jour. Mais il n'avait pas encore passé deux heures dans une sorte d'abîme de sommeil qu'il fut réveillé par un riff de guitare retentissant. Il arracha son bandana et tenta de faire de même avec ses vestiges de sommeil. Mais la clarté revenant, il se rendit compte que c'était la sonnerie de téléphone que sa fille avait programmée dans son portable pour qu'il sache bien que c'était elle qui l'appelait quand il entendait *Black Sun* de Death Cab for Cutie. Elle l'avait aussi programmée dans son propre portable quand il l'appelait.

Il essaya d'attraper l'appareil, mais le fit tomber de sa table de nuit avant de mettre enfin la main dessus et de répondre.

— Maddie? Quelque chose qui ne va pas?

— Euh, non, rien. Et toi? T'as une drôle de voix.

— Je dormais. Qu'est-ce qui se passe?

— Eh bien… je croyais qu'on devait déjeuner ensemble. Tu es toujours à ton hôtel?

— Ah zut, non, je suis désolée, Maddie! J'ai oublié de t'avertir. Je suis rentré à la maison. Hier soir, j'ai été rappelé pour une urgence. Un officier de police s'est fait enlever. On y a travaillé toute la nuit.

— Mon Dieu ! Il s'est fait enlever ? Vous l'avez retrouvé ?

— C'est une femme et oui, on l'a sortie de là. Mais la nuit a été longue et je récupérais. J'ai dans l'idée que je vais être assez occupé ces jours-ci. On pourrait pas se faire ce déjeuner, ou ce dîner, ce week-end ou au début de la semaine prochaine plutôt ?

— Si, pas de soucis. Mais comment a-t-elle été enlevée ?

— Euh, c'est une longue histoire, mais c'était un type recherché et il l'a trouvée le premier, on va dire. Mais on l'a sortie de là, il est arrêté et tout va bien.

Il ne lui expliqua pas le reste parce qu'il ne voulait pas qu'elle entende les détails de ce qui était arrivé à Bella Lourdes, ni surtout qu'il avait, lui, tiré sur son agresseur. Cette longue conversation serait pour plus tard.

— OK, bon. Je vais te laisser te rendormir.

— Tu as eu cours ce matin ?

— Oui, psycho et espagnol. J'ai fini pour la journée.

— Sympa.

— Euh… Papa ?

— Oui.

— Je voulais aussi te dire que je regrette ce que je t'ai dit hier sur le restaurant. Je ne connaissais pas tes raisons et c'était vraiment pas cool de ma part de te sauter dessus comme ça. Je suis vraiment désolée.

— T'inquiète pas pour ça, mon bébé. Tu ne savais pas et tout va bien.

— Alors on est OK, tous les deux ?

— On l'est.

— Je t'aime fort, Papa. Et maintenant, dodo !

Elle rit.

— Quoi ?

— C'est ce que tu me disais quand j'étais petite. « Je t'aime fort et maintenant, dodo! »

— Je m'en souviens bien.

Après avoir raccroché, il ramena le bandana sur ses yeux et tenta de se rendormir.

Et échoua.

Il essaya encore pendant vingt minutes, mais avec le hook à la guitare de Death Cab qui lui trottait dans la tête, il finit par renoncer à retrouver son abîme de sommeil et sortit du lit. Il reprit une douche – plus courte cette fois – pour se rafraîchir et repartit vers le nord et San Fernando.

Le nombre de camions des médias garés devant le commissariat avait doublé depuis la semaine précédente, celle où le Screen Cutter n'était encore qu'un homme recherché. Maintenant qu'il avait été identifié, qu'il avait enlevé une inspectrice de police et s'était fait tirer dessus par un de ses collègues, l'affaire avait pris une tout autre ampleur. Il passa par la porte de côté comme il en avait l'habitude et put ainsi échapper à l'attention des journalistes rassemblés dans l'entrée principale. Le responsable de la communication était normalement le capitaine – cela faisait partie de ses multiples fonctions –, mais Bosch songea que cette fois Trevino ne serait pas le grand manitou dans cette histoire où il avait pourtant joué un rôle significatif. La mission reviendrait sans doute au sergent Rosenberg qui, en plus de se montrer affable, était assez télégénique, dans le genre flic. Il en avait toutes les expressions et le parler, et c'était ce que voulaient les médias.

La salle des inspecteurs était déserte et Bosch n'aurait pu souhaiter mieux. Après des événements comme ceux qui s'étaient produits la nuit précédente, les gens avaient tendance à vouloir parler. On se rassemblait autour d'un bureau, on les racontait de son point de vue et écoutait quelqu'un d'autre les raconter du sien. C'était thérapeutique. Bosch, lui, n'avait aucune envie de parler. Il voulait travailler. Il devait rédiger ce qui, il le savait, serait un document à charge aussi long que détaillé, et ce document serait alors minutieusement analysé d'abord par ses supérieurs hiérarchiques, puis par de nombreux procureurs au bureau du district attorney, et encore par un avocat de la défense avant de l'être enfin par les médias. Il lui fallait de la concentration et le calme de la salle des inspecteurs serait parfait.

Sisto n'était pas dans la salle, mais sa présence se fit tout de suite sentir. Dès qu'il arriva à son bureau et y jeta ses clés de voiture, Bosch découvrit quatre jolies piles de rapports d'inspection du bâtiment qui l'attendaient. Le jeune inspecteur avait tenu parole.

Bosch s'assit pour se mettre au travail, mais presque aussitôt sentit le poids de la fatigue s'abattre sur lui. Il ne s'était pas suffisamment reposé après les événements de la veille. Son épaule lui faisait mal à l'endroit où il avait reçu l'encadrement de rideau de l'abri antiatomique de Dockweiler, mais c'était dans ses jambes qu'il le sentait le plus. Remettre les pistons en route pour remonter la pente conduisant à la maison de Dockweiler, comme il l'avait fait pour la première fois depuis longtemps, l'avait éreinté. Il se connecta, ouvrit un nouveau document et le laissa en l'état pour prendre le couloir jusqu'à la cambuse du commissariat.

Chemin faisant, il passa devant la porte ouverte du bureau du chef et vit Valdez assis à son bureau, le téléphone à l'oreille. Le petit bout de conversation qu'il entendit lui suffit à comprendre qu'il parlait à un journaliste et lui disait qu'il n'allait pas lui donner le nom de l'inspectrice enlevée parce qu'elle avait été victime d'une agression sexuelle. Bosch pensa qu'un bon reporter n'aurait besoin que de quelques coups de fil pour deviner qui était ainsi protégé dans un commissariat aussi petit que celui de San Fernando. Et le résultat serait d'en voir une meute entière camper devant chez Bella Lourdes, à moins que le titre de propriété de la maison ait été établi au nom de Taryn.

Une cafetière toute fraîche était déjà prête. Bosch s'en versa deux tasses, bien noires. En revenant à son bureau, il s'arrêta devant la porte toujours ouverte du chef et leva une tasse en guise d'offrande. Valdez fit oui de la tête et couvrit le téléphone de la main pour lui répondre.

— Harry, vous êtes l'homme de la situation, dit-il.

Bosch entra et posa la tasse sur le bureau.

— Épatez-les, chef! lui lança-t-il.

Cinq minutes plus tard il était de retour à sa table et feuilletait les rapports d'inspection de Dockweiler. Cet examen ne lui prit qu'une heure : dès qu'il se fut familiarisé avec le formulaire, il arriva à en faire rapidement le tour et à identifier la rue où s'était déroulée chaque inspection. Il cherchait les cinq où habitaient les victimes, y compris Beatriz Sahagun. Au bout d'une heure, il savait déjà que Dockweiler s'était trouvé dans la rue de chacune des victimes dans les mois qui avaient précédé leur agression ou tentative d'agression. Dans deux cas, il avait même inspecté leur domicile plus de neuf mois auparavant.

Les renseignements glanés dans ces rapports l'aidèrent à délimiter, et de manière solide, le mode opératoire du bonhomme. Pour lui, Dockweiler commençait par voir ses victimes lorsqu'il inspectait leur domicile, puis il se mettait à les suivre et planifiait très soigneusement ses attaques pendant des semaines entières, voire des mois. Ses qualités d'inspecteur du bâtiment et d'ancien officier de police lui conféraient un savoir-faire qui l'aidait beaucoup dans ce processus. Bosch ne doutait pas un seul instant qu'il soit entré et ait rôdé dans les maisons de ses victimes, peut-être même alors qu'elles étaient chez elles et dormaient.

Une fois la pièce « inspection des bâtiments » du puzzle terminée, il rédigea son rapport à charge. Il tapait avec deux doigts, mais n'en était pas moins rapide, surtout quand il connaissait à fond l'histoire qu'il voulait raconter et ne doutait d'aucun de ses aspects.

Il travailla encore deux heures sans marquer le moindre arrêt ou même seulement lever le nez de son écran d'ordinateur. Une fois sa tâche terminée, il avala une gorgée de café froid et appuya sur la touche *impression*. L'imprimante générale à l'autre bout de la pièce cracha les six pages à interligne simple d'une chronologie qui démarrait avec le premier viol du Screen Cutter quatre ans plus tôt et se terminait sur l'image d'un Kurt Dockweiler face contre terre dans la cuisine, une balle dans la colonne vertébrale. Bosch la relut un stylo rouge à la main, effectua les corrections à l'ordinateur et la réimprima. Puis il l'apporta au bureau du chef, qu'il retrouva en ligne avec un autre journaliste. Valdez couvrit à nouveau l'appareil de sa main.

— *USA Today*, dit-il. Ça va passer dans tout le pays.

— Veillez à ce qu'ils épellent votre nom comme il faut, lui renvoya Bosch. Je vais avoir besoin que vous me lisiez et approuviez ce truc-là. Je veux déposer ce dossier contre Dockweiler dès demain matin. Je lui ai collé cinq viols, une tentative de viol, un enlèvement, une agression à arme létale et quantité de vols de documents administratifs.

— Bref, l'approche « on-y-met-le-paquet ». J'aime assez.

— Vous me dites? Je dois encore rédiger le rapport d'expertise et donner la teneur du mandat de perquisition qu'on a obtenu dans la nuit.

Bosch s'apprêtait à quitter le bureau du chef lorsque celui-ci leva un doigt, puis revint à son appel téléphonique.

— Donna, dit-il, faut que j'y aille. Vous avez tous les détails dans le communiqué de presse et, comme je vous l'ai dit, nous ne donnerons pas le nom de l'inspectrice pour l'instant. Nous avons mis hors course un très sale monsieur et nous en sommes tous très fiers. Merci.

Il raccrocha au moment même où, tous les deux l'entendirent, la journaliste lui posait déjà une autre question.

— Depuis ce matin que ça dure! dit-il. On nous appelle d'absolument partout. Et tout le monde veut des photos du repaire et parler à Bella et à vous.

— Je vous ai déjà entendu parler de « repaire » tout à l'heure. C'est comme ça que tout prend un autre sens dans les médias. Ce n'est pas un « repaire », c'est un abri antiatomique.

— Bah, dès qu'il aura un avocat, Dockweiler pourra me poursuivre en justice. Ces journalistes... L'un d'entre eux m'a dit que le prix moyen d'une incarcération est de trente mille dollars par an et vu que Dockweiler a maintenant toutes les chances d'être paraplégique, pour lui ce sera le double. Alors, je lui ai demandé : « Bon, donc, qu'est-ce que vous êtes en train de me dire? Qu'il aurait fallu l'exécuter sur place pour économiser tout ce fric? »

— C'est vrai qu'on aurait pu...

— Je vais oublier ce que vous venez de dire, Harry. Je ne veux même pas envisager ce que vous vous apprêtiez à lui faire la nuit passée.

— Seulement ce qui était nécessaire pour retrouver Bella.

— Eh bien, comme on l'a effectivement retrouvée...

— On a eu de la chance.

— Ce n'était pas de la chance. C'était le résultat d'un bon travail d'enquête. Toujours est-il que vous devriez être prêt. Ils essaient de savoir qui a tiré et quand ils apprendront que c'est vous, ils vont relier ça au truc de l'année dernière à West Hollywood[1] et tout le reste avant. Soyez prêt.

— Je vais prendre des vacances et disparaître.

1. Cf. *Mariachi Plaza*, paru dans cette même collection.

— Bonne idée. Bon alors, c'est prêt ? demanda Valdez qui venait de s'emparer du document que Bosch lui avait apporté.

— C'est à vous de me le dire.

— OK, donnez-moi un quart d'heure.

— À propos… Où est passé le capitaine ? On ne l'a pas vu de toute la journée. Il dort ?

— Non, il est resté à l'hôpital avec Bella. Je voulais qu'il y ait quelqu'un là-bas pour tenir les médias à l'écart et aussi pour le cas où elle aurait besoin de quelque chose.

Bosch acquiesça d'un signe de tête. La décision était bonne. Il informa Valdez qu'il serait à la salle des inspecteurs et y attendrait son e-mail ou un coup de fil s'il voulait changer quoi que ce soit dans le document.

Il retourna à son ordinateur dans la salle des inspecteurs. Il allait mettre la dernière touche à un rapport sur tous les éléments de preuve matériels recueillis dans l'affaire lorsque son portable bourdonna. C'était Mickey Haller.

— Hé, frangin, lui lança l'avocat, j'entends plus parler de toi. T'as parlé à la petite fille ?

L'affaire Vance avait été si complètement évincée de son esprit par les événements des dernières vingt-quatre heures que Bosch eut l'impression que son voyage à San Diego remontait à un mois.

— Non, pas encore.

— Et Ida Parks Machin-Chouette ?

— Ida Townes Forsythe. Non, je n'ai pas eu le temps non plus. Ç'a été passablement fou avec mon autre boulot.

— Ah, putain ! T'es sur l'affaire du mec avec son repaire là-haut à Santa Clorox ?

Santa Clorox était un vieux surnom donné à Santa Clarita pour laisser entendre que la première incarnation de la ville avait été d'être la destination préférée des Blancs qui fuyaient

Los Angeles[1]. Bosch trouva la remarque plutôt inappropriée dans la bouche de quelqu'un qui avait grandi à Beverly Hills, soit dans le premier bastion des Blancs isolationnistes et privilégiés du comté.

— Oui, j'y travaille, répondit-il.

— Dis-moi, ce mec a déjà un avocat?

Bosch hésita avant de répondre.

— C'est pas un truc à faire, dit-il enfin.

— Hé, moi, je fais tout ce qu'il y a à faire, lui renvoya Haller. T'as une affaire, tu démarres. Mais tu as raison, cette histoire d'homologation de testament risque de m'occuper un bon moment.

— Ils ont lancé la procédure d'homologation pour Vance?

— Non. On attend.

— Bon, je devrais pouvoir m'y remettre demain dans la journée. Dès que je retrouve la petite fille, je te le fais savoir.

— Amène-la-moi, Harry. J'aimerais bien la rencontrer.

Bosch ne répondit pas. Toute son attention s'était reportée sur son écran : il venait de recevoir un e-mail dans lequel Valdez validait son résumé de l'affaire et sa proposition de charges à retenir contre Dockweiler. Il ne lui restait plus qu'à finir son rapport sur les éléments de preuve et donner la teneur du mandat de perquisition obtenu, et il pourrait y aller.

1. Le Clorox est un produit d'entretien à base de Javel.

CHAPITRE 36

Ce mercredi matin-là, Bosch fut devant les portes du bureau du district attorney dès l'ouverture. L'affaire étant de première importance, il s'était arrangé pour obtenir un rendez-vous afin de soumettre ses charges contre Dockweiler. Au lieu d'être prise par un procureur de l'accueil qui enregistrerait le dossier avant de le passer à quelqu'un d'autre, l'affaire fut dès le début assignée à une star des avocats plaidants du nom de Dante Corvalis. Bosch n'avait jamais travaillé avec lui, mais il le connaissait de réputation : au prétoire, on lui donnait de « L'invaincu » parce qu'il n'avait jamais perdu une seule de ses causes.

L'enregistrement s'effectua sans problème, Corvalis ne rejetant que les charges de vol de documents administratifs que Bosch voulait inclure. Corvalis lui expliqua que l'affaire serait déjà bien assez compliquée avec tous les témoignages des victimes et les résultats d'analyses d'ADN qu'il faudrait expliquer aux jurés. Il n'était pas nécessaire de perdre son temps avant ou pendant le procès à leur détailler les vols d'outils, de ciment et d'une bouche d'égout que Dockweiler avait perpétrés à l'encontre du service des Travaux publics. Tout cela n'était que broutilles qui risquaient de déclencher un retour de bâton de la part des jurés.

— C'est l'effet télé, dit-il. Tous les procès filmés ne durent qu'une heure. Dans les affaires réelles, les jurés perdent patience.

D'où la nécessité de ne jamais suraccuser. En plus de quoi, au fond, on n'en a pas besoin. On a assez de matériel pour lui coller perpète. Et c'est ce qu'on va faire. Alors on laisse tomber la bouche d'égout... sauf quand vous parlerez de la manière dont vous avez trouvé Bella. Ce sera un très joli détail sur lequel s'appesantir dans votre témoignage.

Bosch ne discuta pas ce point. Il était heureux qu'un des plus grands joueurs du Bureau du procureur prenne tout de suite son affaire. Ils tombèrent d'accord pour se retrouver tous les mardis pour mettre au point les préparatifs du procès.

Bosch ressortit du Foltz Center avant 10 heures. Plutôt que de regagner sa voiture, il descendit Temple Street à pied et passa au-dessus de la 101 à la hauteur de Main Street. Il traversa ensuite Paseo de la Plaza Park, prit Olvera Street jusqu'au bout du bazar mexicain pour s'assurer qu'on ne pouvait pas le suivre en voiture.

Arrivé à l'extrémité du long passage entre les étals de souvenirs, il se retourna et vérifia qu'on ne le suivait pas à pied. Satisfait de voir qu'après plusieurs minutes d'observation il était toujours seul, il renchérit dans les mesures antisurveillance en traversant Alameda Street pour entrer dans la gare d'Union Station. Il en traversa le gigantesque hall et monta jusqu'au toit par un chemin passablement détourné, et là, il sortit un passe TAP[1] de son portefeuille et emprunta la Gold Line du métro.

Il regarda tous les gens de la rame alors qu'elle quittait la gare direction Little Tokyo. Au premier arrêt, il descendit, mais resta juste à côté de la portière. Et observa tous les voyageurs qui descendaient, mais n'en repéra aucun de suspect. Il remonta dans la rame pour voir si quelqu'un l'imitait, attendit le signal sonore indiquant que les portes allaient se fermer, et ressortit au dernier moment.

1. Transit Access Pass.

Personne ne l'avait suivi.

Il descendit encore Alameda Street sur deux blocs, puis coupa vers le fleuve. D'après l'adresse qu'il avait, Vibiana Veracruz habitait un studio en plein centre de l'Arts District, dans Hewitt Street, à deux pas de Traction Avenue. Il revint vers Hewitt Street en s'arrêtant sans cesse pour regarder derrière lui. Il longea plusieurs anciens bâtiments commerciaux déjà transformés, ou en train de l'être, en immeubles de lofts.

L'Arts District était bien plus qu'un quartier. C'était un mouvement. Presque quarante ans plus tôt, des artistes pratiquant toutes sortes de disciplines avaient commencé à prendre possession de millions de mètres carrés d'espaces vides dans les usines et les entrepôts d'expédition de fruits abandonnés qui avaient jadis fait florès dans la région avant la Deuxième Guerre mondiale. Au prix de quelques centimes par mètre carré de ces gigantesques lieux où vivre et travailler, certains des artistes les plus notables de la ville y prospéraient à présent. Il semblait juste que ce mouvement ait pris racine dans la région même où, au début des années 1900, des artistes avaient rivalisé d'imagination pour décorer les caisses de fruits expédiées dans tout le pays, popularisant ainsi un style californien qui, reconnaissable entre tous, proclamait que la vie est belle sur la côte Ouest. Cela comptait au nombre des petites choses ayant déclenché la vague d'immigration vers l'Ouest qui avait fait de la Californie l'État le plus peuplé de l'Union.

L'Arts District était maintenant confronté à nombre de problèmes inhérents au succès, à savoir une extension rapide du phénomène de l'embourgeoisement urbain. La décennie précédente avait attiré d'importants promoteurs intéressés par la perspective de faire de gros bénéfices. Le prix du mètre carré ne s'estimait plus en centimes, mais en dollars. Beaucoup de nouveaux locataires exerçaient des professions libérales haut de gamme à Hollywood ou en centre-ville et auraient eu bien du mal à distinguer un pinceau à pointillés d'un pinceau à stencils. Beaucoup de restaurants étaient eux aussi haut de gamme et avaient de célèbres chefs cuisiniers et des services de voituriers qui coûtaient plus cher qu'un seul repas dans les vieux cafés du coin où les artistes se retrouvaient autrefois. Envisager que ce district puisse servir de refuge à l'artiste affamé devenait de plus en plus improbable.

Jeune officier assigné à la patrouille au début des années 70, Bosch avait servi à la division de Newton qui incluait ce qu'on appelait alors le Warehouse District[1]. Dans son souvenir, tout cela n'était que terrains vagues pleins de campements de sans-logis et de bâtiments vides où le crime de rue était roi. Il avait été transféré à la division de Hollywood avant que ne commence cette renaissance artistique. Maintenant qu'il y était à nouveau, il ne pouvait que s'émerveiller du changement. Il y a une différence essentielle entre la peinture murale et le graffiti. L'un et l'autre sont sans doute des œuvres d'art, mais les peintures murales de l'Arts District étaient belles et témoignaient d'un soin et d'une vision semblables à ceux qu'il avait vus à l'œuvre quelques jours plus tôt à Chicano Park.

Il longea l'American. Vieux de plus de cent ans, ce bâtiment avait à l'origine servi d'hôtel aux artistes de music-hall noirs pendant la ségrégation, puis s'était transformé en point zéro et du mouvement artistique et de la scène punk en plein essor dans les années 70.

Vibiana Veracruz vivait et travaillait de l'autre côté de la rue, dans un bâtiment qui avait jadis abrité une usine de cartonnage. C'était là que beaucoup des caissettes à fruits enrobés de cire avec leurs étiquettes aux allures de véritables cartes de visite de Californie avaient été produites. Haut de trois étages à revêtement de brique et ossature en acier, l'entrepôt était encore

1. District des entrepôts.

- 352 -

intact. Une plaque en cuivre apposée près de l'entrée racontait l'histoire de l'immeuble et en donnait la date de construction : 1908.

Il n'y avait ni verrou ni serrure de sécurité à l'entrée. Bosch pénétra dans un petit vestibule carrelé et consulta un tableau où étaient affichés le nom des artistes et leur numéro de loft. Veracruz habitait au 4-D. Il vit aussi sur un tableau d'affichage général plusieurs avis de réunions de locataires pour parler des problèmes de réglementation des loyers et s'opposer aux permis de construire imposés par la mairie. Il y avait là des listes à émarger et le nom Vib y était griffonné sur toutes. Il découvrit encore un prospectus annonçant la projection d'un documentaire intitulé *Les Jeunes Turcs* ce vendredi soir-là au loft 4-D. Le film portait sur les débuts de l'Arts District dans les années 70. « Venez voir cet endroit avant l'arrivée des rapaces! » proclamait le prospectus. Bosch eut l'impression que Vibiana Veracruz avait hérité d'une bonne part de l'activisme qui avait tant enflammé sa mère.

Avec ses jambes encore douloureuses d'avoir remonté en courant la pente qui conduisait à la maison de Dockweiler deux nuits plus tôt, Bosch n'avait aucune envie de se taper les trois étages à pied. Il trouva un monte-charge et s'éleva jusqu'au troisième à la vitesse de la tortue. La cabine faisant la taille de sa salle à manger, il se sentit gêné d'en être le seul occupant et de gâcher ainsi ce qui devait constituer une énorme quantité d'énergie pour faire monter la plate-forme. C'était de toute évidence un élément de design hérité de la période où le bâtiment abritait une usine de cartonnage.

Le dernier étage était divisé en quatre lofts à usage d'habitation et de travail accessibles à partir d'un vestibule industriel de couleur grise. La partie inférieure de la porte du 4-D était bardée d'autocollants représentant des personnages de bandes dessinées manifestement placés là au hasard par une personne de petite taille… le fils de Vibiana, se dit Bosch. Au-dessus se trouvait une carte de visite où Vibiana avait inscrit les heures où elle recevait ses clients et tous ceux qui voulaient voir ses travaux. L'atelier étant ouvert de 11 heures à 14 heures le mercredi, Bosch s'aperçut qu'il avait un quart d'heure d'avance. Il envisagea de frapper tout simplement à la porte étant donné que ce n'était pas pour regarder ses œuvres qu'il était là, mais il avait aussi l'espoir de se faire une idée de cette femme avant d'arrêter la manière dont il allait lui annoncer qu'elle était peut-être l'héritière d'une somme avec bien plus de zéros qu'elle ne pourrait jamais en imaginer.

Il réfléchissait encore à la marche à suivre lorsqu'il entendit quelqu'un monter l'escalier près de la cage du monte-charge. Une femme fit bientôt son apparition. Elle tenait un café glacé dans une main et une clé dans l'autre. Elle portait une salopette et avait un masque de protection respiratoire autour du cou. Elle eut l'air surprise de voir un homme l'attendre devant sa porte.

— Bonjour, dit-elle.

— Bonjour.

— Vous désirez?

— Euh… vous êtes bien Vibiana Veracruz?

Pas de doute, c'était elle. Elle ressemblait très clairement à la Gabriela des photos prises à la plage près de l'hôtel del Coronado. Il ne pointa pas moins le doigt sur la porte du 4-D comme s'il devait justifier sa présence au vu des heures de réception affichées.

— Oui, c'est moi, dit-elle.

— Eh bien… je suis en avance, dit-il. Je ne savais pas à quelles heures vous receviez. J'espérais voir quelques-unes de vos œuvres.

— Pas de problème. On n'en est pas loin. Je peux vous faire faire le tour. Comment vous appelez-vous?

— Harry Bosch.

Elle donna l'impression de reconnaître son nom, Bosch se demandant si sa mère n'avait pas trouvé le moyen de la contacter après avoir juré qu'elle ne tenterait pas de le faire.

— C'est le nom d'un peintre célèbre, dit-elle. Hieronymus Bosch.

Soudain, il comprit son erreur.

— Je sais, dit-il. Quinzième siècle. En fait, c'est mon vrai nom.

Elle déverrouilla sa porte avec une clé. Puis elle le regarda par-dessus son épaule.

— Vous plaisantez, c'est ça?

— Non.

— Vous avez de bien étranges parents, reprit-elle en ouvrant. Entrez. Je n'ai que quelques pièces d'exposition en ce moment. Il y a une galerie dans Violet Street où j'en ai deux ou trois de plus, et j'en ai aussi deux autres à l'ancienne gare de Bergamot. Comment avez-vous entendu parler de moi?

Il n'avait pas préparé d'histoire, mais il savait que l'ancienne gare de Santa Monica abritait toutes sortes de galeries. Il n'y était jamais allé, mais eut tôt fait de s'en servir de couverture.

— Oui, j'y ai vu vos œuvres, dit-il. J'avais des affaires à régler en centre-ville ce matin et je me suis dit que j'aimerais bien voir ce que vous aviez d'autre.

— Cool, dit-elle. Moi, c'est Vib.

Elle lui tendit la main, qu'il serra. Elle était à la fois douce et calleuse.

Le loft étant silencieux lorsqu'ils y entrèrent, Bosch se dit que son fils devait être à l'école. Une forte odeur de produits chimiques lui rappela le labo où l'on se servait de cyanoacrylates pour faire monter les empreintes.

Elle lui montra quelque chose à droite dans son dos. Il se retourna et vit que la partie avant du loft lui servait de studio et de galerie. Ses sculptures étant imposantes, il vit comment la présence du monte-charge et les six mètres de hauteur de plafond lui donnaient toute liberté de travailler en grand. Trois œuvres inachevées étaient posées sur des palettes à roulettes de façon à ce qu'on puisse les déplacer sans mal. La soirée cinéma du vendredi à venir se déroulerait probablement dans cette partie-là du loft, après qu'on en aurait déplacé les sculptures.

Il y avait aussi un espace de travail équipé de deux établis avec porte-outils. Un grand morceau de ce qui ressemblait à du caoutchouc mousse était posé sur une palette, la forme d'un homme semblant émerger d'une sculpture en devenir.

Les œuvres terminées étaient des dioramas en pur acrylique blanc. Toutes tournaient autour du thème de la famille nucléaire : mère, père, fille. L'interaction de ces trois éléments variait dans chaque sculpture, mais dans toutes la fille se détournait de ses parents et n'avait pas de visage précis. Elle avait bien un nez et des arcades sourcilières, mais ni yeux ni bouche.

Un de ces dioramas montrait le père en soldat portant divers paquetages, mais sans armes. Il avait les yeux fermés. Bosch y vit une ressemblance avec les photos de Dominick Santanello.

Il montra le diorama avec le père en soldat.

— De quoi parle cette sculpture ? demanda-t-il.

— De quoi parle-t-elle ? répéta-t-elle. Elle parle de la guerre et de la destruction des familles. Mais je ne crois vraiment pas que mes œuvres aient besoin d'explications. On s'en imprègne et on en éprouve quelque chose ou pas. Pour moi, l'art ne devrait pas s'expliquer.

Bosch se contenta de hocher la tête. Il eut l'impression d'avoir fait un faux pas en posant sa question.

— Vous avez probablement remarqué que cette sculpture va avec les deux autres que vous avez vues à la galerie de Bergamot, reprit-elle.

Il hocha encore une fois la tête, mais plus vigoureusement, comme pour lui faire sentir qu'il savait de quoi elle parlait. Mais maintenant qu'elle l'avait dit, il avait envie d'aller les voir.

Il garda les yeux fixés sur les sculptures et s'enfonça un peu plus dans la pièce pour les observer sous des angles différents. Il comprit que la fille était la même dans les trois œuvres, mais à des âges différents.

— Quel âge a la fille dans chacune de ces trois sculptures? demanda-t-il.

— Onze, treize et quinze ans, répondit Veracruz. Vous êtes très observateur.

Que son visage soit incomplet dans chacune de ces œuvres avait à voir, il le devina, avec l'abandon, le fait de ne pas connaître ses origines et de faire partie des sans-visages et des sans-noms. Et ça, il connaissait.

— C'est très beau, dit-il.

Et c'était sincère.

— Merci, dit-elle.

— Je n'ai jamais connu mon père, reprit-il, tout surpris de l'avoir dit.

Ça ne faisait pas partie de sa couverture. C'était la puissance de ces sculptures qui l'avait poussé à cette confidence.

— J'en suis désolée, dit-elle.

— Je ne l'ai rencontré qu'une fois. J'avais vingt et un an et je rentrais juste du Vietnam, précisa-t-il en lui montrant la sculpture à thème guerrier. J'avais fini par le retrouver. J'ai frappé à sa porte. Je suis content de l'avoir fait. Il est mort peu de temps après.

— Moi, je suis censée avoir vu mon père une fois quand j'étais bébé. Je n'en ai aucun souvenir. Lui aussi est mort peu après. Dans la même guerre.

— J'en suis désolé.

— Ne le soyez pas. Je suis heureuse. J'ai un enfant et j'ai mon art. Si j'arrive à empêcher que cet endroit tombe entre les mains de gens âpres au gain, tout ira bien

— C'est de cet immeuble que vous parlez? Il est à vendre?

— Il est déjà vendu, on n'attend plus que la ville donne son accord pour le transformer en bâtiment résidentiel. L'acheteur veut diviser chaque loft en deux, en virer les artistes et, tenez-vous bien, appeler ça « The River Arts Residences » !

Bosch réfléchit un instant avant de répondre. Elle venait de lui donner son entrée en matière.

— Et si je vous disais qu'il y a moyen d'arriver à ce que vous voulez ? lui lança-t-il. De faire en sorte que tout aille bien, je veux dire.

Rien ne venant, il se tourna vers elle et la regarda. Alors elle parla.

— Qui êtes-vous ? lui demanda-t-elle.

CHAPITRE 37

Vibiana Veracruz ne dit plus un mot tant elle était stupéfaite lorsque Bosch lui révéla qui il était et ce qu'il faisait. Il lui montra les preuves de son statut de détective privé agréé par l'État. Il ne lui parla pas nommément de Whitney Vance, mais l'informa qu'il l'avait retrouvée par son père et que pour lui, elle et son fils étaient les seuls deux héritiers par le sang d'une fortune industrielle. Ce fut elle qui mit Vance sur le tapis – elle venait de lire des articles sur la mort d'un milliardaire de l'industrie.

— C'est de cet homme que nous parlons? lui demanda-t-elle. De Whitney Vance?

— Ce que je veux faire, c'est d'abord confirmer le lien génétique entre vous avant de parler noms, lui renvoya-t-il. Si vous y êtes disposée, je vais prélever un peu de votre ADN par frottis buccal et l'apporter à un labo. On devrait avoir le résultat dans quelques jours et s'il y a confirmation, vous pourrez prendre l'avocat avec lequel je travaille ou en chercher un autre pour vous représenter. Ce sera à vous de choisir.

Elle hocha la tête comme si elle ne comprenait toujours pas et s'assit sur un tabouret qu'elle avait tiré de dessous un de ses établis.

— C'est juste que c'est difficile à croire, dit-elle enfin.

Bosch se souvint d'une émission télévisée qu'il regardait enfant. On y voyait un type parcourir tout le pays pour donner de la part d'un bienfaiteur inconnu des chèques de un million de dollars à des gens qui ne s'y attendaient pas. Bosch avait l'impression d'être cet homme-là. Sauf que lui, ce n'étaient pas des millions, mais bel et bien des milliards qu'il distribuait.

— C'est donc Vance, non? insista-t-elle. Vous ne le niez pas.

Bosch la regarda longuement.

— Savoir qui c'est change-t-il quoi que ce soit? lui demanda-t-il.

Elle se leva et s'approcha de lui. Et lui montra la sculpture avec le soldat.

— J'ai lu des articles sur cet homme cette semaine, reprit-elle. Il a aidé à construire les hélicoptères qui... Sa société faisait partie de la machine de guerre qui a tué son propre fils. Mon père, que je n'ai jamais eu la chance de connaître. Comment pourrais-je accepter cet argent?

Il hocha la tête.

— Tout pourrait dépendre de ce que vous en feriez, dit-il. Mon avocat parle d'argent pour changer le monde.

Elle le regarda, mais il comprit qu'elle voyait autre chose. Peut-être une idée que ses mots avaient fait naître en elle.

— Bon d'accord, dit-elle. Prenez un échantillon de ma salive.

— OK, mais il faut que vous compreniez quelque chose. Il y a des gens très puissants dans la corporation qui détient cette fortune pour l'instant. Ils ne vont pas être très heureux de devoir s'en séparer et pourraient bien ne reculer devant rien pour l'empêcher. C'est non seulement votre existence qui va être transformée par cet argent, mais vous et votre fils qui allez devoir prendre des mesures pour vous protéger jusqu'à ce que l'affaire arrive à son terme. Vous ne pourrez plus faire confiance à personne.

Comme il l'espérait, ses paroles la firent très clairement réfléchir.

— Gilberto, dit-elle en pensant tout haut, puis son regard se porta sur Bosch. Ces gens savent-ils que vous êtes ici?

— J'ai pris des précautions, répondit-il. Et je vais vous donner ma carte de visite. Si vous remarquez quoi que ce soit d'inhabituel ou sentez la moindre menace, appelez-moi. À n'importe quelle heure.

— C'est complètement surréaliste! Tout à l'heure, en montant les marches avec mon café, je me disais justement que je n'avais pas assez d'argent pour m'acheter de la résine. Ça fait sept semaines que je n'ai rien vendu et j'ai bien une subvention, mais elle couvre à peine mes dépenses pour mon fils et moi. Je suis en train de sculpter une œuvre, mais je n'ai pas le matériel nécessaire pour l'emballer et la terminer. Et tout d'un coup vous êtes là, devant moi, à me raconter une histoire de fric et d'héritage absolument folle.

Il acquiesça d'un hochement de tête.

— Bon alors, on le fait, ce prélèvement? lui demanda-t-il.

— Oui. Qu'est-ce que je dois faire?

— Vous ouvrez la bouche, c'est tout.

— Je devrais y arriver.

Il prit un tube dans la poche intérieure de sa veste, en dévissa le couvercle, en sortit le bâtonnet et s'approcha de Vibiana. L'écouvillon serré entre deux doigts, il en frotta l'extrémité de haut en bas contre l'intérieur de sa joue en prenant soin de le faire tourner pour obtenir un bon échantillon. Puis il remit le bâtonnet dans le tube, qu'il scella.

— D'habitude on fait deux prélèvements, dit-il. Ça vous ennuie?

— Non, allez-y, répondit-elle.

Il répéta l'opération. Avoir sa main si près de sa bouche lui parut bien intrusif. Vibiana, elle, n'en avait pas l'air autrement gênée. Il remit le deuxième échantillon dans son tube et le scella à son tour.

— J'ai prélevé un échantillon sur votre mère lundi. Ça fera partie de la comparaison. Ses chromosomes seront identifiés, puis séparés de ceux de votre père et de votre grand-père.

— Vous êtes descendu à San Diego ?

— Oui, je suis passé à Chicano Park et me suis rendu à son appartement. C'est là que vous avez grandi ?

— Oui, elle y habite toujours.

— Je lui ai montré une photo. Celle de vous le jour où vous avez vu votre père. Il n'est pas dessus parce que c'est lui qui l'a prise.

— J'aimerais la voir.

— Je ne l'ai pas sur moi, mais je vous la ferai parvenir.

— Et donc, ma mère est au courant de tout ça. De l'héritage. Qu'est-ce qu'elle a dit ?

— Elle ne connaît pas tous les détails de l'affaire. Mais elle m'a dit où vous trouver et que c'était à vous de décider.

Vibiana ne répondit pas. Elle semblait penser à sa mère.

— Je vais y aller, reprit Bosch. Je vous contacte dès que je sais quelque chose.

Il lui tendit une des cartes de visite bon marché qu'il s'était fait faire avec son nom et son adresse, puis il se tourna vers la porte.

Il regagna sa voiture garée dans un parking près du bâtiment du tribunal avant son rendez-vous avec le district attorney. Encore et encore il regarda autour de lui pour vérifier qu'on ne le surveillait pas. Il ne remarqua rien et fut bientôt de retour à sa Cherokee. Il en ouvrit le hayon, souleva le tapis de sol, puis le couvercle du puits de la roue de secours, et en sortit l'enveloppe matelassée qu'il y avait déposée ce matin-là.

Il referma le hayon, s'installa au volant et ouvrit l'enveloppe. Elle contenait le tube à échantillon marqué des initiales W-V que lui avait confié Whitney Vance. Elle contenait aussi deux autres tubes, marqués, eux, des initiales G-L, que lui avait donnés Gabriela Lida. Avec un marqueur Sharpie, il porta les initiales V-V sur le côté des deux tubes de prélèvement qu'il venait de faire à Vibiana.

Il rangea les tubes de Vibiana et de sa mère dans la poche de sa veste et réorganisa le contenu de l'enveloppe de façon à ce qu'on y trouve un échantillon de chacun des protagonistes de l'affaire. Il posa enfin l'enveloppe sur le siège à côté de lui et appela Mickey Haller.

— J'ai l'échantillon de la petite-fille, dit-il. Où es-tu ?

— Dans ma voiture. Au Starbucks de Chinatown. Je suis garé sous les dragons.

— Je t'y retrouve dans cinq minutes. J'ai donc le sien, celui de sa mère et celui de Vance sur moi. Tu vas pouvoir les apporter au labo.

— Parfait. Ils ont commencé l'homologation du testament aujourd'hui même à Pasadena. J'ai envie d'avancer, mais il nous faut la confirmation avant de pouvoir y aller.

— J'arrive.

Le Starbucks se trouvait au croisement de Broadway et de Cesar Chavez Avenue. Il lui fallut moins de cinq minutes pour y foncer et repérer la Lincoln garée en stationnement interdit, juste sous les dragons jumeaux à l'entrée de Chinatown. Il se rangea derrière la voiture de Haller, mit ses warnings et descendit de la Cherokee. Il remonta jusqu'à la portière arrière de la Lincoln et s'assit derrière le chauffeur. Haller était installé en face de lui, son ordinateur portable ouvert sur un bureau pliant. Bosch comprit qu'il était en train de se brancher sur le Wi-Fi du Starbucks voisin.

— Ah, le voilà, lança l'avocat. Et si vous alliez nous chercher des *lattes*, hein, Boyd? Tu veux quelque chose, Harry?

— Non, ça ira.

Haller tendant par-dessus le dossier de son siège un billet de vingt dollars au chauffeur, celui-ci descendit alors de la voiture sans dire un mot avant de refermer la portière derrière lui. Bosch et Haller étaient enfin seuls. Bosch tendit l'enveloppe à Haller.

— Tu me gardes ça comme s'il en allait de ta vie, dit-il.

— Oh, mais pas de problème. J'emporte ça tout de suite. Je vais bosser avec la CellRight, si t'es d'accord. C'est tout près, ils sont fiables et accrédités par l'AABB[1].

— Si ça te va, ça me va. Comment ça va se passer?

— Je leur file ça aujourd'hui et on devrait avoir un oui ou un non vendredi. Comparer l'ADN du grand-père à celui de la petite-fille implique un transfert de vingt-cinq pour cent des chromosomes. Ça va être un sacré boulot.

— Et pour Dominick?

— Pour ça, on va attendre. Commençons par voir ce que donnent les prélèvements.

— OK. As-tu eu le temps de jeter un coup d'œil au dossier d'homologation?

— Pas encore, mais je l'aurai avant ce soir. Je sais que pour eux, il n'y a pas d'héritiers de sang.

— Alors qu'est-ce qu'on fait?

— Eh bien, on attend la confirmation de la CellRight et si on l'a, on prépare notre petit paquet et on demande une ordonnance du tribunal.

— Pour faire quoi?

---

1. The American Association of Blood Banks ou Association américaine des banques de sang, organisme spécialisé dans les recherches de paternité.

— Pour qu'il suspende la dévolution successorale. On leur dit : « Minute, minute, on a un héritier légitime, un testament olographe et le moyen d'en prouver l'authenticité. » Et on se prépare à l'attaque.

Bosch acquiesça.

— Parce qu'ils vont nous tomber dessus, reprit Haller. Toi, moi, l'héritier, tout le monde. Faut pas se leurrer : on est tous visés. Ils vont essayer de nous faire passer pour des charlatans. Ça, on peut y compter.

— J'ai averti Vibiana. Mais je ne crois pas qu'elle se rende compte à quel point ils seront impitoyables.

— Attendons les retours d'ADN. S'ils sont conformes à ce qu'on pense et que c'est donc elle l'héritière, on met les chariots en rond et on la prépare à l'attaque des Indiens. Il est probable qu'il faille la faire déménager et la planquer quelque part.

— Elle a un gamin.

— Il faudra le planquer lui aussi.

— Elle a besoin de beaucoup d'espace pour travailler.

— Son travail pourrait bien devoir attendre un peu.

— OK, d'accord, dit Bosch qui ne pensait pas que ça lui plaise beaucoup.

— Je lui ai répété ton truc sur l'argent qui peut changer le monde. Pour moi, c'est ça qui l'a convaincue.

— Ça marche à tous les coups.

Haller se pencha pour regarder par la vitre et voir si son chauffeur attendait de reprendre le volant. Il avait disparu.

— Au bâtiment de la cour pénale, j'ai entendu dire que t'avais déposé ton dossier contre le maître du repaire.

— L'appelle pas comme ça, lui renvoya Bosch. Dit comme ça, ça a l'air d'une blague et je connais la femme qu'il y retenait. Elle va en subir les séquelles pendant un bon bout de temps.

— Désolé, je ne suis qu'un sans-cœur d'avocat de la défense. À propos… il en a pris un ?

— Je ne sais pas. Mais je te l'ai déjà dit, t'embarque pas là-dedans. Ce mec est un psychopathe sans conscience. Faut même pas t'en approcher.

— C'est vrai.

— Si tu veux mon avis, ce mec devrait être condamné à mort. Sauf qu'il n'a tué personne... à ce qu'on sait pour l'instant.

Par la fenêtre, Bosch vit que le chauffeur se tenait devant le Starbucks. Il avait deux tasses de café dans les mains et attendait qu'on lui fasse signe de revenir à la Lincoln. Bosch eut l'impression qu'il regardait quelque chose de l'autre côté de la rue. Et qu'il y allait d'un léger hochement de tête.

— Hé mais, il vient pas de...

Bosch se tourna et jeta un coup d'œil par la lunette arrière pour essayer de voir ce que regardait le chauffeur.

— Quoi? demanda Haller.

— Ton chauffeur... Depuis combien de temps tu l'as?

— Qui ça, Boyd? Environ deux mois.

— C'est un de tes candidats au retour à la vie normale?

Bosch se pencha en avant pour regarder par la fenêtre de Haller. L'avocat prenait certains de ses clients comme chauffeurs pour les aider à régler les honoraires... qu'ils lui devaient.

— Je l'ai déjà aidé à se tirer d'affaire deux ou trois fois. Pourquoi? Qu'est-ce qui se passe?

— As-tu jamais parlé de la CellRight en sa présence? lui renvoya Bosch. Est-ce qu'il sait à qui tu vas apporter les échantillons?

Bosch venait de faire le rapprochement. Ce matin-là, il avait oublié de vérifier sa maison et la rue juste devant chez lui pour voir s'il y avait des caméras de surveillance, mais il se rappela Creighton lui parlant de Haller lors de leur engueulade dans l'entrée du commissariat. S'ils savaient pour Haller, ils pouvaient très bien l'avoir mis sous surveillance lui aussi. Ils avaient peut-être même un plan pour intercepter les échantillons d'ADN avant qu'ils arrivent à la CellRight ou après leur livraison.

— Euh non, je ne lui ai pas dit où on allait, répondit Haller. Je n'ai parlé de rien de tout ça dans la voiture. Qu'est-ce qui se passe ?

— Il se passe que tu es probablement sous surveillance. Et qu'il pourrait bien être dans le coup. Je viens juste de le voir faire un signe de tête à quelqu'un.

— Ah, putain de merde ! Il est mort, le mec ! Je vais le...

— Minute. Réfléchissons un peu. Est-ce que...

— Attends, dit Haller en levant la main pour empêcher Bosch de parler.

Il rangea son portable, replia son bureau, se leva et se pencha vers le volant. Bosch entendit le bruit sourd du coffre qui s'ouvrait.

Haller descendit de voiture et s'y rendit. Bosch l'entendit le refermer à la volée, puis Haller remonta dans la Lincoln, une mallette à la main. Il la déverrouilla et y ouvrit un compartiment secret. Un engin électronique y était caché. Haller appuya sur un commutateur et plaça la mallette sur la banquette entre eux deux.

— C'est un brouilleur à fréquences radio, dit-il. J'emporte ce petit bijou avec moi chaque fois que je vais voir un client en prison... on ne sait jamais qui pourrait nous écouter. Si quelqu'un essaie en ce moment, il se tape un sacré paquet de bruit blanc dans l'oreille.

Bosch fut impressionné.

— Je viens juste de l'acheter, reprit Haller. Mais il n'était pas emballé dans une jolie mallette. Je l'ai pris à un ancien client en guise de règlement partiel. Une mule de cartel. Il n'allait pas en avoir besoin là où il allait. Alors ton plan, c'est quoi ?

— Connais-tu une autre boîte où apporter ces échantillons ?

Haller acquiesça.

— La California Coding de Burbank, répondit-il. J'avais réduit mon choix à ces deux-là et comme la CellRight était d'accord pour accélérer le processus…

— Rends-moi le paquet, dit Bosch. J'apporte les prélèvements à la CellRight et toi, tu apportes un paquet bidon à la California Coding. Fais-leur croire que c'est là qu'on va faire les analyses.

Bosch sortit les tubes supplémentaires contenant les frottis buccaux de Vibiana et de Gabriela de la poche de sa veste. Comme il n'en avait pas en rab pour Whitney Vance, afin que la tromperie fonctionne si jamais les tubes tombaient entre de mauvaises mains, il se servit du marqueur Sharpie pour changer les initiales inscrites dessus. Il changea V-V en W-V, G-L devenant un G-E pris au hasard. Il fit ensuite signe à Haller de lui tendre l'enveloppe matelassée. Il en sortit les prélèvements de Vance, Lida et Veracruz, les glissa dans la poche de sa veste, mit les deux tubes retouchés dans l'enveloppe et la lui rendit.

— Tu apportes ça à la California Coding et tu leur demandes une comparaison en aveugle, dit-il. Ne laisse entendre à personne et surtout pas à ton chauffeur que tu penses être suivi. Moi, j'irai à la CellRight.

— Pigé. Mais je veux quand même lui botter le cul à ce fumier. Non mais, regarde-le!

Bosch lui jeta un nouveau coup d'œil. Boyd ne regardait plus de l'autre côté de la rue.

— On s'en occupera plus tard, dit-il. Et je te donnerai un coup de main.

Haller écrivait déjà quelque chose dans un grand bloc-notes. Il s'arrêta, déchira la page et la tendit à Bosch.

— C'est l'adresse de la CellRight et le nom de mon contact dans la boîte, dit-il. Il attend notre paquet.

Bosch reconnut l'adresse. La CellRight se trouvait près de l'université de Cal State qui abritait le labo du LAPD. Il pourrait y être en dix minutes, mais il lui en faudrait une trentaine pour être certain de ne pas être suivi.

Il ouvrit la portière et se retourna vers Haller.

— Garde bien cette mallette de cartel avec toi, dit-il.

— T'inquiète pas pour ça. Je le ferai.

Bosch hocha la tête.

— Dès que j'ai filé ça à la CellRight, je vais voir Ida Townes Forsythe, dit-il.

— Parfait, répondit Haller. On la veut de notre côté.

Bosch sortit de la Lincoln pile au moment où Boyd faisait le tour de la voiture pour gagner la portière conducteur. Bosch ne lui dit rien. Il regagna sa Cherokee, s'assit au volant et regarda le croisement au moment où la Lincoln de Haller prenait Cesar Chavez Avenue et partait vers l'ouest. Il y avait beaucoup de circulation au carrefour, mais Bosch ne vit aucun véhicule suspect, ou qui aurait pu prendre la Lincoln en filature.

CHAPITRE 38

Après avoir pris des mesures antisurveillance, dont celle de faire le tour complet du Dodger Stadium par le canyon de Chavez Ravine, Bosch déposa le paquet à la CellRight, sans incident. Une fois les trois tubes confiés au contact de Haller, il fila vers la 5, direction nord. Puis il passa par la sortie de Magnolia Boulevard à Burbank afin de continuer à faire détour sur détour, et se payer un grand sandwich chez Giamela. Il le mangea dans la voiture, sans cesser de garder un œil sur les allées et venues dans le parking.

Il rangeait l'emballage vide du sandwich dans son sac lorsque son portable gazouilla. C'était Lucia Sotto, son ancienne coéquipière au LAPD. Il prit l'appel.

— Comment va Bella Lourdes ? lui demanda-t-elle.

Pour un nom qui n'avait pas été divulgué dans la presse, la nouvelle s'était vite répandue.

— Tu connais Bella ?

— Un peu. Par *Las Hermanas.*

Bosch se rappela qu'elle faisait partie d'un groupe informel d'inspectrices latinas de tous les services de police du comté. Les liens qui les unissaient étaient d'autant plus forts qu'elles n'étaient pas nombreuses.

— Elle ne m'a jamais dit qu'elle te connaissait, reprit-il.

— Elle t'avait à l'œil, comme moi, et ne voulait pas que tu le saches.

— C'est que... Elle en a vu de toutes les couleurs. Mais elle est solide. Elle devrait s'en sortir.

— Je l'espère. C'est une histoire horrible.

Elle attendit un instant qu'il lui donne plus de détails, mais Bosch garda le silence. Enfin elle comprit.

— J'ai entendu dire que tu avais déposé ton dossier contre le mec, reprit-elle. J'espère que tu l'as coincé comme il faut.

— Il n'ira nulle part.

— C'est bon à entendre. À propos, Harry... quand est-ce qu'on se fait un déjeuner pour se remettre au jus ? Tu me manques.

— Ah zut, je viens juste de manger. On va se faire ça bientôt... la prochaine fois que je descends en centre-ville. Toi aussi, tu me manques.

— À bientôt, Harry.

Il sortit du parking et suivit un itinéraire tout en détours pour rejoindre South Pasadena. Il ne passa pas moins de quatre fois en une demi-heure devant chez Ida Townes Forsythe afin d'identifier les voitures garées dans Arroyo Drive et de repérer tout ce qui pourrait indiquer que la secrétaire et assistante de confiance de Whitney Vance était surveillée. Ne découvrant rien de tel, il repassa plusieurs fois derrière chez elle et décida qu'il n'y avait aucun danger à frapper à sa porte.

Il se gara dans une ruelle proche, revint dans Arroyo Drive et s'arrêta devant sa porte. La maison était bien plus agréable que ce qu'il en avait vu sur Google Maps. C'était une bâtisse de style California Craftsman classique très méticuleusement entretenue. Il accéda à une grande véranda ouverte et frappa à une porte à caissons en bois. Il ne savait absolument pas si Forsythe serait chez elle ou si elle avait encore du travail chez Whitney Vance. Si tel était le cas, il était prêt à l'attendre jusqu'à son retour.

Il n'eut pas à frapper deux fois. La femme qu'il venait voir ouvrit grand la porte et le regarda sans avoir l'air de le reconnaître.

— Madame Forsythe?

— Mademoiselle.

— Excusez-moi. Vous vous souvenez de moi? Harry Bosch? Je suis passé voir M. Vance la semaine dernière.

Elle le remit enfin.

— Bien sûr! Pourquoi êtes-vous ici?

— Euh, eh bien... D'abord, je voulais vous faire part de mes condoléances. Je sais que M. Vance et vous avez longtemps travaillé ensemble...

— Oui, c'est vrai. Ç'a été un sacré choc. Je savais qu'il était vieux et malade, mais on ne s'attend jamais à ce qu'un homme aussi puissant et d'une présence pareille disparaisse comme ça. Que puis-je faire pour vous, monsieur Bosch? J'imagine que ce sur quoi M. Vance vous avait demandé d'enquêter n'a plus grande importance maintenant.

Bosch décida que la meilleure approche était d'y aller bille en tête.

— Je suis ici parce que je veux vous parler du paquet que M. Vance vous a demandé de me faire parvenir la semaine dernière.

La femme debout dans l'encadrement de la porte se figea quasiment dix secondes avant de répondre. Elle avait l'air terrifiée.

— Vous savez que je suis surveillée, non?

— Non, je ne le savais pas, répondit-il. Avant de frapper, j'ai regardé tout autour et je n'ai remarqué personne. Mais si c'est le cas, invitez-moi à entrer. Je me suis garé au coin de la rue. Rester là devant chez vous comme ça est la seule chose qui dise que je suis là.

Elle plissa le front, mais finit par s'effacer et ouvrir plus grand la porte.

— Entrez, lui dit-elle.

— Merci.

Le vestibule était vaste et profond. Elle le lui fit traverser et le conduisit dans un salon en retrait d'une cuisine sans fenêtres donnant sur la rue. Puis elle lui indiqua une chaise.

— Que voulez-vous donc, monsieur Bosch ?

Il s'assit en espérant qu'elle l'imite, mais elle resta debout. Il n'avait pas envie que la conversation vire à l'affrontement.

— Eh bien, d'abord, j'ai besoin que vous me confirmiez ce que je vous ai dit à la porte. C'est bien vous qui m'avez envoyé ce paquet, n'est-ce pas ?

— Oui, c'est moi. Sur ordre de M. Vance.

— Saviez-vous ce qu'il contenait ?

— À ce moment-là, non. Mais maintenant, oui.

Tout de suite, cela l'inquiéta. Les anges gardiens de la corporation lui avaient-ils posé la question ?

— Comment se fait-il que vous le sachiez maintenant ?

— Parce qu'une fois M. Vance disparu et son corps enlevé, on m'a demandé de sécuriser son bureau. Et en le faisant, j'ai remarqué que son stylo en or avait disparu. C'est là que je me suis rappelé l'objet lourd dans le paquet qu'il m'avait demandé de vous envoyer.

Bosch hocha la tête de soulagement. Elle savait pour le stylo. Mais si elle ne savait pas pour le testament, peut-être était-ce que personne d'autre ne le savait encore. Cela donnerait un avantage certain à Haller lorsqu'il le ferait entrer en ligne de compte.

— Que vous a dit M. Vance lorsqu'il vous a donné ce paquet pour moi ?

— Il m'a dit de le mettre dans mon sac à main et de l'apporter chez moi. Il voulait que je le poste le lendemain matin avant d'aller au travail. Et j'ai fait tout ce qu'il m'a dit.

— S'en est-il assuré auprès de vous?

— Oui, c'est la première chose qu'il m'a demandée le lendemain matin. Je lui ai répondu que j'arrivais de la poste et il était satisfait.

— Si je vous montrais l'enveloppe qui m'a été envoyée, pourriez-vous l'identifier?

— Probablement. C'est lui qui y avait écrit l'adresse. Je la reconnaîtrais.

— Et si j'écris tout ça dans une déclaration officielle exactement comme vous venez de me le raconter, seriez-vous prête à la contresigner par-devant notaire?

— Pourquoi le ferais-je? Pour prouver que c'était son stylo? Si vous vous apprêtez à le vendre, j'aimerais pouvoir vous l'acheter. Je vous le paierais au-dessus de sa valeur marchande.

— Il ne s'agit pas de ça. Je ne vais pas le vendre. Ce paquet contenait un document dont l'authenticité pourrait être contestée et il se peut que moi, j'aie à prouver du mieux que je pourrai comment il est arrivé en ma possession. Ce stylo, qui était un bien de famille, m'y aidera, mais une déclaration officielle signée par vous m'y aiderait aussi.

— Je ne veux pas avoir affaire au conseil d'administration, si c'est de ça que vous parlez. Ces gens-là sont des bêtes. Ils vendraient père et mère pour une part de tout ce fric.

— Vous ne seriez pas plus mêlée à tout cela que vous ne l'êtes déjà, mademoiselle Forsythe.

Enfin elle gagna une autre chaise dans la pièce et s'assit.

— Que voulez-vous dire par là? demanda-t-elle. Je n'ai rien à voir avec tout ça.

— Le document contenu dans ce paquet était un testament écrit à la main. Vous y êtes portée comme une des bénéficiaires, dit-il en étudiant sa réaction.

Elle avait l'air perdue.

— Vous êtes en train de me dire que je vais recevoir de l'argent ou autre chose ?

— Oui. Dix millions de dollars.

Bosch vit son regard s'enflammer un instant lorsqu'elle comprit qu'elle était sur la liste des gens qui allaient avoir droit à une partie de la fortune. Elle leva le bras droit et serra un poing contre sa poitrine. Elle baissa le menton, mais Bosch vit bien trembler ses lèvres tandis que les larmes lui montaient aux yeux. Il ne sut trop qu'y voir.

Il s'écoula un bon moment avant qu'elle le regarde à nouveau.

— Je n'espérais rien, dit-elle. Je n'étais qu'une employée. Je ne faisais pas partie de sa famille.

— Êtes-vous allée là-haut cette semaine ?

— Non, pas depuis lundi. Le lendemain. C'est là qu'on m'a informée que mes services n'étaient plus requis.

— Et vous étiez là dimanche, quand M. Vance est mort ?

— Il m'avait appelée et demandé de passer. Il avait des lettres à écrire. Il m'avait dit de venir après le déjeuner et c'est ce que j'ai fait. C'est moi qui l'ai trouvé en arrivant dans son bureau.

— Vous avez eu l'autorisation d'y entrer sans escorte ?

— Oui, ce privilège, je l'avais depuis toujours.

— Avez-vous appelé une ambulance ?

— Non. Il était mort, à l'évidence.

— Était-il à son bureau ?

— Oui, c'est là qu'il est mort. Il s'y était effondré en avant et un peu sur le côté. Il donnait l'impression d'être mort rapidement.

— Vous avez donc appelé la sécurité.

— J'ai appelé M. Sloan, qui est venu et a appelé quelqu'un du personnel avec des connaissances médicales. Ils ont essayé de le ranimer, mais ça n'a rien donné. Il était mort et M. Sloan a appelé la police.

— Savez-vous combien de temps M. Sloan a travaillé pour M. Vance?

— Oh, longtemps. Je dirais... au moins vingt-cinq ans. Lui et moi sommes ceux qui ont travaillé le plus longtemps pour lui.

Elle se tamponna les yeux avec un mouchoir en papier qui lui fit l'effet de sortir de nulle part.

— Quand j'ai vu M. Vance, reprit Bosch, il m'a donné un numéro de téléphone et m'a informé qu'il s'agissait d'un portable. Je devais l'appeler sur cet appareil si j'avançais dans mon enquête. Savez-vous ce qu'il est advenu de ce téléphone?

Elle fit immédiatement non de la tête.

— Je ne sais rien de tout ça, dit-elle.

— J'ai appelé plusieurs fois à ce numéro et y ai laissé des messages. Et M. Sloan m'a aussi appelé avec. L'avez-vous vu prendre quoi que ce soit sur ou dans le bureau de M. Vance après sa mort?

— Non, il m'a dit de sécuriser le bureau après l'enlèvement du corps et je n'y ai vu aucun portable.

Bosch hocha la tête.

— Savez-vous pourquoi M. Vance m'avait engagé? Vous en a-t-il parlé?

— Non, répondit-elle. Personne ne le savait. Tout le monde voulait le savoir, mais il n'a rien dit à personne.

— Il m'avait engagé pour voir s'il avait un héritier. Savez-vous s'il me faisait surveiller par quelqu'un?

— Pourquoi l'aurait-il fait?

— Je n'en suis pas certain, mais le testament qu'il avait rédigé, et vous avait demandé de m'envoyer, laisse entendre très clairement que j'en avais trouvé un et qu'il était vivant.

Mais nous n'avons jamais reparlé de tout ça après le jour où je suis allé le voir à la propriété.

Forsythe fronça les sourcils comme si elle avait du mal à suivre ce qu'il lui racontait.

— Eh bien, je ne sais pas, dit-elle. Vous dites avoir appelé le numéro qu'il vous avait donné et y avoir laissé des messages. Que lui disiez-vous?

Bosch ne lui répondit pas. Il se rappelait avoir laissé un message très soigneusement formulé qu'on pouvait relier à l'histoire lui servant de couverture, celle où il devait retrouver James Aldridge. Mais on pouvait aussi y comprendre que Bosch avait trouvé un héritier.

Il décida de mettre fin à la conversation avec Forsythe.

— Mademoiselle Forsythe, dit-il, vous devriez chercher un avocat pour vous représenter dans cette affaire. Tout va devenir très probablement assez vilain quand ce testament sera déposé au tribunal pour homologation. Vous devez absolument vous protéger. Je travaille avec un avocat du nom de Michael Haller. Demandez à la personne que vous engagerez de le contacter.

— Je ne connais aucun avocat que je pourrais appeler, dit-elle.

— Demandez à vos amis de vous en recommander un. Ou à votre banquier. Les banquiers sont des gens qui traitent probablement tout le temps avec ce genre d'avocats.

— OK, d'accord.

— Et vous ne m'avez toujours pas répondu pour la déclaration sur l'honneur. Je vais la rédiger aujourd'hui et vous la rapporterai demain pour que vous la signiez. Ça vous va?

— Oui, bien sûr.

Il se leva.

— Avez-vous vu quelqu'un vous observer, vous ou la maison?

— J'ai déjà vu des voitures qui ne sont pas du quartier. Mais je ne peux pas en être sûre.

— Voulez-vous que je sorte par-derrière?

— C'est sans doute ce qu'il y a de mieux à faire.

— Pas de problème. Permettez que je vous donne mon numéro de portable. Appelez-moi si vous rencontrez la moindre difficulté ou si quelqu'un commence à vous poser des questions.

— Entendu.

Il lui tendit une carte de visite professionnelle, elle le conduisit jusqu'à la porte de derrière.

CHAPITRE 39

Remonter de South Pasadena au Foothill Freeway pour prendre vers l'ouest et rejoindre San Fernando ne posa aucune difficulté. Bosch appela Haller pour lui annoncer qu'il avait et déposé les échantillons à la CellRight et questionné Ida Townes Forsythe.

— Je quitte la California Coding à l'instant, lui dit Haller. Ils nous donneront les résultats la semaine prochaine.

Bosch se rendit compte que Haller était toujours dans la voiture que conduisait Boyd et qu'il était en train de berner ce dernier en racontant cette histoire de dépôt de prélèvements d'ADN à la California Coding.

— Des signes de surveillance? reprit-il.

— Toujours pas, non, répondit Haller. Parle-moi de ton entretien.

Bosch lui rapporta la conversation qu'il avait eue avec Forsythe et l'informa qu'il allait rédiger une déclaration et la lui ferait signer dès le lendemain.

— T'as un notaire avec lequel tu aimes bien travailler?

— Oui, je peux vous arranger ça, ou être moi-même le témoin, répondit Haller.

Bosch lui promit de rester en contact, raccrocha et arriva au commissariat du SFPD avant 16 heures. Il s'attendait à ce que la salle des inspecteurs soit vide à cette heure tardive, mais il vit de la lumière dans le bureau du capitaine. La porte était fermée. Il appuya la tête contre le montant pour savoir si Trevino était au téléphone, mais n'entendit rien. Il frappa à la porte, attendit, et soudain Trevino ouvrit.

— Harry. Quoi de neuf? demanda-t-il.

— Je voulais juste vous dire que j'ai déposé mon dossier contre Dockweiler aujourd'hui même. Ça devrait lui valoir de vingt à soixante ans de prison au total s'il tombe pour toutes les charges.

— Voilà une excellente nouvelle. Qu'est-ce qu'ils pensent de notre affaire?

— Pour eux, c'est du solide. L'adjoint du district attorney m'a donné une liste de choses à préparer pour l'audience préliminaire et je me suis dit qu'il valait mieux m'y attaquer.

— Parfait, parfait. Et donc, ç'avait déjà été assigné à quelqu'un?

— Oui, Dante Corvalis s'en occupe depuis le début. Et c'est un des meilleurs. Il n'a jamais perdu un procès.

— Fantastique. Eh bien, continuez. Moi, je vais rentrer chez moi dans pas longtemps.

— Comment va Bella? Vous êtes passé à l'hôpital?

— Non, pas aujourd'hui, mais d'après ce que j'ai entendu dire, elle irait plutôt pas mal. Ils disent qu'ils vont essayer de la renvoyer chez elle dès demain et ça lui plaît.

— Ça lui fera du bien d'être avec Taryn et leur gamin.

— Oui.

Ils étaient toujours debout à la porte du bureau. Bosch sentit que le capitaine avait autre chose à lui dire, mais un silence embarrassé s'installa entre eux.

— Bon, ben, j'ai des trucs à rédiger, finit par dire Bosch.

Et il se tourna vers son box.

— Euh, Harry ? lui lança Trevino. Vous pouvez entrer une minute ?

— Bien sûr.

Le capitaine s'installa à son bureau et pria Bosch de s'asseoir, ce dernier prenant le seul siège disponible.

— C'est parce que je me suis servi de l'ordinateur du DMV pour mon affaire privée ? demanda-t-il.

— Oh, non ! lui renvoya Trevino. Pas du tout ! Tout ça, c'est du passé.

Puis il lui montra la paperasse sur son bureau et ajouta :

— Je suis en train de travailler au prochain déploiement. Je fais ça pour tout le service. Côté patrouilles, ça va, mais côté inspecteurs, pas vraiment. Il nous en manque évidemment un avec Bella hors course et pour le moment, rien ne nous dit quand elle reviendra, si jamais elle revient.

Bosch acquiesça d'un signe de tête.

— Et jusqu'à ce qu'on sache ce qu'on ne sait toujours pas, il va falloir que son poste reste ouvert, reprit Trevino. J'en ai donc parlé au chef aujourd'hui même et il va aller voir le conseil municipal pour lui soumettre une demande de financement temporaire. On aimerait vous avoir à plein-temps. Qu'est-ce que vous en pensez ?

Bosch réfléchit un moment avant de répondre. Il ne s'attendait pas à cette offre, surtout venant d'un Trevino qui ne l'avait jamais vraiment porté dans son cœur.

— Vous voulez dire que je ne serais plus de la réserve ? Que je serais payé ?

— Oui, monsieur. Salaire standard d'inspecteur de catégorie trois. Je sais que vous gagniez plus au LAPD, mais c'est ce qu'on donne ici.

— Et je m'occuperais de toutes les affaires de crimes contre les personnes ?

— C'est-à-dire que… pour l'essentiel, je crois que vous travailleriez sur Dockweiler et, bien sûr, on n'oublie pas les affaires non résolues. Mais bon, oui, quand il y aura quelque chose, vous traiterez les crimes contre les personnes. Et là, vous serez avec Sisto quand il faudra aller sur le terrain.

Bosch acquiesça d'un signe de tête. Il était bon d'être désiré, mais il n'était pas très sûr de vouloir s'engager à plein-temps à San Fernando. À ses yeux, l'affaire Vance et son rôle d'exécuteur testamentaire allaient lui prendre beaucoup de temps dans un avenir proche, surtout, et c'était probable, si l'homologation donnait lieu à conflit.

Trevino prit son silence pour autre chose.

— Écoutez, dit-il. Je sais que vous et Sisto vous êtes engueulés au bureau des Travaux publics, mais pour moi, c'était juste un truc dans le feu de l'action. Lorsque vous avez enfin trouvé et sauvé Bella, il me semble que vous avez bien bossé ensemble. Je me trompe?

— Pas de problème avec Sisto, répondit Bosch. Il veut devenir un bon inspecteur et ça, c'est déjà la moitié de la bataille de gagnée. Mais et vous? Quand vous avez voulu me virer ce soir-là, c'était aussi un truc dans le feu de l'action?

Trevino leva la main en signe de reddition.

— Harry, dit-il, vous savez bien que cet arrangement m'a posé un problème dès le début. Mais je vous le dis : j'avais tort. Regardez cette affaire… celle du Screen Cutter. On l'a coincé et c'est entièrement grâce à votre travail, et moi, ça, j'apprécie. En ce qui me concerne, vous et moi, ça va. Et juste pour que vous le sachiez : c'était pas l'idée du chef. C'est moi qui suis allé le voir pour lui demander de vous prendre à plein-temps.

— J'apprécie. Et donc, ça voudrait dire plus d'affaires privées, c'est ça?

— On peut en parler au chef si vous pensez avoir besoin de les garder aussi. Qu'est-ce que vous en dites?

— Eh bien mais… et l'enquête des services du shérif sur la fusillade ? Y aurait pas besoin d'attendre une décision officielle et que ça monte jusqu'au district attorney ?

— Oh allons ! Tout le monde sait que c'était un bon tir. On pourrait se faire tirer l'oreille sur la tactique employée, mais question « fallait-il tirer ou pas ? », personne ne tiquera. Et en plus, tout le monde comprend que Bella étant hors course, ça nous réduit nos effectifs et là, c'est le chef qui décide.

Bosch acquiesça. Il avait l'impression que Trevino répondrait oui à toutes les questions qu'il pourrait lui poser.

— *Captain*, dit-il, je peux prendre la nuit pour y réfléchir et vous dire ça demain ?

— Bien sûr, Harry, pas de problème. Vous me direz demain.

— Reçu cinq sur cinq.

Bosch quitta le bureau du capitaine, en referma la porte derrière lui et entra dans son box. La vraie raison qui l'avait poussé à passer au commissariat était l'imprimante pour la déclaration de Forsythe. Cela étant, il n'avait pas l'intention d'en entamer la rédaction avec un Trevino qui pouvait sortir de son bureau et venir voir ce qu'il faisait à tout moment. Jusqu'à ce que ce dernier s'en aille, il tua donc le temps en revoyant la liste des choses à faire qu'il avait dressée pendant la réunion avec Dante Corvalis ce matin-là.

Entre autres demandes, le procureur voulait qu'il lui donne des déclarations actualisées, et signées, de toutes les victimes connues de Dockweiler. Il y avait encore ajouté des questions précises auxquelles il attendait des réponses. Ces pièces seraient enregistrées lors de l'audience préliminaire et permettraient aux victimes de ne pas avoir à y témoigner. Pour l'audience préliminaire, la seule obligation du procureur n'était en effet que de fournir un dossier *prima facie*[1] étayant les charges.

1. Un début de preuves contre l'accusé.

Prouver la culpabilité au-delà de tout doute raisonnable était réservé au procès. La tâche de soumettre ce dossier lors de l'audience préliminaire reposerait essentiellement sur les épaules de Bosch dans la mesure où ce serait lui qui devrait témoigner de ce qui s'était passé dans l'enquête ayant conduit à l'arrestation de Dockweiler. À moins que cela ne soit absolument nécessaire, Corvalis voulait éviter aux victimes de viol d'avoir à témoigner à la barre et d'ainsi revivre, et publiquement, l'horreur de ce qui leur était arrivé. Il voulait que cela ne se produise qu'une fois, et seulement quand ça compte, à savoir au procès.

Bosch avait préparé la moitié des modèles de questions à soumettre aux victimes lorsque Trevino s'en alla et ferma la porte de son bureau après avoir éteint la lumière.

— OK, Harry, dit-il, je file.

— Dormez bien et reposez-vous.

— Vous serez là demain ?

— Je n'en suis pas encore certain. Mais soit je passe, soit je vous donne ma réponse par téléphone.

— Parfait.

Bosch regarda par-dessus la cloison de son box pour voir Trevino gagner le tableau de présence et y inscrire l'heure de son départ. Il n'avait rien dit quand Bosch n'y avait rien porté en arrivant.

Le capitaine disparut et Bosch se retrouva enfin seul. Il sauvegarda ses modèles de témoignages, ouvrit un nouveau document et rédigea une déclaration commençant par les mots : « Je, soussignée, Ida Townes Forsythe… »

Il lui fallut moins d'une heure pour consigner deux pages de faits réduits au minimum : témoins, déclarations et avocats, il savait en effet d'expérience que moins on mentionne de choses, moins on donne d'angles d'attaque aux avocats de la partie adverse.

Il imprima le document en deux exemplaires à faire signer à Forsythe – l'un à enregistrer par le tribunal et l'autre à conserver dans un dossier comportant des copies de tous les documents importants dans l'affaire.

Il était à l'imprimante lorsqu'il vit, apposée au panneau d'affichage de l'unité, une feuille à signer par tous ceux qui voulaient bien contribuer à un *bowling-o-ton* destiné à lever des fonds pour un collègue en congé suite à des blessures graves. L'officier de police s'appelait 11-David, Bosch y reconnut l'indicatif radio de Bella Lourdes. L'affichette indiquait qu'elle serait certes rémunérée à plein tarif pendant son congé, mais qu'elle aurait sans doute à régler x et y frais supplémentaires non couverts par les assurances maladie et les remboursements prévus au contrat d'embauche d'une police au budget de plus en plus réduit. Bosch songea que ces dépenses auraient probablement à voir avec des séances de psychothérapie que les assurances de la police ne prenaient plus en charge. Le *bowling-o-ton* commencerait le vendredi soir suivant et durerait aussi longtemps que possible, la contribution envisagée étant de un dollar par partie – soit environ quatre dollars de l'heure.

Bosch découvrit que Sisto s'était inscrit dans une des équipes. Il sortit un stylo de sa poche et signa sous Trevino dans la liste des sponsors. Le capitaine ayant décidé de monter à cinq dollars la partie, Bosch en fit autant.

Puis, une fois revenu à son bureau, il appela Haller. Comme d'habitude, l'avocat était à l'arrière de la Lincoln que son chauffeur conduisait quelque part en ville.

— La déclaration d'Ida est prête et je peux aller la voir dès que tu m'auras trouvé un notaire, dit-il.

— Parfait, dit Haller. Et comme moi aussi, j'aimerais la rencontrer, peut-être qu'on pourrait y aller ensemble. Qu'est-ce que t'as à 10 heures demain matin ?

Bosch se rendit compte qu'il avait oublié de demander un numéro de téléphone à Forsythe. Il n'avait aucun moyen de la contacter pour lui fixer un rendez-vous. Et il doutait fort qu'elle soit dans l'annuaire après avoir travaillé pour l'un des individus les plus reclus au monde.

— C'est OK pour moi, dit-il. On se retrouve chez elle. J'y serai tôt pour m'assurer qu'elle y est. Et toi, tu amènes le notaire.

— Marché conclu, dit Haller. Envoie-moi son adresse par e-mail.

— Ce sera fait et… encore un truc. Pour les originaux du paquet que j'ai reçu? Tu en as besoin demain ou seulement pour le tribunal?

— Non, garde-les où tu les as mis, du moment qu'ils sont en sûreté.

— Ils le sont.

— Bien. On ne montrera les originaux que lorsque le tribunal l'exigera.

— Compris.

Ils mirent fin à l'appel. Son affaire faite, Bosch ramassa les copies de la déclaration de Forsythe dans le bac de l'imprimante, quitta le commissariat et prit la direction de l'aéroport de Burbank – il lui semblait en effet qu'il valait peut-être mieux changer encore une fois de moyen de transport au moment où il arrivait à la phase finale de l'affaire Vance.

Il entra dans le parking des retours de voitures de location Hertz, rassembla ses effets, y compris son brouilleur de GPS, et y laissa la Cherokee. Il décida de compliquer encore un peu plus les choses en se rendant au comptoir Avis pour y louer un autre véhicule. En attendant son tour, il repensa à Forsythe et à la façon dont elle lui avait rapporté ce qui s'était passé les jours qui avaient suivi sa visite à Whitney Vance. Elle avait une vision et une connaissance absolument uniques de tout ce qui se passait dans la résidence de San Rafael Avenue. Il décida de préparer quelques questions supplémentaires pour le rendez-vous prévu le lendemain.

Il faisait nuit lorsque enfin il arriva à Woodrow Wilson Drive. Il prenait le dernier virage lorsqu'il vit une berline garée le long du trottoir devant chez lui, la lumière de ses phares révélant la silhouette de deux individus à l'intérieur : on l'attendait. Il passa devant le véhicule en essayant de deviner de qui il pouvait bien s'agir et pourquoi on se serait garé ainsi juste devant chez lui en se trahissant. Il arriva vite à une conclusion et la formula à haute voix :

— Les flics.

Ce devait être des inspecteurs des services du shérif qui avaient d'autres questions de suivi à lui poser sur la fusillade. Il fit demi-tour au croisement de Mulholland Drive, redescendit jusque chez lui et rangea sans la moindre hésitation sa Ford Taurus de location sous son auvent à voitures. Puis il la ferma à clé, repartit vers la route pour voir s'il y avait du courrier dans sa boîte… et jeter un coup d'œil à la plaque d'immatriculation de la berline. Mais déjà les deux hommes en descendaient.

Bosch ouvrit la boîte aux lettres – elle était vide.

— Harry Bosch ?

Bosch se retourna. Il ne voyait en aucun de ces deux hommes quelqu'un qui aurait travaillé avec l'équipe d'évaluation des tirs des services du shérif venue enquêter sur la scène de crime dans l'affaire Dockweiler.

— Lui-même. Qu'est-ce qu'il y a, les gars ?

Les deux hommes lui sortirent en même temps un badge en or qui attrapa le reflet du lampadaire au-dessus d'eux. Blancs tous les deux, milieu de la quarantaine et portant manifestement des tenues de flic – à savoir standards et achetées dans un magasin « deux-pour-le-prix-d'un ».

Bosch remarqua que l'un d'eux tenait un classeur noir sous le bras. Ce n'était pas grand-chose, mais il savait que les classeurs ordinaires des services du shérif étaient verts et ceux du LAPD bleus.

— Police de Pasadena, lui lança l'un d'eux. Inspecteur Poydras, et je vous présente l'inspecteur Franks.

— De Pasadena ? répéta Bosch.

— Oui, monsieur, répondit Poydras. Nous travaillons sur une affaire d'homicide et aimerions vous poser quelques questions.

— À l'intérieur, si ça ne vous dérange pas, ajouta Franks.

Un homicide. Les surprises n'arrêtaient pas. Le regard effrayé d'Ida Townes Forsythe lui disant qu'elle était surveillée lui revint à l'esprit. Il s'immobilisa et regarda ses deux visiteurs.

— Le nom de la victime ? demanda-t-il.

— Whitney Vance, répondit Poydras.

CHAPITRE 40

Bosch fit asseoir les deux inspecteurs de Pasadena à la table de sa salle à manger et s'installa en face d'eux. Il ne leur offrit ni eau ni café ni quoi que ce soit d'autre. C'était Franks qui portait le classeur, il le posa au bord de la table.

Les deux inspecteurs ayant l'air d'être à peu près du même âge, la question de savoir qui commandait, qui bénéficiait de l'ancienneté, qui, en gros, était le mâle alpha de l'équipe, restait en suspens.

Bosch paria pour Poydras. C'était lui qui avait parlé le premier, et lui encore qui tenait le volant. Que Franks ait porté le classeur n'empêchait pas que ces deux faits lui assignent *de facto* le deuxième rôle. Autre fait probant, son visage en deux teintes. Il avait le front aussi blanc que celui d'un vampire, une ligne de démarcation le séparant nettement du rubicond du bas du visage. Pour Bosch, cela voulait probablement dire qu'il jouait fréquemment au softball ou au golf. Et comme il avait la quarantaine, c'était sans doute au golf. Ce passe-temps était très populaire chez les inspecteurs des homicides parce qu'il exigeait d'eux les mêmes qualités obsessionnelles nécessaires à leur travail. Mais parfois, il l'avait remarqué, ces parties de golf devenaient encore plus obsessionnelles que le travail à effectuer. On se retrouvait alors avec des types à deux teintes de visage jouant les seconds d'un chien alpha parce qu'ils n'arrêtaient pas de penser à la partie suivante, et de se demander qui pourrait leur ouvrir les portes du prochain club.

Bien des années auparavant, il avait fait équipe avec un certain Jerry Edgar. Et ce Jerry Edgar l'avait transformé en « veuve du golf » à cause de son obsession pour ce jeu. Un jour, une affaire avait exigé d'eux qu'ils partent pour Chicago afin d'y trouver et arrêter un type soupçonné de meurtre. En arrivant à l'aéroport de LAX pour prendre l'avion, Bosch avait vu Edgar enregistrer ses clubs de golf au comptoir. Edgar lui avait alors dit qu'il avait l'intention de rester un jour de plus à Chicago parce qu'il y connaissait quelqu'un qui pourrait le faire entrer au Medinah, Bosch se disant qu'il devait s'agir d'un club de golf. Les deux jours suivants les avaient vus chercher leur suspect en roulant dans une voiture de location au coffre bourré de clubs.

Assis en face des deux hommes de Pasadena, Bosch décida que le chien alpha était Poydras, et ne le lâcha plus des yeux.

Il attaqua avec une question avant qu'ils puissent le faire.

— Comment Vance a-t-il été tué ? demanda-t-il.

Poydras y alla d'un sourire embarrassé.

— Non, dit-il, on ne va pas faire comme ça. Nous sommes ici pour vous poser des questions, pas l'inverse.

Franks tint bien en l'air un carnet qu'il avait sorti de sa poche comme pour lui montrer que s'il était là, c'était pour y noter des renseignements.

— Sauf que c'est ça le hic, non ? lui renvoya Bosch. Si vous voulez des réponses, moi aussi, j'en veux. Donc, on échange.

Et d'agiter une main d'avant en arrière entre eux pour leur faire bien comprendre qu'on parlait échange libre et équitable.

— Euh, non, on n'échange pas, dit Franks. Un seul appel à Sacramento et on vous suspend votre licence de privé pour conduite non professionnelle. Voilà, c'est ça qu'on fera. Ça vous dit ?

Bosch porta les mains à son ceinturon, en ôta son badge de la police de San Fernando et le jeta sur la table, devant Franks.

— Ça ne fait rien, dit-il. J'ai un autre boulot.

Franks se pencha en avant, jeta un coup d'œil au badge, et ricana.

— Vous êtes de la réserve, dit-il. Allez donc avec ça et un dollar au Starbucks du coin et peut-être qu'on vous filera une tasse de café.

— Sauf qu'on vient de m'offrir un poste à plein-temps aujourd'hui même, lui renvoya Bosch. J'aurai mon nouveau badge demain. Et ce n'est pas que ce qui est écrit sur un badge aurait une quelconque importance.

— J'en suis vraiment heureux pour vous, dit Franks.

— Allez-y ! Appelez Sacramento et voyez ce que vous êtes capable de faire !

— Écoutez, et si on arrêtait tout de suite le concours de qui pissera le plus loin ? lança Poydras. On sait tout sur vous, Bosch. Votre passé au LAPD, ce qui est arrivé l'autre soir à Santa Clarita. On sait aussi que vous avez passé une heure avec Whitney Vance la semaine dernière et on est là pour trouver de quoi il retournait. Le bonhomme était vieux et en phase terminale, mais quelqu'un l'a expédié au Valhalla un peu tôt et on va déterminer qui et pourquoi.

Bosch marqua une pause et regarda Poydras. Il venait juste de confirmer que c'était lui qui avait la main dans l'équipe. C'était lui qui menait la danse.

— Je fais partie des suspects ? demanda Bosch.

Franks se renversa en arrière et hocha la tête de frustration.

— Et voilà qu'il recommence avec ses questions ! s'exclama-t-il.

— Bosch, dit Poydras, vous savez comment ça marche. Tout le monde est suspect jusqu'à preuve du contraire.

— Je pourrais appeler mon avocat tout de suite et ça mettrait immédiatement fin à tout ce truc, dit Bosch.

— C'est vrai, vous pourriez. Si vous le vouliez. Si vous aviez quelque chose à cacher.

Sur quoi il dévisagea Bosch et attendit. Bosch savait que Poydras comptait sur sa fidélité à la mission. Il avait passé des années entières à faire ce que ces deux-là étaient en train de faire et savait à quoi ils faisaient face.

— J'ai signé un accord de confidentialité avec Vance, dit-il.

— Vance est mort, dit Franks. Il s'en fout.

Bosch regarda délibérément Poydras lorsqu'il reprit la parole.

— Il m'avait embauché, dit-il. Il m'a payé dix mille dollars pour trouver quelqu'un.

— Qui ? demanda Franks.

— Vous savez que ce renseignement, je peux le garder confidentiel, répondit Bosch. Même Vance mort.

— Et nous, on peut vous coller les fesses au trou pour refus de collaboration dans une enquête pour meurtre ! lui renvoya Franks. Vous savez que vous vous en sortirez, mais combien de temps ça prendra ? Un ou deux jours au gnouf ? C'est ça que vous voulez ?

Bosch passa de Franks à Poydras.

— Que je vous dise, répondit-il. J'accepte de parler, mais seulement à vous, Poydras. Dites à votre coéquipier d'aller s'asseoir dans la voiture. Vous faites ça, et moi, je vous parle et je réponds à vos questions. Je n'ai rien à cacher.

— Je ne bouge pas d'ici, dit Franks.

— Alors vous n'aurez pas ce que vous êtes venu chercher, lui renvoya Bosch.

— Danny, dit Poydras en lui montrant la porte d'un signe de tête.

— Tu te fous de moi! s'écria Franks.

— Allez, va donc fumer une clope, dit Poydras. Histoire de te calmer.

Vexé, Franks se leva, ferma théâtralement son carnet et s'empara du classeur.

— Vous feriez mieux de laisser ça là, dit Bosch. Au cas où j'aurais à vous montrer des choses sur la scène de crime.

Franks se tourna vers Poydras, qui fit légèrement oui de la tête. Franks laissa tomber le classeur sur la table comme s'il était radioactif. Puis il sortit en prenant grand soin de claquer violemment la porte derrière lui.

Bosch se tourna vers Poydras.

— Si c'était votre numéro du gentil flic contre le méchant flic, je dois dire que vous êtes les meilleurs que j'aie jamais vus, dit-il.

— J'aimerais bien, lui renvoya Poydras. Mais ce n'était pas du théâtre. Il est juste un peu soupe au lait.

— Avec un handicap de six au-dessus du par, c'est ça?

— De dix-huit, en fait. C'est une des raisons pour lesquelles il est tout le temps furax. Mais restons sur le sujet qui nous occupe maintenant que nous ne sommes plus que deux à parler. Qui Vance vous a-t-il demandé de trouver?

Bosch marqua une pause. Il se savait au bord de la célèbre planche savonneuse. Tout ce qu'il dirait à la police pouvait être divulgué avant qu'il ne le souhaite. Mais le meurtre de Vance changeant la donne, il décida que l'heure était venue de donner afin de recevoir… dans la limite du raisonnable pour ce qui était de donner.

— Il voulait savoir s'il avait un héritier, répondit-il enfin. Il m'a dit avoir mis une fille enceinte à USC en 1950. Sous la pression familiale, il l'a ensuite plus ou moins abandonnée. Il s'en est senti coupable toute sa vie et voulait savoir si elle avait eu l'enfant et s'il avait donc un héritier. Pour lui, l'heure était venue d'équilibrer les comptes. S'il s'avérait qu'il avait effectivement un héritier, il voulait remettre les pendules à l'heure avant de mourir.

— Et vous avez trouvé cet héritier ?

— C'est là qu'on échange. Vous posez une question, je vous en pose une autre.

Il attendit, et Poydras fit le bon choix.

— Posez votre question.

— Quelle est la cause de la mort ?

— Ça ne sort pas d'ici.

— Pas de problème pour moi.

— Nous pensons qu'il a été étouffé avec un coussin du canapé de son bureau. Il a été retrouvé avachi sur sa table et ça semblait naturel. Le vieux qui s'effondre en travaillant. Du déjà-vu mille fois. Sauf qu'au Bureau du coroner, Kapoor profite de l'occasion pour faire son numéro auprès des médias et déclare qu'il y aura une autopsie. Il la fait lui-même et découvre une hémorragie avec pétéchies. Très légère, rien au visage. Juste du conjonctival.

Du doigt, Poydras lui montra le coin de son œil gauche pour illustrer son propos. Bosch avait déjà vu ça dans nombre d'affaires. Bloquer l'arrivée d'oxygène fait exploser les vaisseaux capillaires, le degré de violence de la lutte et la santé de la victime sont alors les variables aidant à déterminer l'étendue de l'hémorragie.

— Comment avez-vous empêché Kapoor de tenir une conférence de presse ? demanda Bosch. Il a besoin de tout ce qu'il peut y avoir de positif dans l'affaire. Découvrir qu'un meurtre a été transformé en mort naturelle, pour lui, c'est génial. Il en sort grandi.

— On a conclu un marché, répondit Poydras. Il se tient tranquille et nous laisse travailler, et nous, on l'invite à la conférence de presse quand on a la solution. Bref, on fait de lui un héros.

Bosch approuva d'un signe de tête. Il aurait fait pareil.

— Et donc, l'affaire nous tombe dessus à Franks et à moi, reprit Poydras. Croyez-le ou pas, on est les meilleurs. On retourne à la maison et on ne dit pas qu'il s'agirait d'un homicide. On dit seulement qu'on mène une enquête de suivi de qualité du travail et qu'on veut mettre les points sur les *i*. On prend des photos et quelques mesures ici et là pour que ç'ait l'air sérieux, on vérifie les coussins du canapé et on découvre ce qui ressemble à de la salive sur l'un d'entre eux. On fait les prélèvements, trouve la correspondance avec Vance et ça y est, on a l'arme du crime. Quelqu'un s'est emparé du coussin, est passé derrière lui assis sur sa chaise au bureau et le lui a appuyé sur la figure.

— Et avec un type aussi âgé que lui, la lutte n'a pas dû être longue, dit Bosch.

— Ce qui explique l'absence d'hémorragie visible. Le pauvre est mort comme un petit chat.

Bosch sourit presque d'entendre Poydras traiter Vance de « pauvre ».

— Il n'empêche, dit-il. Ça ne donne pas l'impression d'un truc préparé à l'avance.

Poydras ne répondit pas.

— C'est mon tour, dit-il à la place. Avez-vous trouvé un héritier ?

— Oui. La fille d'USC a bien eu son enfant... un garçon... et l'a donné pour adoption. Adoption que j'ai remontée jusqu'à trouver l'identité du gamin. Le seul problème est qu'il est mort dans un hélicoptère au Vietnam un mois avant ses vingt ans.

— Ah merde! Vous l'avez dit à Vance?

— Je n'ai jamais pu. Qui a eu accès à son bureau ce dimanche-là?

— En gros, des gens de la sécurité, un chef cuisinier et un genre de majordome. Une infirmière est passée s'occuper de ses ordonnances. On a tout vérifié. Il avait appelé sa secrétaire pour qu'elle lui écrive quelques lettres. C'est elle qui l'a trouvé en arrivant. Qui d'autre savait ce qu'il vous avait demandé de faire?

Bosch comprit à quoi pensait Poydras. Vance cherchait un héritier. Quelqu'un aurait très bien pu tirer bénéfice de sa mort s'il n'y avait pas d'héritier reconnu et entrer en lice pour précipiter les choses. D'un autre côté, un héritier pouvait lui aussi être assez motivé pour accélérer l'héritage. Heureusement pour elle, Vibiana Veracruz n'avait pas été identifiée comme héritière potentielle avant la mort de Vance. Et ça, pour Bosch, c'était un alibi plus que solide.

— D'après Vance, personne, répondit-il. Nous étions seuls quand nous nous sommes rencontrés et il m'a dit que personne ne devait savoir ce que je faisais. Un jour après avoir commencé à y travailler, son type de la sécurité s'est pointé chez moi pour essayer de savoir ce que j'avais derrière la tête. Il a même prétendu être envoyé par Vance. Je l'ai baladé.

— David Sloan? voulut savoir Poydras.

— Je n'ai jamais su son prénom, mais oui, c'était bien Sloan. Il travaille pour la Trident.

— Non, pas pour la Trident. Il travaillait avec Vance depuis des années et quand ils ont fait venir la Trident, il est resté chargé de la sécurité personnelle de Vance, en liaison avec la Trident. Et il est venu chez vous en personne?

— Oui, il a frappé à ma porte et m'a dit que Vance l'envoyait voir si j'avançais. Sauf que Vance m'avait fait promettre de ne parler à personne en dehors de lui-même. Ce que j'ai fait.

Bosch lui montra la carte de visite avec le numéro de téléphone que Vance lui avait donnée. Il l'informa ensuite qu'il l'avait appelé plusieurs fois et lui avait laissé des messages. Et lui dit comment Sloan lui avait répondu quand il avait appelé ce numéro après la mort du vieil homme. Poydras se contenta de hocher la tête en notant le renseignement et en le rangeant avec d'autres. Il n'indiqua en aucune manière si la police avait ce numéro de téléphone secret et la liste des appels passés. Et sans même demander s'il pouvait la prendre, il glissa la carte dans la poche de sa chemise.

Bosch aussi organisait ce que Poydras venait de lui livrer avec ce qu'il savait déjà. Pour l'instant, il avait reçu plus qu'il n'avait donné. Et quelque chose le tracassait dans ces nouveaux renseignements lorsqu'il les passait au crible de ce qu'il connaissait de l'affaire. Il y avait un truc qui coinçait. Il n'arrivait pas à dire exactement quoi, mais c'était là, et c'était inquiétant.

— Vous cherchez un peu du côté corporation ? demanda-t-il, juste pour que la conversation ne meure pas pendant qu'il analysait ce qui l'inquiétait.

— Je vous l'ai dit, personne n'est laissé de côté, répondit Poydras. Certains membres du conseil d'administration mettaient en doute les compétences de Vance et essayaient de le virer depuis des années. Mais il réussissait toujours à obtenir les votes nécessaires. Bref, avec certains d'entre eux, ce n'était pas vraiment l'amour fou. Ce groupe était conduit par un certain Joshua Butler, qui deviendra probablement président. C'est toujours la question de savoir qui l'emporte et qui y gagne le plus. On lui cause en ce moment même.

Ce qui voulait dire qu'ils le considéraient comme un suspect possible. Et ce n'était pas que ce Butler aurait fait quoi que ce soit personnellement, seulement qu'il avait les moyens de faire en sorte que le travail soit fait.

— Ce ne serait pas la première fois que des tensions au sein d'un conseil d'administration conduisent à un assassinat, dit-il.

— Oh que non ! s'exclama Poydras.

— Et le testament ? J'ai entendu dire qu'on attaquait l'homologation aujourd'hui même.

Bosch espéra avoir glissé sa question comme si de rien n'était, comme s'il ne s'agissait que d'un prolongement de l'aspect mobile possible d'un membre de la corporation.

— Ils ont effectivement commencé l'homologation d'un testament présenté à l'avocat de la corporation en 92, répondit Poydras. C'était le dernier connu. Vance aurait apparemment eu son premier problème de cancer à ce moment-là et aurait donc demandé à un avocat de la corporation de lui en rédiger un avec ses dernières volontés afin que la passation de pouvoirs soit parfaitement claire. Tout revenait à la corporation. Et il y a eu un amendement... je crois que le terme adéquat est « codicille »... enregistré l'année suivante et couvrant la possibilité qu'il y ait un héritier. Mais sans ledit héritier, tout passe à la corporation et est placé sous le contrôle du conseil d'administration. Et cela inclut les compensations et le paiement des bonus. Il reste aujourd'hui dix-huit membres dans ce conseil et ils vont avoir le contrôle de six milliards de dollars. Vous savez ce que ça veut dire ?

— Oui, dix-huit suspects, répondit Bosch.

— Exactement. Et tous autant qu'ils sont, ces dix-huit suspects sont bien nantis et protégés. Ils peuvent se cacher derrière des avocats, des murs, tout ce que vous voudrez.

Bosch aurait bien aimé savoir ce que disait le codicille sur l'héritier possible, mais songea que s'il précisait encore plus la cible de ses questions, Poydras commencerait à douter que sa recherche d'héritier ait pris fin au Vietnam. En plus de quoi, à un moment ou à un autre, Haller pourrait se procurer une copie du testament de 1992 et obtenir ce renseignement.

— Ida Forsythe se trouvait-elle au domicile de Whitney Vance quand vous lui avez rendu visite ? demanda Poydras.

Grand tournant dans la conversation, on s'éloignait de l'hypothèse du meurtre par un membre de la corporation. Bosch savait que tout bon enquêteur ne suit jamais de ligne droite.

— Oui, répondit-il. Elle n'était pas dans la pièce quand nous avons discuté, mais c'est elle qui m'a ramené au bureau.

— Intéressante, cette femme, dit Poydras. Elle travaillait avec Vance depuis plus longtemps que Sloan.

Bosch se contenta de hocher la tête.

— Et donc… vous avez reparlé avec elle depuis ce jour-là ?

Bosch prit son temps pour réfléchir à la question. Dans tout bon interrogatoire, il y a un traquenard. Il repensa à Ida lui disant qu'elle était surveillée et à Poydras et Franks se pointant le jour même où il était allé la voir chez elle.

— La réponse à cette question, vous la connaissez déjà, dit-il. Ou vous ou quelqu'un de chez vous m'a vu chez elle aujourd'hui.

Poydras hocha la tête et retint un sourire. Bosch venait de réussir le test du traquenard.

— Oui, on vous y a vu, dit-il. Et on se demandait de quoi il s'agissait.

Bosch haussa les épaules pour gagner du temps. Il savait qu'ils avaient très bien pu frapper à la porte de Forsythe dix minutes après son départ et qu'elle pouvait alors leur avoir répété ce qu'il lui avait dit du testament. Mais il songea que, si c'était le cas, Poydras aurait attaqué l'interrogatoire sous un autre angle.

— Oh, je me suis juste dit que c'était une vieille dame vraiment bien, répondit-il. Elle venait de perdre celui qui avait été son patron pendant une éternité et je voulais lui exprimer toute ma sympathie. Et je voulais aussi apprendre ce qu'elle savait de ce qui s'était passé.

Poydras marqua une pause avant de décider si Bosch lui racontait des salades ou pas.

— Vous êtes sûr qu'il n'y avait rien d'autre ? le pressa-t-il. Elle n'avait pas l'air très heureuse de vous voir à sa porte.

— Elle se croyait surveillée, lui renvoya-t-il. Et elle avait raison.

— Comme je vous l'ai dit, tout le monde est suspect jusqu'à preuve du contraire. C'est elle qui a trouvé la victime et ça, ça la met sur la liste. Même si la seule chose qu'elle en tire est de ne plus avoir de boulot.

Bosch acquiesça. À ce moment-là, il comprit qu'il cachait un renseignement de première importance à Poydras – le testament qu'il avait reçu au courrier. Mais dans son esprit, tout commençait à s'organiser et il voulait avoir le temps de réfléchir avant de lui lâcher le gros morceau. Il changea de sujet.

— Avez-vous lu les lettres ? demanda-t-il.

— Quelles lettres ?

— Vous m'avez dit que ce dimanche-là, Vance avait appelé Ida Forsythe pour qu'elle lui écrive des lettres.

— En fait, elles n'ont jamais été écrites. Elle l'a trouvé mort à son bureau en arrivant. Cela dit, apparemment, tous les dimanches après-midi quand il s'en sentait, elle venait lui écrire des lettres.

— Quel genre de lettres ? Des courriers d'affaires ? Des lettres personnelles ?

— Pour moi, c'étaient des trucs personnels. Il était vieux jeu et préférait envoyer des lettres au lieu d'écrire des e-mails. Ce qui est plutôt bien. Il avait le papier tout prêt sur son bureau.

— C'étaient donc des lettres manuscrites qu'elle venait lui écrire ?

— Je ne le lui ai pas demandé précisément. Mais le papier et son beau stylo étaient prêts. Je crois que c'était l'idée. Mais où allez-vous avec ça, Bosch ?

— Un beau stylo, dites-vous ?

Poydras le regarda longuement.

— Oui, vous ne l'avez pas vu ? Un stylo en or massif posé dans un porte-stylo sur son bureau.

Bosch tendit la main et tapa sur le classeur du bout du doigt.

— Vous en avez une photo là-dedans ? demanda-t-il.

— Ça se peut, répondit Poydras. Mais qu'est-ce qu'il a de si spécial, ce stylo ?

— Je veux voir si c'est bien celui qu'il m'a montré. Il m'a dit qu'il avait été fabriqué avec de l'or trouvé par son propre arrière-grand-père.

Poydras ouvrit le classeur et en feuilleta les pages jusqu'à un groupe de pochettes en plastique transparent contenant des photos en couleur de la scène de crime au format 18 × 24. Il continua de les feuilleter jusqu'au moment où il trouva un cliché qui lui semblait approprié et tourna le classeur pour le montrer à Bosch. On y voyait le corps de Whitney Vance étendu sur le plancher à côté de son bureau et de son fauteuil roulant. Sa chemise était ouverte et sa poitrine d'un blanc d'ivoire bien exposée, tout indiquant clairement que la photo avait été prise après de vains efforts pour le ramener à la vie.

— Juste là, dit Poydras.

Il tapota le côté gauche du cliché, le bureau s'y trouvant alors en arrière-plan. Sur le plateau était posée une liasse de feuilles de papier jaune pâle qui correspondaient bien à celles qu'il avait reçues dans le paquet que Vance lui avait fait envoyer. Et dans le porte-stylo il y avait bien un stylo en or qui ressemblait à celui du paquet.

Bosch se redressa. Que ce stylo se trouve sur la photo n'avait aucun sens parce qu'il lui avait déjà été envoyé au moment où le cliché avait été pris.

— Qu'est-ce qu'il y a ? lui demanda Poydras.

Bosch essaya de masquer son trouble.

— Non, rien, dit-il. Ça me fait drôle de voir ce vieillard mort comme ça… avec son fauteuil roulant vide…

Poydras retourna le classeur pour regarder la photo à son tour.

— Il y avait toujours un officier de santé dans la maison, reprit-il. J'utilise ce terme d'« officier de santé » au sens large. Le dimanche, c'était un garde de la sécurité avec une formation d'infirmier. Il a tenté de le ranimer, mais ça n'a rien donné.

Bosch acquiesça d'un signe de tête et essaya d'avoir l'air calme.

— Vous dites être retourné là-bas après l'autopsie et y avoir pris d'autres photos et des mesures pour vous couvrir, dit-il. Où sont ces photos ? Vous les avez versées au dossier ?

Il tendait la main vers le livre du meurtre lorsque Poydras le lui retira.

— Doucement, dit-il. Elles sont à la fin. Tout est en ordre chronologique.

Il tourna encore des pages et tomba sur un autre groupe de photos du bureau, toutes prises plus ou moins sous le même angle, mais sans le corps de Whitney Vance étendu sur le sol. Bosch demanda à Poydras de s'arrêter au deuxième cliché. On y voyait tout le plateau du bureau. Le porte-stylo était bien là, mais pas le stylo.

Bosch le lui montra.

— Le stylo a disparu, dit-il.

Poydras retourna le classeur pour mieux voir. Puis il revint au premier cliché pour être sûr.

— Vous avez raison, dit-il.

— Où est-il passé ?

— Qui sait ? Nous ne l'avons pas pris. Et nous n'avons pas mis le bureau sous scellés non plus après que le corps a été enlevé. Votre amie Ida sait peut-être ce qui est arrivé à ce stylo.

Bosch ne lui dit pas à quel point il était près de la vérité avec cette suggestion. Il tendit la main vers le classeur et le tira en travers de la table pour revoir la photo.

Les apparition et disparition du stylo constituaient bien l'anomalie, mais c'était le fauteuil roulant vide qui retenait à présent son attention et lui montrait enfin ce qui lui aurait échappé jusqu'alors.

CHAPITRE 41

Le lendemain matin à 9 h 30, Bosch était déjà assis dans sa voiture garée dans Arroyo Drive. Et il avait aussi déjà appelé Mickey Haller et longuement parlé avec lui, puis était passé aux Scellés du commissariat de San Fernando. Et au Starbucks où, par hasard, il avait remarqué que Beatriz Sahagun était revenue au travail et se tenait derrière la machine à café à son poste de barista.

Et maintenant il ne bougeait plus, regardait la maison d'Ida Townes Forsythe, et attendait. Aucun mouvement, rien n'indiquait qu'elle était chez elle ou pas. Le garage était fermé et, tout étant calme, Bosch se demandait si elle serait là lorsqu'ils frapperaient à sa porte. Il ne cessait de vérifier ses rétroviseurs et n'y voyait rien non plus laissant penser à une quelconque surveillance dans le quartier.

À 9 h 45 enfin, il vit la Town Car de Mickey Haller apparaître dans son rétroviseur intérieur. C'était lui qui conduisait. Un peu plus tôt, il lui avait dit s'être séparé de Boyd et ne plus avoir de chauffeur.

Cette fois, ce fut Haller qui descendit de voiture pour venir s'asseoir dans celle de Bosch. En apportant sa tasse de café avec lui.

— Ç'a été vite, dit Bosch. Tu es entré au tribunal en coup de vent et on t'a laissé regarder le dossier d'homologation ?

— En fait, c'est sur Internet que je suis passé en coup de vent, lui renvoya Haller. Tous les dossiers sont enregistrés et mis à jour en moins de vingt-quatre heures. Encore un miracle de la technologie. Je ne suis même plus très sûr d'avoir besoin d'un bureau dans ma voiture. La moitié des tribunaux de Los Angeles ont fermé suite à des coupes budgétaires et les trois quarts du temps, le Net me donne accès à tout ce dont j'ai besoin.

— Bon alors, le codicille?

— Tes copains flics de Pasadena ne se sont pas trompés. Le testament de 92 a bel et bien été amendé l'année suivante. Et il établit l'intérêt à agir de tout héritier par le sang s'il en apparaît un au décès de Vance.

— Et aucun autre testament n'a fait surface depuis?

— Non, aucun.

— Donc, Vibiana est couverte.

— Elle l'est, mais il y a un astérisque.

— À savoir?

— Que ce codicille garantit à l'héritier de sang le droit à une partie de l'héritage. Il ne précise ni la nature de cette part ni à quel niveau elle se monte. Il est évident que lorsqu'il y a ajouté cette clause, Vance et son avocat pensaient qu'il n'y avait guère de chances qu'un tel héritier se présente. Ils n'ont ajouté ce codicille qu'au cas où.

— Comme quoi des fois, le « cas où » est payant.

— Si c'est donc ce testament-là qu'accepte le tribunal, nous établissons l'intérêt à agir de Vibiana et c'est là que la bagarre commence. Et c'en sera une belle parce que ce à quoi elle a droit n'est pas clair. Bref, on roule des mécaniques, on dit qu'elle a droit à tout et on avise.

— Oui, ben, j'ai appelé Vibiana ce matin pour la mettre au courant et elle m'a dit qu'elle n'était toujours pas très sûre de vouloir y aller.

— Elle changera d'idée. C'est comme gagner à la loterie, mec. C'est de l'argent trouvé par terre, et bien plus que ce dont elle aura jamais besoin.

— Mais justement : bien plus qu'elle n'en aura jamais besoin. Tu n'as jamais entendu parler de ces gens qui gagnent à la loterie et découvrent que ça leur bousille la vie ? Ils n'arrivent pas à s'y faire, où qu'ils aillent ils tombent sur des gens qui tendent la main. Vibiana est une artiste. Et les artistes sont censés avoir faim, toujours.

— Des conneries, oui ! Ça, c'est un mythe inventé pour tenir les artistes à distance parce que l'art est puissant. Donne à l'artiste et du fric et de la puissance, et il devient dangereux. Mais bon, bref, on va un peu vite en besogne. La cliente, c'est Vibiana, et pour finir c'est elle qui décidera. Pour l'instant, notre boulot, c'est de la mettre dans les meilleures conditions possibles pour prendre sa décision.

Bosch acquiesça.

— Tu as raison, dit-il. Tu es donc prêt à exécuter le plan ?

— Je le suis. Allons-y.

Bosch sortit son portable et appela la police de Pasadena. Il demanda à parler à l'inspecteur Poydras, et pas loin d'une minute s'écoula avant qu'on le lui passe.

— Bosch, dit-il.

— Je pensais justement à vous.

— Ah bon ? Et pourquoi ?

— Je me disais juste que vous étiez en train de me cacher quelque chose. Vous avez plus reçu de nous que vous ne nous avez donné et ça, ça ne se produira plus.

— J'entends bien. Comment se présente votre matinée ?

— Pour vous, j'ai tout le temps. Pourquoi ?

— Retrouvez-moi chez Ida Forsythe dans une demi-heure. C'est là que vous aurez droit au gros morceau.

Bosch regarda Haller qui faisait tourner un de ses doigts comme s'il poussait quelque chose vers l'avant. Il avait besoin de plus de temps.

— Non, en fait, disons plutôt une heure, précisa Bosch au téléphone.

— Une heure, répéta Poydras. Encore un de vos petits jeux ?

— Non, ce n'est pas un jeu. Soyez-y, c'est tout. Et assurez-vous d'amener votre coéquipier.

Bosch mit fin à l'appel. Regarda Haller et acquiesça d'un signe de tête. Poydras serait là dans une heure, on pouvait en être sûr.

Haller fit la grimace.

— Je déteste vraiment aider les flics, dit-il. C'est contre ma religion. (Il se retourna et vit que Bosch le dévisageait.) Présente compagnie exceptée.

— Écoute, lui renvoya Bosch. Si tout va bien, tu récoltes un client et une affaire à haute visibilité. Alors, allons-y.

Bosch portant sous le bras le dossier contenant la déclaration qu'il avait imprimée la veille, ils descendirent de la Ford en même temps et traversèrent la rue pour rejoindre la maison de Forsythe. Bosch crut voir bouger un rideau à une fenêtre du rez-de-chaussée alors qu'ils approchaient.

Ida Forsythe leur ouvrit la porte avant même qu'ils n'y frappent.

— Messieurs, dit-elle. Je ne vous attendais pas si tôt.

— Ce n'est pas le bon moment, madame Forsythe ? demanda Bosch.

— Oh non, pas du tout. Entrez, je vous en prie.

Cette fois, elle les conduisit jusqu'à la pièce de devant. Bosch lui présenta Haller et l'informa qu'il représentait un héritier et descendant direct de Whitney Vance.

— Avez-vous apporté la déclaration ? demanda Forsythe.

Bosch lui montra le dossier.

— Oui, madame, répondit Haller. Asseyez-vous donc quelques minutes pour en prendre connaissance. Assurez-vous d'être bien d'accord avec son contenu avant de la signer.

Elle emporta le dossier jusqu'au canapé et s'y assit pour le lire. Bosch et Haller s'installèrent en face d'elle de l'autre côté d'une table basse et l'observèrent. Le gazouillement d'un téléphone se faisant entendre, Haller glissa la main dans sa poche pour en sortir le sien. Il y lut un texto, puis tendit l'appareil à Bosch. Le texto émanait d'une certaine Lorna :

La Cal Coding vient d'appeler. Besoin d'autres prélèvements. Incendie détruit labo hier soir.

Bosch en fut stupéfié. Il n'eut alors plus aucun doute sur le fait que Haller avait été suivi jusqu'à ce laboratoire et que l'incendie était d'origine criminelle et avait pour but de réduire à rien les efforts qu'ils déployaient pour découvrir un héritier de la fortune de Whitney Vance grâce à une correspondance ADN. Il rendit le téléphone à Haller qui arborait un sourire assassin : il pensait clairement la même chose que lui.

— Ça me semble correct, lança Forsythe en attirant leur attention sur elle. Mais je croyais vous avoir entendu dire que nous aurions besoin d'un notaire. De fait, j'en suis moi-même un, mais je ne peux pas certifier ma propre signature.

— Pas de problème, dit Haller. Je suis assermenté auprès du tribunal et l'inspecteur Bosch sera notre deuxième témoin.

— Et j'ai un stylo, ajouta Bosch.

Il glissa la main dans la poche intérieure de sa veste et en sortit le stylo de Whitney Vance. Et étudia le visage de Forsythe au moment où elle le reconnaissait.

Haller et lui gardèrent le silence tandis qu'elle paraphait le document avec une belle fioriture, sans se rendre compte qu'elle montrait ainsi à quel point ce stylo lui était familier. Puis elle lui remit son capuchon, rangea la pièce dans son dossier et rendit le tout à Bosch.

— Ça m'a fait bizarre de signer avec ce stylo, dit-elle.

— Vraiment? dit Bosch. Je pensais que vous en auriez l'habitude.

— Non, pas du tout. C'était son stylo tout particulier.

Bosch ouvrit le dossier et vérifia le document et la signature. Un silence gêné s'ensuivit tandis que Haller se contentait de dévisager Forsythe. Ce fut elle qui finit par le rompre.

— Quand allez-vous présenter le nouveau testament pour homologation? demanda-t-elle.

— Vous voulez dire dans combien de temps allez-vous toucher vos dix millions? lui renvoya Haller.

— Ce n'est pas ce que je voulais dire, répondit-elle en feignant d'être offensée. Je suis seulement curieuse de savoir comment ça marche et à quel moment je pourrais avoir besoin d'un avocat pour représenter mes intérêts.

Haller fit attendre sa réponse en regardant Bosch.

— C'est que nous n'allons pas présenter ce testament pour homologation, dit enfin Bosch. Et qu'un avocat, vous pourriez en avoir besoin pas plus tard que maintenant. Mais pas un avocat comme vous l'imaginez.

Forsythe resta un instant stupéfaite.

— Qu'est-ce que vous dites? demanda-t-elle. Et l'héritier que vous avez trouvé?

Bosch lui répondit avec un calme à l'exact opposé de l'émotion qui montait dans la voix de Forsythe.

— Nous ne nous inquiétons pas pour l'héritier, dit-il. Il est couvert. Nous ne présenterons pas le testament au tribunal des successions parce que ce n'est pas Whitney Vance qui l'a écrit. C'est vous.

— C'est ridicule! s'exclama-t-elle.

— Permettez que je vous explique. Vance n'écrivait plus rien depuis des années. Il était droitier… j'ai des photos de lui en train de dédicacer son livre à Larry King… mais sa main droite était devenue inopérante. Il ne serrait plus les mains et les commandes de son fauteuil roulant se trouvaient sur l'accoudoir gauche.

Il marqua une pause pour permettre à Forsythe d'élever une objection, mais rien ne vint.

— Pour lui, il était important de garder ça secret, enchaîna-t-il. Ses infirmités inquiétaient les membres de son conseil d'administration. Il s'y trouvait même une minorité qui n'arrêtait pas de chercher des raisons de le virer. Il se servait donc de vous pour écrire. Vous avez appris à imiter son écriture et vous veniez le dimanche, quand il y avait moins de gens autour, pour lui écrire ses lettres et signer ses documents. Voilà pourquoi vous n'avez eu aucun mal à écrire ce testament. Si jamais l'authenticité du document était mise en doute et qu'une comparaison d'écritures soit nécessaire, il y avait toutes les chances pour qu'on compare ce testament à quelque chose que vous aviez déjà écrit.

— L'histoire est belle, dit-elle, mais vous ne pouvez rien prouver.

— Peut-être. Mais votre problème, c'est ce stylo, Ida. Ce stylo en or va vous expédier en prison pour un bon bout de temps.

— Vous ne savez pas ce que vous dites. Vous devriez partir tout de suite, et tous les deux.

— Je sais que le vrai stylo, celui avec lequel vous venez juste de signer cette déclaration, était dans ma boîte à lettres au moment même où censément vous avez trouvé Vance mort. Mais les photos de la scène montrent un autre stylo sur le bureau. Pour moi, vous avez compris que ça pouvait poser problème et vous vous en êtes débarrassée. Il n'était pas là quand la police est remontée chez Vance pour son deuxième round de photos.

Comme ils l'avaient planifié, c'est alors que Haller entra dans la danse pour jouer le grand méchant loup.

— Il y a donc préméditation, dit-il. Ce double du stylo a dû être fabriqué et cela a pris du temps. Et un peu de préparation. Et préparation veut dire préméditation, et préméditation, perpétuité sans possibilité de libération conditionnelle. Soit le reste de votre existence dans une cellule.

— Vous vous trompez ! hurla-t-elle. Vous vous trompez sur toute la ligne et j'exige que vous partiez. Immédiatement !

Elle se leva et leur montra le couloir conduisant à la porte d'entrée, mais ni l'un ni l'autre ne bougèrent.

— Dites-nous donc ce qui s'est passé, Ida, lui dit Bosch. Peut-être qu'on pourra vous aider.

— Parce qu'il faut que vous compreniez bien une chose, ajouta Haller. Vous ne verrez jamais un centime de ces dix millions de dollars. Ainsi l'exige la loi. L'assassin ne peut pas hériter des biens de sa victime.

— Je ne suis pas un assassin ! s'écria-t-elle. Et si vous ne partez pas d'ici, ce sera moi.

Elle réussit à faire le tour de la table basse et se dirigea vers le couloir avec la ferme intention de sortir par la porte d'entrée.

— Vous l'avez étouffé avec un coussin du canapé, lui lança Bosch.

Elle s'arrêta net, mais ne se retourna pas, se contentant d'attendre la suite. Bosch la satisfit.

— Les flics sont au courant, dit-il. Ils vous attendent devant chez vous.

Elle ne bougeait toujours pas. Haller en rajouta une couche.

— Vous sortez d'ici et on ne peut plus rien pour vous, dit-il. Alors qu'il y a un moyen de s'en tirer. L'inspecteur Bosch est mon enquêteur. Si je vous représentais, tout ce dont nous pourrions discuter dans cette pièce deviendrait confidentiel. Nous mettrions alors au point une stratégie pour les flics et le district attorney et arriverions à la meilleure des solutions possibles.

— « La meilleure des solutions possibles »? répéta-t-elle. C'est ce que vous appelez un « deal »? Je plaide coupable et je vais en prison? Vous êtes fou.

Elle fit brusquement demi-tour, se rua vers une des fenêtres et ouvrit le rideau pour regarder dans la rue. Bosch pensa qu'il était un peu trop tôt pour que Poydras et Franks soient déjà arrivés, mais savait que les deux inspecteurs s'étaient peut-être déjà pointés pour voir s'ils pouvaient comprendre ce que Bosch avait en tête.

Il entendit une grande inspiration et devina qu'ils s'étaient effectivement garés devant la maison et attendaient le moment d'aller frapper à la porte.

— Ida, revenez donc vous asseoir, lui dit Bosch. Parlez-nous.

Il attendit. Il ne pouvait pas la voir parce qu'elle s'était approchée d'une fenêtre derrière sa chaise. Au lieu de cela, il regarda Haller dont l'angle de vision était meilleur. Quand il vit son regard partir vers la droite, il comprit qu'elle revenait et que leur stratégie commençait à payer.

— Vous vous trompez complètement, dit-elle après s'être rassise. Il n'y a eu ni plan ni préméditation. Ç'a été juste une horrible erreur, vraiment horrible.

CHAPITRE 42

— Comme si on ne pouvait pas être l'homme le plus riche et le plus puissant de la planète et n'en être pas moins le plus mesquin et radin des fumiers !

Elle avait dit ça en gardant une certaine distance dans le regard, Bosch ne pouvant en déduire si elle parlait du passé ou envisageait un sombre avenir. Mais c'est comme cela qu'elle se lança dans son histoire. Elle affirma que le lendemain du jour où Bosch avait rendu visite à Whitney Vance, le milliardaire vieillissant lui avait dit être mourant.

— Il s'était senti mal dans la nuit, dit-elle. Il avait une mine effrayante et ne s'était même pas habillé. Il est entré dans son bureau en robe de chambre vers midi et m'a dit avoir besoin que j'écrive quelque chose. Il ne faisait guère plus que murmurer. Il m'a dit avoir l'impression que tout se fermait en lui, qu'il était en train de mourir et qu'il avait besoin d'écrire un nouveau testament.

— Ida, je vous ai déjà dit que j'étais votre avocat, la reprit Haller. Il n'y a aucune raison de me mentir. Si vous le faites, je m'en vais.

— Je ne suis pas en train de mentir ! C'est la vérité !

Bosch leva la main pour que Haller cesse de lui mettre la pression. Haller n'était pas convaincu, mais Bosch pensait, lui, qu'elle lui racontait les faits sans tricher – de son point de vue à elle, en tout cas – et il voulait l'entendre.

— Dites-nous, lui lança-t-il.

— Nous étions seuls dans son bureau, reprit-elle. Il m'a dicté les termes du nouveau testament et je les ai écrits pour lui. Après, il m'a dit ce que je devais en faire. Il m'a confié le stylo et m'a donné l'ordre de tout vous envoyer. Sauf… sauf qu'il avait laissé quelque chose de côté.

— Vous, dit Haller.

— Après toutes ces années passées à travailler pour lui… Toutes ces années à lui obéir au doigt et à l'œil et à faire en sorte que sa bonne santé de façade reste intacte. Et après toutes ces années, il n'allait rien me laisser ?!

— Vous avez donc récrit le testament, dit Haller.

— J'avais le stylo. J'ai apporté du papier chez moi et j'ai fait ce qui était juste et mérité. Je l'ai récrit pour que ce soit équitable. Et comparé à tout ce qu'il y avait, ce n'était vraiment pas grand-chose. Je me disais que…

Sa voix mourut et elle ne termina pas sa phrase. Bosch la regarda de près. Il savait que le terme de cupidité est tout relatif. Était-ce de la cupidité que d'écrémer dix millions de dollars sur une fortune de six milliards après trente-cinq ans de bons et loyaux services ? On pouvait parler de goutte d'eau, mais seulement à condition que cela ne coûte pas les derniers mois de la vie de quiconque. Bosch repensa au prospectus du film que Vibiana Veracruz avait apposé dans l'entrée de son immeuble. *Venez voir cet endroit avant l'arrivée des rapaces !* Il se demanda ce qu'était Ida avant qu'elle ne décide que dix millions de dollars étaient sa juste récompense.

— Il m'a dit qu'il avait reçu un message de vous, reprit-elle en se lançant dans ce qui semblait être un nouveau fil conducteur dans son histoire. Vous y disiez avoir le renseignement qu'il cherchait. Pour lui, cela voulait dire qu'il avait eu un enfant et que celui-ci héritait de sa fortune. Il a ajouté qu'il mourrait heureux. Après, il est retourné dans sa chambre et moi, je l'ai cru. Je ne pensais pas le revoir.

Elle avait récrit le testament de façon à s'y inclure et mis le paquet au courrier comme il le lui avait ordonné. Elle précisa que si elle était bien revenue travailler à la propriété les deux jours suivants, elle ne l'avait pas revu. Il était relégué dans sa chambre où seuls son médecin et son infirmière avaient le droit d'entrer. La situation semblait sérieuse au domaine de San Rafael Avenue.

— Tout le monde était triste, reprit-elle. La fin était là, c'était clair. Il était en train de mourir. Il était censé le faire.

Bosch consulta sa montre en cachette. Les inspecteurs postés devant la maison allaient frapper à la porte dans dix minutes. Il pria le ciel qu'ils ne bousillent pas ces aveux en intervenant trop vite.

— Et il vous a appelée dimanche ? reprit Haller qui faisait tout pour que l'histoire ne s'arrête pas.

— Non, c'est Sloan, le corrigea Forsythe. M. Vance lui avait demandé de me faire venir. J'y suis donc allée et l'ai trouvé à son bureau, et on aurait dit qu'il n'avait jamais été malade. Il avait retrouvé sa voix et on a remis ça comme d'habitude. C'est là que j'ai vu le stylo. Il était posé sur le bureau pour que j'écrive avec.

— D'où sortait-il ? voulut savoir Bosch.

— Je le lui ai demandé, répondit-elle, et il m'a dit qu'il lui venait de son arrière-grand-père, et moi, je lui ai dit : « Mais comment est-ce possible ? Je viens de l'envoyer à l'inspecteur Bosch. » Alors il m'a dit que celui qui était posé sur le bureau était l'original et que celui qu'il m'avait confié pour que je l'envoie avec le testament n'en était qu'une copie. Il a ajouté que ça n'avait aucune importance vu que seule comptait l'encre. On pourrait la comparer à celle du testament. À ses yeux, cela en certifierait la provenance et permettrait d'homologuer le testament.

Elle leva les yeux de la surface brillante de la table basse et regarda Bosch.

— Il m'a alors dit qu'il voulait que je vous recontacte pour récupérer le testament, enchaîna-t-elle. Maintenant qu'il allait mieux, il voulait l'annuler pour que ce soit fait dans les règles par un avocat. Je savais que si je le lui rapportais, il verrait ce que j'avais fait et c'en serait fini de moi. Et ça, je ne pouvais pas… Je ne sais pas ce qui s'est passé. Quelque chose s'est brisé en moi. J'ai pris le coussin, je suis passée derrière lui…

Ce fut là qu'elle mit fin à son récit. Elle ne semblait pas vouloir donner les détails du meurtre. C'était une forme de déni, semblable au geste de l'assassin qui couvre le visage de sa victime. Voir dans ces aveux une confession pleine et honnête ou rester sceptique, Bosch ne savait que faire. Elle pouvait très bien être en train de monter une défense en capacité diminuée, ou masquer son vrai mobile… à savoir que l'idée de Vance de demander à un avocat de rédiger un nouveau testament aurait inévitablement eu pour résultat de lui faire passer ses dix millions sous le nez.

Que Vance soit en train de mourir à son bureau lui laissait une chance d'avoir son argent.

— Pourquoi avez-vous ôté le stylo du bureau après sa mort ? demanda Bosch.

Il savait que ce détail ne le laisserait jamais tranquille.

— Je voulais qu'il ne s'y trouve qu'un seul stylo, répondit-elle. Je me disais que s'il y en avait deux, ça soulèverait des tas de questions sur le testament que vous feriez homologuer. Quand tout le monde a été parti, je suis donc retournée au bureau et je l'ai pris.

— Où est-il ?

— Dans mon coffre-fort.

Un long silence s'ensuivit, Bosch s'attendant à ce qu'il soit brisé par l'arrivée des deux inspecteurs de Pasadena. C'était l'heure. Mais Forsythe se mit alors à parler sur un ton qui semblait indiquer qu'elle se parlait plus à elle-même qu'à Bosch et Haller.

— Je ne voulais pas le tuer, dit-elle. Je prenais soin de lui depuis trente-cinq ans et lui aussi prenait soin de moi. Je n'y suis pas allée pour le tuer…

Haller jeta un coup d'œil à Bosch et hocha la tête : il allait reprendre le commandement des opérations.

— Ida, dit-il. Les deals, ça me connaît. Je peux vous en trouver un avec ce que vous venez de nous dire. On se rend, on coopère, on bâtit un plaider-coupable pour homicide involontaire et on se met en quête d'un juge qui saura se montrer compatissant au vu de votre histoire et de votre âge.

— Je ne peux pas dire que je l'ai tué, dit-elle.

— C'est exactement ce que vous venez de faire, lui renvoya Haller. Mais techniquement parlant, vous vous contenterez de plaider *nolo contendere* au tribunal… de dire « aucune opposition » aux charges. Jouer le coup autrement ne marchera jamais.

— Même avec l'accès de folie ? J'ai juste perdu les pédales quand j'ai compris qu'il devinerait ce que j'avais fait. Le vide total.

Soudain, il y avait du calcul dans sa voix. Haller fit non de la tête.

— Ça, c'est perdant, dit-il sans détour. Récrire le testament et prendre le stylo… ce ne sont pas les gestes d'un fou. Prendre le risque de dire que, tout d'un coup, vous avez perdu toute notion du bien et du mal parce que vous aviez peur que Vance découvre ce que vous aviez fait ? Au tribunal, je suis tout à fait capable de vendre de la glace à un Esquimau, mais ça, aucun jury ne le gobera.

Il marqua une pause pour voir s'il se faisait bien comprendre, puis il appuya encore.

— Écoutez, dit-il, revenons à la réalité. À l'âge que vous avez, il faut minimiser votre temps d'emprisonnement. Le plan général que je viens de vous proposer, c'est comme ça qu'il faut y aller. Mais c'est vous qui voyez. Si vous voulez plaider la folie, nous le ferons. Mais ce n'est pas ce qu'il faut faire.

Cette déclaration de Haller fut soulignée par le bruit de deux portières de voiture qu'on claquait dans la rue. Poydras et Franks.

— C'est les flics, dit Bosch. Ils arrivent.

— Comment voulez-vous jouer le coup, Ida ? demanda Haller.

Forsythe se mit lentement debout, Haller en faisant autant.

— Invitez-les à entrer, dit-elle. S'il vous plaît.

Vingt minutes plus tard, Bosch et Haller passaient sur le trottoir d'Arroyo Boulevard et regardèrent Poydras et Franks s'éloigner, Forsythe menottée à l'arrière de leur voiture banalisée.

— À cheval donné on ne regarde pas les dents, mais eux ! s'écria Haller. En fait, ils avaient l'air fumasses qu'on leur ait résolu leur putain d'affaire. Ah, les sales ingrats !

— Ils ont toujours eu un coup de retard dans cette affaire et ce, dès le début, dit Bosch. Et ils n'auront pas l'air fins à la conférence de presse lorsqu'ils devront expliquer que Forsythe s'est rendue avant même qu'ils sachent qu'elle était le suspect n° 1.

— Oh, ils trouveront un moyen d'arranger ça, dit Haller. Aucun doute là-dessus.

Bosch en convint en hochant la tête.

— Bon alors, devine un peu, reprit Haller.

— Quoi ?

— Pendant qu'on était à l'intérieur, j'ai reçu un autre texto de Lorna.

Bosch savait qu'elle gérait le portefeuille de Haller.

— D'autres infos sur la California Coding?

— Non, elle a reçu l'appel de la CellRight. Il y a concordance génétique entre Whitney Vance et Vibiana Veracruz. C'est elle l'héritière, et elle va avoir droit à un sacré paquet de fric... si elle le veut.

Bosch acquiesça.

— Parfait, dit-il. Je vais lui annoncer la nouvelle et parler avec elle. Voir ce qu'elle veut faire.

— Moi, je sais ce que je ferais, dit Haller.

— Moi aussi, je le sais, lui renvoya Bosch en souriant.

— Dis-lui qu'on pourrait entamer la procédure en qualité d'anonymes. On finirait par être obligés de révéler son identité au tribunal et aux parties adverses, mais ça nous permettrait de ne pas dévoiler son nom dès le début.

— Je le lui dis.

— Autre possibilité : se présenter aux membres du conseil d'administration et leur dire tout ce qu'on a... l'ADN, ce que tu as sur son ascendance paternelle... et les convaincre que si jamais il y a bagarre, on emportera tout. Après quoi, on négocie un joli petit accord et on s'en va en leur laissant le reste du fric et la corporation pour le gérer.

— Ça aussi, c'est une idée. Et vraiment bonne, je crois. Parce que tu es capable de vendre de la glace à un Esquimau, non? Tu pourrais y arriver.

— Je pourrais. Le conseil d'administration acceptera le deal en un clin d'œil. Donc, tu lui causes et moi, je réfléchis encore un peu.

Ils regardèrent des deux côtés de la rue avant de traverser et de rejoindre leurs voitures.

— Alors, reprit Haller, tu vas travailler à la défense d'Ida avec moi?

— Merci d'avoir dit « avec moi » plutôt que « pour moi »,
mais non, je ne crois pas. Je pense arrêter d'enquêter pour toi
dans cette affaire. J'ai reçu une offre d'emploi à plein-temps à
la police de San Fernando et je vais prendre.

— Tu es sûr ?

— Oui, je suis sûr.

— D'accord, mon frère d'une autre mère. Tiens-moi au
courant pour l'autre truc.

— Ce sera fait.

Ils se séparèrent au milieu de la rue.

CHAPITRE 43

Bosch détestait la Ford qu'il conduisait. Il décida que le moment était venu de retourner à l'aéroport de LAX et d'y reprendre sa voiture après toutes ces journées de subterfuges par véhicule interposé. À South Pasadena, il prit la 110 et traversa le centre-ville en longeant les tours, le campus d'USC et le quartier où Vibiana Duarte avait passé l'essentiel de sa courte vie. Il finit par rejoindre le Century Freeway et gagna l'aéroport par l'ouest. Il tendait sa carte de crédit à l'employé afin de régler son énorme facture de parking lorsque son portable bourdonna, l'indicatif 213 qu'il ne connaissait pas s'affichant à l'écran. Il prit l'appel.

— Bosch à l'appareil.

— C'est Vibiana.

Voix basse, proche du chuchotement hystérique.

— Qu'est-ce qu'il y a? demanda-t-il.

— Y a un type. Il est là depuis ce matin.

— Dans votre loft?

— Non, en bas dans la rue. Je le vois de la fenêtre. Il observe.

— Pourquoi chuchotez-vous?

— Je ne veux pas que Gilberto m'entende. Je ne veux pas qu'il ait peur.

— Bon, calmez-vous, Vibiana. S'il n'a rien tenté pour entrer, ce n'est pas ce qu'il a en tête. Restez à l'intérieur et vous serez en sécurité.

— D'accord. Vous pouvez venir ?

Il prit sa carte de crédit et son reçu des mains de l'employé.

— Oui, je vais venir. Mais je suis à l'aéroport. Ça va prendre un moment. Restez à l'intérieur et n'ouvrez à personne avant que j'arrive.

La barrière du parking était toujours baissée.

— Allez, quoi ! Relevez-moi cette barrière ! Faut que j'y aille ! cria-t-il à l'employé après avoir couvert son portable de sa main.

La barrière se releva enfin. Bosch reprit son appel en quittant bruyamment le parking.

— Ce type, dit-il, où est-il exactement ?

— Il n'arrête pas de bouger. Chaque fois que je regarde, il est à un endroit différent. La première fois, je l'ai vu devant l'American et après, il s'est mis à descendre la rue.

— OK. Essayez de le suivre. Je vous appelle dès que j'arrive et vous, vous me dites où il est. À quoi ressemble-t-il ? Que porte-t-il ?

— Il euh… un jean, une capuche grise et des lunettes de soleil. C'est un Blanc et il est trop vieux pour porter une capuche.

— OK, et vous pensez qu'il est seul ? Vous voyez quelqu'un d'autre ?

— Non, c'est le seul type que je vois, mais il pourrait y en avoir un autre de l'autre côté du bâtiment.

— D'accord. Je vérifie dès que j'arrive. Ne bougez pas, Vibiana, juste ça. Tout ira bien. Mais si jamais il se passe quelque chose avant que j'arrive, appelez le 911.

— Entendu.

— À propos… Les résultats ADN sont arrivés. Il y a correspondance. Vous êtes la petite-fille de Whitney Vance.

Pas de réponse. Seulement le silence.

— On en reparlera quand je serai là.

Il raccrocha. Il aurait pu la garder en ligne, mais il voulait avoir les mains libres pour conduire. Il repartit en sens inverse, par le Century et la 110. La circulation de ce milieu de journée étant fluide, il fonça sans problème vers les tours du centre-ville. La plus frappante était celle de l'US Bank et Bosch ne put s'empêcher de penser que quel que soit l'individu qui surveillait Vibiana Veracruz, sa mission lui venait du cinquante-neuvième étage de cet édifice.

Il sortit à la 6ᵉ Rue et se faufila jusqu'à l'Arts District. Il rappela Vibiana et l'informa qu'il était dans le quartier. Elle lui répondit qu'elle regardait par la fenêtre à ce moment même et qu'elle voyait l'inconnu sous l'échafaudage de l'immeuble en rénovation de l'autre côté de la rue. Elle lui précisa que cet échafaudage lui offrait des tas d'endroits d'où la surveiller.

— Pas de problème, dit Bosch. Ce qui marche bien pour lui marchera bien pour moi aussi.

Et il ajouta qu'il la rappellerait dès qu'il aurait résolu le problème.

Il trouva une place dans un parking près du fleuve et repartit en direction de chez Vibiana à pied. Il retrouva l'immeuble avec son échafaudage et y pénétra par une entrée sur le côté où plusieurs ouvriers s'étaient assis sur des piles de placoplâtre pour la pause. L'un d'entre eux l'avertit qu'il se trouvait dans une zone de chantier avec port du casque obligatoire.

— Je sais, lui renvoya Bosch en suivant un passage qui conduisait à l'avant du bâtiment.

Le rez-de-chaussée était en cours d'aménagement pour usage commercial et tous les modules équipés d'une ouverture sur la rue grande comme une porte de garage. Aucune porte ou fenêtre n'avait encore été installée. Au troisième module, il vit le dos d'un type en jean et capuche grise. Adossé au mur de droite, tout au bord de l'ouverture, il se trouvait très en retrait sous l'échafaudage. Vue de l'extérieur, la couverture était bonne, mais de l'intérieur il tournait le dos à Bosch et était donc très vulnérable. Bosch sortit rapidement son arme de son étui et s'approcha.

Le bruit qui montait d'une scie électrique dans un des étages supérieurs le couvrait. Il arriva tout près du bonhomme, l'attrapa par l'épaule, le fit pivoter sur lui-même, le poussa violemment contre le mur et lui colla le canon de son arme dans le cou.

C'était Sloan. Avant même que Bosch puisse dire un mot, celui-ci leva le bras, désarma Bosch, le retourna contre le mur, sortit son arme et tout d'un coup, ce fut elle que Bosch sentit dans son cou, Sloan lui coinçant en plus les bras contre le mur.

— Mais qu'est-ce que vous foutez, Bosch? lui lança Sloan.

Bosch le dévisagea, ouvrit la main droite en signe de reddition et laissa son arme tomber dans sa main gauche jusqu'à ce qu'il ne la tienne plus que par le canon.

— J'allais vous poser la même question, répondit-il.

— Je veille sur elle. Exactement comme vous.

Il recula, retira son arme, la fit passer dans son dos et la glissa dans sa ceinture. Bosch se retrouva en position de force, mais comprit que ce n'était plus la peine de l'être. Il remit son arme dans son étui.

— Qu'est-ce qui se passe, Sloan? demanda-t-il. Vous travaillez pour eux?

— Non, je travaillais pour le vieux. Sur les fiches de paie, le nom de la société a changé, mais je n'ai jamais cessé de travailler pour lui. Encore maintenant.

— C'est vrai qu'il vous avait envoyé le jour où vous êtes venu chez moi?

— C'est vrai. Il était trop malade pour appeler ou parler. Il croyait être en train de mourir et voulait savoir ce que vous aviez trouvé.

— Vous saviez donc ce que je faisais.

— Oui. Comme j'ai su quand vous l'avez trouvée, dit-il en montrant l'immeuble de Vibiana d'un mouvement de tête.

— Comment ça?

— Vous êtes sur écoute, Bosch. Vous et votre avocat. Ils suivent vos portables et vos voitures. Vous êtes vieux jeu, Bosch. Vous ne levez jamais le nez en l'air.

Bosch se rendit compte que Haller, lui, avait pigé. Ils le surveillaient avec un drone.

— Et vous faites partie de tout ce truc? demanda-t-il.

— Je fais comme si, répondit Sloan. Ils m'ont gardé après la mort de M. Vance. Jusqu'à hier soir, quand ils ont mis le feu au labo d'analyses d'ADN. Là, j'ai arrêté. Et maintenant, je vais veiller sur elle. C'est ce qu'il aurait voulu et je le lui dois.

Bosch l'examina. Il pouvait être un cheval de Troie envoyé par la Trident et la corporation. Mais il pouvait aussi être sincère. Bosch passa en revue tout ce qu'il avait appris sur lui depuis peu. Il avait travaillé vingt-cinq ans pour Vance. Avait essayé de le ressusciter après sa mort. Et il avait appelé la police pour signaler sa mort au lieu de tout faire pour éviter une enquête. Tout cela mis ensemble disait la sincérité.

— D'accord, dit-il. Si vous voulez veiller sur elle, faisons ça comme il faut. Allons-y.

Ils sortirent de dessous le passage dans l'échafaudage. Bosch regarda les fenêtres du loft du quatrième. Il vit Vibiana les regarder. Il sortit son portable et l'appela en gagnant l'entrée de l'immeuble. Elle laissa tomber les formules de politesse.

— Qui c'est? demanda-t-elle.

— C'est un ami. Il travaillait pour votre grand-père. On monte.

CHAPITRE 44

Après avoir laissé Vibiana aux bons soins de Sloan, Bosch prit vers le nord et la Santa Clarita Valley. Il avait promis au capitaine Trevino de lui donner sa réponse avant la fin de la journée. Comme il l'avait dit à Haller, il avait l'intention d'accepter son offre. Il était tout excité à l'idée d'être à nouveau flic à plein-temps. Peu lui importait que le terrain de jeu fasse cinq ou cinq cents kilomètres carrés. Il savait que tout se résumait à des affaires et qu'il fallait toujours être du bon côté. Et ça, il l'avait trouvé à San Fernando et décida qu'il ne détèlerait pas tant qu'on voudrait encore de lui.

Mais avant de pouvoir accepter, il devait se conduire correctement avec Bella Lourdes et l'assurer qu'il ne lui prenait pas son boulot, qu'en fait même il le lui gardait jusqu'à son retour. Il arriva à l'hôpital de Holy Cross avant 16 heures et espéra l'attraper avant qu'elle ne soit autorisée à sortir. Il savait que la procédure de sortie pouvait prendre la journée et pensait être dans les temps.

Dès qu'il fut arrivé, il reprit le chemin de l'étage des traumatismes en sens inverse. Il localisa sa chambre, y entra et la trouva vide, le lit non fait. Il y avait toujours un bouquet de fleurs sur une commode. Il ouvrit un petit placard et là, sur le plancher, il vit une tenue d'hôpital vert pâle. Sur le portant étaient accrochés deux cintres en métal où avaient dû se trouver les vêtements que sa compagne, Taryn, lui avait apportés pour qu'elle puisse rentrer chez elle.

Bosch se demanda si on l'avait emmenée subir un examen ou si c'était une dernière séance de thérapie qui lui avait fait quitter sa chambre. Il descendit le couloir jusqu'au poste des infirmières et demanda.

— Non, elle n'est pas encore partie, lui répondit une infirmière. On attend que le médecin signe les papiers pour la laisser s'en aller.

— Et donc, où est-elle?

— Elle attend dans sa chambre.

— Non, elle n'y est pas. Il y a une cafète quelque part?

— Il n'y a que celle du rez-de-chaussée.

Il descendit par l'ascenseur et regarda tout autour de la petite cafète sans grand monde. Bella était introuvable.

Il savait qu'il pouvait l'avoir loupée. Au moment où il descendait par un des ascenseurs, elle pouvait très bien être remontée avec un autre.

Mais un léger sentiment d'inquiétude commença à l'envahir. Il se rappela Taryn lui disant à quel point elle était furieuse que Lourdes ait à supporter la honte d'être soignée dans le même hôpital que celui qui l'avait enlevée et violée. Bosch avait essayé de l'assurer que Dockweiler serait stabilisé et transféré au quartier des prisonniers de l'hôpital du centre-ville. Mais il se rendit compte que si l'état dans lequel il se trouvait était trop critique pour qu'il soit même seulement officiellement inculpé au pavillon des prisonniers de l'hôpital, il serait aussi bien trop mal en point pour un quelconque transfert à l'hôpital du comté.

Il se demanda si Taryn avait dit à Bella que Dockweiler se trouvait dans le même hôpital qu'elle ou si elle l'avait compris toute seule.

Il gagna le bureau des renseignements dans le grand hall à l'extérieur de la cafétéria et demanda s'il y avait un service spécial pour les blessures à la colonne vertébrale. On l'informa que c'était au troisième étage. Il sauta dans un ascenseur.

Celui-ci s'ouvrit sur un poste d'infirmières au milieu d'un étage en forme de H. Il vit un adjoint du shérif penché sur le comptoir, en train de bavarder avec l'infirmière de service. Son inquiétude monta d'un cran.

— C'est le service de traumatologie de la colonne vertébrale ? demanda-t-il.

— Oui, lui répondit l'infirmière. En quoi puis-je…

— C'est ici qu'est soigné Kurt Dockweiler ?

Elle regarda furtivement l'adjoint, qui se redressa. Bosch sortit son badge de son ceinturon et le montra.

— Bosch, dit-il. SFPD. C'est moi qui m'occupe de l'affaire Dockweiler. Où est-il ? Montrez-moi.

— Par ici, dit l'adjoint.

Ils descendirent un des couloirs. Bosch vit une chaise vide devant une chambre quelques portes plus bas.

— Depuis combien de temps déconnez-vous au poste d'infirmières ? lança-t-il à l'adjoint.

— Pas longtemps. C'est pas comme si ce mec allait se sauver.

— C'est pas ça qui m'inquiète. Avez-vous vu une femme sortir de l'ascenseur ?

— Je sais pas. Y a du va-et-vient. Quand ça ?

— À votre avis ? Tout de suite !

Avant que l'adjoint ait le temps de répondre, ils arrivèrent à la chambre, Bosch tendant alors le bras sur sa gauche pour l'empêcher d'aller plus loin. Bella Lourdes se tenait debout au pied du lit de Dockweiler.

— Vous, vous restez là, lança Bosch à l'adjoint.

Il entra lentement dans la chambre, Bella Lourdes ne montrant en aucune façon qu'elle ait remarqué sa présence.

Elle regardait intensément Dockweiler allongé dans un lit surélevé au milieu de toutes sortes de tubes et d'appareils médicaux, y compris le respirateur qu'il avait dans la gorge pour que ses poumons continuent de fonctionner. Il avait les yeux ouverts et observait Lourdes, une peur bien visible dans les yeux.

— Bella?

Elle se retourna en l'entendant et réussit à sourire.

— Harry, dit-elle.

Il regarda ses mains pour voir si elle était armée. Elle ne l'était pas.

— Bella, reprit-il. Qu'est-ce que vous faites ici?

— Je voulais le voir, répondit-elle en se tournant à nouveau vers Dockweiler. Lui faire face.

— Vous ne devriez pas être ici.

— Je sais. Mais il le fallait. Je sors aujourd'hui, pour rentrer chez moi. Je voulais le voir avant. Lui faire savoir qu'il ne m'avait pas brisée comme il m'avait dit qu'il le ferait.

Bosch acquiesça d'un signe de tête.

— Vous pensiez que j'étais venue le tuer? demanda-t-elle.

— Je ne sais pas ce que je pensais.

— Je n'ai pas besoin de le faire. Il est déjà mort. Ce qui est assez ironique, vous ne trouvez pas?

— Quoi?

— Votre balle lui a sectionné la colonne vertébrale. C'est un violeur et maintenant, il ne pourra plus jamais faire ça à personne.

Bosch acquiesça.

— Allez, je vous ramène à votre chambre, dit-il. D'après l'infirmière, il faut que le médecin vous voie avant qu'on puisse vous signer votre décharge.

Arrivé dans le couloir, Bosch coupa la parole à l'adjoint avant même qu'il ouvre la bouche.

— Rien de tout cela n'est arrivé, dit-il. Vous l'écrivez dans un rapport et moi, je vous dénonce pour abandon de poste.

— Aucun problème, rien de tout ça n'est jamais arrivé, lui confirma l'adjoint, qui resta debout à côté de sa chaise tandis que Bosch et Bella descendaient le couloir.

En raccompagnant Bella à sa chambre, Bosch lui parla de l'offre de Trevino et lui dit qu'il ne l'accepterait que si elle l'approuvait et comprenait bien qu'il reprendrait son poste à temps partiel dès qu'elle serait prête à revenir.

Elle lui donna son accord sans aucune hésitation.

— Y a pas mieux que vous pour ce boulot, dit-elle. Et peut-être que ça deviendra permanent. Je ne sais pas ce que je vais faire. Il se pourrait que je ne revienne pas.

Bosch savait qu'elle ne pouvait pas ne pas envisager la possibilité bien méritée de quitter la police suite à ces épreuves. Elle aurait droit à son salaire entier et pourrait faire autre chose de sa vie avec sa famille, loin de la cruauté du monde. Le choix serait difficile, mais dominé par le spectre de Dockweiler. La hanterait-il si elle ne revenait pas ? Finirait-il par avoir tout pouvoir sur elle ?

— Bella, dit-il, je crois que vous allez revenir. Vous êtes une bonne inspectrice et le boulot va vous manquer. Regardez comme je me bats pour garder mon badge à l'âge que j'ai ! On l'a dans le sang, ce métier ! Et vous, l'ADN du flic, vous l'avez.

Elle sourit et hocha la tête.

— On va dire que vous avez raison.

Arrivés au poste des infirmières de son étage, ils s'enlacèrent, se promirent de rester en contact, et Bosch la laissa.

Il reprit le chemin de la 5 pour regagner San Fernando et dire à Trevino qu'il acceptait… au moins jusqu'au retour de Bella.

En roulant, il repensa à ce qu'il venait de dire à Bella sur l'ADN du flic. C'était quelque chose à quoi il croyait profondément. Il savait que dans son monde intérieur il y avait une mission gravée dans un langage secret et que tels les dessins sur le mur d'une grotte ancienne, cette mission lui donnait sens et direction. Elle ne pouvait pas être altérée et serait toujours là pour le guider jusqu'au juste chemin.

C'était par un samedi après-midi de printemps. Une foule s'était rassemblée dans le triangle formé par Traction Avenue, Rose Street et la 3ᵉ Rue. Ce qui des années durant n'avait été qu'un parking prenait maintenant la forme du premier parc public de l'Arts District. Des rangées de chaises pliantes s'alignaient devant une sculpture de six mètres de haut, ses forme et sujet esquissés par les contours de l'énorme voile blanc qui la drapait. Un câble en acier reliait ce voile à une grue dont on s'était servi pour l'installer. Le voile allait être fort théâtralement soulevé, la sculpture devenant alors la pièce centrale du parc.

La plupart des chaises étaient occupées et des cameramen des deux chaînes d'information locales prêts à filmer l'événement. Nombre de gens de l'assistance connaissaient l'artiste qui avait créé la sculpture. Certains d'entre eux la rencontraient pour la première fois, même si, sans qu'il s'agisse de sang, ils entretenaient des liens de parenté avec elle.

Bosch et sa fille avaient pris place dans la rangée du fond. Harry n'avait aucun mal à voir Gabriela Lida et Olivia Macdonald assises trois rangées devant eux. Le jeune Gilberto Veracruz s'était installé entre elles, toute son attention concentrée sur un jeu vidéo qu'il tenait à la main. Les enfants déjà grands d'Olivia étaient assis sur les chaises à sa droite.

Au moment prévu pour le dévoilement, un homme en costume gagna l'estrade installée devant la sculpture et ajusta le micro.

— Bonjour et merci à vous tous d'être venus en ce merveilleux jour de printemps. Je m'appelle Michael Haller. Je suis le conseiller juridique de la Fruit Box Foundation, dont, j'en suis sûr, vous avez tous appris ce qu'il faut en savoir par les médias au cours de ces derniers mois. Grâce à la très généreuse subvention des héritiers de feu Whitney P. Vance, la Fruit Box Foundation est aujourd'hui heureuse de donner à ce parc le nom de M. Vance. Nous vous annonçons aussi l'achat et la rénovation de quatre bâtiments historiques de l'Arts District. Ils serviront de complexes dédiés à la création artistique et offriront des logements et des studios abordables aux artistes de cette ville. La Fruit Box…

Haller dut s'arrêter tant étaient nourris les applaudissements montant des personnes assises devant lui. Il sourit, hocha la tête et reprit en ces termes :

— La Fruit Box Foundation a aussi d'autres projets pour ce quartier. Il y aura d'autres bâtiments offrant des logements et des studios abordables, d'autres parcs et d'autres galeries de consignation. On lui donne le nom d'Arts District et la Fruit Box Foundation – qui, jusqu'à son nom, est liée à l'histoire de la créativité locale – continuera au mieux de ses possibilités de l'aider à rester une vibrante communauté d'artistes et d'art public.

D'autres applaudissements l'interrompant dans son discours, Haller attendit qu'ils s'arrêtent avant de continuer.

— Ceci à propos des artistes et de l'art public : nous sommes aujourd'hui très fiers d'inaugurer ce parc en dévoilant une sculpture de Vibiana Veracruz, la directrice artistique de la Fruit Box Foundation. L'art parlant pour lui-même, permettez que je vous présente sans plus tarder *Sur un mauvais adieu*.

Sur quoi, la grue souleva fort théâtralement le voile, révélant ainsi une sculpture d'un blanc acrylique étincelant. C'était un diorama comme Bosch en avait vus dans le loft de Vibiana l'année précédente. Soit une multitude de figurines et d'angles de vision. La base de la sculpture était le fuselage déchiqueté d'un hélicoptère reposant sur le flanc, avec un morceau de lame de rotor dressé comme une pierre tombale. De la porte ouverte de l'appareil sortaient des mains et des visages de soldats qui cherchaient de l'aide. La silhouette de l'un d'entre eux tranchait sur les autres, tout son corps émergeant de l'appareil comme si la main invisible de Dieu l'en extrayait. Une de ses mains se tendait, tous doigts écartés, vers les cieux. De l'endroit où il se trouvait, Bosch ne pouvait voir son visage, mais il savait qui c'était.

Et juste à côté de la masse de l'hélicoptère abattu on voyait la silhouette d'une femme, un bébé dans les bras. L'enfant n'avait pas de visage, mais Bosch reconnut Gabriela Lida dans cette femme dont la pose mère-fille était la même que sur la photo prise à la plage près de l'hôtel del Coronado.

Des applaudissements nourris saluèrent le dévoilement de la sculpture, mais au début il n'y eut aucun signe de la sculptrice. Puis Bosch sentit une main lui effleurer l'épaule et lorsqu'il se retourna, il vit Vibiana passer derrière lui pour gagner l'estrade.

Elle était au milieu de l'allée centrale lorsqu'elle se retourna et lui adressa un sourire. Il se rendit compte que c'était la première fois qu'il la voyait sourire. D'un sourire tout de travers qu'il savait avoir déjà vu.

REMERCIEMENTS

Tous les romans sont un mélange de recherches et d'expérience, certains plus que d'autres. Ce livre doit beaucoup à l'aide d'autrui. L'auteur reconnaît et remercie tous ceux qui ont contribué à cet ouvrage en partageant leurs souvenirs.

Tous mes remerciements à John Houghton, infirmier de la Navy qui a servi au Vietnam. Ce qu'il a vécu à bord du Sanctuary *et bien des années plus tard avec Connie Stevens est devenu ce qu'a vécu Harry Bosch et a donné à ce roman tout son ancrage émotionnel. Tous mes remerciements aussi à Dennis Wojciechowski, le documentariste de l'auteur et lui aussi ancien du Vietnam.*

L'équipe « bleue » m'a été, comme d'habitude, d'une aide qui n'a pas de prix. Un grand et gros merci à toi, Rick Jackson, qui fus à mes côtés dès le début, m'ouvris bien des portes et me donna le genre de direction qui ne peut venir que d'un inspecteur qui a passé plus de vingt-cinq ans à traquer des assassins. D'hier et d'aujourd'hui, les inspecteurs des homicides du LAPD Mitzi Roberts, Tim Marcia et David Lambkin m'ont prodigué des conseils remarquables, contribuant ainsi énormément à cette histoire.

La police de San Fernando m'a ouvert grand ses portes et accueilli à bras ouverts. Tous mes remerciements, encore et encore, au chef Anthony Vairo et au sergent Irwin Rosenberg. L'auteur espère que ce roman les rendra fiers – parce que Harry Bosch a envie de revenir avec eux.

Merci à vous Terrill Lee Lankford, Henrik Bastin, Jane Davis et Heather Rizzo qui avez lu mes premiers jets et m'avez donné des conseils exceptionnels.

Une aide plus qu'importante m'a été aussi apportée par l'avocat Daniel F. Daly, le photographe Guy Claudy et l'enquêteur du NCIS Gary McIntyre. L'auteur tient aussi à remercier Shannon Byrne pour son aide, et Pamela Wilson et l'artiste Stephen Seemayer qui font connaître depuis bien des années l'Arts District de Los Angeles avec des films tels que Young Turks *et* Tales of the American.

Les derniers mais non des moindres à remercier sont les directeurs de collection qui m'ont aidé à ciseler une histoire qui se tienne dans un manuscrit bien bancal. Asya Muchnick et Bill Massey sont les meilleurs editors *qu'un écrivain puisse souhaiter avoir. La correctrice Pamela Marshall en sait plus long sur Harry Bosch que l'auteur lui-même et est toujours là pour arranger les choses.*

L'auteur reconnaissant salue tous ceux qui ont contribué à cet ouvrage.

Du même auteur

Les Égouts de Los Angeles
Prix Calibre 38, 1993
1re publication, 1993
Calmann-Lévy, l'intégrale MC,
2012 ; Le Livre de Poche, 2014

La Glace noire
1re publication, 1995
Calmann-Lévy, l'intégrale MC,
2015

La Blonde en béton
Prix Calibre 38, 1996
1re publication, 1996
Calmann-Lévy, l'intégrale MC,
2014

Le Poète
Prix Mystère, 1998
1re publication, 1997
Calmann-Lévy, l'intégrale MC,
2015

Le Cadavre dans la Rolls
1re publication, 1998
Calmann-Lévy, l'intégrale MC,
2017

Créance de sang
Grand Prix de littérature
policière, 1999
1re publication, 1999
Calmann-Lévy, l'intégrale MC,
2017

Le Dernier Coyote
1re publication, 1999
Calmann-Lévy, l'intégrale MC,
2017

La lune était noire
1re publication, 2000
Calmann-Lévy, l'intégrale MC,
2012 ; Le Livre de Poche, 2012

L'Envol des anges
1re publication, 2000
Calmann-Lévy, l'intégrale MC,
2012 ; Le Livre de Poche, 2012

L'Oiseau des ténèbres
1re publication, 2001
Calmann-Lévy, l'intégrale MC,
2012 ; Le Livre de Poche, 2011

Wonderland Avenue
1re publication, 2002
Calmann-Lévy, l'intégrale MC,
2013

Darling Lilly
1re publication, 2003
Calmann-Lévy, l'intégrale MC,
2014

Lumière morte
1re publication, 2003
Calmann-Lévy, l'intégrale MC,
2014

Los Angeles River
1re publication, 2004
Calmann-Lévy, l'intégrale MC,
2015

Deuil interdit
Seuil, 2005 ; Points, n° P1476

La Défense Lincoln
Seuil, 2006 ; Points, n° P1690

Chroniques du crime
Seuil, 2006 ; Points, n° P1761

Echo Park
Seuil, 2007 ; Points, n° P1935

À genoux
Seuil, 2008 ; Points, n° P2157

Le Verdict du plomb
Seuil, 2009 ; Points, n° P2397

L'Épouvantail
Seuil, 2010 ; Points, n° P2623

Les Neuf Dragons
Seuil, 2011 ; Points n° P2798 ;
Point Deux

Volte-Face
Calmann-Lévy, 2012 ;
Le Livre de Poche, 2013

Angle d'attaque
Ouvrage numérique,
Calmann-Lévy, 2013

Le Cinquième Témoin
Calmann-Lévy, 2013 ;
Le Livre de Poche, 2014

Intervention suicide
Ouvrage numérique,
Calmann-Lévy, 2014

Ceux qui tombent
Calmann-Lévy, 2014 ;
Le Livre de Poche, 2015

Le Coffre oublié
Ouvrage numérique,
Calmann-Lévy, 2015

Dans la ville en feu
Calmann-Lévy, 2015,
Le Livre de Poche, 2016

Muholland, vue plongeante
Ouvrage numérique,
Calmann-Lévy, 2015

Les Dieux du verdict
Calmann-Lévy, 2015

Billy Ratliff, dix-neuf ans
Ouvrage numérique,
Calmann-Lévy, 2016

Mariachi Plaza
Calmann-Lévy, 2016, Le Livre
de Poche, 2017

Jusqu'à l'impensable
Calmann-Lévy, 2017,
Le Livre de Poche, 2018

Dans la collection
Robert Pépin présente…

Pavel ASTAKHOV
Un maire en sursis

Federico AXAT
L'Opossum rose

Alex BERENSON
Un homme de silence
Départ de feu

Lawrence BLOCK
Entre deux verres
Le Pouce de l'assassin
Le Coup du hasard
Et de deux…
La Musique et la nuit

C. J. BOX
Below Zero
Fin de course

Vent froid
Force majeure
Poussé à bout

Lee CHILD
Elle savait
61 Heures
La cause était belle
Mission confidentielle
Coup de chaud sur la ville
(ouvrage numérique)
Jack Reacher : Never go back
(Retour interdit)
La cible était française

James CHURCH
L'Homme au regard balte

Michael CONNELLY
La lune était noire

Les Égouts de Los Angeles
L'Envol des anges
L'Oiseau des ténèbres
Angle d'attaque
(ouvrage numérique)
Volte-Face
Le Cinquième Témoin
Wonderland Avenue
Intervention suicide
(ouvrage numérique)
Darling Lilly
La Blonde en béton
Ceux qui tombent
Lumière morte
Le Coffre oublié
(ouvrage numérique)
Dans la ville en feu
Le Poète
Los Angeles River
La Glace noire
Mulholland, vue plongeante
(ouvrage numérique)
Les Dieux du Verdict
Billy Ratliff, 19 ans
(ouvrage numérique)
Mariachi Plaza
Deuil interdit
Le Cadavre dans la Rolls
Jusqu'à l'impensable
Le Dernier Coyote
Créance de sang

Miles CORWIN
Kind of Blue
Midnight Alley
L.A. Nocturne

Martin CRUZ SMITH
Moscou, cour des Miracles
La Suicidée
Le Pêcheur de nuées

Matt GOLDMAN
Retour à la poussière

Chuck HOGAN
Tueurs en exil

Melodie JOHNSON HOWE
Miroirs et faux-semblants

Fabienne JOSAPHAT
À l'ombre du Baron

Andrew KLAVAN
Un tout autre homme

Michael KORYTA
La Rivière Perdue
Mortels Regards

Stuart MACBRIDE
Surtout, ne pas savoir

Russel D. McLEAN
Ed est mort

Robert McCLURE
Ballade mortelle

Alexandra MARININA
Quand les dieux se moquent

T. Jefferson PARKER
Signé : Allison Murrieta

Les Chiens du désert
La Rivière d'acier

P. J. PARRISH
Une si petite mort
De glace et de sang
La tombe était vide
La Note du loup

George PELECANOS
Une balade dans la nuit
Le Double Portrait
Red Fury
La Dernière Prise

Henry PORTER
Lumière de fin

James RAYBURN
La Vérité même

Sam REAVES
Homicide 69

Craig RUSSELL
Lennox
Le Baiser de Glasgow
Un long et noir sommeil

Roger SMITH
Mélanges de sangs
Blondie et la mort
Le sable était brûlant
Le Piège de Vernon
Pièges et Sacrifices
Un homme à terre
Au milieu de nulle part

p.g.sturges
L'Expéditif
Les Tribulations de l'Expéditif
L'Expéditif à Hollywood

Peter SWANSON
La Fille au cœur mécanique
Parce qu'ils le méritaient
Chacune de ses peurs

David SWINSON
La Fille de Kenyon Street

Joseph WAMBAUGH
Bienvenue à Hollywood
San Pedro, la nuit

Photocomposition Belle Page

Impression réalisée en mars 2018
par CPI
pour le compte des éditions Calmann-Lévy
21, rue du Montparnasse 75006 Paris

CALMANN LÉVY s'engage
pour l'environnement en réduisant
l'empreinte carbone de ses livres.
Celle de cet exemplaire est de :
800 g éq. CO_2
PAPIER À BASE DE Rendez-vous sur
FIBRES CERTIFIÉES www.calmann-levy-durable.fr

N° d'éditeur : 3388929/02
N° d'imprimeur : 3027241
Dépôt légal : avril 2018
Imprimé en France.